대산세계문학총서 023

서유기 제3권

西遊記

吳承恩

서유기 제3권

오승은 지음
임홍빈 옮김

문학과지성사
2003

지은이 오승은(吳承恩, 1500?~1582?)
중국 명나라 효종-세종 때 문학가로서, 자는 여충(汝忠), 호는 사양산인(射陽山人), 지금의 장쑤성(江蘇省) 화이안(淮安) 지역에 해당하는 산양현(山陽縣) 출신이다.
1550년 성시(省試)에 급제, 공생(貢生)이 되고, 1566년 절강(浙江)의 장흥현승(長興縣丞)으로 재임하였으며, 만년에는 형왕부(荊王府) 기선(紀善) 직을 맡았으나, 평생을 청빈한 선비로 지냈다. 전통적인 유학 교육을 받았고, 고전 양식의 시와 산문에 뛰어났다. 평생 동안 구전된 기록과 민간설화 등의 괴담에 각별한 흥미를 가졌는데, 이것들은 『서유기』의 바탕이 되었다. 『서유기』는 그가 죽은 지 10년 뒤인 1592년에 처음 발표되었다. 저술에는 『서유기』 이외에, 장편 서사시 『이랑수산도가(二郎搜山圖歌)』와 지괴 소설(志怪小說) 『우정지서(禹鼎志序)』가 있다.

옮긴이 임홍빈(任弘彬)
1940년 인천 출신으로, 한국외국어대학교 중국어과를 졸업하고 민족문화추진회 국역연구부 전문위원을 거쳐 국방부 전사편찬위원회 민족군사실 책임편찬위원과 국방 군사연구소 지역연구부 선임연구원을 역임하고, 1992년부터 현재까지 개인 연구실 '함영서재(含英書齋)'에서 중국 군사사 연구와 중국 고전 및 현대문학을 번역하고 있다. 역저서로는 『중국역대명화가선』(I·II) 『수호별전』(전6권) 『백록원(白鹿原)』(전5권, 공역) 등 여러 종과 『현대중국어교본』(상·하), 그리고 한국 군사문헌으로 『문종진법·병장설』 『무경칠서』 『역대병요』 『백전기법(百戰奇法)』 『조선시대군사관계법』(경국대전·대명률직해) 등, 10여 종의 국역본이 있다.

대산세계문학총서 023
서유기 제3권

지은이 오승은
옮긴이 임홍빈
펴낸이 이광호
펴낸곳 ㈜문학과지성사
등록번호 제1993-000098호
주소 04034 서울 마포구 잔다리로7길 18(서교동 377-20)
전화 02) 338-7224
팩스 02) 323-4180(편집) 02) 338-7221(영업)
전자우편 moonji@moonji.com
홈페이지 www.moonji.com

제1판 1쇄 2003년 4월 12일
제1판 10쇄 2023년 2월 7일

ISBN 89-320-1406-X
ISBN 89-320-1246-6(세트)

한국어판 ⓒ 임홍빈, 2003
이 책의 판권은 옮긴이와 ㈜문학과지성사에 있습니다.
양측의 서면 동의 없는 무단 전재 및 복제를 금합니다.

이 책은 대산문화재단의 외국문학 번역지원사업을 통해 발간되었습니다.
대산문화재단은 大山 愼鏞虎 선생의 뜻에 따라 교보생명의 출연으로 창립되어 우리 문학의 창달과 세계화를 위해 다양한 공익문화사업을 펼치고 있습니다.

서유기 제3권
| 차례

제21회 호법 가람은 술법으로 집 지어 손대성을 묶게 하고, 수미산의 영길보살(靈吉菩薩)은 황풍괴를 제압하다 · 17
제22회 저팔계는 유사하(流沙河)에서 일대 격전을 벌이고, 목차 행자는 법지를 받들어 사오정을 거두어들이다 · 47
제23회 삼장은 부귀영화, 여색의 시련에 본분을 잊지 않고, 네 분의 성신(聖神)은 일행의 선심(禪心)을 시험해보다 · 77
제24회 만수산의 진원 대선은 옛 친구 삼장을 머물게 하고, 손행자는 오장관에서 인삼과(人蔘果)를 훔쳐먹다 · 111
제25회 진원 대선은 경을 가지러 가는 스님을 뒤쫓아 잡고, 손행자는 오장관을 뒤엎어 난장판으로 만들다 · 142
제26회 손오공은 인삼과 처방을 구하러 삼도(三島)를 헤매고, 관세음보살은 감로(甘露)의 샘물로 나무를 살려내다 · 175
제27회 시마(屍魔)는 당나라 삼장을 세 차례나 농락하고, 성승(聖僧)은 미후왕의 처사를 미워하여 쫓아내다 · 207
제28회 화과산의 요괴들이 다시 모여 세력을 규합하고, 삼장 일행은 흑송림(黑松林)에서 마귀와 부닥치다 · 239
제29회 강류승은 재난에서 벗어나 보상국으로 달아나고, 저팔계는 사오정을 희생시켜 숲속으로 뺑소니치다 · 269
제30회 사악한 마도(魔道)는 정법(正法)을 침범하고, 심성을 지닌 백마는 원숭이 임금을 그리워하다 · 297

서유기—총 목차 · 334
기획의 말 · 342

제22회 저팔계는 유사하(流沙河)에서 일대 격전을 벌이고,
목차 행자는 법지를 받들어 사오정을 거두어들이다

제23회 삼장은 부귀영화, 여색의 시련에 본분을 잊지 않고,
네 분의 성신(聖神)은 일행의 선심(禪心)을 시험해보다

제25회 진원 대선은 경을 가지러 가는 스님을 뒤쫓아 잡고,
손행자는 오장관을 뒤엎어 난장판으로 만들다

제27회 시마(屍魔)는 당나라 삼장을 세 차례나 농락하고,
성승(聖僧)은 미후왕의 처사를 미워하여 쫓아내다

제29회 강류승은 재난에서 벗어나 보상국으로 달아나고,
저팔계는 사오정을 희생시켜 숲속으로 뺑소니치다

일러두기

1. 이 책의 번역 대본은 중국 베이징 인민출판사(北京人民出版社)가 펴낸 『서유기』이다. 이 판본은 명나라 만력(萬曆) 20년(1592)에 간행된 금릉 세덕당(金陵世德堂) 『신각출상 관판대자 서유기(新刻出像官板大字西遊記)』의 촬영 필름과 청나라 때에 간행된 여섯 종류의 판각본을 참고하여 수정 정리한 것으로 1955년 초판을 발행한 이래 교정을 거듭하였으며, 특히 1977년 제4판부터는 1970년대에 발견된 명나라 숭정(崇禎) 때(1628~1644)의 『이탁오(李卓吾) 평본 서유기』를 대조 검토하여 이전 판을 크게 보완하였다.

2. 대조 보완 작업을 위해 그밖에 수집, 참고한 대본은 다음과 같다.
(1) 명나라 판본: 『서유기』 단권, 악록서사(岳麓書肆), 1997. 1. 제23판.
　　　　　　　『이탁오 평본 서유기』, 상하이 고적출판사(上海古籍出版社), 1997. 4. 제2판.
(2) 청나라 판본: 장서신(張書紳) 편 『신설 서유기 도상(新說西遊記圖像)』, 건륭(乾隆) 14년(1749), 영인본.
　　　　　　　황주성(黃周星) 주해본 『서유증도서(西遊證道書)』, 강희(康熙) 3년(1664).
　　　　　　　『진장본 서유기(珍藏本西遊記)』, 지린문사출판사(吉林文史出版社), 1995.
　　　　　　　『서유기(西遊記)』, 상무인서관(商務印書館)(H.K.), 1997. 전6권.

3. 『금릉 세덕당 본』이 비록 여러 면에서 장점을 많이 지녔다고는 해도 그 역시 결함이 없지 않아, 나머지 다른 판본의 우수한 점을 채택하여 고쳐 썼는데, 특히 현장 법사의 출신 내력을 다룬 대목은 주정신(朱鼎臣) 판본의 내용을 추가하는 과정에서 궁

색하게 '부록(附錄)'이란 형식을 썼으므로, 이를 청나라 때 장서신의 영인본 『신설 서유기 도상』의 편차(編次)에 따라 다음과 같이 재구성하고 번역하였다.

『세덕당 본』의 편차

부 록	진광예는 부임 도중에 횡액을 당하고, 강류승은 아비의 원수를 갚고 근본을 되찾다	附 錄	陳光蕊赴任逢災 江流僧復仇報本
제9회	원수성의 신묘한 점술에 사사로이 굽힘이 없고, 어리석은 용왕은 치졸한 계략으로 천조를 어기다	第九回	袁守誠妙算無私曲 老龍王拙計犯天條
제10회	두 장군은 궁궐 문에서 귀신을 진압하고, 당 태종의 혼백은 저승에서 돌아오다	第十回	二將軍宮門鎭鬼 唐太宗地府還魂
제11회	목숨을 돌려받은 당나라 임금이 선과를 지키고, 외로운 넋 건져주려 소우가 부처의 교리를 바로 세우다	第十一回	還受生唐王遵善果 度孤魂蕭瑀正空門
제12회	현장 법사가 정성으로 수륙 대회를 베푸니, 관음보살이 현성하여 금선장로를 깨우치다	第十二回	玄奘秉誠建大會 觀音顯聖化金蟬

재구성한 편차

제9회	진광예는 부임 도중에 횡액을 당하고, 강류승은 아비의 원수를 갚고 근본을 되찾다	第九回	陳光蕊赴任逢災 江流僧復仇報本

제10회	어리석은 용왕 치졸한 계략으로 천조를 어기고,	第十回	老龍王拙計犯天條
	승상 위징은 서찰을 보내어 저승의 관리에게 청탁하다		魏丞相遺書託冥吏
제11회	저승을 두루 유람하던 태종의 혼백이 돌아오고,	第十一回	遊地府太宗還魂
	호박을 바치러 죽어간 유전은 새로운 배필을 얻다		進瓜果劉全續配
제12회	당 태종이 정성으로 수륙 대회를 베푸니,	第十二回	唐王秉誠建大會
	관음보살이 현성하여 금선 장로를 깨우치다		觀音顯聖化金蟬

4. 번역에 있어서, 광범위한 독자를 대상으로 원문의 뜻을 충분히 살려 의역(意譯)하고, 될 수 있는 대로 한자(漢字) 용어를 배제하고 우리말로 쉽게 풀어 썼으며, 당시의 제도상 관용어는 그대로 사용하였다.

5. 역주는 중국의 역사적 인물, 사회 제도상 우리나라와 다른 관습, 종교적 용어, 내용과 관계가 깊은 배경 사실, 그리고 관용어와 인용문에 대한 설명을 주로 하였으며, 특히 본문 가운데 우리에게 생소한 중국 속담이나 사투리, 뜻 깊은 경구(警句)는 번역문 다음에 이어 원문(原文)을 부록하였다.

【예】"다섯 가지 형벌을 받아야 할 죄목이 3천 가지가 있으되, 그중에서 불효보다 더 큰 죄는 없다(五刑之屬三千, 而罪莫大於不孝)."

"집안의 살림살이를 맡아봐야 땔나무 값 쌀값 비싼 줄 알게 되고, 자식을 길러봐야 부모님의 은혜를 알아본다(當家才知柴米價, 養子方曉父娘恩)."

"아무리 술맛이 좋다마다 해도 고향 우물 맛이 최고요, 친하니 어쩌니 해도 고향 사람이 최고(美不美, 鄕中水, 親不親, 故鄕人)."

서유기 西遊記

제21회 호법 가람은 술법으로 집 지어 손대성을 묶게 하고, 수미산의 영길보살은 황풍괴를 제압하다

한편, 패잔병이 되어버린 호선봉의 부하 요괴 50마리는 찢어진 깃발과 부서진 북을 들고 동굴로 와르르 몰려들어가 늙은 요괴에게 보고했다.

"대왕님, 호선봉은 저 털북숭이 화상과 싸워 이기지 못하고 동쪽 산비탈 아래로 쫓겨 달아나고 말았습니다."

늙은 요괴는 그 말을 듣고 여간 걱정이 되지 않아, 고개를 숙인 채 묵묵히 계책을 짜내기 시작했다. 그런데 또다시 앞문을 지키던 부하 요괴가 뛰어들어왔다.

"대왕님, 큰일났습니다! 털북숭이 화상이 호선봉을 때려죽이고 문 앞에까지 그 시체를 끌고 와서 욕설을 퍼부어가며 싸움을 걸고 있습니다."

이 말을 듣자, 늙은 요괴는 더욱 속이 상해 어쩔 바를 몰라했다.

"그놈, 정말 무지막지한 놈이로구나! 내가 자기네 스승을 아직 잡아먹은 것도 아닌데 내 선봉장을 먼저 때려죽이다니, 정말 가증스러운 놈이로구나! 가증스러운 놈이야!"

푸념을 늘어놓을 때마다 울화통이 치미는 걸 더 이상 참을 수가 없는 터라, 늙은 요괴도 마침내 결단을 내렸다.

"내 갑옷과 투구를 가져오너라. 손행자인지 뭔지 하는 놈의 얘기를 나도 좀 듣기는 했다만, 아무래도 내가 직접 나가서 봐야겠다. 도대체 그놈의 화상이 머리 아홉에 꼬리 여덟 개 달린 괴물이라도 된다는 게냐! 내 반드시 그놈을 잡아들여다가 호선봉의 목숨 빚을 받아내고야 말테다."

졸개 요괴들이 부랴부랴 투구와 갑옷을 떠메고 나오자, 늙은 요괴는 무장을 단단히 갖춘 다음, 날이 셋 달린 강철 작살 '삼고강차(三股鋼叉)'를 한 자루 들고 숱한 부하 요괴들을 거느리고 동굴 바깥으로 뛰쳐나갔다.

문밖에 우뚝 서서 기다리고 있던 손대성은 요괴가 걸어나오는 것을 발견하고, 우선 그 생김새부터 살펴보았다. 요괴는 과연 황풍대왕이란 이름에 걸맞게 효용(驍勇)이 뛰어난 장수가 틀림없었다.

황금 투구는 햇빛 아래 번쩍이고, 황금 갑옷에는 찬란한 광채가 응어리졌다.
투구 위에 나부끼는 것은 들꿩의 깃털이요,
갑옷 위에 걸친 것은 담황색 비단 전포(戰袍) 한 벌이다.
갑옷을 동여맨 허리띠에 용무늬 장식 빛깔이 눈부시고,
심장부를 가린 호심경(護心鏡)은 눈부시게 휘황하다.
사슴 가죽 장화는 느티나무 꽃으로 물들였으며,
비단 치맛자락은 버들 잎사귀로 곱게 수놓아 꾸몄다.
수중의 세 날 달린 강철 작살 날카롭기 이를 데 없어,
저 옛날 현성 이랑진군에 뒤떨어지지 않는구나.

요괴는 동굴 문을 나서기가 무섭게 고함쳐 물었다.
"손행자가 어떤 놈이냐?"
손행자는 발로 호랑이 요괴의 가죽을 밟은 채, 손에 잡은 여의금고

철봉을 번쩍 들면서 맞고함쳐 대꾸했다.

"네 녀석 외할아버지 여기 계시다! 잔소리 집어치우고, 우리 사부님이나 빨리 내보내라."

늙은 요괴가 상대방을 가만히 살펴보니, 몸집은 꾀죄죄한데다 얼굴 생김새도 옹색하게 깡말랐을 뿐 아니라, 키라는 것이 고작해야 4척도 못 되는 꼬마 녀석 아닌가? 예상이 빗나가자 요괴는 어처구니가 없어 웃음이 절로 나왔다.

"이런! 불쌍한 녀석 같으니…… 너무 불쌍해서 못 보아주겠구나. 호선봉을 때려죽였다고 하기에 난 또 얼마나 씩씩한 사내대장부인가 했더니, 이따위 해골바가지에 껍질 한 겹 씌워놓은 병신 녀석일 줄이야……!"

손행자도 덩달아 웃으면서 대거리를 했다.

"이 손자 놈이 눈썰미도 어지간히 없는 녀석이로군! 이 외할아버지가 비록 몸집도 작고 키도 작다만, 어디 그 작살로 내 머리통을 한번 때려보려무나. 당장에 6척 장신으로 늘어날 테니 말이다!"

"네놈의 머리통이 그렇게 굳단 말인가? 그럼 어디 내가 한 대 먹여주마!"

그러나 손대성은 여전히 태연자약, 추호도 겁내는 기색 없이 상대방의 공격이 머리통에 날아드는 것과 때를 같이하여 허리를 굽실하더니, 그 자리에서 두 다리가 6척이나 길어져 키가 1장 남짓한 꺽다리가 되어 있었다. 깜짝 놀란 요괴는 황급히 삼고강차를 거두고 버럭 호통을 쳤다.

"손행자! 그런 호신용 변화 술법을 내 문전에서 함부로 써서 어쩌자는 거냐? 그따위 어린애 속임수는 집어치우고, 이리 가까이 와서 나하고 한판 겨뤄보자! 진짜 수단이란 게 어떤 것인지 네놈한테 보여주마!"

"허허, 이 아들 녀석 봤나! 속담에 '사정을 봐주려거든 손찌검을 하지 말고, 손찌검을 하려거든 아예 인정사정을 두지 말라'는 얘기도 못 들어봤느냐? 이 외할아버지의 손속이 얼마나 매서운지 모르는 모양인데, 네놈이 내 철봉 한 대를 견뎌낼 수 있을는지 걱정스럽구나!"

하나 이런 말이 요괴한테 통할 리가 없다. 강철 작살을 훌떡 뒤챈 요괴가 손행자의 앙가슴을 겨누고 푹 찔러들었다. 그렇다고 세상에 바쁜 일이라곤 하나도 없는 손대성이 허둥대거나 서두를 까닭이 어디 있으랴, 예리한 작살 끝이 가슴을 쑤시려고 날아드는 순간에 그는 철봉 자루를 바로 뉘어 잡고 이른바 '오룡약지(烏龍掠地)'의 자세로 땅바닥을 휩쓸 듯 강철 작살의 공세를 철꺼덕 뿌리쳐내더니 정수리를 겨냥한 자세 그대로 철봉을 수직으로 후려쳤다. 첫번째 교봉(交鋒)이 엇갈린 직후, 마침내 황풍동 대문 밖에서는 한바탕 치열한 대결이 본격적으로 벌어지기 시작했다.

요괴 임금은 노발대발, 제천대성은 위력을 떨친다.
노발대발한 요괴 임금은 손행자를 붙잡아 호선봉의 원수를 갚으려 들고,
위력을 떨치는 제천대성은 정령을 붙잡아 삼장을 구하려 든다.
강철 작살이 찔러들면 철봉이 가로막고, 철봉이 날아가면 작살이 받아친다.
한쪽이 산중을 제압한 도총수(都總帥)라면,
또 한쪽은 부처님의 법을 수호하는 미후왕(美猴王)이다.
처음에는 그래도 변두리에서 흙먼지나 뿌리는 싸움이었으나,
그 다음에는 제각기 한가운데 버텨 서서 정면으로 겨룬다.

> 찍어드는 강철 작살 예리한 날 끝이 번뜩이고,
> 여의금고봉 몸뚱이는 시커멓지만 양끝 테두리는 황금빛이 눈부시다.
> 작살에 찔렸다가는 혼백이 유명계로 돌아가고,
> 철봉에 얻어맞는 날에는 어김없이 염라대왕을 만나뵐 판이다.
> 생사 결판은 오로지 솜씨 눈치 다 빠른 데 달렸고,
> 이기느냐 지느냐는 반드시 건장한 체력에 달려 있다네.
> 쌍방이 모두 살아남기를 잊고 목숨 던져 싸우니,
> 어느 쪽이 무사하고 어느 쪽이 다칠 것인지 알 길이 없다.

늙은 요괴와 손대성은 30여 합을 겨루었어도 승부가 나지 않았다. 성미 급한 손행자는 단번에 실적을 올려볼 생각에 '신외신(身外身)'이라는 분신 술법을 쓰기로 작정했다. 그는 제 몸에서 털을 한 움큼 뜯어내더니, 입에 털어넣고 씹다가 허공을 향해 '훅!' 뿜어냈다.

"변해라!"

외마디 소리 한 번에 원숭이 터럭은 삽시간에 1백여 마리나 되는 손행자로 변했는데, 하나같이 생김새도 똑같을 뿐 아니라 저마다 철봉 한 자루씩 들고 공중에서 요괴를 에워싸기 시작하는 것이 아닌가!

깜짝 놀란 요괴도 겁을 집어먹고 허둥대다가 똑같이 술법을 쓰기 시작했다. 그는 재빨리 고개를 손지(巽地, 동남쪽) 방향으로 돌리더니, 입을 쩍 벌리고 세 차례나 숨을 들이쉰 다음에 갑자기 숨 한 모금을 '확!' 뿜어냈다. 그랬더니 이게 웬일인가, 뿜어낸 숨 한 모금이 삽시간에 싯누런 모래바람으로 바뀌면서 하늘 꼭대기로부터 지상으로 사납게 휘몰아쳐 내려오는데, 그 기세가 정말 지독하기 짝이 없다.

차디찬 바람 씽씽 울리는 소리에 하늘과 땅의 빛깔이 바뀌고,
그림자도 형체도 없는 싯누런 모래가 소용돌이친다.
바람은 숲을 뚫고 영마루 턱을 무너뜨리며,
소나무 매화나무 닥치는 대로 넘어뜨리고,
흩뿌려 날리는 흙먼지에 고갯마루 장벽이 허물어진다.
황하의 물결 뒤집혀 밑바닥까지 혼탁해지고,
상강(湘江)의 물은 용솟음쳐 사나운 파도가 출렁거린다.
벽옥 빛깔 창천 위에 두우궁(斗牛宮)이 진동하고,
저승의 삼라전조차 그 바람결에 넘어갈 판이다.
5백 나한이 놀라 떠드는 소리에 하늘조차 들썩이고,
8대 금강이 저마다 고래고래 아우성친다.
문수보살은 타고 다니던 청모사자(靑毛獅子)를 놓치고,
보현보살은 흰 코끼리를 놓쳐 찾을 길이 없다네.
진무대제¹의 거북과 구렁이는 무리를 잃고 헤매는데,
자동진군(梓橦眞君, 문창성) 태우던 나귀란 놈은 등자가 벗겨져 날아간다.
떠돌이 장사꾼은 하늘에 고함쳐 괴로움을 하소연하고,
나루터 뱃사공은 온갖 허원(許願) 빌어 바람이 가라앉기를 기도드린다.
연파(煙波)에 매인 목숨이 풍랑 따라 흐르고,
명리 좇는 구차한 삶이 물결 따라 좌우된다.

---

1 진무대제: 도교의 신령으로 정식 명칭은 진천진무 영응우성제군(鎭天眞武靈應祐聖帝君). 민간에서는 속칭 '탕마천존(蕩魔天尊)', 보은(報恩)의 신령으로 추앙받고 있다. 북방 칠수(北方七宿)를 상징하는 현무(玄武), 즉 거북과 구렁이의 혼합체 귀사(龜蛇) 두 장수를 거느리고 있다. 자세한 것은 제33회 주 **9** '진무제군' 및 제65회 본문과 주 **8** 참조.

선산(仙山)의 동부는 캄캄절벽 어둡고,

바다 한가운데 봉래도는 어둑어둑 흐려졌다.

태상노군 팔괘로에 굽던 단약을 돌볼 겨를이 없고,

남극수성 어른은 자랑하던 용수선(龍鬚扇) 부채를 걷어들인다.

때마침 반도원에 가시던 서왕모 낭랑은,

불어닥친 돌개바람에 치맛자락 어지럽게 흐트러졌다.

현성 이랑진군은 향화 받던 관주성(灌州城)을 잃어버리고,

나타 삼태자는 칼집 속의 장검을 뽑아내지 못한다.

탁탑 이천왕은 손바닥 위의 탑을 보지 못하고,

천하에 솜씨 높은 목수 노반(魯班)[2]이 황금 송곳을 걸어놓고 말았다.

대뇌음사 3층 보각이 무너져 내리고,

조주(趙州)의 단단한 석교(石橋)가 두 토막으로 뎅겅 부러진다.

붉은 수레바퀴 태양이 전혀 빛을 잃었는가 하면,

온 하늘의 별떨기가 모두 제자리를 못 찾아 뒤범벅으로 섞였다.

남산의 새떼들은 북녘 산으로 날아가고,

동쪽 호수의 물 흐름이 서쪽 호수로 꺾이어 질탕하게 뻗어나간다.

짝을 못 찾은 암컷과 수컷이 서로 울부짖고,

흩어진 어미와 자식이 외쳐 부르기조차 힘들다.

---

2 노반: 중국 춘추 전국 시대 노(魯)나라 출신의 기술자 공수반(公輸班). 교묘한 기계, 특히 공성용(攻城用) 군사 장비를 만드는 솜씨가 뛰어나, 여러 나라에 공포의 대상이 되었다고 한다. 어떤 사람이 도끼를 한 자루 만들어 가지고 남의 집 대문 앞에서 자랑삼아 휘둘러 보였는데, 하필이면 그 집이 공수반의 저택이었다 하여, 자기 분수도 모르고 설쳐대는 사람을 빗대어 만들어진 고사성어가 바로 '반문농부(班門弄斧)'다.

사해 용왕은 야차를 찾느라 바다 속을 온통 뒤지고,
뇌공은 도처에서 번개 벼락을 찾아 헤맨다.
10대 염왕들이 저승판관 못 찾아 허둥거리고,
지옥의 쇠머리 귀신은 말대가리 귀신을 쫓느라 바쁘다.
이 바람은 보타락가산에도 불어닥쳐,
관음보살님 읽던 경문 한 권을 휘말아 올린다.
백련화 꽃잎은 떨어져 바닷가에 흩날리고,
보살님의 열두 강원에 휘몰아친다.
반고 이래 오늘날까지 바람은 불었으되,
이렇듯 모진 바람을 본 적이 없으니,
우지끈 뚝딱! 쏴르르 부는 바람에 건곤이 터지지 않고도 허물어져 내리고,
만리강산이 모조리 와들와들 떨릴 판이로구나!

요괴는 이렇듯 사나운 일진광풍을 일으켜 작은 행자로 변신한 손대성의 터럭을 반공중 높이 흩날리고 말았다. 그러니 물레바퀴 돌아가듯 정신없이 빙글빙글 맴을 도는 데야 철봉을 휘두르는 둘째로 치고라도 몸뚱이인들 어떻게 가눌 수 있단 말인가? 손행자는 당황한 나머지 부랴부랴 터럭을 몸에 거두어들인 다음, 혼자서 철봉 자루를 고쳐 잡고 정면으로 쳐들어갔다. 그러나 이것도 헛수고, 요괴란 놈이 면상에다 대고 저 무서운 황풍을 '푸웃!' 하고 뿜어내는 바람에, 불덩어리 같은 손행자의 두 눈과 금빛 눈동자는 그만 꼭 감긴 채 두 번 다시 뜰 수 없게 되고 말았다. 이리하여 철봉 한번 제대로 써보지 못하고 대패를 당한 손행자는 허둥지둥 바람을 피해 달아나는 신세가 되었다. 완승을 거둔 요괴가 비로소 바람을 거두어들이고 동굴로 돌아간 것은 더 말할 나위도 없다.

한편, 저팔계는 싯누런 돌개바람이 사납게 일어나 천지마저 캄캄절벽으로 바뀌는 것을 보자, 허겁지겁 백마의 고삐를 잡아끌고 짐짝을 지키면서 산속 깊숙이 파인 구덩이에 엎드린 채, 눈을 뜨기는커녕 고개도 처들지 못하고 그저 한다는 것이 입으로 중얼중얼 염불이나 외우면서 부처님께 기도를 드리는 일이 전부였다. 손행자가 이겼는지 졌는지, 싸움의 승부가 어떻게 났는지도 모르고, 스승이 죽었는지 살았는지 알 턱도 물론 없었다.

구덩이에 머리통을 처박은 채로 이런 궁리 저런 궁리를 하고 있노라니, 어느덧 바람이 그치고 하늘이 밝게 개었다. 슬그머니 고개를 들고 동굴 문 앞을 내다보니, 싸우는 기척도 들리지 않고 쉴 새 없이 시끄럽게 울리던 징소리, 북소리도 들려오지 않는다. 미련한 팔계 녀석은 섣불리 동굴 문 쪽으로 나가 살펴볼 엄두도 내지 못했다. 설령 그럴 용기가 났다 하더라도 마필과 짐짝을 지켜줄 사람이 없으니 그야말로 진퇴양난, 이러지도 저러지도 못하고 당황한 마음을 억누르지 못하고 있는데, 저 멀리 서쪽으로부터 손대성이 무어라고 왁자지껄 떠들어가면서 달려오는 모습이 보였다. 저팔계는 반가운 마음에 얼른 몸을 일으켜 마중하러 나갔다.

"형님! 그 바람 정말 굉장합디다! 한데 어디서 오는 거요?"

손행자는 두 손을 홰홰 내저었다.

"어이구, 말도 말게! 정말 지독하더군, 지독했어! 이 손선생이 사람 노릇을 해본 이래로 그렇게 사나운 바람은 처음 보네. 그 늙은 놈의 요괴가 날이 셋 달린 강철 작살을 가지고 나와서 이 손선생과 한판 붙었지 뭔가. 싸움이 30여 합쯤 지난 뒤에 이 손선생이 '신외신'의 술법을 써서 그놈을 에워싸고 들이쳤더니, 그놈은 다급한 나머지 그렇게 무서운 바람을 한바탕 일으킨 걸세. 한데 이놈의 싯누런 모래바람이 얼마나 모질고 사납게 불어닥치는지, 도대체 몸뚱이를 가누고 서 있을 수가 있어야 말이지. 하는 수 없이 술법을 거두어들이고 가까스로 바람 속을 빠져나와 이렇게 도망쳐오는 길일세. 허어, 그것참! 대단한 바람이야! 정말 무시무시한 바람이던걸! 이 손선생도 호풍환우 술법을 써서 바람도 일으키고 비도 내리게 할 줄 알지만, 이 요괴 녀석의 바람처럼 그렇게 사납지는 못했는데!"

"형님! 그 녀석의 무예 솜씨는 어떻습디까?"

"볼 만하더군. 작살 쓰는 솜씨가 제법 잘 짜였고, 이 손선생과 어슷비슷하게 맞먹을 정도였네. 하지만 그놈의 바람이 너무 사나워 이길 도리가 있어야 말이지."

"그렇다면 무슨 수로 사부님을 구해낸단 말이오?"

저팔계가 걱정스럽게 물었다. 그러나 손행자는 딴 일에 정신이 팔려 있었다.

"사부님을 구출하는 일은 잠시 뒤에 생각하기로 하고, 여기 어디 안과 의원이 없을까? 내 눈부터 치료를 받아야 하겠는데……."

"형님 눈이 어쨌단 말이오?"

"그 요괴란 놈이 갑자기 내 얼굴에 대고 바람을 확 뿜어내는 통에, 눈동자가 쓸려서 시큰시큰 쑤셔대고 아프더니, 이제는 차디찬 눈물이 자꾸 흘러나와 견딜 수가 없네."

그 말을 듣고 저팔계가 피식 웃는다.

"원, 형님도! 이런 산중에서 날도 다 저물었는데, 안과 의원은 고사하고 오늘 하룻밤 묵을 만한 곳도 없는 신세요!"

"잠자리를 찾기는 그리 어려운 일이 아닐세. 내가 짐작하기로는, 그놈의 요괴가 아직은 사부님을 건드리지 못했으리라 싶네. 큰길로 나가 어디 사람 사는 집이 없나 찾아보기로 하세. 인가가 있거든 하룻밤 쉬고 나서, 내일 아침에 날이 밝는 대로 다시 이리로 와서 요괴를 항복시키기로 하세."

"그래요, 그래! 그게 좋겠소!"

짐짝을 둘러멘 저팔계가 말고삐를 끌고 앞장서서 후미진 계곡을 벗어나 큰길에 올라섰다. 얼마쯤 나갔을까, 날은 점차 어둑어둑 저물어 땅거미가 지기 시작하는데, 남쪽 산비탈 아래에서 '컹컹!' 하고 개 짖는 소리가 들려왔다. 두 사람이 걸음을 멈추고 바라보니, 길 곁 한 귀퉁이에 시골집 한 채가 덩그러니 자리잡았는데, 창문 틈으로 등잔 불빛이 가물가물 비쳐나오고 있다. 두 사람은 길이 있고 없고 따져볼 것도 없이 풀밭을 헤쳐가며 곧바로 집 문턱까지 걸어나갔다.

자줏빛 지초 덮인 마당은 푸른 융단을 깔아놓은 듯,
백석은 하얗다 못해 푸른 기운 감돈다.
자줏빛 지초 덮인 마당에 잡초가 무성해 푸르고,
푸른 기운 감도는 백석은 절반 남짓 이끼가 끼어 있다.
반딧불이 몇 마리가 반짝반짝 빛을 내고,
들판 숲에는 나무가 온통 빽빽하게 들어차 있다.
해 저물 녘 난초의 향기는 짙게 풍겨나오고,
여린 대나무 줄기를 새롭게 가꾸었다.
맑은 샘물이 계곡 따라 굽이쳐 흐르는데,
해묵은 잣나무는 깊숙한 절벽에 기대어 섰다.
외지고 궁벽한 곳이라 놀러 오는 길손 없고,
사립문 앞에는 들꽃만이 피었을 뿐.

두 사람은 남의 집에 섣불리 뛰어들지 못하고, 그저 문 앞에서 주인을 외쳐 불렀다.
"문 좀 열어주시오! 문 좀 열어요!"
이윽고 집 안에서 노인 한 사람이 젊은 농사꾼 몇몇을 거느리고 나섰는데, 손에는 하나같이 쇠스랑 아니면 쇠갈퀴, 빗자루, 쟁기 따위를 들고 나왔다.
"누구요? 무엇 하는 사람이오?"
손행자는 평소 그답지 않게 허리를 굽실하고 점잖은 말씨로 대답했다.
"우리는 동녘 땅 대(大) 당나라에서 오는 성승의 제자들입니다. 서천으로 부처님을 찾아뵙고 경을 얻으러 가는 길에 이 산을 넘어가다가, 저희 사부님이 황풍대왕에게 붙잡혀 끌려가셨습니다. 그래서 아직 구해내지 못했는데, 때마침 날이 저물었기에 하룻밤 신세를 질까 해서 이렇게 댁을 찾아왔습니다. 부디 편리를 좀 보아주십시오."
노인 역시 허리 굽혀 답례를 건네면서 두 나그네를 반겨 맞았다.
"미처 마중을 못 나와 미안스럽소이다. 이곳은 워낙 구름만 많고 인적 드문 산골이라, 찾아오는 사람도 별로 없지요. 그래서 방금 문을 열어달라는 소리를 듣고도, 혹시 요망한 여우나 호랑이 아니면 산적떼가 온 것이 아닌가 싶어, 이렇게 어수선하게 여럿이서 몰려나온 것이라오. 두 분 장로들께서 찾아오신 줄 누가 알았나? 자아, 어서 안으로 들어갑시다. 어서 들어와요!"
두 형제는 주인이 인도하는 대로 등짐을 진 채 말고삐를 끌면서 안으로 들어섰다. 그리고 말뚝에 고삐를 묶어놓은 다음, 짐짝을 부려놓고 노인장과 마주 앉아 인사를 나누었다. 머슴이 내온 차를 마시고 났더니, 이번에는 참깨로 지은 밥 몇 그릇이 들어왔다. 두 형제가 식사를 마치자, 주인은 또 하인들을 시켜 잠자리를 깔아놓으라고 분부했다.

손행자는 그 틈에 얼른 물었다.

"잠은 자지 않아도 괜찮습니다만, 혹시 이 고장에 안약 파는 데가 없습니까?"

엉뚱한 물음에 노인장이 두 사람을 번갈아 돌아보면서 되물었다.

"어느 장로님께서 눈병이 나신 거요?"

"영감님 앞이니까 솔직히 말씀드리지요. 저희는 출가인들이라 여태껏 병이라곤 앓아본 적이 없었습니다. 눈병이란 게 뭔지도 모르고 말입니다."

"눈병을 앓지 않는다면, 약은 어디다 쓰시려오?"

"저희가 오늘 황풍동 어귀에서 사부님을 구해내려다가, 생각지도 않게 그만 그놈의 요괴한테 바람 한 모금을 쏘이고 말았지 뭡니까. 그 바람이 얼마나 지독스러운지 눈알이 쓰라리고 아파서 도무지 견딜 수가 없습니다그려. 지금은 자꾸 눈물이 줄줄 흘러나와 멈추지 않으니 어쩝니까. 그래서 안약이라도 넣으면 나을 듯싶어 찾았던 것입니다."

그랬더니 노인은 고개를 절레절레 내저으면서 혀를 쯧쯧 차는 것이 아닌가.

"잘한다, 잘해! 장로님은 어떻게 그 젊은 나이에 거짓말을 그리 잘 하시는 거요? 황풍대왕의 입김에 쏘여서 눈이 시큰거리고 아프기만 하다니! 예끼, 말도 안 되는 소리 작작 하시구려! 그 바람이 얼마나 지독스러운지 모르고 하는 말씀이오? 황풍대왕의 바람으로 말하자면, 봄에 부는 마파람, 가을에 부는 높새바람, 솔바람, 대숲을 흔드는 하늬바람, 그게 아니면 동서남북에 부는 바람과는 비교할 바가 못 될 만큼 사나운 것인데……."

이때 저팔계가 냉큼 끼어들었다.

"그렇다면 아마도 골수병 일으키는 협뇌풍(夾腦風), 간질병 일으키는 양이풍(羊耳風), 문둥병을 옮기는 대마풍(大痲風), 그것도 아니라면 편두통을 일으키는 편정두풍(偏正頭風)이겠군!"

미련한 팔계가 넉살 좋게 '바람 풍(風)'자 들어가는 타령을 모조리 읊어댈 작정이라, 주인은 얼른 그 말을 막아 끊었다.

"아니오, 아냐! 그 바람은 '삼매신풍(三昧神風)'이라 부른다오."

손행자는 이것 봐라 싶어 내처 물었다.

"영감님이 어떻게 그런 걸 아십니까?"

"말도 마시오. 그 바람이 한번 불어닥쳤다 하는 날이면 천지가 캄캄해지고 귀신조차 두려워 떨고 통곡하게 만든다오. 바위 더미를 뻐개고 산등성이 벼랑을 무너뜨릴 만큼 거세기 짝이 없는 바람이라, 그것에 불렸다가는 사람의 목숨 하나쯤은 그 자리에서 끝장난단 말이오. 그런데 당신네가 그 지독한 바람을 맞고도 이렇게 멀쩡하게 살아 있다니, 믿을 수가 있어야지! 아마도 신선 같은 사람이라야 그 바람 앞에서 무사할 수 있을 게요."

황풍대왕의 바람을 겪어본 손행자는 고개를 끄덕끄덕 솔직히 인정해주었다.

"과연 옳으신 말씀입니다. 그러나 우리가 비록 신선은 아니라 하더라도, 신선들이 오히려 내 후배뻘쯤 되지요. 이 한 목숨이 바람 한번 거세게 불었다고 그렇게 쉽사리 끝장날 것 같습니까. 그저 바람을 쐰 두 눈알이 시큰거리고 아파서 그럴 뿐이지요."

노인장도 입씨름을 하기에 질렸는지 곧이곧대로 받아들였다.

"그렇게 말씀하시다니, 무엇인가 내력이 있는 분들 같구려. 하나 우리집에서 안약 같은 것을 팔지는 않소. 이 늙은이도 이따금씩 찬 바람에 쐬어 눈물이 나올 때가 있었는데, 우연히 어떤 기인이사(奇人異士)

한 분을 만나 '삼화구자고(三花九子膏)'라는 안질 고약 처방을 전해 받은 적이 있었소. 그것이면 풍안(風眼) 같은 병은 쉽사리 고칠 수 있을 거요."

손행자가 그 말을 듣고 고개 숙여 사례했다.

"그걸 조금만 구했으면 좋겠습니다. 시험 삼아 한두 방울쯤 눈에 넣어보게 말입니다."

"어렵지 않은 일이지요."

노인은 즉석에서 응낙하고 안으로 들어가더니, 잠시 후 마노석을 깎아 만든 돌단지 한 개를 들고 나왔다. 그리고 마개를 뽑은 다음 옥비녀 끝으로 고약을 찍어서 손행자의 두 눈에 넣어주었다.

"눈을 뜨지 말고 한잠 푹 주무시구려. 내일 아침이면 거뜬하게 나을 테니까."

당부를 마친 노인장이 돌단지를 거둬 가지고 머슴과 함께 안채로 들어간 뒤, 저팔계는 보따리를 풀어 이부자리를 깔고 손행자를 편히 쉬게 보살펴주었다.

노인의 말대로 두 눈을 꼭 감은 손행자가 이리 더듬고 저리 더듬으면서 헤매고 있는 꼴이 우스웠는지, 저팔계는 낄낄대며 농담을 건넸다.

"여보, 장님! 지팡이를 찾으쇼?"

손행자는 약이 올라 버럭 소리를 질러 꾸짖었다.

"이 보릿겨나 처먹고 사는 미련퉁이 곰 녀석아! 날 아예 소경 취급을 할 작정이냐?"

바보 같은 저팔계, 속으로 쿡쿡 웃어대면서 더는 말을 않고 잠자리에 누워버린다. 손행자는 요 위에 똬리를 틀고 앉아 신공을 운기하면서 이런저런 궁리를 하던 끝에, 삼경이 지나서야 겨우 잠이 들었다.

어느덧 오경이 지나서 날이 훤히 밝아올 무렵, 손행자는 푸석푸석

해진 얼굴을 문지르면서 두 눈을 번쩍 떴다.

"허어, 그것참 좋은 약이로구나! 눈이 전보다 훨씬 더 밝아졌는걸!"

혼잣말로 중얼거리면서 고개를 돌려 뒤쪽을 바라보았더니, 어렵쇼! 집은 어디 있으며 사립문은 또 어디로 갔단 말인가? 집이 있던 자리에는 해묵은 느티나무와 키 큰 버드나무만 덩그러니 서 있을 뿐이요, 자기네 형제 두 사람은 보드랍고도 푸른 잔디밭에 누워 잠을 자고 있었던 것이다.

중얼거리는 기척에 놀랐는지 저팔계도 잠에서 깨어났다.

"아니, 형님 뭘 그렇게 구시렁거리고 있는 거요?"

"이 바보야, 눈을 뜨고 이것 좀 봐라."

미련퉁이가 눈을 번쩍 뜨고 주변을 돌아다보니, 사람 살던 집이 밤새 온데간데 없다. 깜짝 놀란 저팔계가 엉금엉금 기어 일어나 앉으면서 무엇보다 먼저 찾는 것이 있다.

"어어, 내 말은?"

"나무줄기에 매여 있는 게 말이 아니고 뭔가?"

"짐보따리는?"

"자네 머리맡에 있지 않나?"

"이 집 주인도 어지간히 고약하구먼. 밤새 이사를 가면서 손님들한테는 일언반구 말 한마디도 해주지 않다니! 이 저선생에게 귀띔이라도 해주었다면 다과(茶果) 대접을 했을 게 아닌가? 아무래도 남에게 빚을 많이 졌던 모양이지? 그러니까 이장(里長)에게 경을 칠까 봐 이웃 몰래 야반도주³를 했겠지. 그런 줄도 모르고 우리는 정말 푹 곯아떨어졌어! 집 한 채를 통째로 뜯어가는데 아무 소리도 못 들었으니 말이야."

---

3 야반도주: 원문은 '타문호(躱門戶)'. 명나라 시대 국가에서 부과하는 세금과 병역이 너무 가혹하여, 이를 견디지 못한 농민들이 집단으로 농토를 버리고 야반에 도망하

미련퉁이의 말에 손행자는 키득키득 웃기만 했다.

"이 밥통아! 쓸데없는 소리 작작 늘어놓고, 저 나무 위에 무슨 쪽지가 있는지 가보기나 하게!"

저팔계가 나무줄기 앞으로 달려가서 쪽지를 떼어보니, 종잇장에는 송시 네 줄이 적혀 있다.

> 그 집은 속된 인간이 사는 집이 아니요,
> 호법 가람이 술법으로 변화시켜 만든 여막(廬幕)이라네.
> 묘약을 그대에게 드려 고통스러운 눈을 고쳐주었으니,
> 마음을 다하여 요괴를 항복시키되 주저하지 말 것을.

송시를 읽어본 손행자가 발을 동동 굴렀다.

"이 못된 놈의 신지(神祇) 녀석 봤나! 사부님의 말을 용마로 바꾼 뒤부터 줄곧 불러내지 않았더니만, 오히려 그쪽에서 나타나 가지고 이런 꼼수를 부릴 줄이야 누가 알았나!"

"형님, 너무 큰소리치지 마시구려. 그가 어떻게 형님이 부르는 대로 나타난단 말이오?"

"자넨 모를 걸세. 저 호법 가람과 육정 육갑, 오방 게체, 사치 공조들은 지금까지 보살님의 법지를 받들어 아무도 모르게 사부님을 보호하고 있다네. 지난번에 당직 순서대로 점호를 한번 취하고 나서, 그뒤부터는 자네가 있기 때문에 그들을 써먹을 필요가 없어져서 불러내지 않았을 뿐이네."

"형님, 그들이 보살님의 법지에 따라서 아무도 모르게 사부님을 보

는 일이 흔히 일어나, 그 마을의 이장(里長＝里正)들이 책임지고 감시 단속을 했다고 한다.

호흐느라 제 모습을 나타낼 수 없었던 게 아니오? 어찌 되었든 술법으로 좋은 집 한 채 세워 가지고 우리를 하룻밤 잘 쉬게 해주었으니 고마운 노릇이지 탓할 게 뭐요. 형님 눈병이 고쳐진 것도 그 친구 덕분이요, 또 잿밥 한 끼니 두둑하게 먹여주기까지 했으니, 그만하면 나름대로 정성을 다한 셈이 아니겠소. 섭섭하게 여기지 말고 우리 어서 사부님이나 구하러 떠납시다."

"자네 말이 옳으이. 여기서 황풍동 어귀까지는 그리 멀지 않으니까, 자네는 꼼짝 말고 숲속에서 말이나 돌봐주고 짐보따리를 지키면서 기다리고 있게. 이 손선생 혼자 동굴에 가서 염탐을 좀 해보고, 사부님이 어찌 되셨나 알아본 다음에 그놈과 다시 싸울 테니까 말일세."

"그거참 좋은 말이오. 사부님이 살아 계신지 돌아가셨는지 똑똑히 알아와야 하오. 만약 돌아가셨다면 우리도 각각 제 갈 데로 찾아가야 할 테고, 아직 살아 계시다면 우리 온갖 힘을 다 기울여 구해드려야 하지 않겠소."

"허튼소리 그만 지껄이게! 그럼 다녀옴세!"

미련퉁이 아우에게 한마디 면박을 준 손행자, 몸뚱이 한 번 가볍게 솟구치자 벌써 동굴 문턱 앞에 다다랐다. 문은 여전히 닫혀 있었다. 모두들 아직도 잠자고 있는 모양이었다. 손행자는 요괴들이 깨어날까 보아 문을 열라고 고함을 지르는 대신, 구결을 맺고 주문을 외우더니 몸뚱이 한 번 뒤트는 사이에 감쪽같이 모기 한 마리로 변신했다. 빨간 줄무늬를 지닌 두 다리, 얇디얇은 두 날개가 그야말로 깜찍스럽기 비할 데 없는 모습이었다.

  보일 듯 말 듯 미약한 몸매에 날카로운 주둥이,
   앵앵 울어대는 날갯짓 소리 가늘지만 우레 치는 소리보다 더

수선스럽다.
> 난초 향기 감도는 규방에 망사 휘장을 곧잘 뚫고 들어가고,
> 한여름철 무더위에 따뜻한 날씨를 제일 좋아한다네.
> 가장 싫어하는 것은 모기 쫓는 쑥불 연기에 부채질이요,
> 무엇보다 사랑하는 것은 등잔불 밝은 빛이다.
> 날렵한 몸짓으로 질풍같이 꿰뚫고,
> 요괴의 동굴 안으로 날아 들어간다네.

문을 지키던 부하 요괴는 코를 골아가며 아직도 깊은 잠에 빠져 있다. 손행자는 그놈의 얼굴에 날아들어 한 방 따끔하게 물어주었다. 부하 요괴란 놈은 몸뚱이를 번뜩 뒤채면서 잠을 깨더니, 모기한테 물린 뺨을 쓰윽쓱 문지르면서 투덜거렸다.

"아이고 하느님 맙소사! 진짜 엄청나게 큰 모기로군. 한입에 부스럼 딱지만큼씩이나 물어뜯다니……!"

그러고는 눈을 번쩍 뜨다가 깜짝 놀라 일어섰다.

"어이쿠, 벌써 날이 밝았는걸!"

이윽고 삐거덕 하는 소리, 두번째 겹문이 활짝 열린다. 기다리고 있던 손행자는 '앵, 앵!' 소리를 내면서 안으로 날아 들어갔다. 동굴 안에서는 늙은 요괴가 부하들을 모아놓고 한바탕 지시를 내리고 있었다.

"문단속을 단단히 하고, 언제든지 싸울 수 있게 병기를 손에 닿는 곳에 가까이 놓아두어라. 어제 손행자란 놈이 그 바람결에 날려가 죽지 않았다면, 오늘 반드시 또 쳐들어올 것이다. 이번에 오기만 해봐라, 그놈의 목숨을 끝장내버리고 말 테니까!"

손행자는 그 말을 귀담아듣고 대청을 가로질러 뒤채 쪽으로 날아갔다. 그곳에도 문짝이 단단히 닫혀 있었으나, 모기로 변신한 손행자는 문

틈으로 거뜬하게 빠져나갈 수 있었다. 뒤채 안쪽은 널따란 마당, 삼장 법사는 그 마당 한쪽 곁 정풍장(定風椿)이란 말뚝에 묶여 있었다. 손행자는 스승의 머리 위로 날아가 앉았다. 당나라 스님은 눈물을 뚝뚝 흘려가며 그저 오공과 오능 두 제자가 어디 있는지 알 수 없어 속만 태우고 있을 따름이다.

"사부님!"

맏제자의 목소리를 알아들은 삼장, 반가움에 전신을 떨면서도 원망이 앞선다.

"오공아! 어디서 부르는 거냐? 이놈아, 날 죽게 만들 작정이냐!"

"저는 지금 사부님의 머리 위에 앉아 있습니다. 너무 조바심 내지 마시고 잠시만 더 기다려주십쇼. 저희가 요괴 놈을 반드시 붙잡아놓고 구해드릴 테니까, 아무 걱정 마십쇼."

"얘, 제자야! 어느 때에나 그놈의 요괴를 붙잡을 수 있겠느냐?"

"사부님을 잡아왔던 그 호랑이 요괴는 벌써 팔계의 손에 맞아죽었습니다. 단지 늙은 요괴의 바람이 너무 지독스러워서 그게 걱정입니다만, 아마도 오늘 안으로는 어떻게 해서든지 그놈을 잡아 끓일 수 있을 듯싶습니다. 사부님, 울지 마시고 마음 푹 놓고 계십시오. 그럼 저는 가 보겠습니다."

간다는 말 한마디 남겨둔 채 또다시 '앵, 앵!' 앞채로 날아가는 손행자, 그 무렵 늙은 요괴는 윗자리에 높이 올라앉아 여러 방면의 우두머리들을 점검하고 있었다. 이때 동굴 앞쪽에서 새끼 요정 한 마리가 '영(令)'자 깃발 한 폭을 둘둘 말아 어깨에 떠메고 대청까지 헐레벌떡 뛰어들어왔다.

"대왕님! 소인이 산을 순찰하려고 문밖으로 막 나가다 보았더니, 숲속에 주둥이가 길고 귀가 큰 화상 한 놈이 있었습니다. 소인이 눈치 빠르게 도망치지 않았더라면 그놈에게 붙잡힐 뻔했습니다. 한데 어제 나타나 대왕님과 싸웠던 그 털북숭이 화상은 어디로 갔는지 보이지 않습니다."

늙은 요괴가 고개를 주억거린다.

"손행자가 안 보인다? 그렇다면 바람에 날아가 죽어버린 모양이로구나! 그게 아니면 어디론가 구원병을 청하러 떠났거나 말이다."

"대왕님, 그 중 녀석이 바람에 날아가 죽어버렸다면 우리 운수가 대통이겠습니다만, 죽지 않고 어디서 천궁의 신병이라도 청해 데려오는 날에는, 어떻게 하면 좋겠습니까?"

부하 요괴들이 걱정스레 묻자, 늙은 요괴는 피식 하고 코웃음으로 눙쳐버렸다.

"그놈이 신병 따위를 불러온들 두려워할 게 뭐 있겠느냐! 내 바람의 기세를 막을 수 있는 작자는 오직 영길보살(靈吉菩薩) 하나뿐이야. 그 보살만 데려오지 않는다면, 그 밖의 다른 어떤 놈이 온다 해도 난.겁날 게 아무것도 없다."

대들보 위에서 그 말 한마디를 엿들은 손행자, 얼씨구나 좋다 싶어 재빨리 날아올라 그곳을 빠져나왔다. 그리고는 본상을 드러내고 숲속으로 돌아왔다.

"여보게 아우!"

이제나저제나 목이 빠지게 기다리고 있던 저팔계가 냉큼 대답했다.

"형님, 어딜 갔다 오는 거요? 조금 전에 '영'자 깃발을 든 요정 한 놈이 어슬렁어슬렁 나타났다가, 나한테 쫓겨서 달아났소."

손행자는 싱글벙글 웃어가며 염탐해온 결과를 들려주었다.

"수고했네, 수고했어! 이 손선생은 모기로 변신해서 동굴 안에 들어가 사부님의 안부를 살펴보았네. 가보았더니 사부님은 동굴 뒤채 정풍장이란 말뚝에 묶여서 울고 계시더군. 그래서 이 손선생이 울지 말라고 안심시켜드렸지. 그리고 다시 앞쪽 대청으로 날아가 대들보 위에 앉아서 그놈들의 얘기를 엿듣기 시작했네. 그때 자네한테 쫓겨 달아난 새끼 요괴 녀석이 들어와서 '내가 보이지 않더라'고 보고를 하더군. 그랬더니 늙은 요괴란 놈은 이 손선생이 바람에 날려가 죽었을 거라는 둥, 그게 아니면 어디로 구원병을 청하러 갔다는 둥, 제멋대로 지레짐작을 하던 끝에, 자신이 가장 무서워하는 사람의 이름을 제 입으로 실토하는 게 아닌가? 하하! 그러니 이게 얼마나 멋진 일이냔 말인가!"

"그게 누구요? 누구 이름을 댔다는 거요?"

저팔계가 다급하게 물었다.

"그놈 얘기가, 이 세상에 어떤 신병을 응원군으로 청해와도 두려울 게 없지만, 자기 바람을 잠재울 수 있는 사람은…… 영길보살뿐이라는 걸세! 한데 영길보살이 어느 곳에 사는지 알 수가 없구먼……."

둘이서 한참 얘기를 나누고 있는데, 큰길 곁에서 나이 지긋하게 들어 보이는 노인 한 분이 걸어나왔다.

몸이 튼튼하여 지팡이를 짚지 않았으나,
턱밑에는 얼음같이 차가운 수염이요 귀밑머리도 백설처럼 하얗다.
금빛 두 눈동자가 무엇을 감추려는지 몽롱하게 반짝이고,
수척한 골격 쇠약한 근육에는 다부진 강단이 엿보인다.
꾸부정한 등줄기에 고개 숙여 느릿느릿 걸어오는데,
훤칠한 양미간에 붉은 두 뺨이 한창 어린 동자를 연상시킨다.
생김새를 보면 평범한 사람이라 일컫겠지만,
남극 수성이 동부(洞府)를 나선 듯하다네.

노인을 먼저 발견한 저팔계가 얼른 사형에게 귀띔을 했다.

"형님, 속담에 '하산길을 알려거든, 오가는 사람에게 물어보라'고 했는데, 저기 오는 늙은이에게 한마디 물어보시는 게 어떻겠소?"

손대성도 그럴듯하다 싶어 철봉을 감추고 옷깃을 바로잡더니, 노인 앞으로 다가가면서 큰 소리로 외쳐 불러세웠다.

"노인장, 한 가지 물어봅시다!"

그랬더니 노인은 대답을 하는 둥 마는 둥, 얼버무리면서 맞절을 건네더니 도리어 그쪽에서 되물어왔다.

"어디서 오는 스님들이오? 이 허허벌판에서 무슨 일이 있기에 늙은 것을 불러세우는 거요?"

"저희는 경을 가지러 가는 성승 일행인데, 어제 이 근처에서 사부님을 잃었소. 그래서 노인장한테 한말씀 여쭤보려는 거요. 영길보살이 어디 거처하고 계시는지 아시오?"

손행자의 물음에, 노인은 선선히 대답해주었다.

"영길보살님은 여기서 곧장 남쪽으로 가야 찾을 수 있을 거요. 그곳까지는 3천 리 길이나 되는데, 거기에 소수미산(小須彌山)이 있소. 그 산중의 도량(道場)이 바로 영길보살님께서 경전을 강론하시는 선원(禪院)이라오. 당신들은 그 보살님의 경을 가지러 가는 길이오?"

"그분의 경전을 가지러 가는 게 아니라, 제가 폐를 끼칠 일이 하나 있어서 찾아가려고 하는데, 어느 길로 가야 하는지 몰라서 이렇게 묻는 겁니다."

그러자 노인은 손가락으로 남쪽을 가리켰다.

"저 꼬불꼬불 뻗어나간 오솔길이 바로 거기요."

꼼수에 넘어간 손대성이 고개를 돌려 남쪽을 바라보는 동안, 그 노인은 일진청풍으로 화해, 자취도 없이 사라졌다. 길 곁에는 쪽지 한 장, 그 쪽지에는 송시 네 구가 적혀 있었다.

> 제천대성에게 답하노니,
> 이 늙은이는 바로 이장경이로다.
> 수미산에는 비룡장(飛龍杖) 있으니,
> 영길보살이 당년에 부처님께 이 병기를 받았다네.

쪽지를 집어든 손행자, 아무 소리도 않고 돌아서서 휘적휘적 산길을 내려왔다. 저팔계가 버럭 고함을 지른다.

"형님! 이게 어떻게 된 노릇이오? 운수가 사나워도 정도 문제지, 이틀 새 대명천지 밝은 대낮에 귀신을 두 번씩이나 보다니! 방금 청풍으로 변해서 사라진 그 늙은이는 도대체 누구요?"

손행자는 말없이 쪽지를 건네주었다. 쪽지를 받아 읽은 저팔계, 무슨 영문인지 모르고 어리둥절 되묻는다.

"이장경이라니, 방금 그 늙은이요?"

"그래, 서방 세계 태백금성의 이름이라네."

그 말을 듣고 저팔계는 깜짝 놀라 허공을 우러러 큰절을 올렸다.

"내 생명의 은인이셨구려! 목숨을 살려준 은인이 오셨는데, 이 미련한 놈이 몰라보다니! 태백금성 어른이 옥황상제께 좋은 말씀으로 변호해주지 않았던들, 이 저팔계의 목숨이 과연 어떻게 되었을 것인지 모를 텐데 말입니다!"

손행자가 곁에서 피식 웃는다.

"여보게 아우, 자네도 남의 은혜가 뭔지 알기는 아나 보네그려. 하지만 자네는 나서지 말고, 여기 어디 으슥한 곳에 머리 처박고 있게."

"머리를 처박고 있으라니?"

"여기서 짐보따리와 마필이나 잘 지키면서 내가 돌아올 때까지 기다리고 있으라는 말일세. 이 손오공이 수미산으로 찾아가서 영길보살을 모셔올 테니까."

"알겠소, 알겠어! 아무 걱정 말고 빨리 다녀오기나 하시구려. 이 저 선생은 '검정 거북 모가지 움츠리는 술법〔烏龜法〕'을 배웠으니까, 언제든지 머리통을 처박으라면 처박을 수 있단 말이오."

허공으로 솟구쳐 오른 손대성, 근두운을 일으켜 타고 곧바로 남쪽을 향해 치달렸다. 근두운의 속력은 과연 빠르기 이를 데 없어, 고갯짓 한 번 끄떡하는 사이에 벌써 3천 리 길을 지나치고, 허리 한 번 비트는 사이에 속세의 인간이 8백여 일을 가야 하는 여정을 단숨에 날아갔다.

그는 순식간에 까마득히 높은 산을 찾아냈다. 산허리 중턱에는 상운이 드리우고, 서기가 분분히 흩날린다. 후미진 골짜기에는 태백금성이 일러준 대로 선원 한 채가 아담하게 들어앉았는데, 들리는 종과 석경 치는 소리가 유연하게 울려 퍼질 뿐 아니라, 향불의 연기도 아련히 감돌아 흐르는 것이, 누가 뭐라 해도 불문의 성지가 틀림없었다.

손행자는 산문 앞에 내려섰다. 문 앞에는 출가 수행자 한 사람이 목에 염주를 걸고 입으로 염불을 외우며 서 있었다.

"안녕하시오?"

손행자가 인사를 건네니, 출가 수행자도 허리 굽혀 공손히 답례를 보낸다.

"어디서 오시는 어른입니까?"

손행자는 그 질문에 대답을 않고 되물었다.

"여기가 영길보살님께서 경전을 강론하시는 곳입니까?"

"바로 그렇습니다만, 무슨 말씀 하실 게 있으신지요?"

"수고스럽겠지만 그 어른께 말씀을 전해주시지요. 나는 동녘 땅 대당나라 천자 폐하의 어제(御弟) 되시는 삼장 법사의 제자로서 제천대성 손오공, 손행자라고 합니다. 이제 부탁드릴 일이 한 가지 있어 보살님을 뵈었으면 해서 이렇게 찾아왔습니다."

그 말을 듣고 출가 수행자는 웃음 띤 얼굴로 도리질을 해 보였다.

"어른께서 말씀하시는 이름자가 너무 길고 복잡해서 다 기억하지 못하겠군요."

"그렇다면 좋습니다. 들어가셔서 보살님께 '당나라 스님의 제자 손오공이 찾아왔다'고만 말씀드려주시지요."

수행자가 본당으로 들어가 그대로 아뢰었더니, 영길보살은 즉시 가사를 갖추어 입고 향로에 향을 더 얹은 다음, 손님 마중을 나왔다.

손행자는 산문 안으로 들어서서 이리저리 사방을 둘러보았다.

선원 법당 안은 온통 비단폭이요,
건물 한 채마다 위엄이 가득 서렸다.
문하생들은 일제히 『법화경』을 낭송하고,
늙은 반수(班首)는 황금으로 부어 만든 종경을 가볍게 두드리고 있다.
불상 앞에 올린 공양은 모두가 선과선화(仙果仙花)요,
안상(案上)에 벌여놓은 것은 한결같이 깔끔한 소찬소품(素饌素品)들이다.
보배로운 촛불이 휘황찬란하고,
줄기줄기 퍼져나가는 금빛 불꽃이 무지개를 쏘아낸다.
향기로운 진향이 짙디짙게 풍겨나오고,
가닥가닥 솟아오르는 옥연(玉煙)이 채색 안개를 흩날린다.

바야흐로 강론이 파하고 한가로운 마음은 비로소 입정에 드니,
흰 구름 조각조각 소나무 가지를 휘감는 풍경이다.
고요히 혜검(慧劍)을 거두니 마심(魔心)을 이미 베어 끊었으며,
반야바라의 좋은 법회가 드높구나.

영길보살은 옷매무새를 가다듬고 영접을 나왔다. 손행자는 법당에 올라 객석에 자리잡고 앉았다. 보살이 문하생에게 차를 내오라고 분부하자, 그는 재빨리 사양을 했다.

"수고스럽게 차를 주실 필요는 없습니다. 저희 사부님이 지금 황풍산에서 재난을 당하고 계시기 때문에, 보살님께서 대법력을 베푸시어 그 요괴를 항복시키고 사부님을 구해줍시사 해서, 이렇게 일부러 모셔 가려고 찾아온 것입니다."

영길보살이 조용히 대답했다.

"나는 여래님의 법령을 받들어 여기서 황풍괴를 제압해두고 있던 참이오. 여래님이 그 요괴를 잡으라고 내게 '정풍단(定風丹)' 한 알과 '비룡장' 한 자루를 내려주셨는데, 그 당시 황풍괴는 내 손에 붙잡혔으나 목숨만은 용서하여 풀어주고, 성과 이름을 감추고 그 산중에 조용히 살아가면서 무고한 생령을 해쳐 죄를 저지르지 말라고 당부해두었소. 그런데 어떻게 그대의 스승을 해치려 하는지 모르겠소. 어차피 교령을 어겼다니, 내 살피지 못한 탓이라 할 것이오."

영길보살은 손행자를 머무르게 하고 식사 대접을 하려 했으나, 손행자가 간곡히 사양하기에, 할 수 없이 비룡장을 꺼내들고 손대성과 함께 구름을 일으켜 탔다.

그들은 얼마 안 되어 황풍산 상공에 당도했다.

"손대성, 이 요괴는 나를 무서워하고 있소. 나는 이 구름 위에 머물

러 있을 테니, 그대가 먼저 내려가서 그놈에게 싸움을 거시오. 그놈을 유인해서 동굴 바깥으로 나오게 만들면, 내가 법력을 쓰기 편할 거요."

손행자는 보살의 말대로 구름을 낮추고 동굴 밖에 내려서기가 무섭게 다짜고짜 철봉을 들어 문짝부터 박살내고 말았다.

"이 요괴야! 우리 사부님을 돌려보내라!"

그 바람에 기절초풍을 한 문지기 새끼 요괴들이 허겁지겁 안으로 들어가서 급보를 전했다. 늙은 요괴는 동굴 문짝이 박살났다는 말을 듣고 노발대발, 자리를 박차고 일어섰다.

"이 망할 놈의 원숭이 녀석 봤나! 정말 무례하기 짝이 없는 놈이로구나. 그만큼 혼뜨검이 났으면 알아듣고 순순히 물러날 것이지, 오히려 내 집 문짝을 때려부수다니! 안 되겠다, 이번에야말로 신풍 한번 호되게 써서 그놈을 반드시 날려보내 죽이고야 말 테다!"

늙은 요괴는 어제처럼 갑옷 투구로 단단히 무장을 갖추고 손에 날이 세 갈래 진 강철 작살을 움켜잡은 채 동굴 바깥으로 뚜벅뚜벅 걸어나오더니 손행자를 보기가 무섭게 군말 한마디 없이 작살을 휘두르며 앞가슴부터 찌르고 들어갔다. 손대성은 슬쩍 몸을 뒤틀어 일격을 피해낸 다음, 철봉을 높이 쳐들고 정면으로 한 대 날려보내 답례를 했다. 싸움이 벌어진 지 겨우 몇 합도 못 되어 늙은 요괴는 또다시 손지(巽地) 방향으로 고개를 돌리더니, 입을 쩍 벌리고 그 무시무시한 바람을 뿜어내려 했다.

이때였다. 중천에서 지켜보고 있던 영길보살이 비룡장을 내던지면서, 무엇인지 모를 주문을 중얼중얼 외우기 시작했다. 그와 때를 같이하여 비룡장은 삽시간에 발톱 여덟 개 달린 금룡으로 변하더니, 양 발톱을 쫙 벌리자마자 요괴를 단번에 움켜잡아 가지고 바위투성이의 언덕에 연거푸 두세 차례나 태질을 쳤다. 이윽고 본색을 드러낸 늙은 요괴의 정체는 어처구니없이도 누런 털을 지닌 담비〔貂鼠〕 한 마리였다.

언덕으로 쫓아간 손행자가 냉큼 철봉을 들어 담비의 목숨을 끊어버리려 했으나, 영길보살이 재빨리 그 앞을 막아섰다.

"아니되오! 손대성, 이놈을 죽여 없애지는 마시오. 내가 이놈을 데리고 가서 여래님을 뵈어야겠소."

손행자의 손찌검을 일단 막아놓고 한숨 돌린 영길보살, 그제야 담비 요정의 목숨을 살려야 하는 이유를 차근차근 설명해주었다.

"이놈은 원래 영취산 밑에서 도를 닦던 담비였소. 그런데 대뇌음사 유리 등잔에 담긴 맑은 기름을 훔쳐먹는 통에 등잔 불빛이 흐려지고 말았소. 이놈은 죄를 짓고 금강보살에게 붙잡힐까 두려운 나머지, 이곳으로 도망쳐와서 정령이 되어 못된 짓을 저지르고 있었던 거요. 여래님은 이놈이 죽을죄를 저지른 것이 아니라고 보시고, 내게 맡기셔서 이 산중에 가두어놓았던 것인데, 그때 여래님의 말씀이 또 생령을 해치고 나쁜 짓을 저지르거든 그 즉시 영취산으로 잡아오라 하셨소. 이제 이 몹쓸 놈이 손대성과 싸우고 당나라 스님마저 해치려 들었으니, 내가 이놈을 잡아 가지고 여래님 앞에 가서 낱낱이 죄상을 가리지 않으면 아니 되오. 또 그래야만 손대성의 이번 수고가 공적으로 오르게 되는 것이오."

보살의 말에, 손행자는 수긍하고 고마운 뜻을 사례했다. 영길보살이 담비 요정을 이끌고 서천으로 떠난 것은 말할 나위도 없다.

한편 숲속에 남아 있던 저팔계는 목이 빠지게 손행자를 기다리다가, 산비탈 밑에서 고함치는 소리를 듣고 벌떡 일어섰다.

"오능 아우! 어서 말을 끌고 이리 나오게. 짐보따리도 잊지 말고!"

사형의 목소리를 알아들은 미련퉁이 저팔계, 부랴부랴 행장을 수습해 가지고 숲 바깥으로 뛰쳐나왔다.

"형님! 가셨던 일은 어찌 되었소?"

"영길보살을 모셔왔지. 그분이 비룡장 한 자루로 요정을 거뜬히 붙잡았네. 알고 봤더니 그 요정은 누런 털을 가진 담비 녀석이더군. 지금쯤 영길보살에게 이끌려 영취산으로 가서 여래님을 뵙고 있을 걸세. 자아, 이제 나하고 같이 사부님을 구하러 가세!"

미련한 팔계는 그제야 마음이 놓여 싱글벙글 여간 기뻐하는 것이 아니었다. 두 형제는 동굴 안으로 뛰어들어가서 우글우글 들끓고 있던 새끼 요괴들을 닥치는 대로 때려죽였다. 새끼 요괴들이라고 해보았자, 하나같이 교활한 산토끼 아니면 요망한 여우, 노루, 사슴 떼가 고작이었다. 동굴 소탕을 끝낸 두 사람은 뒤채로 달려가서 삼장을 구해냈다.

삼장은 동굴 문 밖으로 나섰을 때에야 겨우 정신을 가다듬고 어찌된 영문인지 물었다.

"너희 둘이서 요괴를 잡았다고? 그래, 말해보려무나. 어떻게 잡았느냐? 또 나를 어떻게 구할 수 있었느냐?"

손행자는 영길보살을 모셔다가 요괴를 붙잡게 되었던 사연을 한바탕 늘어놓고 나서야 겨우 스승의 궁금증을 풀어드릴 수 있었다. 삼장은 고마움을 이기지 못하여 연달아 서녘을 우러르고 배례를 올렸다. 그들 형제는 동굴 안을 뒤져 비리지 않은 소식(素食) 찬거리를 찾아내어 밥을 짓고 차를 끓여 한 끼니 식사를 푸짐하게 들고 나서야 동굴 문을 나섰다. 그리고 또다시 큰길을 찾아 서쪽으로 떠나갔다.

그후에 어떤 일이 또 벌어질 것인지, 다음 회에서 풀어보기로 하자.

제22회 저팔계는 유사하에서 일대 격전을 벌이고, 목차 행자는 법지를 받들어 사오정을 거두어들이다

황풍괴의 재난을 벗어난 삼장과 두 제자는 그곳을 떠난 지 하루가 못 되어 마침내 황풍산 경계를 넘어섰다. 산악 지대 경계를 벗어나고 보니 서쪽으로 나아가는 길이 탁 트인 평원 지대였다.

세월은 빠르게 흘러 어느덧 그해 무더운 여름철도 다 지나고 가을에 접어들면서, 철 늦은 매미떼가 시들어가는 버드나무 가장귀에 앉아서 울고, 대화(大火)[1] 성좌는 서녘으로 흐르는 시절을 맞이하게 되었다.

일행이 한참 길 재촉을 하다 보니, 거센 파도가 흉흉하게 굽이쳐 흐르는 큰 강물이 그들 앞을 가로막았다. 소심한 삼장 법사는 걱정이 되어 말안장 위에서 큰 소리로 연거푸 제자를 불러댔다.

"얘들아, 이 앞의 강물이 저토록 너르고 깊은데, 오가는 배 한 척도 보이지 않으니 우리가 어디로 해서 건너가야 한단 말이냐?"

저팔계도 강물을 내다보면서 혀를 내둘렀다.

"우와아! 소용돌이 한번 무섭군요. 굉장히 거센 물결인데요. 타고 건너갈 만한 배도 없고 말입니다."

손행자는 공중으로 솟구쳐 오르더니 이마에 손바닥을 얹고 이리저리 살펴보다가 저도 모르게 깜짝 놀라 외쳤다.

"어이구, 사부님! 이거 보통 어려운 일이 아닌데요. 이 강물을 건너

---

[1] 대화: 별 이름. 이십팔수(二十八宿) 가운데 심숙(心宿), 곧 전갈자리 σ(시그마)에 해당하는데, 이 별자리가 서쪽으로 떨어질 때면 곧 가을철에 접어든다고 한다.

가자면 이 손오공이야 허리 한 번 뒤트는 사이에 벌써 건너갔다 돌아올 수 있겠지만, 사부님은 천만번 애를 쓰셔도 도저히 안 되겠습니다."

"여기서 바라보아도 일망무제로 건너편 끝이 안 보이니, 도대체 강폭이 얼마나 넓다는 거냐?"

"건너가려면 8백 리 길은 좋이 될 듯싶습니다."

손행자의 대답에, 저팔계가 하품을 했다.

"아니, 형님이 어떻게 멀고 가까운 거리를 아시오?"

"자네 앞이니까 솔직히 말하지만, 이 손선생의 두 눈은 대낮 같으면 1천 리 바깥에서 벌어지는 일이 길한지 흉한지 훤히 내다볼 수 있다네. 공중에서 내려다보니, 이 강물의 길이가 얼마나 되는지 알 수는 없네만, 우리가 건너가는 데만도 폭이 8백 리는 넘겠단 말일세."

삼장은 걱정 근심이 쌓이고 쌓여 나오느니 한숨뿐이다. 말머리를 되돌려 언덕으로 올라가보았더니, 그 위에는 비석 한 개가 우뚝 서 있다. 일행 셋은 그리로 달려가보았다. 비석에 전각체로 새겨진 것은 '유사하(流沙河)'[2] 세 글자, 그 밑면에 또 조그맣게 진서체로 네 줄이 새겨졌는데, 내용은 다음과 같았다.

> 8백 리 유사하 경계 그 폭은 너르디너르고,
> 약수(弱水)[3] 3천 리 깊고도 멀다.
> 가벼운 거위 깃털이 떠오르지 못하고,
> 갈대 꽃잎도 잠겨 밑바닥에 가라앉는다.

스승과 제자 세 사람이 넋을 잃은 채 비석을 하염없이 바라보고 있

---

2 유사하: 제8회 본문 및 주 **19** 참조.
3 약수: 제8회 본문 및 주 **18** 참조.

으려니, 난데없이 파도가 태산준령처럼 용솟음치면서 '쏴아아!' 하는 물보라 소리와 함께 요정 한 마리가 물살을 헤치고 뛰쳐나오는데, 그야말로 생김새가 사납고도 추악하기 이를 데 없었다.

> 불꽃보다 더 시뻘건 봉두난발에 헝클어진 쑥대머리,
> 휘둥그레 부릅뜬 두 눈망울이 등잔불처럼 번쩍인다.
> 검지도 않고 푸르지도 못한 검푸른 쪽빛 얼굴에,
> 목청 하나만큼은 우레 치듯 북을 울리듯 늙어빠진 용왕의 목소리다.
> 몸뚱이에는 담황색 깃털 옷 한 벌을 걸쳤고,
> 허리에는 새하얗게 껍질 벗긴 등나무 줄기로 질끈 동였다.
> 턱밑에는 사람의 해골 아홉 개를 꿰어 둘렀고,
> 손에 잡은 보장(寶杖) 한 자루 보기만 해도 서슬이 시퍼렇다.

수면 위에 솟구친 요괴가 돌개바람처럼 날쌔게 강변 기슭으로 뛰어오르더니, 다짜고짜 당나라 스님부터 낚아채려 들었다. 손행자는 엉겁결에 스승을 부여안고 더 높은 둔덕으로 뛰어올라 피신했다. 그러나 저팔계는 언제부터 동작이 그렇게나 빨라졌는지, 등짐을 부려놓기 무섭게 쇠스랑을 뽑아들고 요괴를 겨냥하여 한 대 내리찍고 있었다. 요괴는 보배로운 지팡이로 저팔계의 일격을 선뜻 막아올렸다. 첫번째 교봉(交鋒)이 마주쳤으니 그 다음에는 물으나마나, 이리하여 유사하 강변 기슭에서 두 적수는 저마다 영웅 본색을 드러내면서 엎치락뒤치락 일대 격전을 벌이기 시작했다.

> 이빨 아홉 달린 쇠스랑과 요마를 굴복시키는 몽둥이 각각 잡고,

두 사람이 강변 기슭에 맞서 싸우니 그야말로 호적수.

이편은 천하(天河)의 8만 수군 총독 천봉원수요,

저편은 죄를 짓고 하계에 귀양살이하는 권렴대장이라네.

왕년에는 영소보전에서 사이좋던 동료였으되,

오늘에는 서로 버티고 장한 용맹을 다툰다.

이쪽의 쇠스랑이 용의 발톱 움켜대듯 '탐조룡(探爪龍)'의 수법으로 들이치면,

저쪽의 몽둥이는 코끼리 이빨 갈듯 '마아상(磨牙象)'의 수법으로 막아낸다.

저편에서 기지개 켜듯 '대사평(大四平)'으로 쭉 뻗어나가면,

이편은 송곳으로 바람 뚫기 영풍창(迎風戧)으로 맞받는다.

이편은 움켜잡힐 머리도 얼굴도 없는 철면피요,

저편은 흐트러짐도 빈틈 하나도 보이지 않는 뻔뻔이다.

하나는 오랜 세월 유사하 일대를 차지하고 사람 잡아먹는 요정이요,

또 하나는 부처님의 가르침을 받들어 공덕을 쌓는 장수라네.

그들 두 사람은 일진일퇴를 거듭하며 엎치락뒤치락 20여 합을 싸웠으나 좀처럼 승부가 나지 않았다.

한편 당나라 스님을 보호하면서 말고삐를 잡은 채 짐보따리를 지키고 있던 손행자는 저팔계와 괴물이 신바람 나게 싸우는 광경을 보다 못해, 자신도 한판 뛰어들고 싶은 충동에 어금니가 갈리고 두 주먹이 근질거려 더 이상 참으려 해도 참을 수 없는 지경에 이르렀다. 마침내 그는 철봉을 꺼내 잡으면서 삼장에게 말했다.

"사부님, 여기 좀 앉아 계십쇼. 겁내실 것은 없습니다. 제가 가서

저 못된 요괴 녀석을 데리고 한판 놀다가 올 테니, 가만히 기다리십쇼."

그는 스승이 아무리 말려도 듣지 않았다. 휘파람 한번 길게 부는 동안, 그는 벌써 강변 싸움터에 들이닥치고 있었다. 요괴와 저팔계의 싸움은 절정에 달하여 누가 뜯어말리기조차 어려울 판이었다. 손행자는 철봉을 번쩍 들기가 무섭게 다짜고짜 요괴의 정수리를 겨누고 있는 힘껏 내리쳤다. 상대방에게 난데없는 응원군이 가세하자, 요괴는 황급히 몸을 빼어 피하더니, 재빨리 유사하 강물 속으로 뛰어들었다.

"풍덩!"

물보라 치는 소리와 함께 요괴는 이미 물속 깊숙이 사라지고 보이지 않았다. 화가 나서 펄펄 뛴 것은 저팔계였다.

"아니, 형님! 누가 형님더러 도와달라고 그랬소? 저 요괴란 놈은 지금 기운이 빠지고 손속이 둔해져서 내 쇠스랑을 막아내지 못하는 판국인데, 형님이 무엇 하러 싸움판에 끼어드는 거요? 이제 서너 합도 못 가서 그놈을 붙잡으려고 했는데, 형님이 그렇게 사나운 기세로 뛰어드니까 그만 뺑소니를 치고 말았지 않소? 아이고 분해라, 이 노릇을 어쩌면 좋단 말이오!"

손행자가 멋쩍은 듯이 껄껄 너털웃음으로 눙쳐버린다.

"여보게 아우, 미안하게 됐네. 솔직히 말해서 내가 황풍괴를 항복시키고 그 산에서 내려온 이래 벌써 달포 남짓이 지나도록 이 철봉 한번 써먹어보지 못했네. 그런데 자네하고 그놈이 신바람 나게 싸우는 모습을 보고만 있으려니 도무지 좀이 쑤셔서 견딜 수가 있어야 말이지. 그래서 한판 뛰어들어 장난질을 쳐보려 했더니만, 그놈이 남의 속도 모르고 그렇게 쉽사리 달아나버릴 줄이야 누가 알았겠나."

두 형제는 손에 손을 맞잡고 농담을 주고받으면서 당나라 스님에게 돌아왔다.

"요괴는 잡았느냐?"

기다리던 스승이 물었다. 손행자는 겸연쩍게 대답했다.

"그 요괴란 놈이 버텨내지 못하니까 그만 물속으로 도망쳐버렸습니다."

"제자들아, 그 요괴는 이 강물 속에서 아주 오래도록 살고 있었지 않겠느냐? 그러니까 이 강물 어디가 깊고 얕은지, 어느 쪽 물살이 세고 약한지 훤히 알고 있을 것이다. 게다가 이렇듯 끝도 보이지 않을 만큼 강폭이 너른데, 건너갈 배 한 척 없으니 어쩌면 좋으냐? 아무래도 이 강물의 성질을 잘 아는 사람을 찾아서 안내를 받아야만 될 듯싶구나."

"말씀 한번 잘하셨습니다. 속담에 '주사(朱砂)를 가까이하는 사람은 붉은 물이 들고, 먹을 가까이하는 사람은 검어진다'[4]고 했듯이, 그 요괴란 놈도 이곳에 오래 살았으니까 강물의 성질을 누구보다 더 잘 알고 있을 겁니다. 이제 우리가 그놈을 잡되 때려죽이지는 말고 잘 구슬려서 사부님을 건너가게 해드리도록 하는 것이 좋겠습니다. 그 다음에야 혼뜨검을 내든지 때려죽이든지 하면 되니까요."

저팔계가 냉큼 나섰다.

"형님, 우물쭈물하실 것 없소. 우선 형님이 가서 그 요괴 놈부터 잡으시오. 이 저선생은 여기서 사부님을 모시고 있을 테니까."

뻔뻔스런 요구에 손행자는 어처구니가 없다는 듯 실소를 터뜨렸다.

"여보게 아우, 이번 일만큼은 나로서도 장담할 수가 없는걸. 물속에서의 싸움은 이 손선생에게 전혀 익숙지 못하단 말씀이야. 만약 빈 몸

---

4 주사를 가까이하는 사람…… 검어진다: 진(晉)나라 부혁(傅奕)의 『태자소부잠(太子少傅箴)』에 처음 나오는 말로, "주사를 가까이하면 반드시 붉은 물이 들고, 먹을 가까이하면 반드시 그 손이 검어진다(近朱必赤, 近墨必緇)"라고 했으며, 왕적(王績)의 『부령자전(負苓者傳)』에도 비슷한 뜻으로 "주사를 건드린 사람은 붉은 물이 들고, 먹을 건드린 손은 검어지는 법(麗朱者丹, 附墨者黑)"이라 하였다.

으로 간다면, 구결을 맺고 또 물살을 헤치는 '피수주(避水咒)'를 외워야만 물속에 들어갈 수 있지. 그게 아니라면 물고기나 새우, 게, 자라 따위로 변신해서 들어갈 수도 있고 말이야. 싸움질하는 수단으로 말한다면, 산 위에서나 구름 속에서나 아무리 어려운 일이라도 내 마음대로 해낼 수 있겠지만, 강이나 바다 같은 물속에서는 이 손선생의 재주가 맹탕이니 어쩌면 좋겠나? 정말 자신 없네, 자신 없어!"

그 말을 듣자, 저팔계는 무엇인가 생각하더니, 이내 도리질을 했다.

"이 저선생으로 말하자면 왕년에 천하 총독(天河總督)으로서 8만 수군 병력을 한 손에 넣고 주무르시던 몸이라, 자맥질 하나만큼은 제법 자신이 있소. 다만 꺼림칙한 것은, 저 물 속에 사는 그 요괴 녀석의 일가친척에 사돈의 팔촌까지 한꺼번에 몰려와서 덤벼들면 나로서도 당해내지 못할 텐데, 그 요괴 놈을 붙잡기는커녕 도리어 내 쪽에서 붙잡히면 어쩌느냐는 거요. 나는 그게 겁이 난다는 얘기요."

"그것쯤이야 문제없네. 자네가 물속에 들어가서 그놈과 한바탕 싸움판을 벌이기는 하되, 싸워 이기는 데만 정신을 팔지 말고 무조건 지는 척하고 그놈을 물 바깥으로 끌고 나오란 말일세. 그러면 이 손선생이 기다리고 있다가 손을 써서 자네를 도와줄 테니까."

"그것참 좋은 말씀이오! 그럼 다녀오리다."

말을 마치기가 무섭게 푸른 무명 직철을 훌훌 벗어던진 저팔계, 신발까지 곱게 벗어놓고 두 손으로 쇠스랑 자루를 단단히 고쳐 잡더니, 그대로 강물 속에 풍덩 뛰어든다. 쇠스랑 잡은 두 손길이 물살을 맵시 좋게 가르면서 자맥질해 들어가는 품이, 저 옛날에 8만 수군 장병을 호령할 때 쓰던 재간을 남김없이 발휘하고 있었다. 그는 파도를 뒤채고 걸어차면서 강물 밑바닥까지 거침없이 뚫고 들어가더니, 그 다음부터는 다시 강바닥을 걸어서 나아가기 시작했다.

한편 손행자의 일격에 쫓겨 돌아온 요괴는 간신히 한숨을 돌리고 쉬려던 판이었는데, 또다시 누군가 물살을 거세게 밀어붙이면서 쳐들어오는 기척이 들려왔다. 벌떡 일어서서 바라보니, 저팔계가 쇠스랑으로 물살을 헤쳐가며 다가오는 소리였다. 요괴는 항요보장을 번쩍 쳐들고 앞길을 가로막으면서 냅다 고함을 질러 꾸짖었다.

"이 중놈아! 어딜 가는 거냐? 이 보장이나 한 대 받아라!"

저팔계도 쇠스랑으로 철꺼덕 받아치면서 맞고함을 질렀다.

"도대체 네놈은 무슨 요정이기에, 여기서 우리 갈 길을 가로막는 거냐?"

"너 같은 놈이 나를 알 턱이 없지! 나는 요괴도 마귀도 아니고, 또 성도 이름도 없는 너절한 졸장부도 아니란 말이다."

"요괴 마귀가 아니라면, 어떻게 이곳에서 사람을 해치고 있다는 게냐? 도대체 네놈의 성은 뭐며 이름은 뭐냐? 이실직고한다면, 네놈의 그 알량한 목숨 하나만은 용서해주마."

"어디 이 어르신의 내력을 듣고 싶으냐? 좋다, 말해줄 테니 잘 들거라……!"

이 세상에 태어나 어릴 적부터 신기(神氣)가 굉장하여,
일찍이 건곤 만리를 휩쓸고 유람하였다.
영웅의 위명을 온 천하에 드러냈으며,
호걸로서 사람다운 체통을 모두 갖추었다.
구주만국을 내 마음대로 떠돌았으며,
오호사해를 내 멋대로 좌충우돌하였다.
이렇듯 하늘 끝까지 찾아다녔던 것은 모두가 도를 배우기 위함이요,

너른 광야 대지를 방랑한 것도 오로지 스승을 찾기 위함이었다.

일 년 내내 의발을 몸에 지녀 삼가고 삼갔으며,

날마다 심신이 풀어지지 않게 단련하였다.

온 땅의 방방곡곡을 수십 차례나 유람하였고,

가는 곳마다 한가로이 노닐기를 백여 차례가 넘는다.

그런 인연으로 겨우 진인을 만나뵈올 수 있었으며,

대도(大道)에 인도받아 활짝 트이니 금빛이 밝아졌다.

우선은 영아(嬰兒)와 차녀(姹女)를 거두고,

다음에는 목모(木母)와 금공(金公)⁵을 내놓았다.

명당(明堂)⁶의 신수(腎水)가 화지(華池)에 들어가고,

중루(重樓)의 간화(肝火)⁷는 심장에 들어갔다.

삼천(三千)의 공덕을 다 채우고 대천존의 얼굴을 배알하니,

마음과 뜻을 합쳐 조례(朝禮)에 참석하여 화향(華向)을 밝게 하였다.

옥황상제께서 벼슬을 높여주시니,

---

5 목모·금공: 영아와 차녀(제19회 주 **4** 참조)의 경우처럼 도교 내단(內丹)의 은어. 목모(木母)는 곧 수은이며, "수은〔眞汞〕은 해(亥)를 낳는다" 하였는데, 해(亥)띠는 곧 돼지띠에 속하므로 본문에서 이따금씩 저팔계의 별칭으로 쓰이기도 한다. 금공(金公)은 납을 가리키며 앞의 여성 격인 차녀와 배합하여 단약을 이룬다고 하는데, "납〔眞鉛〕은 경(庚)을 낳는다" 하고 경신(庚申)은 곧 금(金)에 속하며 간지로 보아 신(申)은 원숭이띠에 속하므로, 이따금씩 손오공을 가리키는 별칭으로 쓰이기도 한다.

6 명당: 도교에서 얼굴의 양미간(兩眉間)을 '천문(天門)'이라 하고, 안쪽으로 한 치쯤 들어간 곳을 '명당(明堂)'이라 일컫는다.

7 중루의 간화: 도교에서 인체의 기관지를 **중루**(重樓)라 하는데, 기관지에는 열두 마디가 있으므로 '십이중루(十二重樓)'라고 일컫는다. **간화**(肝火)란 도교 수양법의 제3단계, 존사(存思)에서 일컫는 '육신(六神)' 가운데 하나. 『황정 내경경(黃庭內景經)』 「심신장(心神章)」 제8편에 보면, "간(肝)의 자리는 목행(木行)이며 목(木)은 불을 일으키므로, 간의 기운이 넘치도록 충실하다. 병이 위급할 때 아침저녁으로 간신(肝神)을 마음에 두고 묵상하면 혼백을 도로 끌어들여 위급한 상태를 벗어나 안정될 수 있다" 하였다.

친히 이 몸을 권렴대장(捲簾大將)으로 임명하셨다.
남천문에서는 제일 존경받았고,
영소보전 앞에서는 나를 웃어른으로 떠받들었다.
허리춤에는 호두패(虎頭牌)를 늘어뜨리고,
손아귀에는 항요장(降妖杖)을 단단히 잡았다.
머리에 쓴 황금 투구는 햇빛을 받아 번쩍였고,
몸에 걸친 갑옷에는 밝은 노을빛이 번뜩였다.
옥황상제의 어가를 모실 때에는 내가 앞장서고,
조정에 드나들 때마다 내가 윗자리를 차지했다.
그런데 어느 날 서왕모가 반도원에 납시어,
요지에서 잔치를 베풀고 여러 장수들을 초빙하였을 때,
내가 실수하여 옥유리로 만든 잔을 깨뜨렸으니,
천신들은 하나같이 혼비백산을 하고 말았다.
옥황상제는 그 자리에서 크게 진노하시니,
좌우 대신들에게 명하여 나를 극형에 처하라 하셨다.
쓰고 있던 감투가 떨어지고 갑옷을 벗겼으며 관직마저 삭탈당하니,
형장으로 끌려가 죽임을 받는 신세가 되었다.
다행히도 적각 대선(赤脚大仙)[8]이 은혜를 베풀어,
반열 앞으로 나서서 이 몸을 풀어줍시사 옥황상제께 아뢰었다.
그 덕분에 극형을 받지 않고 죽음에서 다시 살아나,
유사하 동쪽 기슭에 떨어져 귀양살이하는 신세가 되었다.
배부를 때는 이 강물 속에 누워 곤히 잠자고,

---

8 적각 대선: 제5회 주 **7** 참조.

배고프면 물결 헤치고 나아가 먹을 것을 찾는다.
나무꾼도 내게 걸리면 목숨이 남아나지 못하고,
고기잡이 영감도 내 모습을 보면 영락없이 목숨을 잃는다.
오며가며 사람들을 숱하게 많이 잡아먹었고,
엎치락뒤치락하는 사이에 살생의 역병(疫病)을 무수히 퍼뜨렸다.
네가 이제 감히 내 집 문전에 나타나 흉악을 떨고 있으니,
오늘이야말로 굶주린 내 뱃속에 먹을 복이 생겼구나.
질겨빠지기만 하고 변변치도 못한 고깃점이라 말하지 말라,
네놈을 붙잡아 요모조모 보기 좋게 저며서 초간장에 찍어 먹으리라!

저팔계는 그 말을 듣고 화가 머리끝까지 치밀어 악을 버럭 질렀다.
"이 고약한 놈! 눈썰미라곤 손톱만큼도 없구나. 이 저선생의 몸뚱이도 쥐어짜면 물이 나오는데, 질겨빠지고 변변치도 못한 고깃점이라 요모조모 저며서 초간장에 찍어 먹겠다니, 그걸 말 따위라고 씨부렁대느냐? 보아하니 네놈은 나를 맛이 다 빠진 고깃덩어리[9]인 줄 아는 모양인데, 잔소리 걷어치우고 네 할아비의 쇠스랑 맛이나 한번 봐라!"

이빨 아홉 달린 쇠스랑이 번개 벼락 치듯 날아가자, 요괴는 봉황새가 고개를 끄덕이듯 '봉점두(鳳點頭)'의 수법으로 그 일격을 가볍게 슬쩍 피해냈다. 이윽고 두 호적수는 강물 속에서 벌어진 싸움판을 수면 위로 끌고 나와 제각기 파도를 딛고 서서 한바탕 무섭게 겨루었다. 그 싸

---

9 맛이 다 빠진 고깃덩어리……: 원문은 '노주초(老走硝)'. 중국의 돼지고기 조리 방법 중 하나로, 절인 돼지고기에 박초(朴硝)를 뿌리면 껍질이 부드러워지고 고기가 연해지는데, 초산(硝酸)의 성질이 날아가버리면 고기와 껍질이 도로 질기고 뻣뻣해진다고 하여 '맛이 다 빠진 고깃덩어리'라고 표현한 것이다.

움은 앞서보다 더욱 치열하게 전개되어, 좀처럼 밀리거나 양보하는 기색을 전혀 보이지 않았다.

권렴대장과 천봉원수 저마다 신통력을 드러내니 참으로 볼 만하구나.
저편의 항요보장이 머리통을 겨누고 빙글빙글 돌아가면,
이쪽의 이빨 아홉 달린 쇠스랑은 손길 따라 재빠르게 막아 친다.
날뛰는 물결에 산천이 뒤흔들리고, 밀어붙이는 파도에 온 천지가 어지러워졌다.
흉악스럽기는 태세(太歲)[10]가 깃발을 들이치는 듯하고,
포악하기로는 상문신(喪門神)[11]이 보개(寶蓋)를 들춰버리는 듯하다.
이편은 일편단심으로 씩씩하게 당나라 스님을 보호하려 하고,
저편은 저지른 죄악이 하늘에 사무쳐 강물 속의 요괴가 되었다.
쇠스랑이 한번 훑어대기만 하면 아홉 줄기 상처 자국이 날 판이요,

---

10 태세: 세신(歲神) 또는 세성(歲星)이라 부르기도 한다. 고대 역법(曆法)에서 1년을 뜻하는 간지(干支)의 별명이다. 즉 10천간(天干)과 12지지(地支)를 서로 배합하여 갑자(甲子)에서 계해(癸亥)에 이르기까지 만 60을 1주기(周期)로 삼아 60갑자라 일컬었는데, 여기서 갑자년의 갑자가 곧 '태세'이고, 을축년의 을축(乙丑)이 곧 '태세', 이렇게 해서 계해년에 이르기까지 12간지에 따라 태세도 12년 주기로 한 바퀴씩 돌아오며, 별자리의 이동에 따라 방위를 지녔으므로 태세가 긴 방위를 흉한 곳이라 하여 토목 공사나 집을 옮기는 것을 기피하여왔다. 도교에서는 이 60태세를 각각 한 해의 길흉을 주재하는 신령으로 떠받들어 '태세 대장군(太歲大將軍)' 또는 '세군(歲君)'이라 부르고, 월장(月將)·일치(日値)의 신령과 함께 제사를 지낸다.
11 상문신: 고대 점성술에서 이르는 '총신(叢辰)'의 하나. 점술가들은 한 해 열두 별자리에는 모두 착한 신과 흉신(凶神)의 구별이 있는데, 상문신은 곧 흉살(凶煞)의 하나로 죽음과 가난, 상사(喪事) 등 눈물 흘리고 울어야 하는 일을 주재한다고 하여, 액운의 신령, 재수 없이 불길한 신으로 극력 기피해왔다.

항요보장이 후려 때리면 혼백이 훨훨 날아가 흩어질 판이니,

기꺼이 서로 버티려 애를 쓰고, 온갖 재주를 겨뤄보려고 심혈을 기울인다.

오로지 경을 얻으러 가는 사람 입장에서 보면 노기 충천하여 참을 수 없으니,

모살치와 강준치, 잉어, 쏘가리에 온갖 물고기떼를 들쑤셔 싱싱한 비늘을 다 떨어뜨리는가 하면,

거북, 큰 자라, 작은 자라, 악어 할 것 없이 모조리 여린 껍질 다치고,

붉은 새우, 자줏빛 게가 죽어 자빠지니,

수부(水府)의 신령들은 하늘을 우러러 절하고 하소연을 한다.

들리는 것이라곤 물결 뒤집히는 소리가 천둥 벼락 치듯 요란하게 울릴 뿐이요, 하늘의 해와 달도 빛을 잃고 천지개벽의 괴변이 새삼스레 일어나는 듯하다.

두 맞수는 꼬박 두 시진(네 시간)을 싸웠으나 좀처럼 승부가 나지 않았다. 이야말로 구리 대야가 무쇠 빗자루를 만난 격이요, 옥경(玉磬)이 금종(金鐘)과 맞서는 격으로, 피차간에는 한 치의 양보도 없이 팽팽한 국면을 전개하고 있었다.

한편, 손대성은 당나라 스님을 보호하면서 그 곁에 우뚝 선 채, 눈이 빠지도록 물 위에서 날뛰는 이들 두 호적수의 싸움판을 지켜보고만 있을 뿐, 섣부르게 그 판에 뛰어들 생각은 없었다. 이윽고 저팔계가 쇠스랑을 맥없이 한차례 휘두르더니, 싸움에서 진 것처럼 허둥지둥 돌아서서 동쪽 기슭으로 도망쳐오기 시작했다. 요괴는 상대방을 놓칠세라 그 뒤에 바짝 따라붙어 쫓아오고 있었다. 요괴가 강변 기슭에 거의 다다

랐을 때, 손행자는 더 이상 참을 수가 없어 스승을 언덕에 내버려둔 채 강변 기슭으로 뛰어내리더니, 요괴의 정수리를 겨냥하고 철봉 한 대를 내리쳤다. 느닷없는 기습 공격에 놀란 요물은 감히 맞받아 칠 엄두를 내지 못하고 '휘익!' 하는 소리와 함께 또다시 강물 속으로 뺑소니를 치고 말았다.

모처럼 공을 들인 계략이 물거품으로 돌아가자, 저팔계는 펄펄 뛰어가며 고래고래 악을 썼다.

"이 빌어먹을 놈의 필마온 녀석! 정말 성미 급한 원숭이로구나! 좀 더 천천히 늦추어서 할 일이지 누가 그렇게 빨리 덤벼들라고 그랬어? 내가 그놈을 꾀어서 언덕 높이 올라갈 때까지 참을성 있게 기다렸다가 강변 기슭을 가로막아놓고, 그놈이 돌아설 기회를 주지 말았어야 할 게 아닌가! 그래야만 때려잡을 수 있는 것을, 어쩌자고 섣부르게 덤벼들어 놓치고 만 거야? 저놈이 또 물속으로 들어갔으니 어느 세월에 또다시 나오려고 하겠어?"

손행자는 멋쩍게 웃어가며 아우를 달랬다.

"이 미련한 친구야, 떠들지 말게! 여기서 떠들고만 있을 게 아니라, 우선 돌아가서 사부님을 뵙고 나서 다시 얘기하기로 하세."

저팔계는 사형과 함께 높은 언덕으로 올라가 스승을 뵈었다. 삼장은 고개를 끄덕이면서 두 사람의 노고를 치하해주었다.

"얘들아, 고생이 많았구나."

저팔계는 도리질을 하면서 투덜거렸다.

"고생이 다 뭡니까. 요괴를 항복시키고 사부님께서 무사히 강을 건너시게 해드려야만 비로소 만전지책이라 할 수 있지요."

"그래, 그 요괴와 싸워보니 어떻더냐?"

"그 요괴란 놈의 솜씨는 이 저팔계하고 딱 어울리는 맞수였습니다.

한참 싸우다가 일부러 패한 척하고 강변 기슭까지 끌어들이기는 했는데, 형님이 철봉을 휘두르는 것을 보기가 무섭게 또 뺑소니를 치고 말았지 뭡니까."

"그렇다면 장차 이 일을 어떻게 해야 좋으냐?"

스승이 난감한 표정을 지으니, 손행자가 안심을 시켜드린다.

"사부님, 걱정하지 마시고 마음 푹 놓으십쇼. 오늘은 이미 날이 저물었으니까, 이 언덕에 앉아 계셔서 이 손오공이 잿밥을 동냥해오거든 잡수시고 주무시기나 하십쇼. 그 일은 내일 해가 뜨거든 또 어떻게 해보지요."

저팔계는 잿밥을 동냥해온다는 말에 귀가 솔깃했다.

"말씀 한번 잘하셨소, 형님! 냉큼 다녀오시구려."

손행자는 급히 구름을 일으켜 올라타고 곧장 북쪽으로 치달린 끝에 인가를 찾아내어 소식(素食) 한 주발을 얻어 가지고 돌아와 스승에게 드렸다. 스승은 제자가 그렇게 빨리 다녀온 것을 보고, 아주 가까운 마을에서 동냥해온 줄로만 알았다.

"오공아, 우리 이 잿밥을 동냥해준 집으로 찾아가서 어떻게 하면 강을 건너갈 수 있는지 한번 물어보자꾸나. 그게 아무래도 요괴와 싸우는 것보다 차라리 낫지 않겠느냐?"

손행자는 어이가 없어 너털웃음을 터뜨렸다.

"그 집이 얼마나 먼 데 있는지 모르고 하시는 말씀입니다. 거기까지는 육칠천 리나 멀리 떨어져 있는데, 그곳 사람이 어떻게 이 강물의 성질을 안다고 물어본단 말입니까. 다 소용없는 일입니다."

그 말을 듣고 저팔계가 빈정대었다.

"원 형님도! 또 거짓말을 하시는구려. 육칠천 리나 되는 길을 어떻게 그리도 빨리 다녀올 수 있단 말이오?"

"자네 모르는 소리 말게. 이 손선생의 근두운은 한번 솟구쳤다 하는 날이면 십만 팔천 리를 순식간에 날아간단 말일세. 육칠천 리 길쯤이야 고갯짓 한두 번에 허리 한 번 꿈틀하는 동안이면 갔다 올 수 있는데, 그게 뭐 그다지 어려운 일이겠나?"

"형님 말씀대로 그렇게 손쉬운 일이라면, 사부님을 등에 업고 고갯짓 한두 번 끄떡끄떡하시고 허리 한 번 꿈틀해 가지고 이 강물을 껑충 건너뛰면 될 게 아니겠소? 그렇게 할 수 있는 판에, 굳이 저 요괴란 놈과 힘들여 싸울 필요가 어디 있단 말이오?"

"자네는 구름을 탈 줄 모르나? 자네가 사부님을 등에 업고 건너가면 될 게 아닌가?"

"사부님은 범태 육골이라 무겁기가 태산 같아서, 내 구름 가지고는 사부님을 모셔갈 수 없소. 반드시 형님의 근두운이라야 될 거요."

"내 근두운도 구름을 타기는 마찬가질세. 자네하고 다른 점이 있다면 그저 멀리 가느냐 못 가느냐 하는 것뿐이라네. 그런 마당에 자네가 사부님을 태우고 날아가지 못한다면, 난들 어떻게 구름에 모셔 태우고 갈 수 있겠나? 옛날부터 이런 말이 있지 않은가. '태산을 옮겨 보내기는 겨자씨보다 더 가볍지만, 범태 육골을 지닌 인간을 데리고 홍진을 벗어나기는 어렵다'고 했네. 방금 싸웠던 그 못된 요괴 녀석 같으면 섭법(攝法, 흡입법)을 써서 바람결에 휩쓸어 인간을 납치해가거나 땅바닥에 질질 끌어갈 수 있겠지만, 구름에 태워서 공중으로 데려갈 수는 없네. 그런 방법이라면 이 손선생도 다 할 수가 있지. 또 은신법이나 축지법 같은 술법도 내가 못 하는 게 없네. 다만 우리 사부님은 이역 만리 궁벽한 땅을 고생해가며 두루 편력하시지 않고서는 고해(苦海)를 초탈하실 수가 없단 말일세. 그래서 한 발짝도 옮겨 떼기가 어려운 것이라네. 나하고 자네는 그저 사부님이 다치지 않으시도록 옹호해드릴 수는 있지만, 그런 괴로운 고통을 대신해드릴 수는 없고, 또 사부님이 가지러 가는 진경을 대신해서 받을 수도 없네. 우리가 먼저 가서 부처님을 뵙는다 하더라도, 부처님은 우리에게 진경을 내어주시려 하지 않으실 걸세. '손쉽게 얻는 물건은 소홀히 다루기 쉽고, 고생하지 않고 얻는 물건은 소중히 여기지 않는다'는 속담이 바로 이런 경우를 두고 하는 말일세."

미련한 저팔계가 듣고 보니 그럴듯한 얘기라, 곧이곧대로 받아들일 수밖에 없다. 그는 반찬도 없는 맨밥을 한 그릇 먹어치우고 나서, 스승과 사형을 모시고 유사하 동쪽 기슭 언덕 위에 자리잡은 다음, 그날 하룻밤을 편히 쉬었다.

이튿날 아침 날이 밝아오자, 삼장은 또 맏제자를 채근했다.

"오공아, 오늘은 어떻게 할 작정이냐?"

손행자는 대수롭지 않게 받아넘겼다.

"작정이고 자시고 할 게 뭐 있습니까. 팔계가 또 한번 물속에 들어가는 수밖에 없죠."

그 말에 저팔계가 펄쩍 뛴다.

"아니, 형님! 형님은 손가락에 물 한 방울 묻히지 않고 가만히 있으면서, 나더러만 또 물속에 들어가라는 거요?"

"여보게 아우, 내가 이번만큼은 성급하게 서두르지 않을 테니, 그놈을 유인해서 물 위로 끌고 올라오기만 하게. 그럼 내가 강변을 가로막아 두 번 다시 뺑소니를 치지 못하게 해놓고 반드시 잡아 꿇리겠네."

사형이 구슬리는 말에 저팔계는 그만 마음이 약해져서 두 손으로 얼굴을 쓰윽쓱 문지르더니, 쇠스랑 자루를 고쳐 잡고 어슬렁어슬렁 강가로 내려갔다. 그리고 물살을 헤쳐가며 어제와 똑같이 요괴의 소굴이 있는 강물 밑바닥으로 깊숙이 자맥질해 들어갔다.

요괴는 방금 잠에서 깨어나 기지개를 켜고 있다가, 또다시 물살을 헤치고 들어오는 침입자의 인기척을 들었다. 두 눈을 번쩍 뜨고 황급히 고개를 돌려보았더니, 어제 왔던 저팔계가 쇠스랑을 잡고 쳐들어오는 중이었다. 요괴가 벌떡 일어나더니, 정면을 가로막고 서서 냅다 호통을 쳤다.

"가만있거라! 거기 가만히 서서, 내 몽둥이부터 한 대 받아라!"

저팔계는 쇠스랑으로 몽둥이 공격을 철꺼덕 막아내면서 맞고함을 질렀다.

"그따위 초상집 지팡 막대를 가지고 이 쇠스랑을 막아보겠다고? 어림도 없는 수작 말고, 네놈의 십팔대 조상더러 받으라고 하려무나!"

"네놈이 뭘 몰라도 단단히 모르는구나! 잘 듣거라. 이 보장으로 말할 것 같으면……."

내 항요보장은 본디 명예가 대단하니, 재료는 달 속의 계수나무였다.
한나라 때 신선 오강(吳剛)[12]이 가지 하나 베어내고,
춘추 시대 솜씨 높은 목수 노반(魯班)이 공들여 만든 것이다.
몽둥이 속에는 황금으로 심지를 박아 넣고,
겉에는 구슬 실에 꿴 서옥(瑞玉)이 만 가닥 주렁주렁 달렸다.
이름하여 보장(寶杖)이니 요괴를 항복시키는 데 능통하고,
영소보전을 길이 진압하여 괴물을 굴복시켰다.

---

12 오강: 당나라 단성식(段成式)의 『서양잡조(西陽雜俎)』 「천지(天咫)」에 의하면, "달에는 계수나무와 두꺼비가 있는데, 계수나무의 높이가 5백 장이나 되고, 나무 그루터기에 한 사람이 도끼를 들고 쉴 새 없이 찍어내지만, 계수나무는 도끼 자국이 나기가 무섭게 도로 아물어들어, 아무리 찍어도 넘어가지 않는다. 그는 서하(西河) 출신의 오강(吳剛)이란 신선인데, 선도(仙道)를 잘못 닦은 죄로 달나라에 귀양살이를 하며 끊임없이 계수나무 찍는 벌을 받게 되었다."고 한다.

내 벼슬이 권렴대장을 제수받았기 때문에,
옥황상제께서 하사하시어 몸에 지니도록 하였다.
길어지거나 짧아지거나 모두가 내 마음에 달렸고,
가늘어지거나 굵어지거나 내 뜻대로 따른다.
일찍이 반도연에 거둥하시는 어가를 호위하였으며,
조회에 나갈 때에도 언제나 상석을 차지하였다.
영소전에 당직을 설 때에는 뭇 성신들이 이 보장 앞을 거쳐야 했고,
주렴을 걷어올릴 때에는 여러 신선들이 배알하였다.
한 자루 영성을 기른 신병이기라,
인간 세상의 범속한 병기와는 다른 것이다.
죄를 짓고 천문(天門)에서 쫓겨 내려와 귀양살이를 한 뒤부터,
내 마음대로 종횡무진 해외를 유람하였다.
대담하게도 스스로 자랑할 것은 아니로되,
천하의 도창 검극을 이것에 견줄 수는 없으리라.
네놈의 그 녹슬어빠진 쇠스랑을 보아하니,
밭이나 갈아엎고 푸성귀나 가꾸는 데 알맞을 것이다.

그 소리를 듣고 저팔계는 코웃음을 쳤다.
"이 못된 녀석이 아직도 매를 덜 맞아서 근질거리는 모양이로구나! 밭을 갈아엎든 푸성귀를 가꾸든, 네까짓 놈이 무슨 아랑곳이냐. 하지만 이 쇠스랑이 슬쩍 스치기만 해도, 네놈의 몸뚱이에는 아홉 구멍이 뻥뻥 뚫려 고약도 붙일 수 없게 선지피가 철철 흘러나올 것이다. 목숨이 질겨서 죽지는 않는다 하더라도, 늙어서 고꾸라지도록 찬 바람 들어 평생토록 감기나 앓게 될 것이다!"

요괴는 저팔계가 가로막은 손길을 휙 뿌리치더니, 물 밑바닥에서 또다시 수면으로 올라와 싸우기 시작했다. 이번 싸움 역시 앞서와는 더욱 달라서 치열의 도를 더해갔다.

항요보장이 빙글빙글 맴돌면 쇠스랑이 내리찍고,
일가친척 피붙이가 아니니 말이 서로 통할 리가 없다.
목모(木母)와 도규(刀圭)가 상극인 탓으로, 쌍방이 맞부딪쳐 육박전을 벌인다.
승부도 나지 않고 똑같은 솜씨를 반복하는 법도 없이,
그저 길길이 날뛰는 파도와 뒤집히는 물결처럼 서로 화목하려 들지 않는다.
이편의 노기가 어찌 가라앉을 리 있겠으며,
저편의 가슴 아픈 모욕인들 어이 참을 수 있으랴.
쇠스랑이 쳐들어가면 항요보장이 가로막아 영웅 본색을 뽐내고,
강물은 유사하 모래를 몰아쳐 악독한 기세가 흉흉하다.
의기는 충천하고 죽을힘을 다하여 애쓰는 모습이,
오로지 삼장 법사를 서역 땅으로 가게 하기 위함이다.
쇠스랑 이빨은 언제나 흉악을 떨고,
계수나무 몽둥이 쓰는 솜씨는 노련하기 짝이 없다.
이편은 적수를 부여잡아 강변 기슭으로 끌어올리려 하고,
저쪽은 상대방을 붙잡아 물 밑바닥에 처박으려 한다.
뇌성벽력 같은 고함 소리에 어룡이 진동하고,
구름에 가려 어두운 하늘빛에 귀신이 엎드린 채 꼼짝달싹 못한다.

이 한판 싸움도 일진일퇴, 벌써 30여 합을 겨루었으나 여전히 강자와 약자를 구별할 수가 없다. 저팔계는 또다시 싸움에 패한 척하고 쇠스랑을 질질 끌어가며 도망치기 시작했다. 요괴도 놓칠세라 물결을 헤쳐가며 그 뒤를 바짝 따라붙은 채 강변 기슭까지 쫓아왔다.

저팔계가 흘끗 뒤돌아보고 욕설을 퍼붓는다.

"이 못된 요괴 놈아! 이리 올라오너라. 우리 이 높은 곳에서 땅바닥을 착실히 딛고 서서 싸워보자꾸나!"

그러나 요괴도 여간 눈치 빠르고 약은 놈이 아니었다.

"이 멧돼지 같은 자식아! 또 그 수법이냐? 나를 살살 꾀어서 언덕 위에 올려놓고 그놈의 응원군을 또 끌어들일 속셈인 줄 내가 모를 듯싶으냐? 이리 내려와라! 땅바닥은 말고 이 강물 속에서 한바탕 겨뤄보자니까, 어디로 자꾸 기어올라가는 거냐!"

교활한 요괴는 두 번 다시 강변 기슭으로 올라가려 하지 않고 저팔계와 강변을 사이에 두고 따따부따 시끄럽게 말다툼만 벌이고 있었다.

한편에서, 손행자는 요괴가 좀처럼 뭍에 오르려 하지 않는 것을 보니 급한 성미에 초조한 나머지 속이 부글부글 끓다 못해 터져나갈 지경에 이르렀다. 그는 요괴를 단숨에 붙잡아 끓리지 못하고 바라보기만 하는 자신이 원망스럽기까지 했다.

"사부님, 여기 앉아 계십쇼! 제가 저 여우 같은 놈에게 '아응조식(餓鷹凋食)' 수법을 한번 써봐야겠습니다."

'아응조식' 수법이라! 말씀 그대로 굶주린 새매가 먹이를 낚아채려고 높은 공중에서 수직으로 내리덮치는 수법이다. 그는 삼장을 언덕 위에 앉혀놓은 채, 근두운을 일으켜 타고 허공으로 까마득하게 솟구쳐 오르더니, 방향을 틀기가 무섭게 '휘익!' 하는 소리와 함께 곤두박질쳐 내리면서 요괴를 움켜잡아갔다.

한참 동안 저팔계와 정신없이 입씨름을 벌이고 있던 요괴는 머리 위에서 난데없는 바람 소리가 들려오자, 고개를 번쩍 쳐들고 하늘 위를 올려다보았다. 아니나 다를까, 저팔계의 응원군 손행자가 구름을 타고 무서운 속도로 곤두박질쳐 내려오고 있다. 요괴는 그럴 줄 알았다는 듯이 항요보장을 선뜻 거둬들이고 강물 속으로 '풍덩!' 뛰어들더니, 어디로 뺑소니를 쳤는지 눈 깜빡할 사이에 종적 없이 사라지고 말았다.

표적을 놓쳐버린 손행자는 할 수 없이 강변 기슭에 내려서서 저팔계를 보고 투덜거렸다.

"여보게 아우! 그놈의 요괴 녀석, 아주 미꾸라지보다 더 약아빠졌는걸. 이제 두 번 다시 물 위로는 올라오려 하지 않으니 이 노릇을 어쩌면 좋겠는가?"

"그것 참 어렵구먼, 어려워! 아무리 죽을 기를 쓰고 싸워도 이겨낼 수 없으니 말이오. 젖 빨던 힘까지 다 쏟아냈는데도 겨우 맞먹을 지경으로 비겼는걸……!"

"됐네, 됐어. 우리 사부님한테나 돌아가세."

이리하여 두 사람은 다시 언덕으로 올라가 스승을 뵙고 난처하게 된 상황을 자초지종 말씀드렸다. 얘기를 다 듣고 난 삼장 법사는 눈물을 뚝뚝 떨어뜨리면서 탄식했다.

"그렇게 힘이 들어서야 어떻게 이 강을 건너갈 수 있단 말이냐……."

손행자는 스승을 안심시켰다.

"너무 걱정 마십쇼, 사부님. 저 괴물은 물속 깊숙이 들어앉았기 때문에 해치우기가 좀 어려울 뿐입니다. 팔계, 이제 그놈하고는 싸울 생각하지 말고, 이 손선생이 남해에 다녀올 때까지 자네는 여기서 사부님을 지켜드리고 있게."

"아니, 형님! 남해에는 무엇 하러 가시는 거요?"

저팔계가 뜨악한 기색으로 묻자, 손행자는 이렇게 대답했다.

"자네도 알다시피 애당초 경을 가지러 가게 된 것도 관음보살님이 시켜서 하는 일이요. 또 우리가 해탈하게 된 것도 관음보살님의 덕분이었네. 오늘 우리 앞길이 유사하에서 가로막혀 나아가지 못하게 되었으니, 그분이 어떻게 해주셔야 할 게 아닌가? 그분을 모셔다가 일을 해결하는 것이 그 요괴 녀석과 싸우는 것보다 훨씬 빠를 걸세."

"그거 그렇군! 형님, 옳은 말씀 한번 잘하셨소. 남해에 가시거든 부디 내 말씀 한마디 전해주시오. 이 저팔계가 보살님한테 늘 신세 많이 지고 있다고."

저팔계에 이어서 삼장도 한마디 재촉을 했다.

"오공아, 보살님을 청하러 가려거든 일각도 지체하지 말고 빨리 갔다 빨리 오너라."

"예, 알겠습니다."

손행자는 당장에 근두운을 일으켜 타고 남해로 날아갔다. 얼마나 빨리 치달렸는지 미처 반 시진도 못 되어 벌써 보타락가산의 경내가 내다보였다. 잠시 후 구름을 하강시켜 자죽림 바깥에 다다랐더니, 어떻게 알았는지 이십사로(二十四路)의 제천(諸天) 신령들이 대나무 숲 밖으로 영접을 나오고 있었다.

"대성께서 어떻게 오셨습니까?"

"우리 사부님이 재난을 당하셨기에 보살님을 만나뵈러 이렇게 왔소이다."

"잠시 이리 앉아 계십시오. 저희가 전갈을 해드리지요."

그날 당직을 맡은 제천이 조음동 어귀로 들어가 관음보살 앞에 아뢰었다.

"손오공이 일이 있어 뵙고자 합니다."

때마침 보살은 봉주용녀(捧珠龍女)와 함께 보련지(寶蓮池) 호반에서 난간에 기대어 꽃 구경을 하고 있다가, 그 말을 듣는 즉시 운암(雲岩)으로 돌아와 문을 열게 하고 손행자를 불러들였다. 손대성은 옷매무새를 단정히 가다듬고 관음보살에게 참배의 예를 올렸다.

보살이 물었다.

"너는 어찌하여 당나라 스님을 보호하지 않고 무슨 일로 또 날 보러 왔느냐?"

손행자가 아뢰었다.

"보살님, 제 사부님이 고로장에서 제자 한 명을 거두었는데 이름을 저팔계라고 합니다. 팔계는 보살님께 여러모로 신세를 많이 졌으며, 또 오능이라는 법명까지 지어주신 줄로 알고 있습니다. 그동안 간신히 황풍령을 지나서 유사하에 당도했는데, 강물의 폭이 팔백 리나 되고 길이가 삼천 리를 넘을 뿐 아니라, 아무것도 뜨지 못하는 약수이기 때문에 사부님이 건너지 못하고 계십니다. 그런데다 강물 속에는 요괴 한 놈이 살고 있는데 무예가 여간 높고 강한 녀석이 아니어서 오능을 여러 번 성가시게 굴었습니다. 오능은 그놈과 물속에서 세 차례나 대판 싸웠는데도 이길 수가 없을뿐더러, 지금도 그놈이 갈 길을 막고 있어서 도무지 건너갈 방법이 없습니다. 그래서 생각다 못해 이렇게 보살님을 찾아뵙고 말씀드리오니, 부디 저희를 불쌍히 여기셔서 그 강을 건너게 해주시기 바랍니다."

그 말을 듣자, 관음보살이 대뜸 꾸지람을 내렸다.

"이 원숭이 녀석! 또 자만심에 들떠서 뽐내기만 하고 당나라 스님을 보호하여 경을 가지러 간다는 말을 하지 않았구나."

"저희들이야 어떻게 해서든지 그놈을 붙잡아 굴복시켜놓고, 그놈더러 사부님을 건너가시게 해달라고 부탁할 작정만 했습니다. 물속에서 있었던 일은 저로서는 자세히 알지 못합니다. 단지 오능이 그놈의 소굴에 찾아 들어가서 수작을 걸었던 모양입니다만, 짐작하기로는 아마도 경을 가지러 간다는 말은 하지 않았으리라고 생각됩니다."

"유사하에 살고 있는 그 요괴는 본디 하늘나라의 권렴대장이 죄를 짓고 속세에 내려와 귀양살이하는 자로서, 역시 내가 착한 길로 감화시켜 너희들과 함께 경을 가지러 가는 사람을 보호하여 서천 땅에 가기로 약속된 인물이다. 네가 동녘 땅에서 경을 가지러 가는 사람이라고 말만 했던들, 그자는 절대로 너희들과 다투지 않고 귀순했을 것이다."

"하오나 그 괴물이 겁을 집어먹은 나머지 뭍에 오르려 하지 않고 물속으로 종적을 감추었으니, 어떻게 그런 놈을 귀순시킬 수 있겠습니까? 그리고 저희 사부님은 거위 깃털도 뜨지 못하는 약수를 어떻게 건너가실 수 있단 말입니까?"

관음보살은 즉석에서 혜안 행자를 부르더니, 소매춤에서 붉은 조롱박을 한 개 꺼내주면서 이렇게 분부했다.

"네가 이 조롱박을 가지고 손오공과 함께 유사하로 가거라. 그리고 물 위에서 '오정아!' 하고 한마디만 부르면, 그가 곧 나올 것이다. 그럼 우선 그를 당나라 스님에게 귀의시킨 다음, 목에 매달아놓은 해골 아홉 개를 한 줄로 꿰어서 구궁(九宮)의 괘에 맞게 늘어놓고, 이 조롱박을 그 한복판에 자리잡아놓으면 법선(法船) 한 척이 될 것이다. 그 배가 당나라 스님을 태우고 유사하를 안전하게 건널 수 있게 할 것이다."

"삼가 명령대로 준수하오리다!"

혜안 행자는 보살의 말씀에 따라 손대성과 함께 조롱박을 떠받든 채 조음동을 나섰다. 그리고 법지를 받들어 자죽림을 떠나갔다.

오행은 배필이 되어 천진(天眞)과 합하니, 그전의 옛 주인을 알아본다.
세워진 기초를 단련하여 묘하게 쓰이니,
정(正)과 사(邪)를 분별하여 원인을 알아낸다.
금(金, 손오공)은 성(性)에 귀의하여 같은 부류로 돌아가고,
목(木, 저팔계)은 정(情)을 추구하여 더불어 침륜(沉淪)에서 회복한다.
이토(二土)가 공덕을 온전히 쌓으니 적막(寂寞)을 이루고,
수화(水火)가 조화를 이루니 섬진(纖塵)이 없구나.

두 사람은 얼마 안 있어 구름을 낮추고 유사하 강기슭에 다다랐다. 저팔계는 목차 행자를 알아보고 부랴부랴 스승을 인도하여 마중을 나왔다. 혜안 목차 행자는 삼장 법사와 첫 대면 인사를 나눈 다음, 저팔계와도 상견례를 나누었다.

저팔계는 평소 그답지 않게 점잔을 빼면서 정중히 사례를 표했다.

"존자께서 지시한 바에 힘입어 보살님을 뵙게 된 뒤로, 이 저팔계는 과연 부처님의 가르침을 준수하고 오늘날 기꺼운 마음으로 사문에 들었습니다. 사부님을 모시고 여기까지 오는 동안에 줄곧 바쁘게 뛰어다니느라 미처 고맙다는 인사 말씀도 변변히 드리지 못한 점, 죄송하기 짝이 없습니다. 부디 용서해주시기 바랍니다."

손행자가 말했다.

"객쩍은 인사치레는 그만 해두고, 어서 그놈을 불러내러 가세!"
"그놈이라니, 누구 말이냐?"

영문을 모르는 삼장 법사가 물었다.

"제가 보살님을 뵙고 앞서 있었던 일을 낱낱이 말씀드렸습니다. 그

랬더니 보살님 말씀이, '그 유사하의 요괴는 바로 하늘의 권렴대장이 속세에 내려온 자로서, 하늘에 죄를 지은 탓으로 이 강물에 떨어져서 본래의 모습을 잊어버린 채 괴물 노릇을 하고 있다'고 하셨습니다. 그놈은 일찍이 보살님의 감화를 받아 사부님께 귀순하여 서천으로 가기로 약속했다는 겁니다. 그런데 저희들이 경을 가지러 간다는 말을 하지 않았기 때문에, 서로 오해하고 그렇게 기를 써서 싸우기만 했던 것입니다. 이제 보살님이 목차 존자를 보내셔서 이 조롱박을 그놈에게 매달아 법선을 만들어 사부님을 태우고 건너갈 수 있게 해주셨습니다."

삼장은 그 말을 듣고 고마움을 이기지 못하여 목차 존자 앞에 이마를 조아려 사례했다.

"부디 존자께서 급히 다녀오시기 바랍니다."

목차 존자는 조롱박을 떠받든 채 구름 안개를 절반씩 타고 유사하 강물 위로 날아가더니, 물속을 향해 매서운 목소리로 고함을 쳤다.

"오정아! 오정아! 경을 가지러 가는 분이 여기에 오신 지 오래인데, 어째서 아직도 귀순하지 않고 있는가!"

강물 속에서 요괴는 원숭이 임금을 두려워한 나머지 물 밑바닥 깊숙이 돌아가, 제 소굴에 엎드려 한숨 돌리고 있던 참이었다. 그런데 자신의 법명을 부르는 소리가 들려오자, 그는 관음보살이 온 줄로만 알았다. 게다가 '경을 가지러 가는 분이 여기 오셨다'는 말까지 들었으니, 목숨이 달아날 것도 겁낼 턱이 없었다. 그래서 황급히 물살을 헤치고 올라와 수면 위로 머리를 내밀고 우러러보았더니, 눈에 익은 목차 행자가 구름 위에 서 있는 것이 아닌가. 요괴는 반가움에 못 이겨 싱글벙글 웃어가며 목차 앞으로 다가와서 인사를 드렸다.

"존자님, 미처 영접을 못 나와 죄송합니다. 보살님께서는 어디 계십니까?"

"내 사부님은 오지 않으셨다. 나를 먼저 보내셔서 너를 당나라 스님의 제자가 되게 하라는 분부를 내리셨다. 네 목에 매단 해골 아홉 개와 이 조롱박을 구궁에 맞춰 늘어놓으면 법선 한 척이 될 것이니, 그 배로 그분이 약수를 건너가시게 해드려라."

"경을 가지러 가신다는 분이 어디 계십니까?"

사오정의 물음에, 목차 존자는 손가락으로 언덕을 가리켰다.

"저기 동쪽 기슭에 앉아 계신 이가 바로 그분이 아니더냐?"

사오정은 고개를 돌리고 바라보다가 저팔계를 발견하고 깜짝 놀랐다.

"이크 저놈이……! 도대체 저놈이 어디서 굴러먹던 잡놈인지는 모르겠으나, 저하고 꼬박 이틀 동안이나 싸웠으면서도, 왜 '경을 가지러 간다'는 말을 한마디도 입 밖에 내지 않았는지 모르겠습니다."

그리고 다시 손행자를 가리키면서 또 한마디 보탰다.

"저 친구는 저놈을 도와서 저를 공격했던 녀석입니다. 아주 무시무시한 놈입니다. 존자님, 저는 물 밖으로 나가지 않겠습니다."

목차 존자가 좋은 말로 달랬다.

"이것 보게. 저 친구는 저팔계이고, 이 친구는 손행자야. 모두들 당나라 스님의 제자로서 보살님의 감화를 받아 불문에 투신한 사람들인데, 두려워할 게 어디 있겠는가? 자아, 그렇게 뻗댈 것이 아니라, 어서 나하고 같이 당나라 스님을 만나보러 가자니까."

그제야 사오정은 항요보장을 거두어들이고 누런 비단 직철 자락을 단정하게 가다듬더니 강변 기슭으로 홀쩍 뛰어올랐다. 그리고는 당나라 스님 앞에 두 무릎을 꿇고 사과했다.

"사부님, 이 어리석은 제자가 눈은 있어도 눈동자가 없다는 격으로 사부님을 알아뵙지 못하고 여러모로 시끄럽게 무례를 범했사오니, 부디 너그러이 용서해주십시오."

곁에서 저팔계가 면박을 주었다.

"이 똥자루 같은 놈아! 어째서 일찌감치 귀의하지 않고 나한테 덤벼들기만 했느냐? 모르고 무례하게 굴었다니, 그것도 말이라고 주절대는 거냐?"

손행자가 웃으면서 화해를 붙인다.

"여보게 아우, 이 친구를 나무랄 것 없네. 우리가 진작 경을 가지러 간다는 얘기도 안 했고 이름 석 자도 밝히지 않았기 때문이 아닌가?"

그제야 삼장 법사는 사오정을 보고 물었다.

"네가 과연 성심으로 우리 가르침에 따라 귀의하겠느냐?"

사오정이 머리를 조아려 대답했다.

"제자는 오래전부터 보살님의 교화를 받았사옵니다. 성도 이 유사하 강물 이름을 따서 '사(沙)'씨로 정하여주셨고, 법명을 '오정(悟淨)'이라 붙여주셨는데, 이런 제가 어찌 사부님의 말씀에 따르지 않을 리 있겠습니까."

"그렇다면 됐다. 오공아, 계도(戒刀)를 꺼내다가 이 사람을 삭발시켜주어라."

손행자는 스승의 분부에 따라 그 즉시 계도를 꺼내들고 사오정의 머리를 깎아주었다.

사오정은 다시 한번 삼장 법사에게 절을 올린 다음, 입문한 차례대로 손행자와 저팔계에게 절하여, 사형과 사제의 순서를 정하고 의형제를 맺었다. 삼장은 그가 절하는 모습에 참된 화상의 기풍이 서려 있는 것을 보고 그에게 '사화상(沙和尙)'이라는 별명을 하나 더 붙여주었다.

곁에서 지켜보던 목차 존자가 독촉을 했다.

"오정아, 이제 부처님의 뜻을 받들게 되었으니, 번거로운 예식 절

차를 더 차릴 필요가 없다. 어서 서둘러 법선을 만들어라."

사오정은 감히 지체하지 못하고 그 즉시 목에 걸고 있던 해골 아홉 개를 떼어 가지고 노끈으로 꿰어서 구궁 괘에 맞추어 배열해놓은 다음, 그 한복판에 조롱박을 안치시켰다. 그리고 스승이 된 삼장 법사에게 강기슭으로 내려올 것을 청하였다.

삼장이 법선을 타고 그 위에 앉으니, 과연 가벼운 배를 탄 것처럼 편안했다. 왼편에서는 저팔계가 부축하고, 오른편에서는 사오정이 스승을 떠받들었다. 손행자는 뒤편에서 용마를 끌고 구름과 안개를 절반씩 탄 채 뒤쫓고, 머리 위 상공에는 목차 존자가 호위를 했다. 이윽고 법선은 강물 위에 두둥실 떠서 유사하 약수 8백 리를 건너기 시작했다. 물결은 잔잔하고 바람결도 잠잠했다. 법선은 그야말로 쏜살같이 거위 깃털조차 뜨지 못한다는 강물을 건너서 얼마 안 지나 유사하 반대편 기슭에 도달했다. 삼장은 손발에 물 한 방울, 흙 한 점 묻히지 않고 깔끔한 몸으로 땅을 밟을 수 있었다.

목차 존자가 상운을 멈추고 조롱박을 거두어들이자, 사람의 해골 아홉 개는 삽시간에 아홉 줄기의 음산한 바람결로 변하여 소리 소문도 없이 흩어진 채 어디론가 사라져 보이지 않았다.

무사히 강을 건넌 삼장은 우선 목차 존자에게 절하여 사례를 표한 다음, 서쪽 하늘을 바라고 관음보살에게 이마를 조아려 감사했다.

이윽고 목차 존자는 동양대해로 돌아가고, 삼장은 마상에 올라 서쪽으로 달리기 시작했다.

이들이 과연 어느 때에야 정과를 얻어 진경을 구할 수 있을 것인지, 다음 회에서 풀어보기로 하자.

제23회 삼장은 부귀영화, 여색의 시련에 본분을 잊지 않고, 네 분의 성신은 일행의 선심(禪心)을 시험해보다

    법지를 받들고 서녘 땅으로 오려니 길은 아득히 멀고,
    가을바람 썰렁하게 불어 서리꽃을 떨어뜨린다.
    짓궂은 원숭이는 고삐 줄을 단단히 묶어 풀리지 않게 하고,
    용렬한 마필은 굴레 단단히 씌웠으니 채찍질 가하지 말 것을.
    목모(木母, 저팔계)와 금공(金公, 손오공)은 본디 스스로 합하였으며,
    황파(黃婆, 사오정)는 어린아이와 그 근본에 다름이 없다.
    철탄(鐵彈)을 깨물어 열면[1] 참된 소식이 있으니,
    반야바라가 피안의 집에 이른다네.

    이번 회의 내용에서는, 경을 얻으러 가는 길도 결국 일신의 본분을 다하는 일에서 벗어나지 않는다는 도리를 말해주고 있다.
    한편, 이들 스승과 제자 네 사람의 일행은 진여(眞如)를 터득하고 깨쳐, 오랫동안 묶여 있던 속진의 사슬과 굴레를 한꺼번에 풀어헤치고 성정(性情)의 바다 유사하를 뛰쳐나온 뒤로 아무런 장애도 거리낌도 없

---

1 철탄을 깨물어 열면……: 원문의 '철탄(鐵彈)'은 '철궐자(鐵橛子)', 곧 '무쇠 말뚝'으로 고쳐야 할 것이다. 불교 용어에 무쇠 말뚝을 아랫입술이 없는 부위에 비유한다. 아무리 무쇠 말뚝이라도 가로 깨물고 세로 깨물고 그침 없이 깨물다 보면 언젠가는 깨문 자국이 터져나갈 때가 있어 "그 가운데 무궁무진한 불법(佛法)의 묘미가 있음을 비로소 알게 된다"는 비유에서 나온 말이다.

이 탄탄대로를 밟으며 서쪽으로 나아갔다. 그동안 청산녹수를 두루 편력하고 벌판의 수풀과 온갖 야생화를 이루 헤아릴 수 없을 만큼 구경하면서 걷고 또 걸으니, 광음은 실로 빠른 것이라 어느덧 가을철이 또다시 돌아왔다.

> 단풍잎은 온 산에 가득 차서 붉고, 황국은 늦바람을 견뎌낸다.
> 철 지난 매미의 울음소리 갈수록 게을러지고,
> 수심 어린 귀뚜라미 끝없는 상념에 잠겼다.
> 연잎은 푸른 비단 부챗살처럼 찢어지고,
> 향기로운 유자 열매는 황금빛 탄환처럼 주렁주렁 맺혔다.
> 하늘에는 가련한 기러기떼 끼룩끼룩 울고,
> 허공을 배회하다가 점점이 멀어져가네.

하염없이 갈 길을 재촉하다 보니, 어느새 또 날이 저물었다.
"얘들아, 날이 또 저물었으니, 어디서 쉬어가야 할 게 아니냐?"
스승의 물음에, 손행자가 대답했다.
"사부님, 그 말씀 틀렸습니다. 출가한 사람은 '바람으로 끼니를 때우고 이슬밭에 잠을 자며(風餐露宿), 달을 바라보고 누워 찬 서리 맞으면서 잠들며(臥月眠霜), 가는 곳이 곧 집이라(隨處是家)' 하였는데, 편안하게 쉴 데를 찾으시다니 그런 말씀이 어디 있습니까."
곁에서 저팔계가 또 한마디 끼어든다.
"형님은 홀가분한 몸으로 길을 가시니 다른 사람의 힘든 사정을 어찌 아시겠소? 유사하를 건너온 이래 줄곧 산을 기어오르고 영마루 고개를 넘으면서, 몸뚱이에는 무거운 짐짝을 짊어진 채 곤욕을 치르고 있으니, 도무지 견뎌낼 재간이 없소! 어디 사람 사는 집을 찾아서 밥 한 끼

얻어먹고 한숨 돌려서 쉬어가야 할 게 아니겠소?"

"이 미련퉁이 친구 녀석 봤나! 그런 소리를 지껄이는 걸 보니, 진작부터 내게 원망하는 마음을 품고 있었던 모양이로군 그래? 아직도 게으름이나 부리고 굴러들어온 복을 마음껏 누리던 고로장 시절이 생각나는가? 지금은 제멋대로 놀던 생각을 버려야 하네. 또 한번 옳은 일을 하겠다고 사문에 발을 들여놓았으면, 모름지기 고생을 많이 해야만 부처님의 제자 노릇을 하는 거 아닌가?"

"형님, 이 짐짝을 좀 보시구려. 이게 얼마나 무거운지 알기나 하오?"

"자네하고 사화상 두 아우가 생긴 뒤로 짐을 져본 적이 없었으니, 그게 얼마나 무거운지 내가 알 턱이 있나?"

손행자가 능청맞게 받아넘기니, 저팔계는 약이 올라 악을 썼다.

"형님, 내가 이걸 세어볼 테니 들어보구려……!

    등나무 껍질 요이불이 네 묶음에, 긴 밧줄 짧은 삼 밧줄이 여덟 타래.
    장마철에 습기 막는 담요가 서너 채,
    펑퍼짐한 대나무 광주리는 미끄러질까 걱정이요,
    멜빵의 양 끄트머리는 어깻죽지 살 속으로 파고들어 못이 박인다.
    구리 장식 달리고 쇠를 두드려 만든 구환석장도 무거워 견디지 못할 판에,
    대나무 속껍질 잘게 찢어 등나무 줄기로 엮은 커다란 차양까지 짊어졌구나.

"이렇게나 많은 짐짝을 이 저선생 혼자서 날이면 날마다 떠메고 걸어가야 하니, 그럼 형님 혼자서 사부님의 제자 노릇을 하고, 나는 머슴살이나 하라는 거요?"

손행자는 피식 웃으면서 물었다.

"이 미련한 친구야, 그거 누구 들으라고 하는 말인가?"

"바로 형님 들으라고 하는 말이오!"

"나한테 그런 말을 해서야 쓰나! 이 손선생은 오로지 사부님을 안전하게 모시는 일만 하면 그만이야. 자네하고 사화상은 짐보따리와 마필을 전적으로 책임지고 돌보면 되는 거네. 만약 조금이라도 게으름을 부리거나 혼자 편해보려고 얕은 꾀를 썼다가는 내 굵다란 철봉으로 한 대 얻어맞을 줄 알게!"

"형님, 제발 그놈의 때린다는 말씀일랑 하지 마시구려. 때린다는 것은 폭력으로 남을 못 살게 구는 짓이 아니겠소? 형님은 워낙 콧대가 높으니까, 짐짝을 짊어지려 하지 않는다는 것쯤 나도 잘 알고 있소. 하지만 사부님이 타고 계신 저 말은 몸집도 크고 살이 피둥피둥 쪄서 늙으신 스님 한 분만 태울 게 아니라, 이 짐짝 몇 개 더 얹어도 끄떡하지 않을 거요. 형님, 우리 형제지간의 정리를 보아서라도 그렇게 해주지 않으시겠소?"

"흥, 자네는 이놈을 말이라고 하지만, 이게 어디 인간 속세의 보통 말인 줄 아는가? 이놈은 본래 서해용왕 오윤의 아들로서 이름을 '용마삼태자(龍馬三太子)'라고 하네. 자칫 실수로 불을 내어 궁전의 야명주를 태워먹고, 그의 아버지가 불효자라는 죄목으로 천궁에 고발하여 천조(天條)를 범한 몸으로 극형에 처하게 된 것을, 관음보살님 덕분으로 겨우 목숨을 구해 받고 응수두간(鷹愁陡澗)에 잠겨 있으면서 오랜 세월 사부님을 기다려왔었네. 그리고 다행히도 보살님께서 친히 오셔서 이놈의 비늘과 뿔을 없애버리고 턱밑의 구슬까지 떼어주시고 나서야 지금 자네가 보는 것처럼 훌륭한 용마로 변신해 가지고 사부님을 태우고 서천으로 부처님 뵈러 가기를 자원한 것일세. 그러니까 이 용마도 우리들처럼 각자 주어진 공과(功果)에 따르고 있으니, 이놈의 등에다 물건을 얹어 놓을 생각일랑 꿈에도 하지 말게. 알아듣겠나?"

사화상이 그 말을 듣고 물었다.

"형님, 저게 진짜 용이란 말씀이오?"

"아무렴, 진짜 용이지!"

손행자가 자신 있게 대답하니, 저팔계는 아무래도 미덥지 못한 듯 따져 묻는다.

"형님, 옛사람이 이런 말을 했소. '용은 구름을 뿜어내고 안개를 퍼뜨리며, 흙먼지를 흩뿌리고 모래바람을 휘날릴 줄도 알고, 산악을 허물어뜨리고 고개를 짓뭉개어 평지로 만드는 수단이 있을 뿐 아니라, 강물을 뒤집고 바다를 휘저어놓는 신통력을 지니고 있다'고 했는데, 그런 놈이 어째서 지금은 저렇게 느릿느릿 굼벵이 걸음으로 가는 거요?"

"자네, 저 말을 빨리 가게 해보고 싶은가? 그럼 내가 빨리 가라고 할 테니 보기만 하게나!"

말을 마치기가 무섭게 여의금고봉을 뽑아든 제천대성, 저 무서운 철봉을 번쩍 휘두르자 채색 구름이 만 가닥으로 뻗쳐나와 눈부시게 빛났다. 용마는 가뜩이나 필마온(弼馬溫)을 두려워하는데다 철봉까지 꺼내드는 것을 보니, 혹시 자기를 두들겨 패려는 줄 알고 당황한 나머지 네 발굽을 모아 번개 벼락 치듯 전속력으로 내닫기 시작했다. 사람들의 귓결에는 그저 '씽!' 하니 바람 가르는 소리만 들렸을 뿐, 용마란 놈은 삼장 법사를 태운 채 벌써 얼마나 멀리 도망쳐갔는지 보이지 않았다.

마상에 앉은 채 꺼떡꺼떡 실려가던 삼장 법사, 말이란 놈이 느닷없이 치닫는 바람에 깜짝 놀라 고삐를 낚아채려 했으나 연약한 손길로 고삐를 당겨봤자 도무지 멈춰 서게 할 길이 없으니 어쩌랴. 그저 짐승이 가자는 대로 내버려둘 수밖에. 용마는 눈 깜짝할 사이에 산등성이를 타고 올라가서야 겨우 질주를 그치고 또다시 떨꺼덕떨꺼덕 느림보 걸음걸이로 천천히 걷기 시작했다.

스님은 가까스로 한숨 돌리고 나서 놀란 가슴을 가라앉힐 수 있었다. 고개를 들어 이리저리 주변을 둘러보았더니, 멀리 소나무 숲 우거진 그늘 아래 사람 사는 집 몇 채가 내다보이는데, 처마 지붕이 높다랗게 치솟고 들어앉은 집터의 기세가 당당해 보였다.

> 대문 앞에는 푸른 잣나무 가장귀 늘어지고, 집터는 청산에 가까운데,
> 몇 그루 소나무 파릇파릇한 솔잎을 자랑하고,
> 대나무 서너 그루가 산뜻하게 솟았다.
> 울타리 둘레에 들국화는 차디찬 서리가 엉겨 요염하고,
> 다리 밑에는 그윽한 난초 붉은 꽃이 흐르는 냇물에 그림자 드리운다.
> 곱게 손질한 담과 흙벽에는 벽돌이 둘러치고,
> 높다란 집채가 제법 웅장한데, 널찍한 건물은 말끔하고도 조용하다.
> 소도 양도 보이지 않고 닭도 개도 없으니,
> 가을걷이 끝낸 뒤 농한기에 접어든 것이 분명하다.

삼장이 고삐를 늦추고 서서 느긋이 바라보고 있으려니, 그제야 손오공과 그 형제들이 뒤쫓아 달려왔다.

"사부님, 낙마는 하지 않으셨습니까?"

맏제자가 여쭙는 소리에, 스승은 야단을 쳤다.

"오공, 이 못된 원숭이 녀석아! 어쩌자고 말을 놀라게 해서 달아나게 만들었느냐? 이렇게 타고 있기는 해도 멈출 수가 없어 혼났다!"

손행자는 겸연쩍게 웃으면서 스승의 마음을 누그러뜨렸다.

"헤헤헤! 사부님, 절 나무라지 마십쇼. 사실은 저팔계가 말이 너무 느리다고 탓하기에, 좀 빨리 달려가는 걸 보라고 한 겁니다."

미련한 저팔계는 말을 뒤쫓아오느라고 급한 마음에 얼마나 뛰었는지, 숨이 턱에까지 차서 헐떡거리며 투덜댄다.

"그만둬요, 그만둬! 제 뱃살을 보고 허리띠를 늦추지 말라 하더니, 바로 그런 격이었소. 짐짝이 무거워서 떠메기도 힘든데 이렇게 치닫는 말 뒤꽁무니를 헐레벌떡 쫓아오게 만들어놓다니, 원 형님도 너무하셨소, 너무했어!"

삼장은 둘째 제자의 투덜대는 소리를 귓전으로 흘려보내고 딴죽을 걸었다.

"얘들아, 저쪽에 집 몇 채가 보이지 않느냐? 우리 저 집에 가서 잠자리를 빌려 하룻밤 쉬고 가는 게 좋겠다."

그 말을 들은 손행자, 급히 머리를 쳐들고 바라보았더니 과연 반공중에 경사스런 구름이 덮여 있고 상서로운 안개에 가린 집채가 있다. 구름과 안개가 서린 모습으로 보건대, 부처님께서 점화(點化)하신 집이 분명한데, 섣불리 천기를 누설할 수 없어 시침을 뚝 떼고 스승의 제의에 찬동을 표했다.

"좋습니다, 좋아요! 우리 저 집으로 가서 하룻밤 재워달라고 하죠."

삼장이 먼저 부리나케 마상에서 내렸다. 바라보니 문루 한 채가 있는데, 수련(睡蓮)과 코끼리의 코 장식이 들보에 그린 듯이 아로새겨져 있었다. 사화상이 등짐을 부려놓는 동안에, 저팔계는 말을 끌어다 놓으면서 혼잣말로 중얼거렸다.

"이 집에 사는 사람은 아무래도 부자인가 봐."

손행자가 대뜸 안으로 들어서려 하자, 스승이 만류했다.

"안 된다. 너나 내나 출가한 사람인데, 남이 싫어하거나 꺼려하는 일을 각자 알아서 피해야 할 게 아니냐. 남의 집에 함부로 들어가지 말고 주인이 나올 때까지 기다렸다가 예의를 갖추어 숙소를 빌려야만 할 것이다."

스승의 말씀이 이러니, 제자들도 어쩔 수 없다. 저팔계는 말고삐를 묶어놓고 담장 밑에 비스듬히 기대어 앉아 쉬고, 삼장은 섬돌 위에 가서 앉았다. 손행자와 사화상은 주춧돌 변두리에 걸터앉은 채 주인이 나타나기를 기다렸다. 그러나 한참이 지나도록 대문 바깥으로 나오는 사람이 없으니, 성미 급한 손행자는 더 이상 참을 수가 없는지 벌떡 일어서서 대문 안쪽을 기웃거리기 시작했다. 이리저리 살펴보았더니 남향으로 세 칸짜리 대청이 있는데, 대청 문 앞에는 주렴을 높직이 올려 쳐놓았으며, 문 위에는 '수산복해(壽山福海)'라고 가로 쓴 현판이 걸려 있고, 금칠 입힌 문설주 양편에는 큼지막한 붉은 종이에 춘련(春聯)을 한 장씩 붙였는데, 그 내용은 다음과 같았다.

연약한 버들가지 실처럼 나부끼니 평교(平橋)에 날은 저물고,
　향기로운 매화에 눈꽃이 송이송이 흩뿌리니 작은 뜰에 봄빛이 가득하네.

대청 한복판에는 검정 칠이 벗겨져 빛 바랜 향탁이 자리잡고, 탁자 위에는 짐승을 아로새긴 골동품 구리 향로가 놓였다. 탁자 둘레에는 걸

상이 여섯 개, 그리고 용마루를 중심으로 양편 벽에는 사시장철을 그린 족자 병풍이 둘러쳐 있었다.

손행자가 대청 주변을 훔쳐보고 있으려니, 느닷없이 뒷문 쪽에서 사람의 발소리가 들리면서 나이 지긋해 보이는 중년 부인이 걸어나오다가 그를 발견했다.

"무엇 하는 사람들이 남의 과부 집 문턱을 함부로 뛰어드는 거요?"

꾸짖는 말투에 간드러진 애교가 뚝뚝 떨어진다. 당황한 손대성이 연방 굽실거리면서 해명했다.

"예, 예! 소승은 동녘 땅 대 당나라에서 온 사람들로, 성지를 받들어 서방 세계로 가서 부처님을 뵙고 경을 얻으러 가는 길입니다. 일행은 모두 넷인데, 이 댁 앞을 지나치다가 때마침 날이 저물었기에 노보살님 댁을 찾아 하룻밤만 재워줍시사 하고 청을 드리려던 참이었습니다."

그 말을 듣자 중년 부인은 웃는 낯으로 마중을 나오면서 이렇게 물었다.

"그러셨군요. 장로님, 다른 세 분은 어디 계신가요? 이리 모셔오시지요."

삼장은 그 말을 듣고 비로소 저팔계와 사화상에게 말고삐를 잡히고 짐짝을 떠메게 한 다음 조심스레 대문 안으로 들어섰다. 중년 부인은 대청까지 나와 일행을 맞아들였다.

저팔계란 녀석이 엉큼스러운 곁눈질로 흘금흘금 살펴보자니, 중년 부인의 생김새하며 옷차림새가 사뭇 볼 만하다.

> 비단으로 짠 바탕에 초록빛 모시 적삼 한 벌 걸치고,
> 그 위에는 연분홍 어깨걸이 겉옷을 덧입었다.
> 수놓은 담황색 비단 치마에 오색 허리띠를 질끈 동였는가 하면,

치맛자락 밑으로 굽이 높은 꽃신을 살짝 드러내고 있다.

유행 따라 머리를 쭉 찌어 땋아내리고 검정 비단 망사를 씌웠는데,

두 가지 빛깔의 용틀임하는 모양의 반룡발(盤龍髮)이 서로 떠받치고 있다.

궁장(宮裝) 차림을 본떠 상아 빗을 꽂았으니 자줏빛 비취색이 번쩍거리고,

두 자루 황금 비녀를 비스듬히 찔러넣었다.

가무잡잡한 귀밑머리는 알맞게 세어 날아가는 봉황의 날개를 연상시키고,

양 귓불에 늘어뜨린 귀고리 한 쌍이 보주(寶珠)를 소담스럽게 배열했다.

지분을 바르지는 않았으되 오히려 자연스러운 아름다움이 돋보이고,

하느작거리는 탯거리에 풍류는 청춘 시절의 싱그러움이 여전하다.

중년 부인은 세 사람을 보더니 더욱 반가워하면서 예의를 갖추어 대청 방 안으로 맞아들였다. 그리고 일일이 상견례를 마치자 자리를 권하고 앉아서 차 대접이 나올 때까지 기다리게 했다. 이윽고 병풍 뒤쪽에서 머리를 두 갈래로 땋아 길게 늘어뜨린 몸종이 황금 쟁반에 백옥 찻잔을 얹어 가지고 나타났다. 향기로운 찻물에서는 뜨거운 김이 무럭무럭 피어오르고 이름 모를 과일에서는 그윽한 냄새가 풍겨나왔다. 중년 부인이 오색 비단 소맷자락을 걷어올리더니, 봄날의 죽순처럼 매끄럽고도 날씬한 손길로 찻잔을 받쳐들고 한 잔씩 건네면서 이 낯선 손님들에게

또 한차례 일일이 절을 올렸다.

차 대접이 끝나자, 중년 부인은 또 몸종더러 저녁식사를 준비하라는 분부를 내렸다. 삼장은 두 손을 이마에 대고 고마운 인사를 드렸다.

"노보살님의 성씨는 어찌 되시며, 이 고장의 이름은 무엇입니까?"

중년 부인이 대답했다.

"이곳은 서우하주(西牛賀洲) 관할 지역입니다. 제 친정댁 성은 가씨(賈氏)요, 남편의 성은 막씨(莫氏)[2]입니다. 젊었을 적에 불행히도 시부모님이 일찍 돌아가시고, 남편과 더불어 조상의 가업을 이어받아 지켜왔습니다. 이 집에 만 관(萬貫)의 재산을 쌓아두었으며, 기름진 옥답만도 일천 경(頃)이나 됩니다. 우리 부부는 박복하여 아들을 두지 못하고 딸만 셋을 낳았습니다. 이태 전에 크나큰 불행을 당하여 그나마 서로 의지하던 남편마저 세상을 떠나고 저는 청상과부가 되고 말았습니다. 올해에 상복을 벗게 되었으나, 논밭에 재산 가업만이 헛되이 남아 있을 뿐, 더 이상 돌보아줄 일가친척이라곤 하나도 없어 우리 모녀 넷이서 상속을 받아 이어가게 되었습니다. 다른 남자에게 재가를 하고 싶어도 가업을 저버리기 어려워 그러지도 못하고 있습니다. 그런데 오늘 이렇게 장로님께서 왕림하셨고 또 문하 제자까지 합쳐서 모두 네 분이 되시니, 우리 모녀 네 사람은 가만히 앉아서 남편감을 맞아들인 격이 되었습니다. 어떻습니까, 네 분께서는 저희 모녀에게 꼭 알맞은 배필이라고 생각되는데, 저희 뜻에 따라주실 의향은 있으신지요?"

---

2 가씨·막씨: 중년 부인의 성씨로 소개된 가(賈)는 곧 '거짓 가(假)'자와 동음이어(同音異語), 그리고 '막씨'의 막(莫)자 역시 '아니다'라는 부정어(否定語)다. 따라서 중년 부인이 한 말뜻은 모든 일이 거짓이라는 암시(暗示)였고, 또 딸의 이름인 '진진(眞眞)' '애애(愛愛)' '연연(憐憐)' 또한 이들 성씨를 붙이면 '참되지 아니한 것' '거짓 사랑' '애틋하지 아니한 것'이란 뜻이 된다. 일행 가운데 손오공만이 이런 사실을 꿰뚫어보고 바로 뒤에 저팔계를 비꼬아 책망했던 것이다.

단도직입으로 꺼낸 제의에, 삼장 법사는 너무나 기가 막혀 귀머거리 벙어리나 된 것처럼 두 눈을 꼭 감은 채, 쓰다 달다 아무런 대답도 하지 않았다.

중년 부인이 끈덕지게 졸라대기 시작했다.

"저희 집에는 논이 삼백여 묘(畝), 밭이 삼백여 경(頃), 산판에 과수원이 3백여 경, 누렁이 물소가 1천여 마리, 여기에 또 노새가 떼를 짓고 돼지와 양이 헤아릴 수도 없이 많습니다. 동서남북에 곳간과 목초지가 널려 있어 도합 육칠십 군데나 됩니다. 집 안에는 팔구 년을 다 쓰지 못할 만큼 많은 쌀과 곡식이 쌓였을 뿐 아니라, 십 년을 두고 입어도 남을 만큼 많은 능라 비단이 저장되어 있습니다. 또 한평생을 다 써도 남을 정도로 많은 돈과 금은보화가 있어서, 무슨 비단 장막에 봄날을 감춘다느니, 금비녀 꽂은 미인을 양팔에 끼고 산다느니 하는 말 따위와는 비교도 안 될 만큼 팔자 늘어지게 살아갈 수 있지요. 그러니까 장로님, 당신네 스승과 제자, 네 분이 마음을 돌려잡숫고 저희 뜻에 따라 데릴사위로 들어와주신다면, 무엇이나 자유자재로 부귀영화를 누리실 수 있을 겁니다. 그렇게만 되신다면 굳이 고생을 무릅써가며 서천으로 떠나시는 것보다 훨씬 좋은 일이 아니겠습니까?"

삼장은 아예 바보 천치라도 된 듯 침묵을 지키고 말이 없다. 그래도 중년 부인은 단념하지 않고 설득을 계속했다.

"저는 정해년(丁亥年) 삼월 삼짇날 유시생(酉時生)입니다. 죽은 남편은 저보다 세 살 위여서 제 나이 올해로 마흔다섯입니다. 큰딸은 이름을 진진(眞眞)이라 하고 올해 스무 살입니다. 둘째 딸은 애애(愛愛), 나이는 올해 열여덟 살이요, 막내딸 연연(憐憐)은 열여섯 살입니다. 모두들 아직 혼처를 정하지 않아 배필이 없지요. 보시다시피 저는 비록 못생긴 축에 들지만, 다행스럽게도 이 딸년들은 제법 자색을 갖추고 있어서 남에게 뒤떨어지지 않는답니다. 더구나 궂은일 마른일에 바느질 같은 것도 못 하는 일이 없습니다. 죽은 남편이 아들을 두지 못한 것을 한스럽게 여겨 이 딸년들을 아들이나 진배없이 길러, 어릴 적부터 유가(儒家)의 서적을 가르쳐주었기 때문에, 시문도 지을 줄 알고 곧잘 읊을 줄도 안답니다. 비록 이렇게 산중에 살고 있기는 해도 아무렇게나 막되게 자란 시골뜨기는 아니어서, 장로님 일행 여러분에게 어울리는 배필이 되리라 생각합니다. 만약 여러분이 마음을 탁 풀어놓으셔서 머리를 기르시고 저희 집에 가장으로 들어앉기만 하신다면, 일신에는 비단을 휘감고 호의호식하실 것이오니, 시커멓게 먹물 들인 누더기 걸치고 짚신 발로 대나무 삿갓 쓰고 질그릇에 동냥해가며 떠돌아다니는 탁발승 신세보다 훨씬 낫지 않겠습니까!"

애기는 갈수록 태산, 윗자리에 앉은 삼장 법사는 마치 천둥 벼락에 놀란 아이처럼, 장맛비에 흠뻑 젖은 맹꽁이처럼 얼이 빠진 채 두 눈만 멀뚱멀뚱 뜨고서 먼 산만 바라보고 있다.

그러나 저팔계는 주인댁이 그토록 재산을 많이 가진 부자요 또 그 딸들도 그처럼 미색이란 얘기를 듣고 보니 저도 모르게 들먹거리는 충동심을 억제할 길이 없었다. 걸상에 궁둥이를 붙이고 앉았어도 바늘 방석이요, 자꾸만 비비 꼬이는 몸뚱이를 어떻게 주체할 수가 없어 꼼지락거리던 끝에, 마침내는 벌떡 일어나 스승 앞으로 걸어나가더니 소맷자락을 부여잡고 이렇게 말했다.

"사부님, 이 아주머니가 그렇게 말씀하시는데 어째서 못 들은 척하시고 거들떠보지도 않으십니까? 무슨 대답이 있으셔야 할 게 아닙니까?"

그러자 스승이 고개를 번쩍 들고서 냅다 호통을 질러 물리쳤다.

"이놈, 저리 물러가거라! 이 못된 짐승 녀석아! 우리는 출가한 사람인데, 어찌 부귀영화에 마음이 동하고 미색에 뜻을 둔단 말이냐? 그래서야 무슨 꼴이 되겠다는 거냐?"

중년 부인이 곁에서 듣고 깔깔깔 웃었다.

"아이 참, 딱하기도 하셔라! 출가해서 좋은 일이 뭐 있다고 그러시는지 원……!"

그 말에 삼장이 되물었다.

"그렇다면 여보살님은 이런 집에 살면서 어떤 점이 좋단 말씀입니까?"

"장로님, 앉아서 들으시죠. 이런 집에 사는 저희에게 어떤 좋은 점이 있는지 말씀드릴 테니까요. 어떤 점이 좋으냐 하면, 이런 시가 있답니다……."

봄철이면 방승(方勝)3을 마름질해서 머리에 꽂고 진솔 비단옷을 입으며,
여름에는 가벼운 모시옷 갈아입고 초록빛 연꽃 구경 나선다.
가을에는 햇곡식 걷어들여 향기 좋은 술 빚어 즐기고,
겨울이면 따뜻한 집 안에서 술 취하니 얼굴이 발그레하니 상기된다.
춘하추동 사시장철 쏠쏠이에 모자랄 것이 어디 있으며,
여덟 절기에 따라 진수성찬 가지가지 없는 것이 없다.
비단 이부자리 깔아 화촉 동방 꾸민 밤이,
떠돌이 행각승으로 미타(彌陀, 부처)에게 절하기보다 훨씬 낫

---

3 방승: 댕기와 같은 여인의 머리 장식. 채색 비단 같은 헝겊 두 갈래를 비스듬한 방향으로 엇갈리게 합쳐 만드는데, 『서상기(西廂記)』 셋째 본 첫 마당에도 '동심방승(同心方勝)'을 땋아 늘였다는 대목이 나온다.

구나.

삼장이 그 말을 받았다.

"여보살님, 당신은 집에서 인간이 누릴 수 있는 부귀영화를 다 누리고, 입을 것 먹을 것에 없는 것이 없으며 따님들과 단란하게 지내시니 과연 좋으시겠습니다만, 우리 출가승에게도 좋은 점이 있다는 것을 모르십니다. 어떤 점이 좋으냐? 이런 시구가 있습니다……."

출가하기로 뜻을 세움은 본디 비상한 결심이라,
지난날 주고받던 은혜와 사랑을 깨끗이 밀어 쓰러뜨렸네.
외물(外物)이 생기지 않고 구설수도 안 들으니,
일신에 스스로 좋은 음양이 있다.
공덕을 다 이루고 수행이 꽉 차면 금궐(金闕)에 참배드리고,
견성명심(見性明心)하여 옛 본향으로 돌아간다네.
속세의 집안에서 혈식(血食)을 탐낸 끝에,
늘그막에 냄새나는 가죽 주머니로 떨어지기보다 훨씬 낫지 않으랴.

중년 부인이 그 말을 듣더니 발칵 성을 내고 일어섰다.

"이 못된 화상, 참으로 예의를 모르는 사람일세! 만약 동녘 땅에서 멀리 오지만 않았던들, 당장 꾸짖어 내쫓겠으나 내가 꾹 참지요. 나는 진정으로 당신네를 사위로 맞아들이려는데, 어째서 도리어 그토록 심한 말로 모욕을 주는 거예요? 설령 당신은 수계를 하고 발원하여 영원히 속세에 돌아오지 않겠다 하더라도, 당신의 제자 가운데 한두 사람쯤이야 우리집에 데릴사위로 맞아들이게 해도 괜찮지 않아요? 난 원 참, 어

째서 그렇게 고집불통인지 모르겠네!"

주인이 화를 내는 것을 보니, 삼장도 할 수 없이 굽실거리면서 건성으로 대답했다.

"예, 예! 그야…… 그야 될 수도 있는 노릇이지요."

그리고는 맏제자를 돌아보고 한마디 건넸다.

"오공아, 네가 남아 있거라."

손행자는 딱 부러지게 거절했다.

"저는 어렸을 적부터 그런 일을 해본 적이 없고 또 할 줄도 모릅니다. 팔계더러 남아 있으라고 하시죠."

그랬더니 저팔계가 두 손을 홰홰 내젓는다.

"형님, 사람 놀리지 마시오! 그럴 게 아니라 여럿이서 천천히 상의해봅시다."

삼장이 절충안을 내놓았다.

"너희 둘이서 모두 싫다면 하는 수 없구나. 오정아, 네가 여기 남아 있도록 하려무나."

이번에는 사화상이 펄쩍 뛰었다.

"사부님, 무슨 말씀을 하시는 겁니까. 제자는 보살님께 감화받아 수계를 행하고, 사부님 오실 때까지 참을성 있게 기다려온 몸입니다. 그래서 사부님이 저를 받아주시고 가르침을 내리시어 사부님을 따르게 된 지 미처 두 달도 못 되었습니다. 그동안에 반푼어치도 공과의 진척을 보지 못하였는데, 어찌 감히 부귀영화를 넘보겠습니까. 저는 차라리 죽는 한이 있더라도 서천으로 가겠습니다. 결코 그런 양심을 속이는 일은 하지 않겠습니다."

여주인은 삼장 일행이 서로 밀어붙이고 말을 듣지 않는 것을 보자, 휙 돌아서서 병풍 뒤로 들어가더니, 중문을 덜커덕 소리나게 닫아버렸다. 그리고는 삼장 일행을 바깥에 내버려둔 채 두 번 다시 기척이 없었다. 차 한잔은커녕 밥 한 그릇 내오지도 않고 나와보는 사람도 물론 없었다. 주인에게 박대를 당하고 썰렁하게 남겨진 삼장 일행, 그 가운데 누구보다 조바심을 내고 당나라 스님의 고지식한 처사를 원망한 사람은 저팔계였다.

"사부님도 정말 일을 할 줄 모르십니다. 얘기를 그렇게 딱 잘라 말씀하셔서 잡쳐버릴 게 아니라, 그럴듯하게 여지를 남겨두시고 어물어물 적당히 대답하여 그 부인을 얼러놓으시고 밥 한 끼 잘 얻어먹은 다음, 오늘 하룻밤 편히 쉬고 떠나시면 안 됩니까? 승낙하고 안 하고는 내일 아침에 사부님께서 하시기에 달렸는데, 그걸 무쪽 자르듯이 딱 부러지게 거절해버렸으니, 이 노릇을 어쩌면 좋습니까. 이제는 이렇게 문을 닫아걸고 나올 생각도 않으니, 저희들은 뱃속에서 쪼르륵 소리만 나고 추워서 견딜 수가 없는데 오늘 밤을 어떻게 지새워야 할지 모르겠습니다!"

저팔계가 투덜거리는 소리를 듣고 사화상이 한마디 쏘아붙였다.

"둘째 형님이 이 댁 사위 노릇을 하시구려!"

"이 사람아, 그렇게 사람 놀리지 말게. 우리 모두 길게 내다보고 차분히 의논하기에 달린 것 아닌가?"

미련퉁이 입에서 군색한 변명이 나오자, 손행자가 면박을 주었다.

"의논하다니! 뭘 의논하고 자시고 할 필요가 있어? 자네가 두 눈 꼭 감고 한마디로 승낙만 한다면, 저 주인댁과 사부님은 사돈지간이 되실 테고, 자네는 데릴사위 노릇을 할 수 있지 않겠나? 그럼 이 집에 그렇게 재산이 많고 금은보화도 많다니까, 혼수를 엄청나게 잘 꾸려줄 테고, 혼인 잔치도 상다리가 부러지게 잘 차려내다 일가친척들을 푸짐하게 먹여줄 게 아닌가? 그렇게 되면, 우리는 국물이라도 얻어먹을 수 있으니 좋고, 자네는 바라던 대로 여기서 환속할 수 있으니 좋고, 이야말로 누이 좋고 매부 좋은 격이 아니고 뭔가?"

"형님 말씀이야 그렇다 치지만, 나는 속세를 벗어났다가 다시 환속하게 되고, 결국 헌 마누라를 버리고 또 새 마누라를 얻는 격이 되지 않겠소?"

사화상은 처음 듣는 소리라, 저도 모르게 귀가 솔깃했다.

"아니, 둘째 형님한테 형수가 계셨단 말이오?"

손행자가 대신 대답했다.

"자네, 아직도 저 친구를 모르는군. 저 친구는 원래 우쓰장에 있는 고로장 마을 고태공 댁에서 데릴사위 노릇을 했지. 그러다가 이 손선생에게 굴복당하고 보살님께 계행(戒行)도 받았는데, 어쩔 수 없이 나한테 붙잡혀 중 노릇을 하게 된 거라네. 그래서 전처를 버리고 사부님께 투신하여 서녘 땅으로 부처님을 뵈러 가게 된 것일세. 아내와 서로 떨어져 있은 지 오래되니까, 또 그놈의 엉큼한 여자 생각이 나기 시작한 거야. 방금 말하는 소리 못 들었나? 그런 말투로 보건대, 또다시 색심(色心)이 발동한 것이 틀림없네."

그러고는 저팔계를 돌아보고 말을 이었다.

"이 바보 같은 친구야. 그렇게 생각이 나거든 자네가 이 집 사위 노릇을 하면 그만 아닌가. 하지만 이 손선생에게 큰절을 톡톡히해야만 자넬 잡아서 끌고 가지 않겠네. 알아듣겠나?"

바보 멍텅구리가 펄쩍 뛰면서 변명을 한다.

"당치도 않은 헛소리 작작 하시구려! 우리 모두 그런 엉큼한 생각이 있으면서도 이 저팔계한테만 뒤집어씌워서 추태를 부리게 만드는 거요? 속담에 '화상은 여색에 굶주린 귀신(色中餓鬼)'이라고 했는데, 어느 누구인들 그런 마음이 없겠소? 너나 할 것 없이 뻔한 속셈들을 품고서도 고고한 척 태깔이나 부리다가 좋은 일 몽땅 잡쳐버린 거지! 이제 찻물 한 모금 얻어먹기 틀렸고 등잔불 하나 내다가 비춰주는 사람도 없으니 이거 큰일 아니오? 사람이야 어떻게 하룻밤쯤은 참을 수 있다지만, 저 백마는 내일이면 또 사람을 태우고 길을 가야 할 터인데, 밤새껏 굶긴다면 차라리 껍질을 벗겨 죽여버리는 게 나을 거요. 안 되겠군, 여기 들 앉아 계시구려. 이 저팔계가 풀밭을 찾아서 말을 놓아먹이고 돌아올 테니……."

미련한 저팔계는 갑작스레 무엇이 그리 급한지 말고삐를 풀어 잡기 무섭게 앞문 쪽으로 끌고 나갔다. 그 모양을 보고서, 손행자가 뒤따라 일어났다.

"사화상, 여기 앉아서 사부님을 모시고 있게. 저 친구가 어디다 말을 놓아먹이려는지, 내 한번 뒤쫓아가봐야겠네."

삼장이 얼른 한마디 당부를 잊지 않는다.

"오공아, 뒤따라가더라도 놀려먹지는 말아라."

"예, 알겠습니다."

손행자는 선선히 응답하고 대청 바깥으로 나가더니 몸 한 번 흔들어 앙증맞은 고추잠자리로 변신했다. 그리고 저팔계의 뒤를 따라 앞문 쪽으로 날아갔다.

한편, 저팔계는 말을 몰고 풀밭을 찾아 나섰으나, 풀을 뜯길 생각은 별로 하지 않고 그저 목청 크게 '이랴, 쯧쯧!' 소리만 질러가며 어슬렁어슬렁 뒷문 쪽으로 돌아갔다. 아니나 다를까, 뒷문 앞에는 여주인이 세 딸을 데리고 한가롭게 서서 국화꽃을 구경하고 있었다. 그들은 저팔계가 나오는 것을 보자, 세 딸부터 냉큼 뒷문 안으로 피해 들어가고, 중년 부인만 문턱을 가로막아 서서 물었다.

"젊은 장로님, 어딜 가시나요?"

이 말을 듣자, 멍텅구리 저팔계는 아예 말고삐를 툭 내던져버리고 그 앞으로 다가서서 수작을 걸었다.

"장모님! 저는 말한테 풀을 뜯기러 나왔지요."

넉살 좋게 '장모님'이라고 부르는데도, 중년 여인은 개의치 않았다.

"당신 사부님은 어지간히 깐깐한 분이 아니더군요. 우리집에서 데릴사위로 받아들이겠다는데도 끝내 고집을 부려 마다하니 말이에요. 그렇게 되면 거렁뱅이 중 노릇을 해가며 서천 땅까지 가는 것보다 얼마나 좋겠어요?"

저팔계가 헤프게 웃어가며 그 말을 받았다.

"그 사람들은 당나라 황제의 분부를 받았기 때문에, 임금의 명령을 어길 수 없어 데릴사위 노릇을 하지 않으려고 하는 겁니다. 방금 대청에서 모두들 저한테 떠맡기고 놀려댔는데, 저 역시 양편에 다 좋도록 해보고 싶습니다. 혹시 장모님께서 내 주둥이가 길고 귀가 큰 것을 꺼려하지나 않으시는지……."

말끝을 흐리고 상대방의 눈치를 살피는 미련퉁이 저팔계. 그러나 여주인은 딱 부러지게 대답했다.

"나는 그런 것을 꺼려하지 않습니다. 단지 집안에 가장이 없는 만큼 여러분 가운데 한 분쯤 모셔두자는 것뿐이죠. 그러나 내 딸년들은 추접스럽게 생긴 용모를 약간 싫어할지도 모릅니다."

"그렇다면 됐습니다. 장모님, 들어가셔서 따님들한테 말씀을 전해주십쇼. 신랑감을 따로 고를 필요가 없다고 말입니다. 우리 당나라 스님은 비록 생김새나 인품이 준수하기는 해도 실상 아무짝에도 쓸모없는 분입니다. 반면에 저는 비록 추접스레 생겨먹기는 했지만, 이래 보여도 할 말이 제법 있습니다."

"할 말이라니, 무슨 말씀인가요?"

'장모님'의 반문에 저팔계는 목청을 가다듬고 제 자랑을 늘어놓기 시작했다.

"나로 말씀드리자면……."

　　생김새는 비록 추하다지만, 부지런하고 다부져서 공을 좀 세웠다네.
　　천 경 넓은 논밭으로 말하자면, 물소를 부려서 갈아엎을 필요도 없으리.
　　쇠스랑을 한바탕 써서 씨를 뿌리기만 하면, 알맞은 때에 소출을 거둘 수 있다.
　　때맞춰 비가 내리지 않으면 비를 불러올 수도 있고,
　　바람이 없으면 바람을 부를 수가 있다네.
　　집이 낮아서 싫다면, 이층 삼층 고루거각(高樓巨閣)을 세울 수도 있다.
　　땅바닥을 쓸지 않아 깨끗하지 못하다면 단번에 앞마당을 말끔히 쓸어내고,
　　시궁창이 막혔다면 단번에 뻥 뚫어놓을 수가 있다.
　　집안의 여러 가지 큰 일이며 자잘한 일들은 말할 나위도 없거니와,
　　제아무리 급한 때에 우물 파는 일도 내가 모두 해낸다네.

그 말을 듣고 '장모님'은 고개를 주억거렸다.

"그렇게 집안 살림살이를 잘 돌보신다니 됐습니다. 그럼 당신의 사부님에게 가서 상의해보시죠. 그분이 난처하게 여기지만 않으신다면, 꼴사납게 생긴 거야 상관없이 당신을 데릴사위로 맞아들이겠습니다."

"상의하고 자시고 할 건더기도 없습니다. 그분이 나를 낳아주신 부모님도 아니니까, 승낙하고 안 하는 것은 내게 달린 일이죠."

"그것도 좋겠군요. 그럼 내 들어가서 딸아이한테 얘기하겠어요."

여주인은 안으로 훌쩍 들어가더니, 뒷문짝을 닫아걸었다. 저팔계 역시 말에게 풀도 뜯기지 않은 채 그대로 끌고서 어슬렁어슬렁 앞문 쪽으로 돌아갔다. 그러나 어찌 알았으랴, 손행자가 저들의 대화를 낱낱이 엿듣고 한발 앞서 돌아갔을 줄이야……!

대청으로 돌아온 손행자는 본래의 모습을 드러내고 먼저 스승에게 말씀드렸다.

"사부님, 오능이 말을 끌고 돌아올 겁니다."[4]

삼장은 시큰둥하게 응답했다.

"말을 끌고 오지 않으면, 제멋대로 달아나게?"

"아니죠, 이 댁 여주인에게 꼬리를 쳐놓고 돌아온다 그 말입니다."

"꼬리를 쳐놓다니?"

스승의 반문에, 손행자는 저팔계와 여주인 사이에 주고받은 대화 내용을 자초지종 낱낱이 꼬아바쳤다. 그러나 삼장은 맏제자가 하는 말을 믿는 둥 마는 둥, 갈피를 잡지 못했다.

이윽고 저팔계가 말을 끌고 돌아와 말뚝에 비끄러맸다.

"오능아, 말은 놓아먹였느냐?"

스승의 물음에, 이 미련한 바보는 시치미 뚝 떼고 도리질을 해 보였다.

"풀밭이 마땅치 않아 놓아먹일 데가 없습니다."

---

[4] 말을 끌고 돌아오다……: 곧 견마(牽馬)잡이를 뜻하는데, 여기서는 '신랑이 탄 말을 끈다'는 의미에서 중매쟁이 또는 뚜쟁이를 암시하는 어의쌍관어(語義雙關語)로 쓰였다.

그 틈에 손행자가 얼른 한마디 쏘아붙였다.

"말을 놓아먹일 데는 없어도, 장가들 구석은 있었겠지?"

미련퉁이 바보는 그 한마디를 듣자 벌써 얘기가 새어나간 줄 알아차렸다. 그래서 머리를 숙이고 고개를 외로 꼬더니, 주둥이를 뾰루퉁하니 빼물고 이맛살을 잔뜩 찌푸린 채 한참 동안 아무 말이 없었다.

그때였다. 또다시 '삐거덕!' 하는 소리가 들리면서 중문이 활짝 열렸다. 뒤이어 홍사등롱(紅紗燈籠) 한 쌍에 향로를 받쳐든 몸종 둘이 들어서고, 향불 연기가 구름같이 감도는 가운데 허리에 두른 패옥끼리 '땡그랑땡그랑!' 마주치는 소리와 함께 여주인이 세 따님을 데리고 걸어나왔다.

"진진! 애애! 연연! 얘들아, 경을 가지러 가시는 스님들께 인사 올려라."

어머니의 분부에, 세 처녀는 대청 한가운데 늘어서서 윗자리를 바라보고 날아갈 듯이 큰절을 드렸다. 첫 눈길에 비친 세 처녀의 자색은 과연 어머니가 자랑한 대로 아리땁기 그지없었다.

> 하나같이 반달 눈썹은 월궁 항아님 비취를 가로지른 듯하고,
> 지분 바른 뽀얀 얼굴에 봄기운이 감돈다.
> 요염하기는 경국지색이요,
> 아리땁고 얌전하기는 뭇 사내의 가슴을 뒤흔든다.
> 머리 꾸민 꽃 장식은 교태를 남김없이 드러내고,
> 수놓은 비단 허리띠는 나풀나풀 하느작거려 속진(俗塵)을 떨쳐버린다.
> 웃는 듯 마는 듯 미소를 머금은 두 입술이 앵두 열매 터뜨린 듯하고,

아장아장 걸음걸이를 옮겨놓을 때마다 난초 사향을 풍긴다.
머리에는 온통 진주와 비취요,
파르르 떨리는 것은 숱한 보채잠(寶釵簪) 작은 비녀라네.
몸을 휩싸고 감도는 그윽한 향내, 간드러진 애교가 뚝뚝 듣는 품이,
가느다란 황금 실에 꽃송이를 매단 듯하다네.
어느 뉘 초나라 여인이 아름답다 했으며,
어느 뉘 월나라 서시의 교태를 자랑했던가?
이야말로 구천의 선녀가 강림하고,
달 속의 항아님이 광한루를 나선 듯싶구나!

그러나 삼장 법사는 두 손 모아 합장한 채 고개를 숙이고, 손대성은 모른 척 거들떠보지도 않았으며, 워낙 점잖은 사화상은 아예 등을 돌려 버리고 말았다. 한데 미련한 우리 저팔계 하는 꼬락서니를 보자. 두 눈동자 하나 돌리지 않은 채 똑바로 처녀들을 쳐다보고 있노라니, 그만 음심(淫心)이 난마처럼 뒤엉키고 색담(色膽)은 종횡무진, 모로 뛰고 가로 뛰어 정신이 하나도 없을 지경이다. 그는 몸을 비비 꼬아가며 은근슬쩍 여주인에게만 겨우 들릴 정도로 작게 속삭였다.

"수고스럽게 선녀님들이 강림하셨군요. 장모님, 어서 누이들을 들여보내십쇼!"

어머니의 눈짓 한 번에 세 처녀는 병풍 뒤로 돌아가 사라지고, 대청에는 홍사등롱 한 쌍만 남았다.

"네 분 장로님 가운데 어느 분께서 마음을 두시고 제 딸아이의 배필이 되시겠습니까?"

여주인의 물음에, 사오정이 선뜻 대답했다.

"우리 의논은 이미 끝났소. 저기 저씨 성을 가진 분이 이 댁의 데릴사위가 되실 거요."

저팔계가 펄쩍 뛰었다.

"여보게 아우! 날 놀리지 말게. 우리 여럿이서 의논 좀 더 해보자니까."

이번에는 손행자가 딱 부러지게 말했다.

"더 의논해서 무얼 어쩌자는 거야? 자네가 뒷문에서 쑥덕쑥덕 얘기를 다 해놓고 '장모님'이라고까지 불렀지 않나! 그러고도 무슨 놈의 의논을 또 하자는 거야? 이제 사부님은 신랑 쪽 아버님 노릇을 하시면 되겠고, 이 부인은 신부 쪽 친정 어머니가 되니 그만일 테고, 이 손오공은 보증인이 되고, 사화상은 중매쟁이 노릇을 맡으면 다 되는 일이 아닌가? 달력을 짚어볼 것도 없이 오늘은 하늘이 점지해주신 길일(吉日)이니, 잔소리 늘어놓을 것 없이 사부님께 큰절 드리고 안으로 들어가서 사위 노릇이나 하게!"

사형이 간단하게 한마디로 끝장을 내자, 저팔계는 고래고래 악을 썼다.

"안 돼요, 안 돼! 그게 어디 될 법이나 한 말이오! 이런 막중한 인륜대사를 그렇게 한두 마디로 쉽사리 결정한단 말이오?"

"이 바보 녀석아! 의뭉 떨지 말라니까. 자네 입으로 벌써 몇 차례나 '장모님, 장모님!'을 불러놓고 이제 와서 뭐가 안 된다는 거야? 어서 빨리 승낙해버리고 우리한테 축하술이나 한잔 톡톡히 먹여달라니까! 그럼 이쪽이나 저쪽이나 다 좋은 일 아니겠나?"

손행자는 이렇게 입을 막아놓더니, 한 손으로 저팔계를 잡아끌고 또 한 손으로는 '장모님'을 붙잡으면서 이렇게 마무리를 지었다.

"사돈 마나님, 어서 이 사위 녀석을 데리고 들어가시죠!"

미련퉁이 저팔계는 못 이기는 척 비틀비틀 사형의 손에 등을 떠밀리면서 병풍 뒤쪽으로 들어가려 했다. '장모님'은 그 즉시 동자를 불러 분부를 내렸다.

"식탁과 걸상을 말끔히 닦고 저녁 진지상을 차려 사돈댁 어른 세 분을 잘 대접해드려라. 나는 이 아저씨를 데리고 안채로 들어가야겠다."

안채로 들어가기 전에 그녀는 또다시 부엌 살림을 맡은 숙수(熟手)더러 혼인 잔치를 베풀 준비를 시키고, 내일 아침 일찍 친척들을 초대하도록 분부해두었다. 동자 녀석들은 주인이 시키는 대로 저녁상을 차려 내왔다. 삼장 일행 세 사람이 저녁을 마친 다음 부랴부랴 자리를 펴고 대청 안에서 편안히 쉰 것은 더 말할 나위도 없다.

한편, 저팔계는 장모님을 따라 안채로 들어가는데, 층층 겹겹으로 늘어선 집채가 도무지 얼마나 많은지 알 수가 없었다. 불빛 하나 없이 캄캄한 어둠 속을 뚫고 들어가는 동안, 벽에 부딪고 기둥을 들이받아 고꾸라지는가 하면, 문턱에 발을 헛딛고 걸려 넘어지거나 추녀 끝 난간 모서리에 부딪쳐 나자빠진 것이 도대체 몇 차례가 되는지 모른다. 그럴 때마다 이 미련한 저팔계는 저도 모르게 비명이 터져나오고 장모님을 불러세우곤 했다.

"어이쿠, 아파라! 장모님, 조금 천천히 가십쇼! 낯선 길이라 저 혼자서는 가기 어렵습니다. 제발 조심해서 절 좀 데려가주십쇼!"

그러나 장모님은 딴전을 부리기만 했다.

"여기는 곳간, 저기는 방앗간, 또 저쪽은 다른 창고……, 그래도 주방까지 가려면 아직도 멀었다니까……."

"참말 어마어마하게 큰 집이네요!"

마음에도 없는 박치기를 당하고 자빠지고 고꾸라지고…… 이리 꼬불 저리 꼬불, 한참 동안을 정신없이 가다 보니 그제야 안채 건물이란다.

"여보게, 사위. 자네 형님 말씀이 오늘은 하늘이 점지해주신 길일이라기에 곧바로 이 안채까지 불러들인걸세. 창졸간에 벌어진 일이라 음양 택일을 보아주는 도사님도 모셔오지 못했고, 상견례를 올리는 배당(拜堂)도 차리지 못했을 뿐 아니라, 동네 부인들에게서 축하 과일이나 축의금을 받는 살장(撒帳)⁵도 마련하지 못했네. 어차피 예의를 다 갖출 수 없는 마당이니, 자네 혼자서 하늘을 우러러 팔배지례(八拜之禮)나 올리고 간단히 끝내기로 하세."

"장모님 말씀이 옳습니다. 어서 상석에 앉으시죠. 제가 큰절 몇 번 올리면 그것으로 상견례 의식이 되겠고, 어르신을 뵙는 예절까지 모두 다 되는 거 아닙니까. 큰절 한두 번으로 번거로운 두 가지 예식을 한꺼번에 다 치를 수 있으니, 일이 얼마나 간단해지는 겁니까."

저팔계의 장모가 빙그레하니 웃는다.

"그것도 좋겠지. 좋아! 과연 모든 일을 간단하게 잘 처리할 줄 아는 사위로군. 자아, 그럼 내가 앉을 테니 큰절이나 하게."

이윽고 은촛대에 불이 휘황찬란하게 밝혀진 가운데, 저팔계는 '장모님'께 큰절을 드렸다.

"장모님, 도대체 어느 따님을 저한테 주시렵니까?"

큰절을 올린 '사위'가 성급하게 물어오자, '장모'는 난처한 기색으로 이맛살을 찌푸렸다.

"글쎄, 아닌 게 아니라 나도 진작 그 일로 골치를 썩이고 있다네. 맏딸을 자네와 짝지어주자니 둘째 딸년이 시샘할 테고, 둘째 딸을 짝지

---

5 살장: 중국의 혼인 예식의 한 가지. 신랑 신부가 천지신명과 시부모에게 큰절을 마치고 자리에 앉으면, 혼례식에 참석한 부녀자들이 채색 실과 축하 과일 따위를 신부에게 던져주는 풍습이다.

어주자니 막내딸 년이 속상해할 테고, 막내딸 년을 자네한테 주면 또 맏딸이 토라질 게 분명하니, 이러지도 저러지도 못하고 궁리만 하는 중일세."

"장모님, 서로 다툴까 봐 걱정되시거든, 세 따님을 다 저한테 주시지요. 그러면 이러쿵저러쿵 싸울 일도 없을 테고 집안 꼴이 어지러워질 일도 없지 않겠습니까?"

"그럴 수야 있나! 자네 혼자서 내 딸 셋을 다 차지하겠다니, 안 되네! 그럴 수는 없네!"

'장모'가 질색하고 도리질을 하니, 저팔계란 녀석은 낯 두껍게 사리를 따지고 나온다.

"이런, 장모님 말씀 보게! 이 세상 남자치고 어느 누가 삼방사첩(三房四妾)을 두지 않은 사람이 있습니까? 아니, 그보다 더 많은 아내와 첩이 있더라도 이 사위는 기꺼이 받아들일 자신이 있습니다. 저는 어려서부터 시샘하는 여자 다스리는 재주를 배웠기 때문에, 한 사람도 빠뜨리지 않고 잘 구슬려서 기쁘게 해줄 수가 있거든요."

"안 되네, 안 돼! 그러지 말고 내 말대로 하세. 여기에 수건이 한 장 있으니까 이것으로 자네 얼굴을 가리게. 자네도 '당천혼(撞天婚)'[6]이란 풍습을 알겠지? 내 딸년들을 자네 앞으로 지나가게 할 테니까, 자네는 손을 뻗쳐 그중 하나를 붙잡도록 하게. 붙잡힌 딸년을 곧바로 자네와 짝지어주겠네."

"좋습니다, 그렇게 하시죠!"

---

[6] 당천혼: 고대 중국에서 쓰이던 숙명적인 구혼 방식. 채색 실로 감아 만든 공을 무작위로 던져 신랑감을 맞혀 남편으로 삼는 방식이다. 이 책에서는 제9회 현장 법사의 어머니 은온교(殷溫嬌)가 장원 급제한 진광예(陳光蕊)를 맞혀 남편으로 삼은 경우와, 제93회에서 천축국의 가짜 공주로 변신한 요정이 삼장 법사의 원양진기(元陽眞氣)를 빼앗으려 채구(彩毬)로 머리를 맞히는 등, 모두 합쳐 세 차례 나온다.

미련한 녀석 저팔계는 '장모님' 말씀대로 수건을 받아 얼굴에 친친 동여매고 두 눈을 가렸다. 기가 막힐 노릇이지만, 이를 증명하는 시구가 있다.

> 바보 천치는 본디 까닭을 알지 못하기에,
> 여색의 칼[色劍]로 저도 모르게 제 몸을 다치는 법.
> 종래에는 주공(周公)[7]의 혼인 예법을 믿고 따랐으되,
> 오늘날 이 신랑은 눈을 면사포로 가리고 신부를 고른다네.

미련퉁이 바보 천치가 머리를 감싸고 나서 '장모'를 부른다.
"장모님, 준비가 다 되었으니, 따님들을 나오게 하십쇼!"
그래서 '장모'가 딸들을 불렀다.
"진진아! 애애야! 그리고 연연아! 다들 이리 나오너라. 누구든지 당천혼에 맞는 대로 남편감을 짝지어주마!"
이윽고 허리에 찬 패옥끼리 맞부딪는 소리가 땡그랑땡그랑 요란하게 울리고 그윽한 난사(蘭麝) 향기가 짙게 풍겨왔다. 저팔계의 코앞에서 선녀들이 오락가락 춤을 추고 있는 듯, 가벼운 옷자락 스치는 소리도 들려왔다. 미련한 녀석은 진짜 선녀를 잡으려고 손을 내뻗은 채 이리저리 마구잡이로 휘저으면서 덤벼들었다. 하지만 선녀들은 얼마나 약아빠졌는지 요리 빠지고 조리 빠지고, 미꾸라지보다 더 매끄럽게 바보 천치 녀석의 손길에서 잡힐 듯 말 듯 아슬아슬하게 벗어났다.
저팔계는 몸이 달 대로 달아올랐다. 얼마나 많은 처녀들이 코앞에

---

[7] 주공: 고대 주(周)나라 문왕(文王)의 아들이며 무왕(武王)의 아우. 이름은 단(旦). 두 임금을 보필하여 폭군 주(紂)를 타도하고 정치 제도와 예악(禮樂)을 만들어 새 나라의 기반을 닦는 데 크게 공헌한 인물. 이때에서야 처음으로 혼인 예식도 만들어졌다 한다.

서 오락가락하고 있는지 모르겠으나, 분명히 잡힐 듯하면서도 손에 닿는 것이 없으니 그야말로 미치고 환장할 노릇이다. 동쪽으로 덮쳐들다 가는 기둥뿌리를 얼싸안고, 서쪽으로 더듬어 가다가는 널판자로 세운 벽이나 어루만지기 십상이요, 잠시도 쉬지 못하고 이리저리 덮쳐들다 보니 머리가 어찔어찔 현기증이 나서 제대로 서 있지 못하고 그 자리에 고꾸라지기 일쑤요, 앞으로 치닫다가 문설주를 들이받고 나자빠지는가 하면, 뒷걸음질을 치다가 벽돌담에 뒤통수를 부딪혀 엉덩방아를 찧고 주저앉기를 벌써 몇 번이나 했는지 모른다. 자빠지고 고꾸라지고 이리 부딪고 저리 처박히고 하다 보니, 이마는 시퍼렇게 멍들고 기다란 주둥이 역시 퉁퉁 부어올라 그야말로 신랑의 꼬락서니가 말씀 아니게 되고 말았다. 얼마나 정신없이 맴을 돌았을까, 마침내 저팔계는 그 자리에 털썩 주저앉더니, 씨근벌떡 가쁜 숨을 몰아쉬면서 절레절레 머리를 내둘렀다.

"장모님! 안 되겠어요, 안 되겠어……! 따님들이 얼마나 약아빠졌는지 도무지 한 사람도 붙잡히지 않으니, 어쩌면 좋소! 어쩌면 좋아……!"

장모가 수건을 풀어주면서 대답한다.

"여보게, 사위. 내 딸년들이 약아빠진 게 아니라, 저들끼리 서로 남편감을 양보하느라 그런 거라네."

낯 두꺼운 저팔계, 그 말을 듣고 대뜸 하는 말이 가관이다.

"따님들이 저를 남편감으로 맞아들이지 않겠다면 하는 수 없죠. 장모님이라도 나를 맞아들이는 수밖에."

"이런 놈의 사위 녀석 봤나! 위아래 가릴 것 없이 닥치는 대로 골라잡다 못해 이제는 장모마저 달라는군 그래……! 우리 이렇게 하세. 내 딸들은 심성이 아주 약아빠져서 자네 손으로는 붙잡지 못할 테지만, 그

아이들의 바느질 솜씨는 하나같이 놀랄 정도로 뛰어나서, 진주를 박은 비단 속적삼을 한 벌씩 지어 가지고 있다네. 그 속적삼 세 벌 가운데 어느 것이든 자네가 입어서 몸에 딱 맞으면 그 옷 임자를 자네 마누라로 삼게 해주기로 하겠네. 어떤가?"

"좋습니다, 좋아요! 그 속적삼 세 벌을 몽땅 내오십쇼. 내가 그것들을 모조리 입어 보이면, 세 따님은 모두 내 마누라가 되는 겁니다."

"알겠네, 알았어!"

이윽고 장모는 방 안으로 들어가더니 속적삼 한 벌을 가지고 나와 저팔계에게 건네주었다. 미련한 녀석은 푸른 무명 직철을 훌훌 벗어던진 다음, 여인의 속적삼을 넘겨받아 제 몸에 꿰어 입었다. 그런데 이게 어인 일인가, 미처 허리띠를 두르기도 전에 저팔계는 무슨 충격을 받았는지 두 다리가 휘청거리더니 그 자리에 털썩 고꾸라지고 말았다. 그리고 몸에 걸친 속적삼은 어느새 굵다란 밧줄 몇 가닥으로 변하여 저팔계의 몸뚱이를 단단히 결박짓고 있었던 것이다. 바보 천치 저팔계가 무섭게 옭아조이는 고통을 참지 못하고 몸부림치는 동안에, 그 여인들은 벌써 어디론가 사라지고 보이지 않았다.

한편으로, 삼장과 손행자, 사화상은 한잠 푹 자고 깨어났더니 어느덧 동녘 하늘이 훤하게 밝아오고 있었다. 눈을 번쩍 뜨고 주변을 둘러보았더니, 웬걸! 고대광실 으리으리한 집채는 어디로 갔으며, 그림같이 아로새긴 대들보 기둥뿌리에 대청은 또 어디로 사라졌는지 온데간데가 없었다. 이들 세 사람은 하나같이 우거진 소나무 숲 속에서 잠을 자고 있었던 것이다. 깜짝 놀란 삼장 법사는 황급히 손행자를 불렀다.

"오공아, 오공아! 이게 어찌 된 일이냐?"

사화상도 어리둥절, 맏형을 불렀다.

"형님! 큰일났소, 큰일났어! 우리가 귀신한테 홀린 모양이오!"

그러나 손대성은 속으로 짚이는 바가 있는 터라, 빙그레 미소를 지었다.

"뭐가 어쨌다는 겁니까, 사부님?"

"너도 좀 보아라. 우리가 어디서 잠을 자고 있었는지 말이다."

"이 소나무 숲 속도 잠자기에는 시원해서 좋지 않습니까? 그건 그렇고, 이 미련퉁이 바보 녀석은 어디서 무슨 고생을 하고 있는지 모르겠군요."

"고생을 하다니? 어디서 말이냐?"

스승의 물음에 손행자는 낄낄 웃음보를 터뜨렸다.

"어제 그 집에 있던 모녀들이 어느 곳의 보살님들인지는 몰라도, 여기에다 신통력으로 집을 지어놓으시고 저희를 기다리고 있었던 것만은 틀림없습니다. 짐작하기로는 한밤중에 떠나버리신 모양인데, 팔계란 녀석만 어디 남아서 호된 고생을 하고 있을 겁니다."

삼장이 그 말을 듣자, 두 손 모아 합장하고 하늘을 우러러 이마를 조아렸다. 때를 같이해서, 세 사람은 뒤편 잣나무 가장귀에 간찰(簡札) 한 장이 이른 아침 산들바람에 나부끼는 것을 발견했다. 사화상이 급히 달려가서 그것을 떼어다가 스승에게 보였더니, 거기에는 놀랍게도 송시 여덟 구가 적혀 있었다.

여산 노모는 범속한 일을 생각하지 않으나,
남해 보살이 청하여 산에서 내려왔도다.
보현보살과 문수보살은 모두 내 손님이나,
아름다운 여인으로 변신하여 숲속에 있었네.
성승은 역시 덕을 갖추어 속됨이 없으되,

팔계는 선심(禪心)을 지니지 못하여 더욱 범속함이 있었다.
이로부터 마음을 고요히 가라앉히고 개과천선할지니,
게으르고 소홀함이 있다면 갈 길은 어렵기만 하리라.

삼장 법사와 손행자, 사화상이 소리내어 송시를 읽고 있을 때였다. 갑자기 숲속 깊은 데서 고함치는 소리가 들려왔다.

"아이고, 나 죽겠다……! 사부님! 어디 계십니까? 절 좀 살려주십쇼! 밧줄이 바짝바짝 조여들어 죽겠습니다! 제발 저 좀 구해주십쇼! 다음에는 두 번 다시 이런 짓을 하지 않겠습니다!"

삼장이 흠칫 놀라 맏제자에게 묻는다.

"오공아, 저기서 악쓰는 게 오능 아니냐?"

"그렇습니다."

사화상이 맏형을 대신해서 대답한다. 손행자는 막내를 돌아보고 엄포를 놓았다.

"여보게 아우, 저 녀석은 거들떠보지도 말게. 모른 척 내버려두고 그냥 우리끼리 떠나세."

하지만 마음씨 착한 삼장은 그냥 떠날 수가 없다.

"오공아, 구해주려무나. 저 미련한 녀석은 비록 심성이 우둔하고 어리석기는 하지만, 한 가지 우직하고 성실한 구석은 있는 놈이다. 게다가 뚝심이 제법 세어서 짐을 지게 할 수 있으니, 이 간찰에 쓰인 것처럼 보살님의 마음씨를 생각해서라도 구해주어 함께 데리고 가자꾸나. 아마도 앞으로는 두 번 다시 그런 짓을 못 할 게다."

스승이 제자 앞에 통사정을 하는데야 손행자도 어쩔 수 없다. 분부대로 따를밖에. 이윽고 사화상이 이불 보따리를 꾸려 챙기고 짐짝을 수습하는 동안, 손대성은 말고삐를 풀어 끌면서 당나라 스님을 모시고 숲

속으로 들어가 이리저리 찾아보기 시작했다.

　허어! 이야말로 기막힐 노릇이다.

　　바른 것을 따르고 덕행을 쌓으려면 모름지기 근신해야 할지니,
　　애욕을 씻어버리면 저절로 진(眞)으로 돌아가리라.

　자, 과연 저 미련퉁이 저팔계의 길흉이 어떻게 될 것인지, 다음 회에서 풀어보기로 하자.

제24회 만수산의 진원 대선은 옛 친구 삼장을 머물게 하고, 손행자는 오장관에서 인삼과를 훔쳐먹다

삼장 법사와 손행자, 사화상, 세 사람이 숲속을 헤치고 들어가보았더니, 미련한 저팔계는 나무 위에 잔뜩 결박당한 채 고래고래 악을 쓰고 있었다. 몸부림치며 울부짖는 꼬락서니를 보건대, 밤새껏 시달려온 고통을 더 이상 견디지 못하는 것이 분명했다.

손행자가 그 앞으로 다가서서 빙글빙글 웃어가며 비아냥거렸다.

"여어, 이것 봐라! 아주 기막히게 멋진 사위님이로군 그래! 일찍 일어나셔서 친척들에게 인사도 하지 않고 여태까지 뭘 하고 있는 거야? 사부님한테 장가들었다는 희소식도 여쭙지 않고 이런 데서 곡마단 줄타기 재주나 부리고 있다니, 이거 정말 한심한 친구 아닌가……! 어라, 신부는? 여보게 신랑, 자네 마누라는 어딜 갔나? 이 댁 식구들 아주 못쓰겠는걸! 신부는 빼돌리고 사위만 호되게 달아먹다니!"

맏형이 다가와서 시끄럽게 놀려대는 소리를 듣고 있으려니, 미련통이 저팔계는 부끄러움을 이기지 못해 어금니를 악물고 고통을 참으면서, 더 이상 고함을 지르지도 못했다. 사화상이 보기가 딱했는지 짐짝을 내려놓고 그 앞으로 다가가 밧줄을 풀어주고 안아 내렸다. 바보 같은 짓을 저질러 화를 자초했던 저팔계는 낯이 뜨거워 고개도 쳐들지 못한 채 스승과 형제들에게 그저 꾸벅꾸벅 이마를 조아려 사죄할 뿐이었다. 하기야 그 수치심을 어떻게 견뎌낼 수 있겠는가.

이런 경우를 증명하는 「서강월(西江月)」의 시구가 있기도 하다.

여색은 곧 몸을 망치는 칼과 같으니, 색을 탐내면 반드시 재앙을 당한다.
절세가인 이팔청춘의 아리땁게 꾸민 모습은 야차보다 더 흉악하다네.
근본 바탕은 단지 하나만 있을 뿐,
여기에 또다시 미미한 이익을 주머니에 더 담을 수 없는 법.
그 밑천을 삼가 거두어 간직해두고, 굳게 지켜 방탕하게 굴지 말 것을.

저팔계는 손으로 흙을 움켜 분향 대신 날리고 허공을 우러러 조배를 드렸다.
곁에서 손행자가 물었다.
"자네, 그 보살님들을 알아보기나 했는가?"
"거꾸러져서 눈알이 핑핑 돌고 별똥만 번쩍번쩍 튈 만큼 정신이 하나도 없었는데, 누가 누군지 어떻게 알아본단 말이오?"
저팔계의 대답에, 손행자는 말없이 손에 들고 있던 간찰을 넘겨주었다. 저팔계는 종이 쪽지에 적힌 송시를 읽어보고 더욱 부끄러움을 금할 길이 없었다.
그 모습을 보고 사화상이 빙글빙글 웃는다.
"둘째 형님, 그런 복이 또 어디 있소? 보살님께서 형님의 정성에 감동을 받고 네 분씩이나 찾아오셔서 사돈을 맺으려 하셨으니 말이오!"
"여보게 아우, 그런 소리는 두 번 다시 꺼내지 말게. 난 사람의 자식이 아니었어······ 앞으로 그런 주책없는 짓은 다시 하지 않을 걸세. 설사 내 뼈마디가 으스러지고 짐짝에 두 어깨가 닳아빠진다 하더라도,

사부님을 따라서 기어코 서역 땅으로 갈 테니 두고 보게."

"아무렴, 그래야 옳지!"

삼장이 맞장구를 쳤다.

마침내 손행자는 스승을 모시고 큰길에 나섰다.

한참 길을 가다 보니, 불현듯 높은 산이 앞길을 가로막았다. 삼장은 채찍질을 그치고 말고삐를 잡아당겼다.

"얘들아, 저 앞길에 산이 가로막혔으니 조심들 해야겠다. 혹시 요괴나 마귀가 농간을 부려 우리들을 해치려 들지 모르는 일 아니냐?"

손행자가 호기 있게 대답했다.

"말머리 앞에 우리 셋이 있는데, 요괴 마귀 따위를 겁낼 것이 어디 있습니까."

그 말을 듣고 삼장은 비로소 마음이 놓여 계속 앞으로 나아갔다.

눈앞에 점점 다가오는 산세를 바라보니 정말 기막히게 멋진 산이었다.

높은 산은 험준하기 짝이 없고, 엄청난 산세는 까마득하고 가파르다.
산자락 뿌리는 곤륜산(崑崙山)과 지맥이 닿았고,
산봉우리 꼭대기는 구소은한(九霄銀漢) 창공을 찌른다.
백학은 이따금씩 날아와 잣나무 전나무에 깃들고,
검정 원숭이는 때없이 등나무 덩굴에 매달린다.
햇빛이 맑게 비친 나무숲은 천 가닥 붉은 안개가 첩첩으로 휘감아 돌고,
음산한 골짜기에 바람이 일면 만 갈래 채색 구름이 팔랑팔랑 흩날린다.

푸른 대나무 숲에 들어앉은 산새 지저귀는 소리 요란하고,
들꽃 덤불 사이에는 비단처럼 고운 산닭이 모이를 다툰다.
보이는 것은 천년봉(千年峰), 오복봉(五福峰), 부용봉(芙蓉峰),
하나같이 위풍당당하고 늠름하여 눈부신 광채를 쏟아내고,
만세석(萬歲石), 호아석(虎牙石), 삼천석(三天石) 암벽들은 울퉁불퉁 삐죽삐죽, 상서로운 기운을 퍼뜨린다.
낭떠러지 아래 풀숲은 빼어나게 탐스럽고, 영마루 위에는 매화가 향기롭다.
빽빽이 들어찬 가시덤불에 지초 난초 향기는 맑고도 담담하다.
깊은 숲 속 새매와 봉황은 온갖 날짐승을 모으고,
해묵은 동굴 속의 기린은 수만 가지 길짐승을 관할한다.
골짜기 시냇물은 정이 많아 구불구불 굽이쳐 감돌아 흐르고,
산봉우리는 끊이지 않고 중첩되어 저절로 휘감겨 돌아간다.
또 바라보니, 초록빛은 느티나무, 얼룩무늬 대나무요,
짙푸른 소나무가 천년의 세월 두고 무성함을 자랑하며,
하얀 것은 오얏나무, 붉은 것은 복사나무, 비취색은 버드나무,
한결같이 작열하는 삼춘(三春) 호시절에 아름다움을 다툰다.
용이 부르짖으면 호랑이가 으르렁대고, 학이 춤을 추면 원숭이가 울어댄다.
고라니 사슴이 꽃나무 숲에서 뛰쳐나오고,
푸른 난새는 해를 마주하고 우짖는다.
이야말로 선산(仙山)의 참된 복지(福地)이니,
봉래도의 낭원(閬苑)이라 다를 바 있으랴.
보이는 것은 꽃 피고지는 산마루 경치요,
영마루 상봉에 오락가락 흐르는 구름이라네.

마상에서 삼장이 기뻐하며 말한다.

"애들아, 내가 서쪽으로 오면서부터 숱한 산천을 지나쳐왔으나, 모두가 위태롭고 험준한 곳뿐이어서, 이 산의 좋은 경치와는 비교가 되지 않았다. 과연 이곳은 몹시 그윽한 맛이 깃들어 있는 절경이로구나. 만일 뇌음사에서 길이 그리 멀지 않은 곳이라면, 우리 모두 옷매무새를 단정히 가다듬고 엄숙하게 가서 석가세존을 만나뵈어야겠다."

그 말에 손행자는 웃으면서 도리질을 했다.

"아직도 멀었습니다, 멀었어요! 거기까지 가시려면 아직도 까마득한걸요!"

그러자 사화상이 묻고 나섰다.

"맏형님, 우리가 뇌음사에 당도하려면 얼마나 더 가야 합니까?"

"십만 팔천 리. 열 참 가운데 겨우 한 참도 채 오지 못했네."

이번에는 저팔계가 물었다.

"그렇다면 형님, 몇 해를 두고 걸어야만 갈 수 있는 거리요?"

"그 정도 거리는, 자네들 두 아우님 같으면 열흘에 당도할 수 있을 걸세. 하지만 나로 말할 것 같으면 하루에 쉰 번을 왕복해도 해가 높다랗게 남아 있을 걸세. 사부님이 가신다면…… 에이, 말도 마세! 애당초 생각할 건더기도, 얘깃거리도 안 되니 말이야."

제자가 이런 말을 하니, 당나라 스님은 더 궁금해서 몸이 달았다.

"오공아, 네 말대로 하자면 내가 어느 세월에야 당도할 수 있겠느냐?"

"사부님이 가신다면 말입니다. 태어나서부터 늙어 돌아가실 때까지 걷고, 늙으셨다가 또다시 갓난아이가 되고, 그렇게 천 번을 되풀이해가며 걸으셔도 아마 그곳에 당도하시기는 어려울 겁니다. 하지만 견성

지성(見性志誠)하는 마음으로 고개를 돌려보시면, 그곳이 바로 영취산이 될 것입니다."

스승은 묵묵히 그 말뜻을 새김질하는데, 사화상이 한마디 보탰다.

"형님, 이곳이 비록 뇌음사가 있는 영취산은 아니지만, 경관을 보아하니 반드시 훌륭한 분이 거처하고 계시는 고장 같군요."

손행자는 고개를 끄덕여 동감을 표했다.

"그 말이 그럴듯하이. 여기에 사악한 기운이 없는 걸 보니, 요괴나 마귀가 농간을 부릴 곳은 아닌 게 분명하네. 성승 아니면 신선의 부류가 거처하고 있음이 틀림없으니 우리도 구경이나 하면서 천천히 가보세."

삼장 일행이 감탄하고 있던 그 산은 만수산(萬壽山), 그리고 산중에는 도관이 한군데 자리잡았는데 이름은 오장관(五莊觀), 또 그 안에는 도호를 진원자(鎭元子), 별명을 여세동군(與世同君)이라고 부르는 존엄하신 대선 한 분이 살고 있었다.

그리고 이 도관에는 기이한 보배가 하나 있는데, 아득한 옛날 혼돈이 처음으로 나뉘고 홍몽이 비로소 판별되기 시작하여, 하늘과 땅이 아직 열리지 않았을 무렵에 생겨난 영근(靈根) 한 뿌리가 바로 그것이었다. 이 신통한 나무는 천하 사대 부주 가운데 오직 이 서우하주 오장관에서만 뿌리를 박았으며, 그 열매의 이름은 '초환단(草還丹)', 또 다른 이름으로 '인삼과(人蔘果)'[1]라고도 부른다. 3천 년 만에 한 번 꽃이 피

---

[1] 인삼과: 도교에서 인삼과처럼 먹으면 불로장생하는 사람 형태의 신비스런 영약(靈藥)이 또 있다. 『포박자(抱朴子)』「선약(仙藥)」편에 동물처럼 움직이는 '육지(肉芝)'란 것이 소개되었는데, 크기는 일고여덟 치쯤 되는 소인(小人)들로 말과 수레를 타고 치달렸다 한다. 어떤 사람이 그중 하나를 움켜잡아 삼켰더니, 그 즉시 신선이 되어 하늘로 올라갔다고 한다. 또 한 가지, 나무뿌리에 달린 '인형복령(人形茯苓)'이란 것도 있다. 『선술비고(仙術秘庫)』에 보면, 양정(楊正)이란 사람이 물을 길러 샘에 갔다가 아주 깔끔하고 새하얀 어린애 하나가 샘터에서 놀고 있기에 하도 귀여워 집에

고, 또 3천 년 만에 열매가 맺으며, 그로부터 다시 3천 년이 지나서야 열매가 익어서, 도합 1만 년을 거쳐야만 비로소 먹을 수 있게 된다. 그 1만 년 동안에 맺히고 익는 열매는 겨우 30개. 그런데 이 열매의 생김새가 하필이면 세상에 갓 태어나서 사흘도 채 못 된 갓난아기의 모습을 빼어 닮았고, 게다가 두 팔에 두 다리마저 달렸을 뿐만 아니라 이목구비의 오관(五官)을 두루 갖추었는데, 이 열매의 냄새를 한번 맡기만 해도 360세의 장수를 누릴 수 있고, 한 개를 먹었을 때는 4만 7천 년이나 되는 아득한 세월을 살아갈 수 있는 것이었다.

그날 이 도관의 주인 진원 대선은 원시 천존(元始天尊)[2]의 간찰을 받고 상청천(上淸天) 미라궁(彌羅宮)에 올라가 '혼원도과(混元道果)'[3]의 강론을 듣기로 약속되어 있었다. 진원 대선의 문하에서 배출된 산선(散仙)은 그 수가 헤아릴 수 없이 많았으며 지금도 48명이나 되는 제자를 거느리고 있는데, 하나같이 득도한 전진 도사(全眞道士)들이었.

약속한 그날이 오자, 진원 대선은 46명의 제자들을 이끌고 강론을 들으러 천계에 올라갔는데, 도관에는 나이가 제일 어린 동자 두 사람만 남겨놓아 집을 지키게 하였다. 이 동자들의 이름은, 하나는 청풍(淸風)이요, 하나는 명월(明月)이었다. 청풍은 나이가 고작 1천320살이었고, 명월은 1천2백 살밖에 되지 않았다.

진원 대선은 떠나기 전에 두 동자를 불러놓고 이런 분부를 내렸다.

"나는 대천존의 초청을 거역할 수 없어 미라궁으로 강론을 들으러

데려갔는데, 집에 당도하고 보니 어린애는 마치 나무뿌리처럼 빳빳하게 굳어졌다는 것이다. 그것이 인형복령이란 말을 듣고 양정이 먹었더니 대낮에 비승(飛昇)하여 천궁의 신선이 되었다고 한다.

2 원시 천존: 노자(老子, 도덕 천존)의 사형(師兄) 되는 사람으로, 도교에서 가장 존경하는 천신 '삼청(三淸)' 가운데 하나. 제5회 주 **1** '삼청·사제' 참조.

3 혼원도과: 도교에서 천지개벽 이전을 혼원(混元)이라 하고, 도과(道果)는 곧 인과응보(因果應報)를 말한다. 도교의 원초적 교리를 두고 토론하는 모임일 것이다.

간다. 남아 있는 너희 둘은 조심하여 집을 잘 지키고 있거라. 하루 이틀 새에 나의 옛 친구가 이곳을 지나갈 터인데, 그분을 맞아들여 대접하되, 절대로 소홀히하여서는 안 될 것이다. 내가 그분께 옛날의 정리를 보여야 하겠으니, 인삼과를 두 개만 따다가 그분이 잡숫게 해드려라. 알아듣겠느냐?"

두 동자가 스승께 여쭈었다.

"사부님의 옛 친구란 어떤 분이십니까? 존함을 말씀해주셔야 저희들이 알아뵙고 대접해드릴 것이 아니옵니까?"

"그분은 동녘 땅 대 당나라 황제가 보낸 성승이시다. 도호는 삼장법사라 하고 지금 서천으로 가서 부처님을 뵙고 경을 얻으러 가는 화상이다."

그 말씀을 듣자, 두 동자는 실없이 웃었다.

"아니, 사부님. 공자 말씀에, '길이 같지 않으면 상종하지 말라'⁴ 하였는데, 태을 현문(太乙玄門)⁵에 몸을 담은 우리가 무엇 때문에 그런 화상과 알고 지냅니까?"

"너희들은 모른다. 그 화상으로 말하자면, 바로 금선자(金蟬子)가 환생한 분이니, 금선자는 서방 세계의 거룩하신 원로 석가여래의 둘째 제자였다. 오백 년 전에 나는 그분과 '우란분회(盂蘭盆會)'에서 처음 알게 되었는데, 그분은 내게 손수 차를 대접해주시고 부처님의 제자이면

---

4 길이 같지 않으면 상종하지 말라: 원문은 "道不同, 不相爲謀." 이 말은 『논어(論語)』「위령공(衛靈公)」편에 나오는데, 청풍과 명월 두 동자는 종파가 다른 공자의 말씀으로 스승에게 빗대어 여쭌 것이다.

5 태을 현문: 태을(太乙)은 도교 수도자들이 닦아야 할 최고 술수(術數)의 한 가지. '육임(六壬)' '둔갑(遁甲)'과 합쳐 '삼식(三式)'이라 일컫는다. 『주역(周易)』의 술수를 모방하여 만든 태을법은 '팔장(八將)' '사신(四神)' '삼기(三基)' '오복(五福)'으로 안팎의 길흉화복과 홍수·가뭄·전란·기근·전염병과 같은 재앙을 예측하는 데 쓴다고 한다. 현문(玄門)이란 도교의 심오하고도 오묘한 법문(法門)을 말한다.

서도 나를 공경해주셨으니, 이야말로 옛 친구라 할 만하지 않겠느냐?"

"예에, 사부님! 알아모시겠습니다."

설명을 들은 두 동자는 스승의 분부를 삼가 받들었다. 출발하기 직전에, 진원 대선은 또 한번 신신당부를 했다.

"내 인삼과에는 수효가 있을 터, 꼭 두 개만 따서 그분께 드리고, 더는 허비하지 말아야 한다."

영리한 청풍이 응답한다.

"예에, 과수원을 처음 열었을 때 여럿이서 두 개를 따먹었으니까, 아직 스물여덟 개가 남아 있을 것입니다. 한 개라도 결코 더 따지 않겠습니다."

"당나라 스님은 비록 옛 친구라고 하지만, 그 밑에 제자들이 시끄러운 일을 저지르지 못하도록 미리 막아야 한다. 섣부르게 굴어서 그 제자 녀석들에게 인삼과가 있다는 사실을 알려서는 안 된다."

"예에, 명심하오리다!"

두 동자의 다짐을 받고 나서야 진원 대선은 뭇 제자들을 이끌고 천상으로 날아올라갔다.

한편, 당나라 스님 일행 네 사람은 만수산의 절경을 한껏 즐기면서 가다가, 울창한 나무숲 속 한가운데 여러 층으로 세워져 있는 누각을 하나 발견했다.

삼장이 물었다.

"오공아, 저걸 좀 보아라. 저 누각 있는 데가 어떤 곳 같으냐?"

손행자는 흘끗 바라보고 대답했다.

"저곳은 도관 아니면 사원이 분명합니다. 우리 가봅시다. 가보면 무엇 하는 곳인지 알 테니까요."

얼마 안 있어 일행은 도관 문턱에 당도했다. 이리저리 둘러보니, 과연 도사들이 수련하는 도량이 틀림없었다.

소나무 언덕은 차고 깨끗하며, 대나무 우거진 오솔길은 맑고 그윽하다.
백학은 오락가락 뜬구름 떠나보내고,
위아래 뛰노는 원숭이떼 이따금씩 과일을 바친다.
문 앞에 너른 연못 나무 그림자 길게 드리우고,
갈라진 바위 틈에 이끼가 짙어졌다.
자줏빛 삼라궁전(森羅宮殿) 높기가 그지없고,
단청 입힌 누대에 아지랑이 노을이 자욱하다.
진실로 천상 복지 신령한 구역이요, 봉래산의 운동(雲洞)일세.
마음에 잡된 생각 없이 맑고 깨끗하니 사람의 일 드물고,
적막에 싸여 고요하니 도심이 절로 우러나네.
파랑새는 이따금씩 서왕모의 편지 전하고,
자줏빛 난새는 때없이 태상노군의 경문을 부쳐온다.
고고한 도덕의 기풍을 보고 또 보아도 끝이 없으니,
과연 아득한 신선의 저택이로구나.

삼장은 말에서 내려섰다. 산문 왼편에 또 하나 보이는 것은 거대한 비석 한 개, 그 비석에는 커다란 글씨로 다음과 같은 열 자가 새겨져 있었다.

만수산 복지, 오장관 동천(萬壽山福地, 五莊觀洞天)

삼장은 감탄을 금치 못했다.

"얘들아, 보아라. 참으로 훌륭한 도관이로구나!"

사화상이 의견을 내었다.

"사부님, 이 맑고 깨끗한 경치를 보아하니, 여기에는 분명 훌륭한 분이 거처하고 계실 겁니다. 우리 함께 들어가봅시다. 만약 우리 여행길에 일을 원만히 끝마치고 다시 동쪽으로 돌아오게 되거든, 이곳에 들러서 구경 한번 해봄직하지 않습니까?"

그 말에 손행자가 먼저 찬동을 한다.

"자네 그 말 한번 잘했네!"

이윽고 네 사람은 한꺼번에 산문 안으로 들어섰다. 그 안에는 또 겹문이 세워졌는데, 문기둥 좌우 양편에 춘련 대구가 붙어 있었다.

　　　영원히 살아 늙지 않는 신선의 댁이요(長生不老神仙府),
　　　하늘과 더불어 수명을 같이하는 도사의 집이로다(與天同壽道人家).

춘련 대구를 한눈에 읽어내린 손행자가 껄껄껄 웃었다.

"여기 사는 도사도 어지간히 허풍을 떨어 사람 놀라게 만드는군! 이 손선생이 오백 년 전에 천궁을 뒤엎었을 때만 하더라도, 태상노군의 집 문턱에서조차 이렇게 써 붙인 것을 보지 못했는데, 허어! 그것 참……."

말끝에 입맛을 쩝쩝 다시는데, 저팔계가 재촉을 한다.

"뭐라고 썼든 상관 말고 우리 들어갑시다, 들어가요! 혹시 누가 알겠소. 이곳 도사에게 덕행이 좀 있는지 모르는 일 아니오."

일행이 둘째 문 안으로 막 들어섰을 때였다. 안쪽에서 누군가 부랴

부랴 급한 걸음걸이로 달려나오는데, 가만 보니 어리디어린 동자 두 사람이다. 동자 녀석의 생김새하며 차림새를 보건대 그야말로 깔끔하기 짝이 없다.

　　기골은 깨끗하고 산뜻한데 용모는 준수하며,
　　정수리에는 두 가닥 상투를 땋아올리고 짧은 머리는 텁수룩하다.
　　도복의 옷깃에는 저절로 안개 감돌고,
　　우의(羽衣) 소맷자락은 바람결에 나부낀다.
　　허리에는 실띠를 용머리 매듭으로 질끈 동이고,
　　미투리는 누에고치 실로 가볍게 삼아 신었다.
　　탐스럽게 빛나는 풍채가 속된 무리 아니니,
　　이가 바로 청풍 명월 두 선동(仙童)이라네.

　동자들은 허리를 활대처럼 구부려 절하고 앞으로 다가왔다.
　"노사부님, 영접이 늦어서 죄송합니다. 어서 이리 들어와 앉으십시오."
　뜻밖의 환대에, 삼장 법사는 기뻐하면서 두 동자를 뒤따라 정전(正殿)으로 올라갔다. 보아하니 이 도관의 정전은 남향으로 들어앉은 다섯 칸짜리 거대한 건물로서, 모두가 위쪽이 밝고 아래쪽은 어두운 꽃무늬 격자틀로 이루어져 있었다.
　두 동자는 미닫이 격자 문을 열고 당나라 스님을 모셔들였다. 정면 벽 한복판에는 의외로 다섯 가지 채색으로 꾸며놓은 '천지(天地)'라는 두 글자만 큼지막하게 내걸려 있고, 주홍색 칠을 먹인 향안이 놓였으며, 그 위에는 황금의 향로와 꽃병을 올려놓고, 향로 곁에는 향이 담긴 향합이 놓여 있었다.

삼장은 왼 손가락으로 향을 집어 향로에 뿌려넣고 삼잡례를 올려 최대의 경의를 표했다. 참배의 예가 끝나자, 그는 고개를 돌려 두 동자에게 물었다.

"선동, 이 오장관은 정말 서방 세계의 선경이로군요. 그런데 어째서 삼청(三淸), 사제(四帝), 나천제재(羅天諸宰)⁶들을 받들지 않고, '천지'라는 두 글자만 향화를 받고 있소?"

두 동자가 웃으면서 자랑스레 대답했다.

"노사부님 앞이시니, 숨기지 않고 말씀드리지요. 이 '천지'란 두 글자의 뜻은 이렇습니다. 하늘과 땅의 여러 신령들 가운데 저희 스승님보다 높으신 분은 저희들의 향화를 받을 수 있고, 아랫것들은 우리 향화를 받을 수 없지만, 저희 스승님께서 아랫것들에게 약간 아첨하시느라고 그렇게 써놓은 것입니다."

"아첨이라니, 그게 무슨 말이오?"

"솔직히 말씀드려서, 삼청은 저희 스승님의 친구 분이요, 사제는 저희 스승님과 오래전부터 사귀던 옛 친구이며, 구요성관(九曜星官)들은 스승님의 후배요, 원신(元辰)들은 저희 스승님보다 새까만 후배뻘이 됩니다."

손행자는 그 말을 듣더니 허리를 잡고 깔깔깔 자지러지게 웃어댔다. 느닷없는 웃음소리에 저팔계가 놀라 묻는다.

"아니, 형님! 뭘 보고 그렇게 웃으시는 거요?"

눈물이 나도록 웃어젖힌 손행자가 숨을 헐떡여가며 대답한다.

---

6 삼청, 사제, 나천제재: 삼청·사제에 관하여는 제5회 주 **1** 참조. 나천제재는 도교의 욕계 육천(欲界六天)·색계 십팔천(色界十八天)·무색계 사천(無色界四天) 및 사범천(四梵天), 그 밖의 삼십육천(三十六天)을 통틀어 주재하는 대신(大神)들을 말한다.

"말도 말게! 이 손선생만 허튼수작을 떠는 줄만 알았더니, 이 동자 녀석들도 어지간히 허풍을 떠는군 그래. 하하하……!"

대답 끝에 또 웃음보…… 삼장이 못 들은 척하고 동자에게 다시 묻는다.

"그대들의 사부님께선 지금 어디 계시오?'

"저희 스승님 말씀인가요? 지금 원시 천존께서 초청장을 내려 보내셔서 상청천 미라궁에 혼원도과에 대한 강론을 들으러 가셨습니다. 그래서 집에 안 계십니다."

곁에서 그 말을 들은 손행자가 더 이상 참지 못하고 냅다 호통쳤다.

"요 젖비린내 나는 동자 녀석들 봤나! 사람도 못 알아보고 뉘 앞에서 농간을 부리려 드는 거야? 그래 얘기해봐라, 미라궁의 어느 태을천선(太乙天仙)을 두고 하는 말이냐? 네놈같이 못난 도사 녀석들을 초청해서 무슨 빌어먹을 놈의 강론을 듣게 한다는 거냐?"

삼장 법사는 맏제자가 성을 내는 것을 보고, 혹시 동자들이 말대꾸를 해서 옥신각신 다투기라도 할까 보아, 얼른 손행자의 말끝을 낚아챘다.

"오공아, 그렇게 가타부타 따질 것 없다. 우리야 남의 집에 들어왔으니 어차피 나갈 사람이요, 또 아무리 부처님의 제자라곤 하지만 다른 종파의 모든 사람과 친하게 지내야 하는 법이 아니냐. 속담에 '해오라기는 해오라기의 고기를 먹지 않는다' 했으니, 믿음을 지닌 사람들끼리 다투어서는 못쓴다. 이 동자들의 스승이 집에 안 계시다는데, 그들과 말다툼을 벌여서 무얼 어쩌겠다는 거냐? 너는 산문 앞에 말을 풀어놓아 풀이나 뜯게 하고, 오정은 짐짝을 지키고 있거라. 그리고 팔계야, 너는 보따리를 풀어서 쌀을 좀 꺼내고 이 동자들에게 냄비나 솥을 빌려다가 밥 한 끼 지어먹도록 하자. 떠날 때 나무값으로 엽전 몇 푼 집어주면 그만 아니냐. 자, 얘들아, 각자 시키는 대로 일이나 하거라. 나는 여기서 좀 쉬어야겠다. 밥이 되거든 먹고 떠나자꾸나."

제자 세 사람은 저마다 맡은 일을 하러 흩어져갔다.

청풍과 명월 두 동자는 속으로 감탄해 마지않으면서 저들끼리 쑥덕거렸다.

"정말 훌륭한 화상일세. 스승님 말씀대로 진짜 서방의 거룩하신 부처님의 제자가 속세에 환생하신 것이 틀림없는 모양이네. 스승님이 떠나실 때, 우리더러 당나라 스님한테 인삼과를 따서 드리고 잘 대접하여 옛 친구로서 정분을 표하라 분부하셨으니 그대로 해야겠어."

"하지만 사형, 스승님이 걱정하신 대로 저분의 제자 녀석들은 하나같이 얼굴하며 주둥이가 고약하게 생겨먹었고 성질도 거칠어 시끄럽게 떠들어대니 어쩌면 좋소?"

"염려 말게. 다행히도 저 스님이 그 녀석들에게 일을 맡겨 쫓아보냈으니, 우리는 저 녀석들 보는 앞에서 인삼과를 구경시키지 않으면 그만 아닌가?"

"그러죠, 저놈들이 있는 자리에서 인삼과 얘기는 꺼내지도 맙시다."

청풍이 다시 말했다.

"여보게 아우, 저 화상이 진짜 스승님의 옛 친구인지 아닌지 모르니, 우리 가서 다시 한번 물어보기로 하세. 행여라도 틀려서는 안 되니까 말일세."

이리하여 두 동자는 다시 삼장 앞으로 가서 물었다.

"한 가지만 여쭙겠습니다. 노사부님은 당나라에서 경을 가지러 서천으로 가시는 당 삼장(唐三藏) 어른이십니까?"

"빈승이 바로 그 사람이오. 한데 선동들은 내 이름을 어떻게 알고

서유기 제3권　125

계셨소?"

"저희 스승님이 떠나실 때 저희들더러 멀리 영접 나가서 맞아들이라고 분부하셨습니다. 그런데 뜻밖에도 왕림하시는 때가 촉박하셨기에 실례를 범하고 말았습니다. 여기 잠시 앉아 계십시오. 저희가 차를 대접해 올리겠습니다."

"그렇게까지 할 것은 없소."

삼장은 사양을 했다. 그러나 명월은 안채로 들어가서 향기로운 차 한 잔을 달여 내다 삼장에게 올렸다. 손님이 차를 들고 나자, 청풍이 사제에게 속삭였다.

"여보게 아우, 스승님의 명을 어기면 안 되니, 나하고 자네하고 가서 인삼과를 따오기로 하세."

신분 확인을 마친 두 동자는 삼장 곁을 물러나와 자기네 방으로 돌아가더니, 황금 방망이 한 개와 붉은 칠을 입힌 쟁반 한 개를 꺼낸 다음, 쟁반 바닥에 다시 실로 뜬 보자기를 여러 겹 깔아 가지고 인삼과가 열린 과수원으로 들어갔다. 그리고 청풍이 나무 위에 기어올라가 황금 방망이로 열매를 따고, 명월은 나무 밑에 서서 쟁반을 떠받쳐 들고 떨어지는 열매를 받았다. 잠깐 사이에 열매 두 개를 딴 동자들은 그것을 가지고 앞채 정전으로 가서 삼장 법사에게 올렸다.

"당나라 스님, 저희 오장관은 궁벽한 산중에 있는 터라, 아무것도 대접해드릴 만한 것이 없습니다. 그저 집안에서 나는 토산품으로 소과(素果) 두 개를 바치오니, 우선 목이라도 축이시지요."

쟁반에 놓인 열매를 보고 깜짝 놀란 삼장 법사, 온몸에 소름이 끼쳐 와들와들 떨면서 석 자 거리나 멀찌감치 물러나 앉았다.

"하느님, 맙소사! 올해는 풍년이 들었는데, 어째서 이 오장관에는 흉년이 들어 사람을 잡아먹을꼬? 이건 사흘도 채 되지 않은 갓난아기인데, 날더러 어떻게 이 끔찍한 것으로 목을 축이라는 거요? 저리 가져가시오!"

청풍 동자는 속으로 비웃었다. 이 화상, 아예 숙맥이로구나. 시비와 구설수가 많은 속세에서만 살아왔으니 뭘 볼 줄 아는 안목도 없는 범인(凡人)이 되어버려서 우리 선가(仙家)의 진귀한 보물을 알아보지 못하네그려……!

명월이 앞으로 나서면서 설명을 해드렸다.

"노스님, 이건 갓난아기가 아니라, 인삼과라는 열매입니다. 그러니 한두 개쯤 잡수셔도 괜찮습니다."

"당치도 않은 말 그만두시오! 이 아기의 어미가 잉태를 하고 열 달 동안 얼마나 많은 고초를 겪은 끝에 낳았는지 모르는데, 그런 아기를 잔인하게 잡아먹다니! 보시오, 이제 세상 밖에 태어난 지 겨우 사흘도 못되는 갓난아기 아니오? 이것들을 어디서 잡아왔기에 날더러 과일처럼 먹으라는 거요?"

청풍이 대답한다.

"이건 잡아온 게 아니라, 나무 위에 열린 겁니다."

"허튼소리 작작 하시오! 나무에 사람이 열리다니, 그 말을 날더러 믿으라는 거요? 어서 냉큼 가져가시오. 이런 짓은 사람 축에도 못 들 일이오!"

두 동자가 아무리 설명을 하고 권했어도 막무가내, 삼장은 끝끝내 먹지 않았다. 그들은 할 수 없이 쟁반을 들고 자기네 방으로 돌아왔다.

그런데 이 인삼과란 과일은 이상한 물건이어서 그대로 오래 둘 수 없는 열매였다. 만약에 먹지 않고 내버려둔 채 시간이 지나면 그대로 이빨이 들어가지 않을 만큼 딱딱하게 굳어져서 먹을 수가 없게 되는 것이다. 그래서 두 동자는 방 안으로 들어가자마자 서로 한 개씩 나눠 가지고 침상에 걸터앉아 맛있게 먹기 시작했다.

한데 세상만사에는 공교로운 일이 있는 법, 하필이면 그들이 거처하는 방이 벽 하나 사이에 두고 부엌과 맞닿아 있을 줄이야! 그러니 이쪽 방에서 하는 말이 부엌에까지 고스란히 들릴 수밖에. 저팔계가 부엌 아궁이에서 한참 밥을 짓고 있노라니, 앞서는 두 동자가 황금 방망이와 붉은 쟁반을 들고 어디론가 나가는 기척이 들리기에 무슨 일인가 싶어 이상하게 여겼으나 그냥 흘려보내고 말았었다. 그런데 잠시 후 이번에는 쟁반을 떠받쳐 들고 제 방으로 돌아오는 기척이 들리더니, 저들끼리 주고받는 말이 '당나라 스님이 멍청해서 인삼과를 알아보지 못한다'는 둥, '우리끼리 하나씩 나눠 먹자'는 둥 하고 쑥덕거리면서 무엇인가 맛있게 씹어 먹는 소리가 들려오는 것이 아닌가? 식충이 저팔계는 저도 모르게 입에서 군침이 줄줄 흘러나오기 시작했다. 저 녀석들이 도대체 무얼 먹는 걸까. 인삼과라니, 그게 무엇인지 나도 어떻게 한 개쯤 맛볼 수는 없을까……?

하지만 자기처럼 생각이 아둔하고 굼뜬 동작으로는 어떻게 손을 써볼 도리가 나지 않는 터라, 그는 손행자가 돌아오거든 상의해보기로 작정했다.

생각이 딴 데 있으니, 아궁이 앞에서 불을 땔 염두는 내팽개치고 모가지만 길게 뽑은 채 정신없이 마냥 바깥쪽을 두리번거리는 저팔계, 그런 지 얼마 안 되어서 과연 말을 끌고 나갔던 손행자가 느티나무에 고삐를 묶어두고 뒤꼍 부엌으로 돌아왔다. 미련퉁이 녀석은 옳다 됐구나 싶어, 손을 마구 흔들면서 사형을 불렀다.

"형님, 여기요, 여기……! 이리 와요, 빨리!"

손행자가 돌아서서 부엌 문턱으로 다가왔다.

"이 바보야, 왜 시끄럽게 떠들고 있어? 밥을 모자라게 지었나? 그럼 사부님이나 넉넉히 자시게 해드리고, 우리는 저 앞쪽 큰 집에 나가서 동냥해 먹기로 하지 그래."

"형님, 이리 들어오쇼! 밥이 모자라는 게 아니오. 이 도관에 보배가 있다는 걸 형님은 아시오?"

"보배라니, 뭐 말인가?"

"하하! 내가 말씀을 해드려도 형님은 본 적이 없을 테고, 손에 쥐여 줘도 알아보지 못할 거요."

"이 바보 멍청이가 날 웃길 작정이로군. 이 손선생은 오백 년 전에 신선의 도를 닦으러 찾아 나섰을 때부터, 바다 끝부터 하늘가에 이르기까지 안 가본 데가 없는 몸인데, 보지 못하고 알지 못하는 게 어디 있다는 거야?"

"그렇다면 형님, 혹시 인삼과란 것을 보신 적이 있소?"

이 말에 어지간한 손행자도 찔끔 놀랐다.

"그건 정말 보지 못했는걸. 하지만 남들이 하는 말을 들어본 적은 있네. 인삼과는 바로 초환단이란 것인데, 사람이 먹으면 수명을 무한정 늘일 수 있다는 거야. 한데 그게 어디 있는지 누가 아나?"

"바로 이 도관에 있소. 저 동자 녀석들이 두 개를 따다가 사부님한테 드렸는데, 사부님이 그게 무엇인지 알아보지 못하시고, 태어난 지 사흘도 못 되는 갓난아기를 어떻게 잡아먹느냐 하시면서 퇴짜를 놓으신 모양이오. 한데 저 동자 녀석들도 어지간히 엉큼한 놈들입디다. 사부님이 잡수시지 않는다면, 의당 우리 제자들 몫으로 돌려야 할 게 아니오? 그런데 저 녀석들이 우리에게는 숨기고 곁방에서 자기들끼리 한 개씩 나눠 가지고 우적우적 씹어 먹고 있지 않겠소? 여기서 남이 맛있게 먹는 소리를 들으니 군침이 돌아 도무지 견딜 수가 없구려. 형님, 그걸 어떻게 한 개쯤 맛볼 수 없을까? 형님은 꾀가 많고 남의 것을 슬쩍하는 재간도 있지 않소? 과수원이 어디 있는지 좀 찾아가서 몇 개 훔쳐다가 우리끼리 맛이나 봅시다. 형님 생각은 어떻소."

손행자는 선선히 대답했다.

"그야 손쉬운 노릇이지. 가만있게. 이 손선생이 당장 가서 훔쳐 가지고 오겠네."

말을 끝내기가 무섭게 뛰어나가려는 것을 저팔계가 얼른 붙잡아 세웠다.

"형님, 잠깐만! 내가 여기서 저 녀석들이 하는 말을 엿들었더니, 뭔가 황금 방망이 같은 것을 가지고 따러 갑디다. 아무쪼록 쥐도 새도 모르게 감쪽같이 해치워야 하오."

"알았어, 알았다니까!"

성질 급한 손대성, 그 자리에서 은신 술법을 써 가지고 번개같이 동자 녀석들의 방으로 숨어 들어가 보니, 기분 좋게 인삼과를 먹어치운 두 녀석은 벌써 앞채 정전으로 삼장 법사와 말벗하러 나가고 방 안에 있지 않았다. 이리저리 사방을 둘러보니, 황금 방망이인지 뭔지 하는 것은 눈에 뜨이지 않고, 창틀 위에 적금(赤金, 구리) 막대기가 하나 걸려 있는데, 길이가 두 자쯤 되고 굵기가 손가락만한 것이, 끄트머리에는 마늘쪽만한 대가리가 달려 있고 그 위에 구멍을 뚫고 초록빛 노끈이 매여 있었다.

"옳거니! 아마 이게 황금 방망이라는 것이렷다!"

손행자는 당장 그것을 떼어들고 빠져나와 뒤채로 돌아갔다. 그리고 후원으로 통하는 문짝 두 개를 활짝 젖히고 머리를 디밀어보았더니, 히야! 참으로 기막히게 아름다운 화원이 한눈에 꽉 차게 들어오는 것이 아닌가!

붉은 칠을 먹인 난간이 구불구불 산봉우리를 감돌아 오르고,

기화요초 온갖 꽃들이 고운 햇볕과 아리따움을 견주는가 하면,

비취색 대나무 숲이 벽록색으로 짙푸른 창공과 빛깔을 다툰다.

술잔 띄우는 유배정자(流杯亭子) 바깥,

꾸부정하게 허리 굽은 초록빛 버드나무 아지랑이를 감싸안은 듯 아련하고,

달 구경 하는 상월대(賞月臺) 앞에 키 큰 소나무 몇 그루 쪽빛 물감을 흩뿌린 듯.

울긋불긋 비단 주머니 닮은 석류 열매에, 초록빛 잎새 작은 맥문동,

파릇파릇 싹터 나오는 벽사란(碧砂蘭), 계곡 앞을 거침없이 흘러가는 시냇물.

붉은 계수나무는 금빛 우물에 오동나무를 비추고,

비단 같은 느티나무 곁에 붉은 칠을 입힌 난간하며 옥으로 깎아놓은 섬돌이 가지런하다.

잎새 무성한 복숭아나무 가지에는 황도와 백도가 주렁주렁 열리고,

추(秋) 구월에 향기를 뿜으며 노랗게 핀 국화꽃이 탐스럽기도 하다.

덩굴쏨바귀 그림자 모란정(牡丹亭)에 비추고,

무궁화 꽃핀 목근대(木槿臺)는 작약 꽃밭과 마주 닿았다.

찬 서리 우습게 여기는 군자죽(君子竹)하며,

눈 얼음 업신여기는 대부송(大夫松)이 보고 또 보아도 끝이 없다.

두루미 장과 사슴 집이 있는가 하면, 네모난 늪지에 둥근 연못도 있다.

샘물 흐르는 소리는 옥구슬 부서지는 듯하고,
온 땅을 뒤덮은 말리화가 금더미를 깔아놓은 듯하다.
한겨울 삭풍이 철 이른 매화 꽃봉오리를 건드려 하얗게 트이는가 하면,
봄이 오면 해당화 발갛게 벌어지게 만든다.
이야말로 진정 인간 세상의 으뜸가는 선경이요,
서방 세계 으뜸가는 화괴(花魁)의 총림(叢林)이라 일컬을 만하구나.

아무리 보아도 끝없는 화원의 절경이라, 손행자는 넋을 잃고 하염없이 바라보기만 하다가 끝내 정신을 가다듬고 가야 할 곳을 찾기 시작했다. 이리저리 둘러보니 화원 한 귀퉁이에 또 한 겹 문이 있다. 문을 밀고 들어섰더니 그곳은 채소밭이었다.

사시장철 먹는 채소가 골고루 심어 있으니,
시금치부터 미나리, 근대, 생강, 죽순, 외, 박, 줄풀, 파, 마늘, 냄새 짙은 고수, 부추, 연밥, 어린 쑥, 상추, 조롱박, 가지, 무, 붉은 비름, 배추에, 자줏빛 겨자 등등 없는 것이 없다.

손행자는 속으로 웃었다.
"이 사람들은 모든 걸 제 손으로 심고 가꾸어서 먹고 사는구나."
채소밭을 지났더니 문이 또 있었다. 문짝을 밀어 열고 들여다보니, 한복판에 거대한 나무 한 그루가 홀로 서 있는데, 푸른 가장귀가 송진보다 더 짙은 냄새를 풍기고 무성하게 우거진 나뭇가지 녹엽 밑으로 깊은 그늘을 드리우고 있었다. 그 잎사귀 모양은 영락없이 파초를 닮았는데,

나무줄기가 곧바로 1천 척 높이나 치솟았을 뿐만 아니라 뿌리가 용틀임하는 밑동의 둘레만도 어림잡아 7, 80척을 헤아리는 엄청난 굵기였다.

손행자는 나무 밑에 기대어 서서 꼭대기를 올려다보았다. 과연 남향으로 벌어진 나무 가장귀 위에 인삼과 한 개가 드러나 보이는데, 정말 갓난아기와 똑같이 생겼다. 꼬리 부분에는 꼭지가 있어 가지에 매달려 있고 손발을 마구 휘저으면서 끄덕끄덕 고갯짓도 할뿐더러, 바람결이 스쳐가는 대로 어린아이의 울음소리와도 같은 소리를 내기까지 한다.

보배를 찾아낸 손행자는 기뻐서 어쩔 줄을 모르며 혼잣말로 중얼거렸다.

"이것 봐라, 아주 기막힌 물건인걸! 희한하구나, 정말 보기 드문 보배일세!"

그는 나무 밑동에 기대어 선 채 '쉬익!' 하는 바람 소리를 내더니 단숨에 나무 위로 기어올라갔다. 원숭이의 장기가 무엇이냐, 나무 위에 기어올라가서 남의 과일 훔쳐 따먹는 재간이다. 그가 적금 막대기로 인삼과를 탁 쳤더니, 열매는 툭 소리를 내며 떨어졌다. 손행자는 옳다구나 싶어 그 뒤를 따라 냉큼 뛰어내렸다. 그리고 떨어진 열매를 찾기 시작했는데, 어찌 된 노릇인가, 땅바닥에 있어야 할 열매는 어디로 사라졌는지 보이지 않는다. 전후 좌우 사방 풀숲을 뒤져가며 이리저리 찾아보았으나 도무지 종적이 없다.

"이런! 그것참 이상한걸! 열매에 두 다리가 달렸으니 걸어서 도망쳤을지도 모르겠으나, 그렇다고 저 높은 담벼락을 뛰어넘어 달아났을 리는 없지 않은가? 정말 이상야릇한 노릇이로군……."

낭패를 본 손행자가 중얼거리다가 무슨 생각이 났는지 제 무릎을 탁 쳤다.

"옳지, 알았다! 이 화원을 지키는 토지신이란 녀석이 내가 열매를 훔쳐가지 못하도록 그것을 슬쩍 집어다가 감추어놓은 게 틀림없어!"

생각이 여기에 미치자, 그는 당장 '옴(唵)'자결 주어를 외워 화원의 토지신을 끌어냈다. 주문에 걸린 토지신이 당장 모습을 드러내고 나타나 손행자 앞에 절을 드렸다.

"대성님, 무슨 일로 소신을 불러내셨습니까? 분부하실 것이 있거든 말씀만 하십시오."

손행자는 대뜸 호통을 쳤다.

"너는 이 손선생이 천하에 이름 높은 도적의 우두머리라는 걸 모르느냐! 내가 당년에 반도 복숭아를 훔쳐먹고 옥황상제의 어주를 훔쳐 마셨으며 태상노군의 영단을 훔쳤으되 어느 누구와도 나누어 먹은 적이 없었는데, 오늘 과일 한 개를 훔쳐먹는다고 해서 네가 어째서 내 몫을 가로채는 거냐? 그 과일이 이 나무에 열려 있는 이상, 공중에 나는 새라도 쪼아 먹을 몫이 있을 터인데, 이 손선생이 하나쯤 따먹는다고 해서 절대로 안 될 일이 어디 있다는 거냐? 방금 한 개를 쳐서 떨어뜨린 것을 네가 어디다 슬쩍 빼돌린 게 분명하렷다?"

토지신이 머리를 조아리고 대답한다.

"대성님, 그건 소신을 오해하고 말씀하시는 겁니다. 이 나무 열매는 지선(地仙)에게 속한 보물이요, 소신은 귀선(鬼仙)에 속하는 몸인데, 이런 제가 어찌 감히 그 보배를 가로챌 수 있겠습니까. 그 냄새 한번 맡아볼 복조차 소신에게는 없습니다."

"네가 가로채지 않았다면, 어째서 떨어뜨린 것이 보이지 않느냐?"

"대성님은 그 열매가 수명을 늘여주는 보배라는 사실만 아시고, 그 내력이 어떤지는 모르고 계십니다."

"내력이 있다니, 그건 또 무슨 말이냐?"

"그 보배는 삼천 년에 꽃이 한 번 피고 삼천 년에 열매가 맺습니다.

그리고 다시 삼천 년이 지나야 비로소 그 열매가 익습니다. 그러니까 꼬박 만 년이 다 되어야만 먹을 수 있는데, 그것도 겨우 서른 개밖에 열리지 않습니다. 연분 있는 사람이면 그 냄새 한번 맡아도 삼백육십 세를 살 수 있으며, 한 개를 먹으면 사만 칠천 년이나 오래 살 수 있습니다. 하지만 오행과는 상극입니다."

"어떻게 오행과 상극이란 말인가?"

"그 열매는 금(金)을 만나면 떨어지고, 목(木)을 만나면 시들고, 수(水)를 만나면 녹아버리고, 화(火)를 만나면 타버리고, 토(土)를 만나면 들어가버립니다. 그렇기 때문에 열매를 딸 때에는 반드시 금붙이 도구를 써야 떨어뜨릴 수 있으며, 떨어질 때는 쟁반에 실로 뜬 보자기를 깔고 그 위에 받아야 합니다. 만일 나무 그릇에 담아놓으면 곧바로 시들어서 먹어도 수명을 늘일 수 없게 됩니다. 또 그 열매를 먹을 때는 반드시 사기그릇에 담아 먹어야 하며, 그것도 맑은 물에 풀어서 먹어야 합니다. 불에 닿으면 타버려서 소용이 없고, 흙에 닿으면 그대로 잦아들어가버리고 맙니다. 방금 대성님이 그것을 쳐서 땅바닥에 떨어뜨리셨다면, 아마 그것은 벌써 흙 속으로 들어가버렸을 겁니다. 이 나무가 뿌리박은 흙은 사만 칠천 년 전부터 있었던 땅이라, 강철 송곳으로 뚫어도 구멍이 나지 않으며 무쇠보다도 서너 배나 더 단단합니다. 그러니까 사람이 그 흙에서 난 열매를 먹으면 장수를 누리는 것이지요. 대성님, 소신의 말이 미덥지 않으시거든, 어디 이 땅바닥을 한번 때려보십쇼."

손행자는 당장 여의금고봉을 뽑아들고 흙바닥을 내리쳤다.

"땅!"

진동하는 소리가 딱 한 번 울렸을 뿐, 철봉은 그 탄력에 도로 세차게 퉁겨오르고 흙바닥에는 얻어맞은 자국이라곤 하나도 보이지 않았다. 제 힘에 손아귀가 얼얼해진 손행자는 혀를 내두르며 탄성을 질렀다.

"과연, 그대 말이 사실이로구나! 내 이 철봉으로 바윗돌을 때리면 콩가루가 되고, 무쇠 덩어리라도 얻어터진 자국이 생기는데, 어쩌면 이렇게 흔적 하나 없이 끄떡도 않는지 모르겠는걸. 그러고 보니 내가 그대를 공연히 의심했군 그래. 됐네, 이제 돌아가도록 하게."

토지신이 자기 사당으로 돌아간 것은 말할 나위도 없다.

손대성은 꾀를 하나 생각해냈다. 우선 나무 위로 다시 기어올라간 다음, 한 손으로는 막대기를 잡고 다른 한 손으로 직철 자락을 널찍하게 벌려 망태기처럼 만들어 가지고 나뭇가지와 잎사귀를 헤쳐 인삼과 세 개를 잇따라 후려쳐서 임시로 만든 '망태기'에 고스란히 담았다. 그리고 그것을 감싸안은 채 나무 아래로 뛰어내리기 무섭게 줄달음질쳐서 곧장 부엌으로 돌아왔다.

눈이 빠지게 기다리고 있던 저팔계가 싱글싱글 웃으면서 물어왔다.

"형님, 됐소?"

"아무렴! 이거 아닌가? 내 손으로 직접 따왔네. 하지만 이 과일은 사화상을 따돌리고 먹을 수야 없지. 자네 어서 불러오게."

저팔계는 당장 부엌 바깥을 향해 손짓하면서 사화상을 불렀다.

"여봐, 오정! 이리 오게!"

짐짝을 옮겨놓던 사화상이 부엌으로 달려왔다.

"형님, 무슨 일로 날 부르셨소?"

손행자가 직철 자락을 벌려 보이면서 되묻는다.

"여보게, 자네 이것이 뭔지 아나?"

사화상은 흘끗 보고 대답했다.

"인삼과로군요."

"이런, 자네도 알아보네그려! 그럼 자네, 예전에 어디서 이것을 먹어본 적은 있나?"

"먹어본 적은 없지만, 옛날 권렴대장 노릇 했을 때 옥황상제의 난여를 모시고 반도 연회에 나갔는데, 해외의 여러 신선들이 이 인삼과를 받들고 와서 왕모님에게 축수(祝壽)의 예물로 올리는 것을 본 일이 있었소. 곁에서 눈요기만 했을 뿐이지 먹어보지는 못했소. 형님, 내게도 맛 좀 보여줄 수 있겠소?"

"그야 두말하면 잔소리지! 자, 아우님들, 우리 한 사람 앞에 한 개씩일세!"

이리하여 세 형제는 인삼과를 하나씩 나누어 먹었다. 그런데 워낙 식탐이 대단하고 입이 큰 저팔계 녀석은 청풍 명월 두 동자가 먹는 소리를 들었을 때부터 벌써 군침을 질질 흘리고 있었던 참이라, 이제 그 과일이 눈앞에 생기자 와락 빼앗다시피 집어 가지고 한입에 꿀꺽 삼켜 뱃속에다 집어넣고 말았다. 그러고 나서는 맛도 모른 채 두 눈 멀뚱멀뚱 뜨고 손행자와 사화상을 바라보며 물었다.

"둘이서 먹는 것이 뭐요?"

"인삼과요."

어수룩한 사화상이 대답하니, 저팔계는 다시 물었다.

"맛이 어떤가?"

이때 손행자가 그 대화를 가로챘다.

"이봐, 오정. 아는 척도 말게! 이 미련퉁이 바보야, 너 혼자 먼저 처먹고 누구한테 또 묻는 거냐?"

"형님, 어찌나 급히 먹었는지 맛도 모르겠소. 형님이나 아우처럼 야금야금 씹어 먹어야 하는데, 한입에 꿀꺽 삼켜버렸더니 씨가 있는지 없는지조차 모르겠고, 맛이 있었는지 없었는지도 모르겠구려. 형님, 이런 말이 있잖소? 남에게 무슨 일을 해주려거든 처음부터 끝까지 잘해주어야 한다고 말이오. 그러니까 이왕 내 입맛을 건드려놓은 바에야 다시 한번 가서 몇 개쯤 더 따다 먹여줄 수는 없겠소? 그럼 나도 야금야금 씹어서 맛을 보게 말이오."

"이 사람아, 그만하면 족한 줄 알아야지! 이게 어디 쌀밥이나 밀가루 음식하고 같은 것인 줄 알아? 그런 음식 먹듯이 배나 불리는 것과는 애당초 다른 거야. 이 과일은 만 년에 겨우 서른 개밖에 열리지 않는 희귀한 것이라는데, 우리가 이렇게 한 개씩 얻어먹는 것만 해도 굉장한 식복을 누린 셈이 아닌가? 무슨 일이든 쉽사리 생각해서는 안 되네, 안 되고말고. 자네도 그것 하나 먹은 것으로 됐네!"

한바탕 훈계를 늘어놓은 손행자가 일어서더니, 저팔계 쪽은 두 번 다시 거들떠보지도 않은 채 인삼과를 딸 때 썼던 적금 막대기를 창문 틈으로 동자들의 방 안에 툭 던져넣고 사화상과 함께 부엌 바깥으로 나가버렸다.

홀로 남은 미련퉁이 저팔계가 투덜투덜 심술을 부리며 중얼거리고 있을 때, 생각지도 않았던 두 동자가 다시 제 방으로 돌아왔다. 차를 준비해 가지고 나가서 삼장에게 대접하러 돌아온 것이다. 그들은 벽 하나 사이를 두고 저팔계가 투덜대는 소리를 고스란히 엿듣고 말았다.

"젠장, 인삼과를 먹기는 했어도 무슨 맛인지 알 수가 있어야지……! 한 개쯤 더 먹으면 성이 차겠는데 말이야. 쳇……!"

그 소리를 듣고 청풍은 선뜻 의심이 들어 사제에게 물었다.

"명월아, 저 소리 좀 들어봐라. 저 주둥이가 긴 화상이 무슨 인삼과를 더 먹고 싶다느니 하고 중얼거리는데, 저게 무슨 소리냐? 혹시 스승님이 떠나실 때 저 당나라 화상의 아랫것들이 함부로 설쳐대지 못하게 미리 방비하라고 분부하셨는데, 설마 저것들이 우리 보배를 훔쳐먹은 것은 아니겠지?"

명월이 고개를 돌리고 방바닥을 굽어보더니 펄쩍 뛰었다.

"아뿔싸, 형님! 이거 큰일났소, 큰일났어! 황금 방망이가 어째서 방바닥에 떨어져 있을까? 안 되겠소, 우리 과수원엘 가봅시다!"

두 동자는 허겁지겁 뒤꼍으로 달려갔다. 가서 보니, 웬걸! 화원 문짝이 휑하니 열려 있다. 그것을 본 청풍은 기겁을 했다.

"이 문짝은 내가 걸어 닫았는데, 어째 열려 있을까?"

부랴부랴 화원을 지나 들어가보니, 채소밭 울타리 문도 열려 있다. 그들은 쏜살같이 인삼과나무가 있는 과수원으로 들어가 나무 그루터기 밑에 기대서서 위를 올려다보고 열매 수를 세어보기 시작했다. 그러나 아무리 바로 세고 또 거꾸로 세어봐도 열매는 스물두 개밖에 없다.

명월이 사형에게 물었다.

"형님, 셈을 따질 줄 아시오?"

청풍이 대답한다.

"물론이지! 그래 따져볼 테니, 어디 말해봐라."

"과일은 애당초 서른 개가 열렸고, 스승님께서 과수원을 처음 여실 때 두 개를 따서 여럿이 나눠 먹었으니까 스물여덟 개가 남아 있었소. 그중에서 오늘 당나라 스님한테 두 개를 따다 먹였으니 지금은 스물여섯 개가 남아 있어야 할 텐데, 어떻게 된 셈인지 남은 것은 스물두 개밖에 없고 네 개가 모자라오. 형님, 더 말할 것도 없겠소. 분명 저 못된 녀석들이 훔쳐먹은 게 틀림없으니, 우리 그 스승 되는 당나라 화상에게 가서 따지기로 합시다!"

과수원을 나선 두 동자, 앞채 정전으로 달려가더니 당나라 스님에게 삿대질을 해가며 다짜고짜 욕설을 퍼붓기 시작했다.

"이 까까중 대머리 영감! 좀도둑 패거리! 남의 물건을 함부로 훔치고 시침을 뚝 떼고 앉아 있는 거야?"

"거지발싸개 같은 땡추중 녀석! 지저분하고 냄새나는 중놈아! 어디

서유기 제3권 139

서 빌어먹을 데가 없어 우리 것을 훔쳐먹는 거야?"

온갖 상소리에 지저분한 욕설을 구정물 퍼붓듯 쉴 새 없이 마구 덮어씌우니, 삼장 법사는 차마 듣기 어려워 정신이 하나도 없을 지경이다. 그래도 무엇 때문에 욕을 먹는지 알 턱이 없는지라, 저도 모르게 역정이 났다.

"이보시오, 선동들! 무엇 때문에 그다지 야단들이오? 할 말이 있거든 좀 차근차근 해도 될 것을, 그렇게 함부로 떠들어대지만 마시오."

그러자 청풍이 대뜸 반박을 한다.

"이 늙은이, 귀가 먹었나? 우리가 떠드는 소리가 들리지 않아? 남의 인삼과를 훔쳐먹고도 오히려 우리더러 떠들어댄다고?"

"인삼과라니, 그게 도대체 뭐요?"

삼장이 되물으니, 이번에는 명월이 지목을 했다.

"아까 가지고 와서 목을 축이라고 드렸더니, 당신은 갓난아이 같다면서 안 먹지 않았소!"

그 대답에 삼장은 대경실색을 했다.

"나무아미타불! 맙소사, 그거라면 보기만 해도 가슴이 뛰고 소름이 끼쳐 죽을 뻔했는데, 내가 그런 끔찍스런 물건을 훔쳐먹다니……! 아무리 걸신이 들렸어도 내가 그것을 도둑질할 리가 있겠소. 공연히 애매한 사람 의심하지 마시오."

삼장 법사가 변명을 하니, 청풍이 또 윽박지른다.

"당신은 훔쳐먹지 않았다 치더라도, 아랫것들이 훔쳐먹었을 수는 있잖소!"

"딴은 그럴 수도 있겠구려. 어디 내 제자들에게 물어보기로 합시다. 정말 훔쳐먹었다면 그 녀석들더러 물어내라고 하겠소."

삼장의 입에서 태평스러운 대답이 나오자, 명월이 펄쩍 뛰었다.

"물어내다니! 돈이 있다고 한들 그것을 어디 가서 사온단 말이오!"

"돈을 주고 사올 데가 없다면, 내 제자들더러 사과라도 드리게 하겠소. 속담에 '인정과 의리는 천금보다 값지다' 하지 않았소…… 물론 지금으로서는 그들이 꼭 그랬는지 안 그랬는지 알 수 없기는 하지만 말이오."

"왜 아니겠소! 방금 들으니까, 골고루 나눠 먹지 못했다고 투덜대고 있던데……."

그 말까지 들으니, 삼장은 더 이상 변명할 말이 없어 바깥에다 대고 고함쳐 제자들을 불렀다.

"얘들아! 모두 이리 오너라!"

스승이 부르는 소리를 듣고, 사화상이 먼저 찔끔 놀랐다.

"형님들, 이거 큰일났소! 큰일났어! 아무래도 들통이 난 모양이오. 사부님은 우리를 부르시고, 동자 녀석들은 마구 욕설을 퍼붓는 걸 보니, 우리가 한 짓이 어디서 새어나간 게 아니고 뭐겠소."

손행자는 입맛을 쩝쩝 다셨다.

"이것 참 꼬락서니가 창피스럽게 되었는걸! 먹는 음식 가지고 저렇게 따지고 들 게 뭐람. 아무튼 하찮은 음식이지만 자백을 했다가는 꼼짝없이 도둑놈이 되고 말 게 아닌가? 기왕에 이렇게 된 일이니, 우리 시침을 뚝 떼기로 하세!"

이 말에는 저팔계도 동감이다.

"그럽시다, 그래요! 시침을 뚝 떼고 버팁시다!"

이리하여 세 형제는 부엌을 나와서 앞채 정전으로 향했다.

이래서 동자들과 옥신각신 입씨름이 벌어질 판국인데, 과연 그들이 어떻게 시침을 떼고 버틸 것인지, 다음 회에서 풀어보기로 하자.

서유기 제3권   141

제25회 진원 대선은 경을 가지러 가는 스님을 뒤쫓아 잡고, 손행자는 오장관을 뒤엎어 난장판으로 만들다

이윽고 삼형제가 앞채 정전으로 나아가 천연덕스레 스승을 뵈었다.

"사부님, 저녁진지가 거의 다 되어갑니다. 무슨 일로 저희를 부르셨습니까?"

"얘들아, 저녁밥 얘기를 하려는 게 아니다. 이 도관에 인삼과라든가 뭔가, 꼭 갓난아이처럼 생긴 것이 있는데, 너희들 중에 누가 그것을 훔쳐먹었느냐?"

스승은 수심에 가득 찬 목소리로 물었다.

저팔계가 먼저 그 말을 받았다.

"저는 모릅니다. 본 적도 없는걸요!"

시침을 떼기는 뗐는데, 곁에 서 있던 원숭이 임금은 저도 모르게 웃음이 터져나오는 걸 참지 못한다.

그것을 본 청풍이 대뜸 손행자를 지목했다.

"저 사람이다, 저 사람 짓이야! 저걸 봐, 웃고 있잖아?"

손행자가 버럭 호통을 쳤다.

"이것들이, 무슨 소리야! 이 손선생은 태어날 적부터 이렇게 웃는 얼굴이다. 너희들이 무슨 과일인지 뭔지를 잃어버렸다고 해서 날더러 웃지도 말란 말이냐?"

왁살스러운 맏제자가 성내는 것을 보고, 삼장은 점잖게 타일렀다.

"얘야, 화를 내지 말아라. 우리는 출가인이 아니냐? 출가한 사람은 양심을 속이고 거짓말을 해서는 못쓴다. 저 사람들의 과일을 먹었거든 사실대로 먹었다고 얘기하려무나. 솔직히 얘기하고 예의를 갖추어 사과하면 될 것을, 그렇게 딱 잡아뗄 것이 어디 있겠느냐?"

스승이 하는 말을 가만 듣고 보니 과연 옳은 말씀이다. 손행자는 내친김에 이실직고를 해버리고 말았다.

"제게는 아무 잘못도 없습니다. 사실을 말씀드리면, 저 동자 두 녀석이 자기네 방에서 그 인삼과인지 뭔지 하는 것을 먹고 있었는데, 저팔계가 벽 하나를 사이에 두고 부엌에서 밥을 짓고 있다가 그 소리를 듣고 먹고 싶어했습니다. 그래서 이 손오공더러 맛 좀 보게 해달라고 조르기에, 제가 세 개를 따다가 한 개씩 나눠 먹었습니다. 그렇게 다 먹어버리고 없어진 것을 이제 와서 어쩌란 말입니까?"

그 말에 명월이 발끈했다.

"이 화상 봐라! 네 개씩이나 훔쳐먹고도 세 개밖에 안 훔쳤다는 거야?"

이번에는 저팔계가 끼어들었다.

"저런, 맙소사, 나무아미타불! 아니, 형님! 네 개를 훔치고도 우리한테는 세 개만 내놓은 거요? 나머지 한 개는 어쨌소? 형님 혼자서 염치없이 슬쩍 먹어치운 거 아니오?"

미련한 놈은 펄펄 뛰어가며 야단법석, 고래고래 악을 쓰기 시작했다. 얘기가 이렇게 되니, 도둑질한 것은 결국 사실대로 밝혀진 셈이다. 진상을 알게 된 두 동자 녀석은 점점 더 지독한 욕설을 퍼부으면서 삼장 일행 네 사람을 몰아붙였다. 아무리 남의 것을 훔쳐먹었기로서니 이렇듯 심한 수모를 당해본 적이 없는 제천대성 손오공, 귀 따갑게 들리는 욕설을 들으면 들을수록 창피스럽다 못해 화가 나서 도무지 견딜 수가 없었다. 어느덧 손행자의 입에서 강철 어금니가 뿌드득뿌드득 소리를

서유기 제3권 **143**

내고, 불덩어리 같은 화안금정(火眼金睛)이 딱 부릅뜬 고리눈으로 바뀌더니, 손에 잡고 있던 철봉 자루로 절구질하듯 땅바닥을 쿵쿵 내리찧기 시작했다.

'이 못된 놈의 동자 녀석들, 정말 밉살맞기 짝이 없구나! 사람을 맞대놓고 이렇게 심한 욕설을 퍼붓다니…… 좋다, 네놈들이 정 그렇게 고약하게 나온다면 나도 네놈들한테 고스란히 당하고만 있지는 않을 테다. 두고 봐라, 내가 '절후계(絶後計)'를 써서 네놈들이나 우리들이나 어느 누구도 먹지 못하게 만들어놓고야 말겠다!'

속으로 앙심을 품은 손행자, 그 자리에서 머리 뒤통수의 터럭 한 가닥을 뽑더니 '훅!' 하고 선기를 뿜어넣었다.

"변해라!"

거의 들리지 않을 만큼 나지막한 호통 한마디에, 터럭은 당장 또 다른 손행자로 변했다. 이래서 손행자는 가짜란 놈을 당나라 스님 앞에 저 오능, 사오정과 나란히 앉혀서 동자들의 욕을 얻어먹게 해놓고, 진짜 자신은 신통력을 발휘하여 눈에 보이지 않게 빠져나왔다. 그러고는 구름을 일으켜 타고 단숨에 인삼과나무가 있는 과수원으로 날아가더니, 여의금고봉을 뽑아들기가 무섭게 '후닥닥 뚝딱' 마구잡이로 휘둘러 치고, 여기에 또다시 산악을 허물어뜨리고 고갯마루를 옮겨놓는 신통력까지 써서, 인삼과나무를 단숨에 뿌리째 뽑아 쓰러뜨리고 말았다. 가련하게도 인삼과나무 잎사귀는 떨어지고 가장귀는 꺾였으며, 뿌리는 흙바닥 위로 드러나고 말았으니, 오장관 도사들이 목숨처럼 아끼던 보배 초환단(草還丹)은 이것으로 결딴나고 생명이 끊어진 것이 아닌가!

나무를 쓰러뜨린 손행자, 꺾인 가장귀 잎새를 헤쳐서 과일을 찾아보았으나 한 개는커녕 반개도 보이지 않는다. 그도 그럴 것이, 이 보배의 속성은 원래 금을 만나면 떨어지게 되어 있을 터, 금고봉의 양 끄트머리는 금 테두리를 둘렀을 뿐만 아니라 그것도 오금(五金)의 부류에 속하느니만큼 두들기면 떨어질 수밖에. 또 떨어져 내리다가 흙을 만났으니 그대로 잦아들 수밖에 더 있겠는가. 이래서 땅바닥에는 열매가 단 한 개도 남아 있지 않았던 것이다. 손행자는 빈손 털고 일어나면서 중얼거렸다.

"됐다, 됐어! 만사가 다 끝났으니, 피차 분풀이는 한 셈 아닌가!"

그는 철봉을 거두어 넣고 다시 앞채 정전으로 돌아갔다. 그리고 터럭을 한 번 흔들어 제 몸에 도로 붙여놓고 진짜 본신으로 형제들 틈에 섞여 앉았다. 그래도 범태 육골의 눈을 지닌 사람들은 전혀 낌새를 채지 못하였다.

한편에서 두 동자는 실컷 욕설을 퍼붓다가 제풀에 지쳐 나가떨어지고 말았다.

청풍이 사제에게 말했다.

"명월아, 이 화상들도 어지간히 지독한 사람들이다. 우리가 그토록 욕설을 퍼부어댔는데도 끄떡하지 않으니, 이야말로 수탉을 앞에 놓고 욕하는 게 차라리 낫겠다. 혹시 이 사람들이 인삼과를 훔쳐먹지 않았을지도 모르지 않아? 나무가 너무 높고 잎사귀가 빽빽해서 똑똑히 세어보지 못하고 억울한 사람들을 욕했는지도 모르겠다. 나하고 너하고 가서 다시 한번 조사해보자꾸나."

"그것도 그럴듯한 말씀이오."

두 동자는 다시 과수원으로 달려갔다. 한데 가서 보니, 이게 무슨 날벼락인가? 조금 전까지만 해도 멀쩡하게 서 있던 인삼과나무는 쓰러진 채 가장귀가 꺾여 늘어지고 열매 하나 없을 뿐 아니라 잎사귀마저 시든 채 떨어져 있는 것이었다. 기절초풍을 하도록 놀란 청풍은 두 다리가 후들후들 떨려 쓰러질 지경이요, 명월은 허리뼈가 빠진 해골처럼 흔들흔들, 너나 할 것 없이 혼비백산을 하고 말았다.

이 기막힌 노릇을 증명하는 시구가 있다.

삼장 법사 서쪽으로 만수산에 왕림하니, 손오공은 초환단을 결딴내버렸다.
가장귀는 꺾이고 잎사귀 떨어져 신령한 뿌리가 드러나니,
청풍 명월은 간담이 써늘해졌구나.

두 동자는 흙먼지 바닥에 쓰러진 채 제대로 말도 못 하고 버둥버둥, 연거푸 헛소리만 지를 따름이다.

"이 노릇을 어쩌면 좋으냐……! 어쩌면 좋으냐! 우리 오장관에서 단약 만드는 알짜를 망쳐버렸으니……, 어쩌면 좋으냐! 우리 선가에 자손 대대로 전해 내려오던 뿌리를 송두리째 결딴내고 말았으니, 스승님께서 돌아오시면 무슨 말로 변명해야 한단 말이냐?"

청풍 사형은 정신없이 넋두리를 늘어놓는데, 그래도 명월은 침착성이 있었다.

"형님, 떠들지 말고 진정하세요. 우선 옷매무새를 가다듬고 저 중 녀석들을 놀라게 하지 맙시다. 이런 끔찍한 짓을 저지른 놈은 분명히 저 털북숭이에 뇌공의 주둥이를 가진 녀석이 틀림없습니다. 그놈이 신출귀몰한 술법을 써서 우리 오장관의 보배를 이 모양으로 망쳐놓았을 겁니다. 이제 만약 우리가 그놈하고 시비를 따졌다가는 그놈이 딱 잡아뗄 테고, 잡아떼면 우리와 싸움이 벌어질 게 아니겠소? 싸움이 벌어지면 한바탕 치고받고 야단법석이 날 텐데, 형님도 생각 좀 해보시오. 우리 둘이서 저쪽 네 녀석을 무슨 수로 당해낼 수 있을 것 같소?

그제야 청풍도 정신을 가다듬고 사제에게 물었다.

"그럼 어떻게 하잔 말이냐?"

"시비를 따지거나 싸울 것 없이 그놈들을 슬쩍 눙쳐서 속여놓고, 안심을 시킨 다음에 아무 데도 못 달아나게 가두어버립시다."

"가두어놓다니, 무슨 재주로?"

"우선 그놈들한테 가서, 인삼과가 모자란 것이 아니라 우리들이 수를 잘못 셌노라고 사과부터 합시다. 그놈들의 저녁밥이 다 되었으니까, 밥을 먹을 때에 우리가 채소 반찬 몇 가지를 더 얹어서 주면 고맙게 받아먹을 것이 아니겠소? 그놈들이 밥그릇을 하나씩 들고 먹기 시작할 때, 형님은 문턱 왼쪽에, 나는 오른쪽에 서 있다가 왈칵 문짝을 닫아 잠가버리고 자물쇠를 채워서 놈들이 도망치지 못하게 하자는 겁니다. 드나드는 문이란 문마다 모조리 자물쇠를 채운다면, 제까짓 놈들이 어디로 빠져나가겠소? 그리고 스승님이 돌아오신 다음에 어떻게 하시든, 그야 스승님의 처분에 맡겨버리면 그만 아니겠소? 저 당나라 화상은 스승님의 옛 친구라니까, 용서해주시는 것도 스승님의 인정 쓰기에 달린 일이요, 용서치 않으시겠다면, 우리야 범인을 붙잡아놓았으니까 책임은 면할 게 아니겠소?"

그 말을 듣고 청풍은 연거푸 고개를 끄덕거렸다.

"그럴듯한 말이야! 일리가 있어! 우리 그대로 하세."

정신을 바짝 차리고 일어선 두 동자, 얼굴에 억지웃음을 띠면서 뒤꼍으로부터 앞채 정전으로 나오더니, 당나라 스님 앞에 허리를 깊숙이 구부려 사죄했다.

"노스님, 아까 너무 거칠게 막된 소리를 퍼붓고 실례가 많아 송구스럽습니다. 부디 저희 무례를 용서해주시고 언짢게 여기지 마시기 바랍니다."

영문 모르는 삼장이 물었다.

"아니, 그건 또 무슨 말이오?"

청풍이 대답했다.

"과일은 모자라지 않고 수대로 다 있습니다. 나무 잎사귀가 빽빽하게 들어찬데다 너무 높아서 자세히 볼 수가 없었던 것입니다. 방금 가서 다시 헤아려보았더니, 원래 있던 숫자가 맞더군요."

이 말을 듣고 저팔계는 신바람이 나서 발을 굴러가며 한바탕 꾸짖었다.

"요것들아, 어린 녀석들이 철딱서니 없게 아무것도 모르면서 그렇게 함부로 입에 담지 못할 온갖 악담에 욕설을 퍼붓다니, 우리를 얼마나 억울하게 몰아세웠단 말이냐? 그래 가지고는 네놈들 사람 노릇을 못 한다, 못 해!"

그러나 손행자의 생각은 달랐다. 입으로 말은 하지 않았지만, 동자 녀석들의 수작에 야로가 있음을 눈치채고 있었던 것이다.

'거짓말이다, 거짓말이야! 과일은 벌써 결딴이 난 지 오랜데, 어떻게 입에 침도 안 바르고 저따위 소리를 지껄인단 말인가······? 아무래도 무엇인가 기사회생하는 술법이 있는지도 모를 일이다······ 그게 아니라면······?'

삼장은 아무것도 모른 채 그저 고맙기만 했다.

"일이 그렇다니 잘됐소. 애들아, 저녁밥을 차려 내오너라. 우리 밥이나 먹고 떠나면 그만 아니냐."

저팔계가 밥을 푸러 나가고, 사화상은 식탁과 걸상을 끌어다가 자리잡아놓았다. 두 동자는 부랴부랴 채소 반찬을 꺼내오는데, 오이장아찌에 가지장아찌, 무절임, 콩자반, 연뿌리무침, 겨자무침 따위 반찬을 일고여덟 접시나 주욱 늘어놓고, 삼장 일행에게 밥을 맛있게 들라고 권

하였다. 그리고 다시 맛좋은 차 한 주전자를 끓여내다가 양편에 갈라서서 찻잔을 떠받쳐 들고 시중을 들었다.

삼장 일행 네 사람이 밥그릇을 막 집어들었을 때였다. 동자들이 느닷없이 한쪽에 하나씩 좌우의 문고리를 잡기 무섭게 왈칵 닫아버리더니, 굵다란 구리 자물쇠를 끼워넣고 철꺼덕 잠가버리는 것이 아닌가!

저팔계는 실없이 웃어가며 닫힌 문 바깥쪽을 향해 물었다.

"여봐, 동자들! 이게 뭐 하는 짓이야? 이 동네 풍습이 썩 좋지 못하군 그래. 문을 걸어 닫고 밥을 먹게 하다니, 자네들 역시 그런가?"

"그렇소, 그래! 진지를 다 드시거든 문을 열어드리죠!"

명월은 듣기 좋게 응대했으나, 성질 급한 청풍의 입에서는 욕설이 터져나왔다.

"이런 뻔뻔스런 도둑놈들, 남의 물건을 제멋대로 훔쳐먹고 주둥이만 놀리는 까까중 대머리 도둑놈들아! 우리 인삼과를 훔쳐먹은 것만 해도 남의 집 과수원 밭에서 닭 서리 과일 서리 한 죄를 범하였거늘, 그것도 모자라서 인삼과나무마저 쓰러뜨려 우리 오장관의 근본을 송두리째 망쳐놓고 무슨 잔소리를 늘어놓는 거냐? 너희 같은 놈들이 서천으로 가서 부처님을 뵙고 싶거든, 나이를 거꾸로 먹고 갓난아기가 되어서 요람을 타고 놀다가 어미 뱃속에 다시 태어나는 수밖에 없을 것이다!"

이 말을 듣고 삼장의 손에서 밥그릇이 툭 떨어졌다. 모처럼 홀가분해졌던 가슴은 또다시 커다란 바위 덩어리에 짓눌린 듯 무겁기만 하다.

일행이 넋을 잃고 멍청하니 앉아 있는 동안, 두 동자는 앞산 문, 뒷산 문 할 것 없이 모조리 꽝꽝 닫아걸고 자물쇠를 채웠다. 그리고 다시 앞채 정전으로 와서 말끝마다 '도둑놈'자를 섞어가며 온갖 욕설에 악담 저주를 퍼붓기 시작했다. 입에 담지 못할 욕설은 날이 어둑어둑 해질녘이 되어서야 겨우 그치고, 동자들은 저녁밥을 먹으러 갔다. 식사를 마친 그들은 잠을 자러 제 방으로 돌아갔다.

삼장의 원망은 맏제자에게 쏠렸다.

"이 못된 원숭이 녀석아! 어쩌자고 번번이 말썽을 일으키는 거냐? 남의 과일을 훔쳐먹었으면 아무리 화가 나더라도 꾹 참고 욕이나 몇 마디 얻어먹으면 그만이지, 그 사람들이 애지중지하는 나무까지 파헤쳐 쓰러뜨릴 것이 뭐란 말이냐? 만약에 이 일로 고소라도 당하는 날이면, 설령 네 아비가 재판관이 된다 하더라도 말이 안 통할 것이다."

그러나 손행자는 느긋하기만 했다.

"사부님, 떠들지 마십쇼. 동자 녀석들이 잠을 자러 갔으니까, 우리도 밤새워서 길 떠나기로 하죠."

"큰형님, 겹겹으로 난 문짝을 모조리 잠가버렸는데 어떻게 달아난단 말이오?"

사화상이 묻자, 그는 껄껄 웃어가며 이렇게 대답했다.

"상관없네, 상관없어! 이 손선생에게 방법이 있으니까, 괜찮네."

저팔계 역시 원망 섞인 말투로 핀잔을 주었다.

"누가 형님한테 방법이 없을까 봐 걱정하는 줄 아시오? 형님이야 슬쩍하면 무슨 벌레 새끼인가 뭔가 하는 놈으로 변신해서 창 틈으로 훌쩍 빠져 날아가버리면 그만이지만, 변신할 줄 모르는 우리들만 꼼짝없이 여기 갇혀서 경을 칠 게 아니겠소?"

그 말을 듣고 당나라 스님이 딱 부러지게 한마디 던졌다.

"만약에 저놈이 그따위 짓을 하고 저 혼자서 달아날 때에는 내가 그냥 둘 줄 아느냐? 우리를 데리고 빠져나가지 않았단 봐라, 내 당장 '구화아경(舊話兒經)'을 외우고야 말겠다! 그때 가서 네놈이 어떻게 견디나 두고 보자!"

스승이 악담 퍼붓는 모습을 보자, 저팔계는 겁도 나고 우습기까지 했다.

"사부님, 그게 무슨 말씀입니까? 저는 부처님의 가르침 가운데 『능엄경』 『법화경』 『공작경』 『관음경』 『금강경』이 있단 말은 들었지만, '구화아경'이란 경전은 금시초문입니다."

곁에서 손행자가 철없이 킬킬 웃었다.

"여보게 아우, 자넨 모를 걸세. 내 머리통을 꽉 씌운 이 테두리는 관음보살께서 사부님에게 하사하신 선물이라네. 사부님이 또 살살 꾀시기에 이것을 머리통에 썼더니, 마치 뿌리가 생긴 것처럼 꽉 끼어서 도무지 벗어버릴 생각은 꿈도 꾸지 못하게 되었네. 이것을 '긴고아주(緊箍兒咒)'라 부르고, 또 '긴고아경'이라고도 부른다네. 방금 사부님이 '구화아경'이라고 한 것이 바로 그것일세. 만약 이 주문을 외우시기라도 하는 날에는, 내 머리통은 당장 빼개질 듯이 아파져서 견딜 수가 없게 되네. 그래서 그 방법으로 날 혼내주려고 하시는 걸세."

여기까지 말한 손행자, 곁눈질로 스승의 눈치를 보았더니, 삼장의 얼굴빛은 점점 험상궂게 변하고 있었다. 그는 아차, 위험하구나 싶어 얼른 대비책을 세웠다.

"알았습니다, 사부님! 알았으니까 제발 그놈의 주문을 외우지는 마십쇼. 제가 어디 사부님을 배반하고 혼자 뺑소니칠 놈 같습니까? 무슨 일이 있더라도 우리 다 같이 빠져나가면 될 것 아닙니까?"

이러쿵저러쿵 얘기를 나누고 있는데, 어느덧 날이 저물고 하늘에 달이 덩그러니 떠올랐다.

손행자는 일행을 재촉했다.

"자아, 우리 서둘러 나갑시다! 온 세상이 고요해서 아무 소리도 나지 않고 달이 밝아 알맞은 때이니 지금 도망치기 딱 좋습니다."

"형님, 허튼수작 마시오. 문이 모두 잠겼는데 어디로 빠져나간단 말이오?"

저팔계가 투정을 부리자, 그는 철봉을 손에 잡고 꾸짖듯 대답했다.

"내 솜씨를 두고 보라니까!"

이윽고 손아귀에 잡힌 철봉을 비틀면서 자물쇠 푸는 '해쇄법(解鎖法)'을 쓰자, 신통하게도 철봉이 문 쪽을 가리키는 대로 '철꺼덕철꺼덕' 하는 소리와 함께 문틀 장식이 모조리 떨어져 나가면서 두 문짝이 벌컥벌컥 열리는 것이 아닌가!

그 광경을 바라보는 저팔계의 입이 헤벌어졌다.

"우와아! 형님 재주 참말 대단하네그려. 열쇠쟁이더러 손을 쓰라고 해도 이렇게 멋들어지고 빠를 수가 없겠는걸!"

"이까짓 문짝 여는 것쯤 가지고 뭐 그리 대단하다는 거야? 하늘의 남천문도 철봉으로 가리켰다 하면 활짝 열릴 텐데……."

손행자는 스승을 문밖으로 모셔내다 마상에 올려 태우고, 저팔계는 어깨에 등짐을 졌다. 사화상은 말머리 앞에 고삐를 쥐고 앞장서서 곧장 서쪽으로 길을 잡아 나아갔다.

이때, 손행자가 무슨 생각이 들었는지, 일행을 멈춰 세웠다.

"가만있거라……! 모두들 천천히 가게. 이 손선생이 냉큼 가서 저 동자 녀석들을 한 달쯤 푹 잠들어 있도록 만들어놓고 오겠네."

삼장은 그가 동자들에게 또 무슨 짓을 저지를지 걱정스러워 당부를 한다.

"얘야, 가더라도 목숨을 해쳐서는 안 된다. 그런 짓을 하면 남의 재물을 빼앗은 죄목에 인명까지 해쳤다는 죄를 더 짓는 것이다."

"예에, 알았습니다!"

시원시원하게 대답한 손행자, 오장관 산문 안으로 다시 들어가더니 뒤꼍으로 돌아서 동자들이 잠자는 방문 밖에 이르렀다. 아무도 몰랐으나 그는 허리춤에 잠벌레를 지니고 있었다. 이 '갑수충(瞌睡蟲)'이란 잠벌레는 오래전 그가 하늘에서 동천문을 지키고 있던 증장천왕(增長天王)[1]과 손바닥 안에 감춘 잣, 연밥, 수박 씨 같은 물건의 수나 빛깔을 알아맞히는 시매(猜枚)[2]놀이에 이겨서 딴 것이었다. 그는 잠벌레 두 마리를 끄집어내다가 손톱 끝에 올려놓고 창 틈으로 퉁겨보냈다. 잠벌레 두 마리는 정확하게 두 동자의 얼굴에 한 마리씩 떨어지더니 잽싸게 발을 놀려 얼굴 위로 달려갔다. 이윽고 드르렁드르렁 코를 고는 소리가 요란하게 들리더니, 곤한 잠에 푹 빠져든 그들은 두 번 다시 깨어날 생각을 하지 않았다.

발길을 되돌려 당나라 스님 일행을 뒤쫓아간 손행자, 시침을 뚝 떼고 또다시 탄탄대로를 따라서 곧바로 서쪽을 향해 전진했다.

삼장 일행은 그 밤을 지새고 날이 밝을 때까지 말발굽을 멈추지 않고 쉴 새 없이 치달렸다. 마상에서 삼장은 밤새도록 그치지 않고 투덜거렸다.

"너 이 못된 원숭이 녀석아! 나를 못 살게 굴다 못해 아예 죽일 참이로구나. 네놈이 주둥아리를 놀린 덕분에, 밤새도록 한잠도 못 잤다!"

"자꾸 원망만 하지 마십쇼. 날이 밝아오니, 길가 숲속에서라도 잠시 눈을 붙이시고, 정신을 가다듬어 다시 떠나면 되지 않습니까."

삼장은 할 수 없이 말에서 내려섰다. 그리고 소나무 뿌리 밑동을 참선대 삼아 가부좌를 틀고 앉았다. 사화상은 짐짝을 부려놓고 기대어 앉아서 꾸벅꾸벅 졸기 시작했다. 저팔계는 돌베개를 베고 아예 잠들었으

---

[1] 증장천왕: 불교 사대 천왕(四大天王)의 하나. 제4회 주 1 '증장천왕⋯⋯ 대력천정' 참조.
[2] 시매: 술자리에서 행하는 놀이의 한 가지. 손에 수박·호박 따위의 씨나 연밥·잣·바둑돌 같은 것을 쥐고 그것의 수량이나 빛깔 또는 짝수·홀수 등을 알아맞히게 하는 놀이. 가위바위보와 같은 시권(猜拳) 또는 획권(劃拳) 놀이도 여기에 포함된다.

나, 손행자는 가슴이 후련하도록 기분 좋아서 나무 꼭대기로 뛰어올라 이편저편 나뭇가지를 휘어잡으면서 장난질을 치는 데 정신이 팔렸다.

이렇게 해서 일행 네 사람이 제각기 자리잡고 한숨 푹 쉰 것은 얘기하지 않기로 한다.

한편, 진원 대선은 원시 천존궁에서 모임이 끝나자, 젊은 제자 신선들을 거느리고 두솔궁(兜率宮)을 떠나 요천(瑤天) 아래로 상서로운 구름을 내려뜨려, 벌써 만수산 오장관에 돌아왔다. 그런데 문턱에 당도하고 보니, 도관 정문이 활짝 열리고 땅바닥은 빗자루로 말끔하게 쓸려 있다. 진원 대선은 무척 흐뭇하여 칭찬을 아끼지 않았다.

"청풍하고 명월 두 녀석은 이제 보니 역시 쓸모가 있군 그래. 여느 때 같으면 아침해가 서너 발이나 떠오르도록 방구석에서 기지개도 켜지 않던 녀석들이었는데, 오늘 우리가 없으니까 웬일로 일찌감치 일어나서 대문 열고 마당까지 깨끗이 쓸어놓았으니 말이야!"

후배의 부지런함을 보고 선배 격인 젊은 산선(散仙)들도 모두 기뻐했다.

그런데 정전에 이르고 보니, 이건 또 웬일인가? 향불도 올리지 않았고 인기척 하나 없이 도관 전역이 쥐 죽은 듯 고요하기만 할 뿐, 청풍 명월 두 동자 녀석은 도대체 어디로 갔는지 그림자도 보이지 않는다.

여러 제자들은 송구스러워 이렇게 여쭈었다.

"저희가 없는 사이 두 녀석이 무엇인가 훔쳐 가지고 달아난 게 아닐까요?"

"그럴 리가 있나! 선도를 닦는 사람이 어찌 그런 못된 심보를 가질 리가 있겠느냐? 아마도 어젯밤에 문단속하는 것을 잊어버리고 그냥 잠들었다가, 오늘 아침에 아직 일어나지 못한 모양이다."

진원 대선은 어린 동자들을 너그럽게 역성들어주었다. 젊은 제자들은 청풍 명월이 거처하는 방으로 달려갔다. 문턱에 다다르고 보니, 문짝은 단단히 잠기고 안에서는 기왓장이 들썩거리도록 드르렁드르렁 코를 고는 소리가 들려온다. 그리고는 바깥에서 아무리 악을 쓰고 외쳐 불러도 곤한 잠에 빠진 청풍 명월은 좀처럼 깨어나는 기척이 없었다. 사형들이 문짝을 부수고 들어가 두 동자를 침상 아래로 끌어내렸으나 두 동자는 여전히 깨어날 줄 몰랐다.

스승은 어처구니가 없어 웃음이 절로 나왔다.

"이런 녀석들 봤나! 신선이 되겠다는 놈이라면 정신이 긴장되어 잠잘 생각도 나지 않을 터인데, 아무리 고단해도 이렇게 잠들 수가 있나? 안 되겠다, 누군가 이 아이들에게 무슨 농간을 부린 모양이다. 얘들아! 빨리 물을 떠오너라!"

다른 동자 하나가 냉큼 나가서 물 반잔을 떠가지고 와서 스승에게 올렸다. 진원 대선은 주문을 외우고 물 한 모금 입에 머금더니 두 동자의 면상에 확 뿜어주었다. 그제야 잠벌레가 달아났는지, 두 동자는 비로소 잠에서 깨어나 두 눈을 번쩍 뜨고 두 손으로 얼굴을 쓰윽쓱 문질렀다.

가까스로 정신을 차린 청풍 명월, 고개를 들고 바라보니, 눈앞에 스승 진원 대선과 여러 사형들을 비롯하여 도관에서 일하는 사람들까지 몰려와서 자기 두 사람을 둘러싼 채 굽어보고 있는 것이 아닌가! 기절초풍을 하도록 놀란 청풍 명월은 그 자리에 무릎 꿇고 엎드려 이마를 조아렸다.

"사부님……! 사부님의 옛 친구가 되신다는 그 '동녘 땅에서 왔다는 화상' 말입니다…… 그들은 중이 아니라 순전히 떼강도였습니다……! 얼마나 흉악하고 무서운 놈들인지 말씀도 못 드리겠습니다, 사부님……!"

진원 대선은 미소를 띠었다.

"겁내지 말고 천천히 말해보거라."

스승의 분부에, 청풍이 자초지종 사연을 아뢰기 시작했다.

"사부님께서 떠나신 지 얼마 안 있어, 과연 동녘 땅에서 왔다는 당나라 화상이 나타났습니다. 일행은 네 사람, 백마 한 필까지 합쳐 모두 다섯이었습니다. 저희는 사부님의 명을 거역할 수 없어 당부하신 대로 이곳까지 오게 된 사연을 묻고 인삼과 두 개를 따서 드렸습니다. 하오나 그 스님은 세속의 안목에 우매한 마음을 지닌 사람이라, 우리 선가의 보배를 알아보지 못하고 태어난 지 사흘도 안 된 갓난아기라 하면서 손끝도 대려 하지 않았습니다. 아무리 두 번 세 번 거듭 설명하고 권했으나 끝내 듣지 않기에, 하는 수 없이 저희가 한 개씩 나누어 먹고 말았습니다. 그런데 뜻밖에도 그 문하에 제자 셋이 있었습니다. 하나는 성이 손이요, 이름을 행자 오공이라 하는데, 그자가 먼저 과일을 네 개씩이나 훔쳐먹었습니다. 저희가 시비를 따져가며 몇 마디 했더니, 그자는 사과하기는커녕 도리어 신출귀몰하는 술법을 써서…… 아이고 분해라……! 이 노릇을 어쩌면 좋습니까, 사부님! 저희들은 정말 괴로워서 견딜 수가 없습니다……!"

여기까지 말하고 나서 두 동자는 목이 메었는지 턱밑으로 그칠 새 없이 눈물만 뚝뚝 떨구었다.

"그 중 녀석이 너희들을 때리더냐?"

선배들이 묻자, 명월이 대답한다.

"때리지는 않았습니다만……, 우리 인삼과나무를 뿌리째 뽑아 쓰러뜨렸습니다."

그 말을 듣고도 대선은 별로 노하는 기색 없이 좋은 말로 동자들을 달랬다.

"울지 마라, 울 것 없다! 너희들은 그 손가 놈을 모르겠지만, 그 역시 태을산선(太乙散仙)에 속하는 인물로서, 옛날에 천궁을 뒤집어엎었을 만큼 신통력이 크고 너른 작자다. 보배 나무는 어차피 결딴났으니 접어두기로 하고, 그 화상들을 찾으면 네가 알아볼 수 있겠느냐?"

"예, 모두 알 만합니다."

청풍이 대답하자, 진원 대선은 뭇 제자들에게 분부를 내렸다.

"알아볼 수 있다니, 됐다. 너희 두 녀석은 날 따라나서고, 다른 제자들은 형구(刑具)를 모두 갖추어놓고 내가 돌아올 때까지 기다리고 있거라. 붙잡아오는 대로 문초해야겠다."

제자들이 명을 받고 흩어졌다. 진원 대선은 청풍 명월만을 데리고 즉시 상광을 일으켜 타고 삼장 일행을 뒤쫓았는데, 얼마나 빠른지 눈 깜짝할 사이에 1천 리나 되는 먼 길을 치달렸다. 진원 대선은 구름 끝에 서서 서쪽 방향을 두루 살펴보았으나 당나라 스님의 종적은 보이지 않았다. 그래서 다시 동녘으로 고개를 돌리고 보았더니, 9백여 리나 앞질러 온 것을 깨달았다. 애당초 삼장 일행이 밤새도록 쉬지 않고 말을 치달려 달아났더라도 고작 120리 길밖에 오지 못했던 것이다. 그는 구름을 동쪽으로 되돌려 단숨에 9백여 리를 날아갔다.

"사부님, 저 길 곁 나무 그늘 아래 앉아 있는 것이 그 당나라 화상입니다!"

동자가 마침내 목표를 찾아냈다.

"그래, 나도 벌써 보았다. 너희 둘은 이제 돌아가서 밧줄을 준비해놓고 있거라. 나 혼자서 저자들을 붙잡아갈 테니……."

청풍 명월이 한발 앞서 돌아간 것은 말할 나위도 없다.

진원 대선은 구름머리를 지그시 눌러 지상에 내려서더니, 몸 한 번 꿈틀하는 사이에 어느덧 행각 도사로 변신해 있었다. 떠돌이 도사의 차림새가 과연 어떠했는지 이런 시가 있다.

일신에는 누덕누덕 기운 백납포(百衲袍) 한 벌,
허리에는 강태공(姜太公)이 즐겨 썼다는 한줄기 여공조(呂公絛)를 둘렀다.
한 손으로 먼지떨이 주미(麈尾)³를 흔들고,
다른 한 손으로는 어고(漁鼓)를 가볍게 두드린다.
코가 셋으로 갈라진 짚신을 발에 꿰었는가 하면,
구양건(九陽巾) 보자기로 머리를 감쌌다.
산들바람이 소맷자락 가득 채워 나부끼고, 입으로 달 노래를 소리 높여 부른다.

그는 곧바로 나무 그늘 아래 당도했다.
"장로님! 빈도가 문안 인사 드립니다."
느닷없이 나타난 행각 도사의 수작에, 삼장은 부랴부랴 답례를 건넸다.
"아아, 죄송합니다. 이쪽에서 미처 알아뵙지 못해 실례했소이다."
진원 대선이 물었다.
"장로님은 어디서 오시는 길입니까? 무슨 일로 도중에 앉아 계시는지요?"
"소승은 동녘 땅 대 당나라 조정에서 칙명을 받고 파견되어 경을 가지러 가는 사람입니다. 도중에 이곳을 지나치다가 한숨 돌리려고 이렇게 다리 참을 쉬고 있습지요."
진원 대선은 짐짓 의아스런 시늉을 하면서 다시 물었다.

---

3 주미: 고라니의 꼬리털로 만든 파리채 또는 먼지떨이, 총채 같은 것. 제자 앞의 스승이나 담론(談論)하는 사람이 청중 앞에서 이것을 가지고 지시하며 가르쳤다고 한다.

"동쪽에서 오셨다면 빈도가 거처하는 산을 지나쳐 오셨겠군요?"

"어느 보산에 계신지 모릅니다만……."

삼장이 말을 더듬자, 진원 대선은 대뜸 거처를 일깨워주었다.

"만수산, 오장관! 그곳이 바로 빈도가 거처하는 도관이외다."

그 말을 들은 손행자, 상대방이 무엇인가 내력이 있는 인물임을 깨닫고 재빨리 스승의 대답을 가로챘다.

"천만에! 천만의 말씀을 다하십니다그려! 우리는 거기 들른 적이 없소이다. 저편 윗길로 왔으니까……."

진원 대선은 손행자를 손가락질하면서 껄껄 웃었다.

"이 고약한 원숭이 놈아! 누굴 속이려고? 네가 우리 오장관에서 인삼과나무를 쓰러뜨려 결딴내놓고, 여기까지 야반도주를 하고도 아니라고 잡아뗄 셈이냐? 꼼짝 말고 게 섰거라! 나하고 같이 돌아가서 우리 나무를 살려내라!"

손행자는 이 말을 듣고 속에서 울화가 발끈 치밀었다. 얘기는 그뿐, 어느새 꺼내들었는지 저 무서운 철봉이 불문곡직, 다짜고짜로 진원 대선의 머리통을 후려갈기고 있었다. 진원 대선은 슬쩍 옆으로 피하더니, 상광을 딛고 허공으로 날아올랐다. 손행자 역시 구름을 일으켜 타고 급박하게 뒤쫓았다.

이윽고 진원 대선이 반공중에서 행각 도사의 모습을 지우고 본색을 드러냈다.

　　머리에는 자금관(紫金冠), 몸에는 무우학창의(無憂鶴氅衣).
　　두 발에는 가죽신을 신고, 허리춤에는 실로 꼰 띠를 동여맸다.
　　체구는 동자의 모양새나, 얼굴은 미녀의 그것보다 더 곱고 아리땁다.

턱밑의 세 갈래 수염은 바람결에 나부끼고,
갈가마귀 날개처럼 시커먼 귀밑머리는 사면팔방 휘날린다.
손행자의 철봉에 맞아 싸울 병기가 없어,
옥으로 다듬은 먼지떨이만을 빙글빙글 돌려 가로막는다.

왁살스러운 손행자는 위아래 가릴 것 없이 마구잡이로 철봉을 후려쳤다. 진원 대선은 먼지떨이로 이리 막고 저리 막고 2, 3합쯤 맞아 싸우다가 갑작스레 '수리건곤(袖裏乾坤)'이란 술법을 써서 구름 끄트머리에 선 채로 도포 소맷자락을 맞바람결에 가볍게 펼쳐내더니, '쏴아아!' 하는 소리와 함께 앞으로 휩쓸어내어 삼장 법사 일행 네 사람과 백마에 안장 짐짝까지 한꺼번에 도매금으로 소맷자락 속에 싸잡아 넣었다.

멋도 모르고 휩쓸려 들어간 저팔계가 깜짝 놀라 소리쳤다.

"아뿔싸, 큰일났구나! 우리가 지금 어디 갇힌 거야? 형님, 이거 마대 자루 속이 아니오?"

"이 바보 멍청이 같으니, 이건 마대 자루가 아니라 소맷자락 속에 갇힌 거야."

"소맷자락 같으면 아무것도 아니지! 내가 이 쇠스랑으로 콱 찍어서 구멍을 뻥뻥 뚫어놓을 테니 그리로 빠져나갑시다. 그럼 이 도사 녀석은 자기가 조심성이 없어 우리를 가둬놓지 못하고 빠뜨린 줄 알 것이 아니겠소!"

미련퉁이 바보는 쇠스랑을 들고 닥치는 대로 여기저기 신바람 나게 마구 찍어대기 시작했다. 그러나 어떻게 된 노릇인지, 아무리 내리찍어도 구멍은 한군데도 뚫리지 않았다. 손으로 더듬어보기에는 부드럽기 짝이 없는 천인데, 쇠스랑 아홉 이빨로 찍으면 강철보다 더 단단하게 굳어져버리는 것이다.

포로들이 안간힘을 쓰는 동안, 진원 대선은 상운(祥雲)을 되돌려 오장관에 내려앉았다.

"얘들아, 밧줄을 가져오너라!"

준비하고 있던 제자들이 일제히 달려와 시중을 들었다. 그는 소맷자락 속에서 마치 허수아비를 잡아내듯이 삼장을 꺼내더니 제자들을 시켜 정전 섬돌 기둥에다 비끄러매게 하고, 다시 손행자와 저팔계, 사화상을 차례차례 끄집어내어 말뚝 한 개에 한 사람씩 묶어놓은 다음, 백마까지 꺼내어 뜰에 매놓고 친절하게 말먹이를 던져주어 먹였다. 그리고 마지막으로 꺼낸 짐짝은 복도 한구석에 던져놓았다.

"얘들아, 이 화상은 출가한 사람이니, 창칼 따위로 다쳐서는 못 쓴다. 큰 도끼 작은 도끼질로 죽여서는 더욱 안 된다. 채찍을 가져오너라. 내가 인삼과를 결딴낸 분풀이로 흠씬 두들겨주어야겠다!"

스승의 분부가 떨어지기 무섭게 제자들이 채찍을 한 자루 가져왔는데, 그것은 쇠가죽으로 만든 것도 아니고 양가죽도 아니요, 고라니 가죽도, 송아지 가죽도 아닌 용의 가죽을 겹겹으로 꼬아 만든 칠성편(七星鞭)이었다. 제자들은 그 채찍을 물통 속에 담가 축축하게 불려놓고 스승의 명령이 떨어질 때만을 기다렸다.

이윽고 힘깨나 씀직해 보이는 제자 하나가 채찍을 들고 여쭈었다.

"사부님, 어떤 놈을 먼저 때릴까요?"

"오냐, 당나라 삼장은 웃어른이 되어 가지고 아랫것들을 다스리지 못했으니, 저자를 먼저 쳐라!"

손행자가 그 말을 듣고 속으로 생각했다.

'우리 화상이 늙은 몸으로 매질을 어떻게 견뎌낼꼬? 저 채찍으로 한 대만 얻어맞아도 끝장나고 말 텐데…… 일을 저지른 것은 결국 내가 아닌가? 안 되겠다, 내가 나서야지…….'

손행자는 더 이상 참을 수가 없어 입을 열고 소리쳤다.

"여보시오, 도사 나오리! 그건 잘못 생각하신 거요. 과일을 훔친 것도 나요, 먹은 사람도 나요, 나무를 쓰러뜨린 것도 나였소. 그런데 어째서 나를 먼저 때리지 않고 죄 없는 그분을 때린다는 거요?"

진원 대선이 웃으면서 고개를 끄덕끄덕했다.

"이 못된 원숭이 녀석이 그래도 큰소리 한번 탕탕 잘 치는구나! 오냐 좋다, 정 그렇다면 저놈부터 먼저 때려라!"

채찍을 든 제자가 다시 묻는다.

"몇 대를 칠까요?'

"과일 수대로 서른 대만 쳐라!"

제자는 채찍을 휘둘러 호되게 내리치기 시작했다. 손행자는 선가의 형벌이 얼마나 매서운지 모르는 터라, 은근히 겁을 집어먹고 어느 부위를 때릴 것인지 두 눈을 크게 뜨고 '형리(刑吏)'의 눈치부터 살폈다. 채찍은 넓적다리를 겨냥하고 있었다. 그는 남몰래 허리를 꿈틀거리면서 속으로 주문을 외웠다.

"변해라!"

그랬더니 두 다리는 불에 달군 무쇠 덩어리로 바뀌어 번들번들 윤기마저 감돌았다. 손행자는 느긋하게 형벌을 기다렸다. 대비책을 세워놓았으니 이제 걱정할 것은 하나도 없다. 오냐, 어디 때리고 싶은 대로 실컷 때려보려무나!

칠성편을 든 제자가 한 대 또 한 대, 착실하게 매질하여 30대를 다 치고 나니, 어느덧 해는 중천에 떠올라 정오가 되었다.

채찍질이 끝나기를 기다렸던 진원 대선이 또 명령을 내린다.

"아무래도 안 되겠어. 역시 삼장을 쳐라! 제자 녀석들을 엄격하게 가르치지 않아서 제멋대로 버르장머리 없는 짓을 저지르게 했으니 말이다."

제자가 다시 채찍을 휘두르며 삼장을 때리려 덤벼들었다. 이때 손행자가 또 소리쳤다.

"도사 나으리, 또 잘못하시는군! 과일을 훔쳤을 때, 우리 사부님은 알지도 못하셨소. 앞채 정전에서 두 동자 녀석들과 한가롭게 얘기를 나누고 계셨으니 말이오. 다시 말하지만 이건 모두 우리 형제들끼리 꾸며낸 일이었소. 설령 우리를 엄격하게 가르치지 못한 죄를 따진다 하더라도, 제자 된 입장에서 사부님 대신 매를 맞아야 옳지 않겠소? 어서 날 더 때리시오."

진원 대선은 속으로 감탄을 금치 못하면서 이렇게 말했다.

"요 고약한 원숭이 녀석 봐라? 비록 교활하고 짓궂은 놈이긴 하다만, 제법 효성스러운 면도 갖추었구나. 좋다, 네 뜻이 정녕 그렇다면 소원대로 해주마. 애들아, 저놈을 더 쳐라!"

채찍을 잡은 제자가 또다시 손행자에게 채찍질 30대를 안겼다. 손행자는 머리를 숙이고 아랫도리를 굽어보았다. 얼마나 후려쳤는지 두 넓적다리가 거울처럼 반들반들해졌는데도 아프기는커녕 가려운 느낌도 들지 않았다.

어느덧 해가 저물자, 진원 대선은 제자들에게 분부를 내렸다.

"채찍을 일단 물통에 담가두어라. 내일 아침에 다시 끌어내다 때리기로 하자."

형 집행을 맡았던 제자가 칠성편을 물통에 담가두었다. 그리고 동료 사형 사제들과 함께 제각기 숙소로 돌아갔다. 저녁을 마친 그들이 침소에 들어 편안히 쉰 것은 더 말할 나위도 없다.

썰렁하게 텅 빈 마당에서, 삼장은 눈물을 뚝뚝 흘려가며 제자들을 원망했다.

"이것들아! 불집은 너희들이 쑤셔놓고 나까지 이렇게 죄를 받게 하다니, 이게 도대체 어떻게 된 노릇이냐?"

"원망일랑 하지 마십쇼. 매를 때려도 저부터 먼저 때리지 않았습니까? 사부님은 한 대도 얻어맞지 않으셨는데, 웬 엄살을 그렇게 부리고 야단을 치십니까?"

"매를 맞지는 않았다 하더라도 이렇게 꽁꽁 묶여 있으니 아파 죽겠기에 하는 말이다."

맏제자의 대구에 투덜투덜 불평을 늘어놓는데, 막내 사화상이 한마디를 더 보탠다.

"사부님, 도매금으로 묶인 사람이 여기 또 있습니다."

손행자는 막내에게 버럭 호통을 쳐서 입막음을 했다.

"떠들지 말고 가만히 있게! 조금 있으면 빠져나가게 될 테니까."

이번에는 저팔계가 코웃음을 쳤다.

"에이, 형님! 또 그런 허풍을 떠는 거요? 이렇게 삼 밧줄로 친친 동여맸는데 무슨 수로 빠져나간단 말이오? 방 안에서 열쇠쟁이 '해쇄법'으로 문을 열어 가지고 달아날 때처럼 일이 그렇게 수월하게 풀릴 줄 아시오?"

"자랑이 아니네만, 이따위 세 겹으로 꼰 삼 밧줄에다 물을 축인 것쯤이야 나한테는 문제가 안 되네. 밥사발 대접만큼이나 굵다란 종려나무 줄기로 만든 밧줄이라 해도, 내가 풀기로 마음먹는다면 추풍낙엽이라니까!"

이런저런 얘기를 나누고 있는 동안에, 사방 천지는 쥐 죽은 듯이 고요하기만 하다. 바야흐로 만뢰 구적, 하늘도 땅도 잠잠하고 인기척 하나 들리지 않는 시각이다.

손행자는 벌써 몸을 옴츠려 결박에서 빠져나와 삼장 앞으로 다가서고 있었다.

"사부님, 떠납시다!"

"형님, 우리들도 좀 구해주시오!"

사화상이 당황해서 소리쳤다.

"쉬잇! 떠들지 말고 조용히하라니까! 가만히들 있게."

손행자는 스승의 결박부터 풀어준 다음, 저팔계와 사화상을 차례차례 풀어주었다. 이윽고 흐트러진 옷매무새를 가다듬은 일행이 도망칠 채비를 갖추었다. 그들은 말고삐를 꼭 붙잡고 살금살금 복도로 가서 짐짝을 챙겨 떠메고 일제히 오장관을 빠져나갔다. 산문 밖으로 나선 손행자가 퍼뜩 무슨 생각이 들었는지 저팔계를 불러세웠다.

"자네, 저 언덕 가에 가서 버드나무 네 그루만 베어 가지고 오게."

"그건 또 무엇에 쓰시려오?"

"쓸 데가 있어! 냉큼 가서 베어오라니까."

이 미련한 녀석이 뚝심 하나만은 장사인지라, 사형의 꾸중을 듣기가 무섭게 벼랑 아래로 달려가더니 버드나무를 한입에 한 그루씩 덥석덥석 물어 쓰러뜨린 다음, 단숨에 네 그루를 두 팔로 껴안아 돌아왔다. 손행자는 우선 나뭇가지를 모조리 쳐내더니 두 아우를 시켜 그것을 다시 정전 앞마당으로 가져가서, 똑같은 밧줄로 버드나무 줄기를 사람처럼 한 말뚝에 한 그루씩 결박지어놓게 했다. 그리고 주어를 외우면서 혀 끝을 깨물어 그 피를 버드나무에 뿜어보냈다.

"변해라!"

호통 소리 한마디에, 버드나무 한 그루는 어느새 삼장 법사로, 또 한 그루는 손행자 자신으로, 그리고 나머지 두 그루는 저팔계와 사화상의 모습으로 감쪽같이 바뀌어 있었다. 기막힐 정도로 절묘한 술법, 생김새만 똑같을 뿐 아니라 얼굴 모습에 표정도 빼어 박듯이 닮았고, 게다가

산 사람처럼 말도 할 줄 알고 이름을 부르면 대답할 줄도 알았다. 일이 다 끝나자, 그는 아우들을 데리고 걸음을 빨리 하여 스승의 뒤를 쫓아갔다. 그리고 이날 밤도 전과 같이 쉬지 않고 밤새도록 말을 치달려서 오장관 경내를 멀찌감치 피해 달아났다.

날이 밝을 무렵, 당나라 스님은 안장 위에서 꾸벅꾸벅 졸고 있었다. 손행자가 그 모습을 보고 소리쳐 깨웠다.

"사부님, 이러시면 안 되는데요! 출가하신 분이 이 정도 고생쯤 가지고 어째 이렇게 맥을 못 추십니까? 이 손오공은 천 날 밤을 자지 않아도 피곤한 줄 모르는데요. 아무래도 안 되겠군, 잠깐 말에서 내리십쇼. 길을 오가는 사람들이 보면 웃음거리가 되지 않게, 저 산비탈 아래 바람막이 아늑한 곳으로 가서서 잠깐 쉬었다 떠나도록 하시죠."

이리하여 스승과 제자들은 도망길 도중에 잠시 다리 참을 쉬었다.

한편, 진원 대선은 날이 새기가 무섭게 일어나 부지런히 조반을 들고 전상(殿上)에 올랐다.

"칠성편을 가져오너라! 오늘은 당 삼장을 때려야겠다."

젊은 제자가 채찍을 휘두르면서 삼장 법사를 바라보고 말했다.

"당신을 때리겠소!"

그러자 버드나무 삼장이 천연덕스럽게 대꾸했다.

"때려라."

이윽고 '철썩, 철썩!' 매질이 시작되고 그것은 30대를 세고 나서야 끝이 났다. 제자가 다시 채찍을 휘두르며 저팔계 쪽으로 걸음을 옮겼다.

"이번에는 너를 때리겠다!"

버드나무 저팔계도 한마디로 대꾸했다.

"때리려무나."

그 다음에는 막내 사화상 차례다. 버드나무 사화상 대꾸 역시 한마디로 '때려라!'였다.

마지막으로 또다시 손행자 차례가 되었는데, 이 무렵 오장관에서 멀찌감치 벗어난 진짜 손행자는 도중에 저도 모르게 오싹하고 소름이 돋는 것을 느꼈다.

"아뿔싸……!"

"왜 그러느냐?"

삼장이 묻는다.

그는 몸을 부들부들 떨면서 스승에게 대답했다.

"우리가 오장관을 빠져나오기 직전에, 버드나무 네 그루를 베어다가 우리 일행 네 사람의 모습으로 변신시켜 말뚝에 묶어놓았습니다. 그때 생각이, 저는 어제 두 차례나 매질을 당했으니까, 오늘은 저를 때리지 않을 것으로 예상했습니다. 그런데 저 녀석들이 오늘도 바꿔치기해 놓은 제 화신(化身)을 또 때리고 있으니, 진짜 본신(本身)이 떨려서 견딜 수가 없습니다. 이렇게 된 바에야 술법을 거두어들이는 길밖에 없겠습니다."

손행자는 황급히 주문을 외워서 술법을 거두어들였다.

한편 채찍질을 하던 오장관의 젊은 제자, 칠성편을 내던지고 스승 앞에 달려가서 보고를 올렸다.

"사부님, 큰일났습니다! 첫번째로 당나라 화상을, 그 다음에는 저 팔계, 사화상을 차례로 때리고, 이번에는 마지막으로 손행자를 때렸는데, 이제 보았더니 모두들 사람이 아니라 버드나무 뿌리였습니다!"

진원 대선이 그 말을 듣고 껄껄껄 코웃음을 치면서 찬탄을 아끼지 않았다.

"손행자, 정말 굉장한 원숭이 임금이로구나! 일찍이 그 친구가 천궁을 크게 뒤엎었을 때, 천병 십만 명이 천라지망을 깔았어도 그놈을 어떻게 붙잡지 못하였단 소문을 들었는데, 과연 일리가 있었군 그래. 흐흠, 네 녀석이 달아나면 달아났지, 어째서 여기다 버드나무를 저 대신 결박지어놓고 내 눈마저 속이려 든단 말인가? 내 결단코 용서할 수 없다! 오냐, 기다려라. 내가 뒤쫓아가마!"

말을 마치기가 무섭게 진원 대선은 벌써 구름을 휘몰아 서쪽으로 치닫고 있었다. 구름 아래를 바라보니, 삼장 일행 넷이서 짐을 짊어지고 말을 몰아가며 아무런 일도 없었다는 듯이 천연덕스레 길을 걷고 있다. 진원 대선은 구름을 낮추면서 큰 소리로 호통쳐 그들을 불러세웠다.

"손행자! 어디로 달아나려느냐! 내 인삼과나무를 살려내라!"

저팔계가 목을 움츠렸다.

"이크, 야단났군! 저 원수 덩어리가 또 쫓아왔어!"

손행자는 삼장을 돌아보고 당부했다.

"사부님, '착할 선(善)'자 같은 것은 잠시 보따리 속에 처박아두시고, 저희들이 한바탕 사납게 설쳐대도록 허락해주십쇼. 아무래도 저 친구를 요절내야만 빠져나갈 수 있겠습니다."

삼장은 이 말을 듣고 전전긍긍, 미처 대답을 못 했다. 이윽고 사화상이 항요보장을 뽑아 잡았다. 저팔계 역시 이빨 아홉 달린 쇠스랑을 두 손아귀에 움켜잡고, 손행자는 여의금고 철봉 자루를 단단히 부여잡더니 일제히 몸을 솟구쳐 허공으로 뛰어올라갔다. 그리고 공중에서 세 형제가 진원 대선 한 명을 3면으로 에워싼 채 닥치는 대로 마구 후려치고 내리찍기 시작했다. 그야말로 악전고투, 무시무시한 싸움이 한바탕 벌어졌는데, 이를 증명하는 시구가 있다.

손오공은 진원 대선을 알아보지 못하니,

여세동군의 신통력은 더욱 현묘하다.
세 가지 신병이기가 맹렬한 기세를 떨쳤으나,
한 자루 먼지떨이는 스스로 표연하기만 하다.
왼편으로 철썩 막고 오른편으로 맞아 치니 오나가나 제 마음대로요,
뒤로 막고 앞으로 반격하니 제 뜻대로 빙글빙글 돌아간다.
밤이 가고 아침이 와도 한 몸 빠져나가기 어렵고,
발목 잡힌 세 형제가 한 사람에게 갈 길이 가로막혀 있으니,
어느 날에야 빠져나가 서천 땅에 당도하랴?

그들 세 형제는 저마다 무서운 신병이기를 들고 일제 공격을 퍼부었으나, 진원 대선은 고작 먼지떨이 한 자루만으로 안마당 비질하듯이 그들의 공격을 보기 좋게 척척 막아냈다. 이렇듯 반 시각쯤 지났을까 한데, 그는 또다시 소맷자락을 활짝 펼치더니 먼젓번처럼 네 화상과 백마에 짐보따리까지 한꺼번에 휩쓴 다음, 모조리 소매춤에 감싸넣어 가지고 구름머리를 돌려 유유히 오장관으로 날아갔다.

스승이 돌아오는 것을 보자, 뭇 제자들이 부랴부랴 영접을 나왔다. 진원 대선은 전상에 높이 올라앉아 소맷자락을 펼쳐놓고 포로들을 하나하나씩 끄집어내기 시작했다. 제일 먼저 끌려나온 삼장은 섬돌 계단 아래 키 작은 느티나무에 결박지어놓고, 저팔계와 사화상은 그 양쪽 나무에 한 사람씩 갈라 묶였다. 마지막으로 끌려나온 손행자는 팔다리를 단단히 묶인 채 땅바닥에 벌렁 자빠뜨려놓았다. 그리고 제자들에게 분부를 내렸다.

"애들아, 무명 열 필만 내오너라!"

손행자는 어이가 없는지 껄껄 웃어가며 너스레를 떨었다.

"허어, 그것참……! 또 이 도사한테 신세를 지게 됐군. 팔계야, 어떻게 생각하느냐? 이 도사가 무명 옷감을 가져다가 우리한테 자기네들 것처럼 소매 긴 도복을 한 벌씩 해입힐 모양인데, 제발 덕분에 옷감을 좀 아껴 써서 그냥 헐렁헐렁하게 겉옷이나 해주시면 좋겠어!"

젊은 산선들이 무명 열 필을 가지고 나오자, 진원 대선은 다시 분부를 내렸다.

"당 삼장하고 저팔계, 사화상을 나무에 묶어둔 채 그 포목으로 친친 감아라!"

제자들이 한꺼번에 달려들어 그들 셋을 나무줄기째 둘둘 감싸 엮기 시작했다. 그 광경을 지켜보던 손행자가 껄껄껄, 입으로 갈채를 퍼부었다.

"잘하는 짓이다, 잘하는 짓이야! 생사람을 아예 산 채로 염습을 하는구나!"

'산 사람의 염습'은 눈 깜짝할 사이에 끝이 났다.

"옻칠을 대령해라!"

진원 대선의 명령이 또 떨어졌다. 젊은 제자들이 부리나케 들어가더니, 자기네 손으로 직접 만든 생옻을 한 통 가져다가 세 사람의 몸뚱이를 친친 동여맨 무명 결박 위에 얼굴과 머리통만 겨우 남겨두고 철썩철썩 덧칠을 입히기 시작했다.

저팔계가 비명을 지르다시피 통사정을 한다.

"여보쇼, 도사 나으리! 윗도리는 아무래도 좋은데, 아랫도리에는 구멍을 좀 남겨줘야겠소. 그래야만 오줌똥을 쌀 게 아니오?"

진원 대선은 못 들은 척, 제자들에게 다시 명령을 내린다.

"가마솥을 떠메어 오너라!"

도사들이 커다란 가마솥을 떠메고 나오는 것을 보며, 손행자는 저팔계에게 한마디 건넸다.

"여보게, 팔계! 자네 이거 운수 대통했구먼. 저 친구들이 가마솥 밥을 지어서 우리에게 한 끼니 단단히 먹여줄 모양이야."

저팔계가 그 말을 넙죽 받는다.

"우리한테 배불리 한턱 먹여주시겠다? 그것도 좋겠지! 하기야 배부르게 먹고 죽은 귀신은 굶주린 귀신보다 때깔도 좋다 하지 않았소?"

이윽고 계단 아래 가마솥이 걸렸다. 진원 대선은 가마솥 둘레에 장작더미를 쌓아놓게 하더니 불을 지피게 하고, 불길이 활활 치솟기 시작하자 또 다른 명령을 내렸다.

"기름을 내다가 한 가마솥이 꽉 차도록 쏟아 붓고 끓여라! 기름이 펄펄 끓거든 저 손행자란 놈을 집어넣고 튀김을 만들어, 우리 인삼과 나무를 결딴낸 앙갚음을 해야겠다."

손행자는 이 말을 듣고 속으로 얼씨구나 싶었다.

'이게 웬 떡이냐? 그야말로 손선생의 뜻에 딱 들어맞는 말씀이다. 요즈음 목욕 한번 제대로 못 해서 온몸이 근질거리던 참이었는데, 저 기름 가마 속에서 한바탕 씻고 나면 기분이 확 풀리겠어. 오냐, 모처럼 베풀어주시는 호의를 고맙게 받기로 하마!'

이글이글 타오르는 장작불에, 기름 가마는 삽시간에 펄펄 끓어올랐다. 앙큼스런 손대성은 여기서 곰곰이 생각해보았다. 혹시라도 진원 대선이 술법을 써서 자기를 꼼짝 못하게 만들어놓지는 않을까? 그렇게 되면 기름 가마 속에서 영락없는 원숭이 튀김이 되어버리는 게 아닌가? 그래서는 안 되지, 안 돼! 급히 고개를 돌리고 주변을 둘러보니, 섬돌 밑 동쪽에는 일규(日規, 해시계) 한 틀이 놓였고, 서쪽에는 돌사자 한 마리가 도사려 앉았다. 그것을 본 손행자는 댓바람에 몸뚱이를 굴려 서쪽으로 다가갔다. 그리고 혀끝을 깨물어 돌사자의 몸통에 피를 뿜으면서 낮은 목소리로 호통을 쳤다.

"변해라!"

그러자 돌사자는 눈 깜짝할 사이에 손행자로 변하여, 본신과 똑같이 결박당한 모습으로 나뒹굴어 있었다. 그동안에 손행자는 원신(元神)이 빠져나와 구름 위에 올라선 채 도사들이 하는 양을 지켜보고 있었다.

젊은 제자가 스승에게 보고를 올린다.

"사부님, 기름이 한 가마 펄펄 끓고 있습니다."

"손행자를 떠메다가 던져넣어라!"

명령이 떨어졌다. 힘깨나 씀직한 동자 넷이서 '끄응!' 하고 힘주어가며 포로의 몸뚱이를 들어올렸다. 그러나 웬걸! 포로의 몸뚱이는 꼼짝달싹도 하지 않는다. 넷이 더 힘을 보탰으나 움쭉달싹하지 않기는 마찬가지다. 동자들이 투덜거렸다.

"젠장, 이놈의 원숭이 녀석! 흙냄새를 못 잊어 떠나고 싶지 않은 모양이로군. 체구가 작기는 한데 어지간히 옹골차기도 하네그려."

결국 진원 대선은 여기에 또 젊은 제자 20명을 가세시키고 나서야 겨우 '손행자'를 떠메다 기름 가마 속에 집어넣을 수 있었다.

풍덩!

펄펄 끓는 기름이 물보라를 일으키면서 사면팔방으로 튀어나갔다. 그 바람에 손행자를 가마솥에 던져넣던 제자들이 화상을 입고 얼굴에 주먹 덩어리만한 물집이 잡혀 비명을 지르고 물러났다.

"가마솥이 샌다! 가마솥이 샌다!"

불 때던 동자들이 고함을 지르면서 뒷걸음질쳤다. 그 말이 끝나기도 전에, 기름은 모조리 새어나오고 가마솥에는 구멍이 뻥 뚫려 밑바닥을 드러내고 있었다. 오장관 도사들이 정신을 차리고 들여다보니, 가마솥 안에는 손행자가 아닌 돌사자 한 마리가 얌전히 들어앉아 있는 것이 아닌가!

　진원 대선은 노발대발, 보이지 않는 손행자를 향해 욕설을 퍼부었다.

　"이 고약한 원숭이 녀석, 끝까지 무례한 짓만 골라서 저지르는구나! 내가 보는 앞에서조차 이따위 장난질을 치다니. 도망치려거든 곱게 도망칠 노릇이지 어쩌자고 내 가마솥을 깨뜨려놓는단 말인가! 에잇, 이 못된 원숭이 놈! 도저히 잡을 수가 없구나. 잡으려 해도 헛수고 아닌가? 이야말로 '모래를 뭉쳐서 수은 만들기(搏砂弄汞)' 아니면 '그림자를 움키거나 바람을 잡는 것(捉影捕風)'이 차라리 낫겠다. 좋다, 그놈은 내버려두자, 내버려둬! 네놈이 정 그렇게 나온다면 나도 생각이 있지! 얘들아, 가마솥을 새것으로 내오너라! 그리고 당나라 삼장의 결박을 풀어놓았다가, 기름이 펄펄 끓거든 그 속에 던져넣어 흠씬 튀겨내라! 내 기어코 우리 인삼과나무의 원수를 갚고야 말 테다!"

　지엄하신 스승의 명령이 잇따라 떨어졌다. 제자들은 정말로 손을 써서 느티나무에 묶인 삼장에게 우르르 달려들어 옻칠 먹인 무명 천을 풀어내기 시작했다.

　손행자는 공중에서 이 말을 똑똑히 들었다. 그리고 혼자 생각했다.

　"이것 참말 큰일났구나. 사부님이 기름 가마 속에 들어가기만 하면, 꿈틀하는 사이에 목숨이 날아가고 두 번 뒹구는 사이에 노랗게 튀겨질 테고, 서너 번 뒹구는 날이면 죽같이 멀건 화상이 되어버릴 게 아닌가? 안 되겠다, 역시 내가 가서 구해드려야겠다."

　용감한 손행자, 그 즉시 구름에서 내려와 진원 대선 앞에 모습을 드러내고 두 손 모아 합장을 했다.

　"그 옻칠 먹인 무명 천을 풀지 마시오! 우리 사부님을 어쩔 것이 아니라, 역시 나를 기름 가마 속에 집어넣는 것이 좋을 거요! 기름이 끓거든 내 발로 들어가겠소."

느닷없이 나타난 손행자의 모습에, 진원 대선은 깜짝 놀라 호통쳐 꾸짖었다.

"이 고약한 원숭이 놈아! 어쩌자고 수단을 부려 내 소중한 가마솥을 깨뜨렸단 말이냐?"

손행자가 멋쩍은 웃음을 지었다.

"나하고 맞닥뜨리면 가마솥 아니라 무엇이든지 깨어지게 마련인데, 굳이 내 탓 하실 거야 없지 않소? 사실 나도 방금 당신이 모처럼 끓여주신 기름 국맛도 좀 보고, 기름물에 목욕 한번 시원하게 해볼 생각이었소만, 하필이면 그때 소변이 마려운 걸 어쩌겠소? 가마솥 안에 오줌을 싸질러놓아보시오. 그럼 당신네 기름을 더럽혀서 요리하는 음식이 지저분해질 게 아니겠소? 자, 이제는 대소변을 다 보고 왔으니까 기름 가마 속에 들어가도 되겠군. 우리 사부님을 집어넣을 것이 아니라, 역시 나를 던져넣어주시오."

"으하하하……! 하하하……!"

진원 대선이 통쾌하게 웃었다. 그리고는 자리에서 벌떡 일어나 정전 바깥으로 나오더니, 마치 파리 잡듯 단숨에 손행자를 움켜잡았다.

과연 그의 입에서 무슨 말이 나올 것인지, 다음 회에서 풀어보기로 하자.

·

제26회 손오공은 인삼과 처방을 구하러 삼도를 헤매고, 관세음보살은 감로의 샘물로 나무를 살려내다

이런 시가 있다.

> 처세함에 있어 모름지기 '참을 인(忍)'자 명심하고,
> 수신(修身)함에 있어서는 '견딜 내(耐)'자를 온전히 기억하라.
> 속담에도 '칼날 인(刃)'자로 살아가는 밑천 삼는다지만,
> 두 번 세 번 거듭 생각하여 분노와 능멸을 경계해야 하리니.
> 덕행 높은 선비는 다투지 않는다는 말이 자고로 전해오고,
> 성인이 덕을 품는다는 말씀 당대에 이어왔다.
> 성질이 굳세고 강하면 그보다 더 강한 자가 있으리니,
> 끝내는 헛됨〔空〕과 잘못됨〔非〕을 이루고 말 것이다.

진원 대선은 손으로 손행자를 부여잡고 이렇게 말했다.

"나도 네 재간을 알고 있고 네 영특한 명성이 얼마나 큰지 알고 있다. 그러나 네가 이번만큼은 이치에 어긋나는 짓을 저지르고 네 양심을 속였으니, 아무리 발버둥치고 날뛰는 재주가 있다 한들 내 손아귀에서 빠져나가지는 못할 것이다. 내가 너와 같이 서천으로 가서 부처님을 뵙고 따지는 한이 있더라도 우리 인삼과나무를 살려서 돌려주어야만 할 것이다. 그러니 공연히 신통력을 부릴 생각일랑 아예 말아라."

이 말에 손행자는 껄껄 웃고 응수했다.

"이 도사 나으리, 어지간히 따분하신 양반이로군. 나무를 살려내라니, 그야 어려울 게 뭐 있겠소? 진작에 그런 말씀을 했더라면 쓸데없는 싸움질도 하지 않았을 게 아니오?"

"그렇다면 싸우지 않겠다. 너를 용서해주마."

"우리 사부님을 놓아주시오. 그럼 나는 당신의 나무를 살려드리기로 하고…… 피차 그렇게 하면 어떻겠소?"

손행자의 제안에 진원 대선은 이렇게 다짐했다.

"네게 그런 신통력이 있어서 나무를 다시 살려놓기만 한다면, 내가 팔배지례를 갖추어 너와 의형제를 맺으마."

"문제없소이다. 우선 우리 일행부터 풀어주시오. 무슨 수를 써서라도 이 손선생이 반드시 나무를 살려낼 테니까."

진원 대선은 그들이 달아나지 못하리라 생각하고, 즉시 제자들에게 명하여 삼장과 저팔계, 사화상을 풀어주었다.

결박에서 풀려난 사화상이 스승에게 귓속말로 여쭈었다.

"사부님, 맏형이 무슨 꿍꿍이속을 차리는지 모르겠습니다."

그러자 저팔계가 한마디로 면박을 준다.

"무슨 꿍꿍이속이냐고? 그야 뻔하지! 이건 사람 보는 앞에서만 알랑거리고 인심 쓰겠다는 수작이 아니겠나? 죽어서 말라비틀어진 나무를 어떻게 다시 살려낸단 말이야? 흐흥, 의원을 모셔다가 나무를 살려놓겠다는 핑계를 대고 저 혼자서만 뺑소니를 칠 궁리겠지! 어느 겨를에 자네와 나를 돌봐주겠나?"

그래도 삼장은 생각이 달랐다.

"오공은 절대로 우리를 저버리지 못할 것이다. 어디로 의원을 모시러 갈 것인지 물어보기로 하자꾸나."

그는 손행자를 가까이 불러세워놓고 물었다.

"오공아, 네가 무슨 재주로 대선을 속이고 우리를 풀어주게 만들었느냐?"

손행자가 대답했다.

"속이다뇨? 이 손오공은 사실대로 말했을 뿐, 털끝만큼도 거짓말을 하지 않았습니다."

"그렇다면 어딜 가서 처방을 구해올 작정이냐?"

"옛사람의 말에, '약 처방은 해상(海上)으로부터 온다'[1] 했습니다. 저는 이제 동양대해로 나아가, 삼도·십주를 두루 돌아다니면서 선옹(仙翁)과 성로(聖老)들을 찾아 기사회생하는 처방을 구해 가지고 저 도사의 나무를 고쳐놓겠습니다."

"이제 떠나면 어느 때에야 돌아오겠느냐?"

"사흘 동안이면 됩니다."

"좋다, 네 말대로 사흘 기한을 주마! 만약 사흘 안에 돌아오면 그만이지만, 사흘이 넘도록 돌아오지 않을 때에는 내가 저 '화아경(話兒經, 긴고주)'을 외울 것이니 그런 줄 알아라."

"분부대로 따르겠습니다."

스승에게 다짐을 둔 손행자, 서둘러 호랑이 가죽 치마를 몸에 두르

---

[1] 약 처방은 해상으로부터 온다: 이 옛말은 『산해경』「해내서경」의 "무팽(巫彭)·무저(巫抵)·무양(巫陽)·무리(巫履)·무범(巫凡)·무상(巫相)과 같은 신의(神醫)들이 알유(窫窳)의 시체를 둘러싸고 있는데, 죽음의 기운을 막아 소생시키는 불사약을 지니고 있다"는 기록과 『대황서경(大荒西經)』의 "영산(靈山)이 있는데, 무함(巫咸)·무즉(巫卽)·무반(巫肦)·무팽·무고(巫姑)·무진(巫眞)·무례(巫禮)·무저·무사(巫謝)·무라(巫羅) 등 10명의 무당들이 이 산을 오르내리며, 온갖 약이 이 산중에 있다"는 기록, 그리고 『십주기(十洲記)』에 "바다 조주(祖洲)에는…… 불사초가 있는데…… 사람이 죽은 지 사흘 되었을 때 이 풀을 덮어주기만 하면 모두 살아난다"는 고사를 융합시켜 만들어진 말이다. 중국 전설에 무함·무팽과 같은 무당들은 모두 의술의 창시자로 추앙받고 있으며, 『십주기』에 나오는 삼신산(三神山)과 십주(十洲)는 모두 신선들이 불사초를 기르는 곳으로 알고 있다.

고 문밖으로 나서더니, 진원 대선을 돌아보고 이렇게 당부했다.

"도사 어른, 마음 푹 놓고 계시오. 내 갔다가 곧 돌아올 테니까, 당신은 우리 사부님을 잘 모셔주어야 하오. 날마다 차 대접 세 번에, 진지 세 끼니를 빠뜨리지 말고 제때에 꼬박꼬박 드리시오. 만약 대접을 소홀히 했다가는 이 손선생이 돌아와서 가마솥 밑바닥부터 먼저 때려부숴놓고 당신과 단단히 따질 거요. 의복이 더러워지면 세탁을 해드리시오. 안색이 다소 누렇게 변하는 것쯤은 상관하지 않겠으나, 눈곱만큼이라도 수척해지셨다가는 내가 이 오장관에서 단 한 발짝도 옮기지 않고 눌러앉아 있을 테니까, 그리 아시구려."

진원 대선이 대답을 한다.

"어서 다녀오기나 하게. 내가 설마 굶겨 죽이기야 하겠나."

손행자는 그 즉시 근두운을 일으켜 타고 오장관을 떠나 동양대해로 날아갔다. 중천으로 날아가는 기세가 번개 벼락 치듯 빠르고 밤하늘에 흐르는 유성을 앞질러 나갔다. 주인을 태운 구름은 순식간에 봉래도 선경에 이르렀다. 상공에서 구름을 멈추고 하계를 자세히 굽어보니, 봉래도는 참으로 좋은 절경이었다. 이를 증명하는 시구가 있다.

> 대지선향(大地仙鄕)은 열성(列聖)들이 모인 곳으로서,
> 봉래도는 파도를 나누고 합쳐 진압한다.
> 요대(瑤臺)의 그림자 물감 들여 천심을 서늘하게 만들고,
> 거대한 궁궐의 빛난 광채는 바다 위에 높이 떴다.
> 오색찬란한 연하(煙霞)는 옥퉁소 소리 머금고,
> 아득한 하늘의 별과 달은 금빛 자라 등에 비친다.
> 요지의 서왕모는 언제나 이곳에 와서,
> 세 신선에게 몇 차례나 반도 복숭아 올려 축수(祝壽)했다네.

아무리 보아도 끝이 없는 선산(仙山)의 절경을 마음껏 구경하고 나서, 손행자는 마침내 봉래도에 들어섰다. 한참을 걸어가다 보니, 백운동(白雲洞) 바깥 소나무 그늘 아래 세 노인이 바둑을 두고 있다. 곁에서 대국을 지켜보는 방관자는 수성(壽星)이요, 바둑판을 사이에 두고 겨루는 당국자는 복성(福星)과 녹성(祿星)이다. 손행자는 그 앞으로 다가들면서 버럭 소리쳤다.

"여어, 친구들! 안녕들 하시오?"

그를 알아본 세 별이 부랴부랴 바둑판을 밀쳐놓고 답례를 건넨다.

"이크! 손대성, 어쩨 오셨소?"

"하하! 당신들과 좀 놀아보려고 찾아온 거요."

그 말을 듣고 수성이 뜨악해져서 묻는다.

"소문에 듣자니까, 손대성은 도를 버리고 불교에 귀의하여, 신명을 다 바쳐 당나라 스님을 모시고 서천으로 경을 얻으러 가느라 날이면 날마다 산길을 달리고 있다던데, 어떻게 이처럼 한가로운 틈을 내어 놀러 오셨단 말이오?"

"여러분께 솔직히 말씀드리자면, 이 손선생이 서방 세계로 가는 도중에 사고가 좀 생겼소. 그래서 여러분을 뵙고 상의했으면 좋을 듯싶어 이렇게 찾아왔는데, 들어주시겠소?"

"어디서 무슨 사고가 났단 말이오? 똑똑히 말씀해주셔야만 조처할 방법도 생길 게 아니겠소?"

복성이 묻는 말에, 손행자는 사실대로 고백하지 않을 수 없었다.

"가는 도중에 만수산 오장관을 지나다가 그만 사고를 내고 말았지 뭐요."

세 노인이 깜짝 놀란다.

"만수산 오장관이라면, 진원 대선이 거처하는 선궁인데, 혹시 손대성이 그분의 인삼과를 훔쳐자신 것은 아니오?"

"좀 훔쳐먹었으면 어떻다는 거요?"

"허어, 그것참! 이 원숭이가 사리 분별도 못 하고 또 제멋대로 도둑질을 했군. 그 과일로 말하자면 냄새 한번 맡기만 해도 삼백육십 세를 살고 있고, 한 개만 먹어도 사만 칠천 년이나 오래 살 수 있다는 '만수초환단'이란 거요. 우리네 도력을 가지고는 그분을 따를 수가 없소! 진원 대선은 그 인삼과를 아주 손쉽게 얻었기 때문에 수명이 하늘과 함께 할 수 있게 된 거라오. 그러니까 '여천동수'라 하지 않았소? 하지만 우리는 아직도 정(精)을 기르고 기(氣)를 단련하며 신(神)[2]을 온전히 품고 있으면서, 용호(龍虎)를 조화시키고 팔괘의 감리(坎離)를 붙잡아 메우느라 얼마나 많은 세월을 허비하는지 모르는 실정이오. 그 인삼과나무는 이 천상천하에 단 한 그루밖에 없는 영근(靈根)이오."

"하하! 영근이라, 영근! 내가 그놈의 영근을 말씀 그대로 뿌리째 끊어버렸소!"

너무나 엄청난 얘기에, 세 노인은 깜짝 놀라고 말았다.

"어떻게 그런 일이…… 뿌리를 뽑아버렸단 말이오?"

"우리가 며칠 전 그 대선의 도관에 당도했는데, 때마침 대선은 집에 없었고, 동자 녀석 둘이서 우리 사부님을 접대했었소. 동자들은 인삼과 두 개를 따다가 우리 사부님께 올렸지만, 사부님은 그것이 무엇인지 모르셨기 때문에 사흘도 못 된 갓난아이라 하시면서 재삼 권해도 잡숫지 않으셨소. 그랬더니 동자 녀석들은 그것을 저희들끼리 먹어치우고 우리 형제들에게는 나누어주지 않았소. 이 손선생은 그 과일을 세 개 훔

---

[2] 정·기·신: 제2회 주 **10** 참조.

쳐다가 우리 형제 셋이서 사이좋게 나누어 먹었소. 동자 녀석들은 철딱서니 없이 마구 날뛰면서 우리를 도둑놈 취급하고 우리 사부님께 차마 입에 담지 못할 욕설을 퍼붓는 거였소. 그래서 이 손선생도 화가 머리끝까지 뻗쳐 견딜 수가 없기에, 그 인삼과나무를 단매에 후려쳐서 땅바닥에 쓰러뜨리고 말았지 뭐요. 나무에 과일은 송두리째 없어지고 가지는 부러지고 잎사귀는 떨어져서 시들어버리고, 뿌리가 통째로 드러나 말라죽고 만 거요. 그것을 본 동자 녀석들은 우리를 집 안에다 가두고 자물쇠를 채웠지만, 이 손선생이 자물쇠를 풀고 빠져나갔소.

이튿날 아침에 돌아온 대선이 곧장 뒤쫓아오더니 이러쿵저러쿵 시비를 따지는 말투가 곱지 못하기에, 마침내 싸움이 벌어지고 말았소. 그런데 진원 대선은 번개 벼락 치듯 소맷자락을 펼치더니 우리 일행을 한꺼번에 소맷자락으로 휘말아 가지고 돌아갔소. 그리고 밧줄로 꽁꽁 묶어놓고 하루 온종일 채찍질을 하면서 고문했소. 그날 밤 우리는 또다시 도망쳤소. 진원 대선도 뒤쫓아와 앞서처럼 우리를 소맷자락에 휘말아갔소. 그 도사는 수중에 무기라곤 촌철(寸鐵) 하나 없이 먼지떨이 한 자루만 가지고 우리 공격을 막아냈소. 우리 삼형제는 세 가지 병기로 들이쳤으나 그 도사를 어떻게 해볼 수가 없었소. 그러니 또 한번 꼼짝없이 붙잡혀갈밖에 더 있겠소.

그는 우리를 결박지어놓고 꼼짝달싹 못 하게 무명 천으로 친친 동여맨 다음, 그 겉에다가 옻칠을 입히더니, 나 한 사람만 펄펄 끓는 기름 가마 속에 집어넣으려 했소. 나는 원신(元神)으로 슬쩍 빠져나오고 그놈의 가마솥을 깨뜨려 부쉈소. 사세가 이렇게 되니, 진원 대선은 나를 붙잡을 수 없다는 생각을 하고 얼마쯤 겁을 집어먹기 시작했소. 그래서 나는 그 도사와 타협을 했소. 그가 우리 사부님과 제자들을 놓아주면, 나도 인삼과나무를 살려놓아, 피차간에 아무 일도 없었던 것으로 하겠노라고 약속한 거요. 그래서 나는 약 처방이 해상으로부터 온다는 옛말을 생각하고, 이렇게 봉래도 선경을 찾아와 세 분을 뵙게 되었는데, 그 과일나무를 고쳐놓을 만한 처방이 있거든 한 가지만 가르쳐주시오. 곤경에 빠진 당나라 스님을 한시 바삐 구해드려야겠소."

세 노인은 그 말을 듣고 속으로 걱정이 이만저만 아니었다.

"이 원숭이가 정말 사람 알아볼 줄 모르는군. 그 진원자란 분은 지선(地仙)의 조상이요, 우리는 신선의 조종(祖宗) 아닌가? 그대가 비록 천선(天仙)의 반열에 들었다 해도 역시 태을산선(太乙散仙)에 지나지 않는 것으로 진류(眞流)에는 속하지 못하니, 어떻게 그의 손아귀에서 벗어날 수가 있겠소? 만약 손대성이 길짐승이나 날짐승, 벌레나 물고기 같은 것을 때려죽였다면, 우리 '서미단(黍米丹)' 한 알만 써도 문제없이 살려낼 수 있겠으나, 그 인삼과는 선목의 영근이니, 어떻게 고쳐놓을 수 있겠소? 그런 처방은 우리한테 없소, 절대로 없소!"

처방이 없다고 딱 잡아떼는 말에, 손행자의 두 눈썹이 곤두서고 이마에 주름살이 천 가닥이나 잡혔다.

험상궂게 바뀌는 기색을 보자, 복성이 얼른 좋은 말로 눙친다.

"손대성, 이곳에는 처방이 없다 하더라도 다른 데 있을지도 모르는 일 아니오? 그런데 무엇을 그리 걱정하시는 거요?"

"처방이 없다면 다른 데로 찾아가는 거야 쉬운 노릇이오. 하늘 끝 바다 모퉁이를 구석구석 다 돌아다니고 삼십육천(三十六天)[3]을 샅샅이

---

3 삼십육천: 도교에서 신선들이 거처하는 천계(天界)를 36중천(重天)으로 나누고, 한 구역마다 천신(天神) 하나가 통할하는 것으로 인식했다. 『위서(魏書)』「석로지(釋老志)」의 기록을 보면 다음과 같다. "양의(兩儀, 음양으로 구성된 우주의 개념)에는 삼십육천이 있고, 그 가운데 36궁(宮)이 자리잡았으며, 궁궐마다 주재하는 천신이 있다. 최고 통치자는 무극지존(無極至尊)이며, 그 다음이 대지진존(大至眞尊), 그 다음은 천복지재 음양진존(天覆地載陰陽眞尊), 그 다음은 홍정진존(洪正眞尊)이다."
도교는 또 36천을 아래에서부터 위로 올라가는 육중천(六重天)으로 크게 나누고 다

뒤진다 하더라도 그리 어려운 일은 아니오만, 문제는 우리 당나라 스님의 성격이 너무 엄하고 도량이 좁아서 탈이란 말이오. 나한테 겨우 사흘 기한밖에 주지 않았으니 어쩌겠소. 이 사흘 안에 돌아가지 않으면, 그분은 당장 '긴고주'를 외울 거요."

세상천지에 무서운 것이 없다고 날뛰던 제천대성에게도 이런 약점이 있다니, 세 별자리 영감들은 기가 막혀 웃음이 절로 나왔다.

"하하하! 그것 참 잘되었구려. 만약 그런 방법으로 그대를 속박하지 않았다가는, 또 천궁을 뒤집어엎을 테니 말이오."

뒤미처 수성이 이런 제안을 했다.

"손대성, 안심하구려. 걱정하실 것은 없소. 진원자 대선은 비록 선

음과 같이 열거하였다(『운급칠첨(雲笈七籤)』 제21권에 의거).
① 욕계 6천(欲界六天): 태황황증천(太皇黃曾天) · 대명옥완천(大明玉完天) · 청명하동천(清明何童天) · 현태평육천(玄胎平育天) · 원명문거천(元明文擧天) · 칠요마이천(七曜摩夷天).
② 색계 18천(色界十八天): 허무월형천(虛無越衡天) · 태극몽예천(太極濛翳天) · 적명화양천(赤明和陽天) · 현명공화천(玄明恭華天) · 요명종표천(曜明宗飄天) · 축락황가천(竺落皇笳天) · 허명당요천(虛明堂曜天) · 관명단정천(觀明端靜天) · 현명공경천(玄明恭慶天) · 태환극요천(太煥極瑤天) · 원재공승천(元載孔升天) · 태안황애천(太安皇崖天) · 현정극풍천(顯定極風天) · 시황효망천(始黃孝芒天) · 태황옹중천(太黃翁重天) · 무사강유천(無思江由天) · 상설완락천(上揲阮樂天) · 무극담서천(無極曇誓天).
③ 무색계 4천(無色界四天): 호정소도천(皓庭霄度天) · 연통원동천(淵通元洞天) · 한총묘성천(翰寵妙成天) · 수락금상천(秀樂禁上天).
④ 사범천(四梵天)은 곧 네 부류의 백성들이 사는 하늘로서, 상융천(常融天) · 옥륭천(玉隆天) · 범도천(梵度天) · 가혁천(賈奕天)이 그곳이다.
⑤ 삼청천(三清天): 태청천(太清天) · 상청천(上清天) · 옥청천(玉清天).
⑥ 대라천(大羅天).
도교에서 "일기(一炁)가 삼청(三清)으로 나뉘었다"는 학설에 따르면, "대라천의 일기(一炁)가 변화되어 세 하늘을 생성하였으니 이것이 곧 삼청천이며, 삼청의 강기(降炁)가 또 저마다 세 하늘을 낳았으니 이것이 곧 구중천(九重天)이다. 구중천은 또 저마다 세 하늘을 생성하여 이십칠천(二十七天)을 만들었다. 이리하여 구중천과 이십칠천의 합계가 삼십육천인데, 이를 삼청경(三清境)에 나누어 배속시켰으니, 태청경 · 상청경 · 옥청경이 각각 12천을 관할하게 되었다"라고 하였는데, **구중천**에 대하여는 제8회 주 **23** 참조.

배이기는 해도 우리와 서로 알고 지내는 사이요. 헤어진 지 무척 오래되었는데 찾아뵙지도 못했고 또 손대성의 사정이 이렇게 딱하시다니 도와드리지 않을 수가 없구려. 그래서 말인데 우리 셋이 오랜만에 그분을 만나뵐 겸 오장관으로 찾아가서 이런 사정을 말씀드리리다. 당나라 스님더러 '긴고주'를 외우지 말도록 부탁해놓고, 사흘이고 닷새고 간에 그대가 처방을 얻어 가지고 돌아올 때까지 우리도 그곳에서 떠나지 않기로 하겠소."

"고맙소, 고마워! 그럼 세 분 아우님이 가서 수고 좀 해주시오. 나도 이만 떠나야겠소."

손행자가 세 별과 헤어진 얘기는 그만두기로 한다.

한편 수성과 복성, 녹성 세 별은 상광을 일으켜 타고 그 즉시 오장관으로 날아갔다. 도관에 있던 사람들은 갑자기 만리 장천에서 울려오는 학의 울음소리를 듣고 저마다 고개를 쳐들어 우러러보았다. 그것은 바로 삼성(三星)이 왕림하는 광경이었다.

> 허공에 가득 서린 상광은 아련히 무더기 져서 일고,
> 아득한 하늘에는 향기로운 냄새 분분히 인다.
> 오색 안개는 천 갈래로 우의(羽衣)를 호위하고,
> 가벼운 구름 한 조각 신선의 발을 떠받든다.
> 푸른 깃털 난새와 붉은 볏의 봉황이 얌전히 날며,
> 소매 깃 이끄는 대로 향기로운 바람이 온 땅을 휩쓴다.
> 지팡이에 매달린 용은 기뻐 웃음짓고,
> 흰 수염은 옥처럼 늘어져 앞가슴에 나부낀다.
> 동안(童顔)에는 기쁨 가득 차 근심이 더욱 없고,

건장한 몸집은 씩씩하고 위엄 서려 복이 많이 깃들었다.

다복함을 축원하는 성주(星籌)를 잡고 장수를 비는 해옥(海屋)을 보탰으며,[4]

허리춤에는 조롱박과 보록(寶籙)을 찼다.

천만 년 세월에 수복(壽福)은 길고 끝이 없으니,

십주 삼도에 숙연(宿緣)을 따른다.

언제나 세상에 와서 천 가지 상서로움을 주고,

인간을 볼 때마다 백복을 늘려준다.

건곤을 평안하게 만들어 복록(福祿)이 번성하니,

만수무강 끝없는 복을 이제 얻어 기뻐하네.

세 노인이 상운 타고 진원 대선을 배알하니,

복당(福堂)에 화기(和氣)가 끝이 없다네.

세 별을 알아본 동자들이 부랴부랴 안으로 들어가서 대선에게 아뢰었다.

"사부님, 해상 삼성(海上三星)께서 오셨습니다!"

진원 대선은 때마침 당나라 스님 일행과 한담을 나누고 있다가 그 소리를 듣고 즉시 계단 아래로 내려와 맞아들였다.

저팔계는 수성을 보더니 대뜸 다가들어 부여잡고 낄낄거렸다.

"이 대머리 늙은이, 오래간만일세! 풍채는 여전히 말쑥한데 모자도 쓰지 않고 오셨군 그래."

그리고는 제가 쓰고 있던 승모를 벗어서 푹 덮어씌운다.

"하하하! 이제 됐군, 됐어! 이야말로 진짜 '감투 쓰고 벼슬 자리에

---

[4] 해옥을 보탰으며……: 중국인들이 상대방의 다복(多福)과 장수(長壽)를 축원하는 용어로, '해옥첨주(海屋添籌)'라는 네 마디 성어(成語)를 많이 쓴다.

나간다(加冠進爵)'는 격이 아닌가?"

수성이 모자를 벗어 내동댕이치며 저팔계를 꾸짖었다.

"이런 미련퉁이 곰 같은 녀석! 위아래도 몰라보고 함부로 설쳐대는구나!"

"날더러 미련퉁이 곰 같은 녀석이라니? 자네들이야말로 남의 집 머슴살이 하는 친구들 아닌가?"

그 말을 듣자, 복성이 따지고 들었다.

"네 녀석이 미련퉁이라는 것은 세상이 다 아는 일인데, 누구더러 남의 집 머슴이라고 욕을 하는 거야?"

저팔계는 낄낄낄 능글맞게 웃으면서 대거리를 한다.

"남의 집 머슴이 아니면 무엇 하러 남한테 '수명을 늘여주고(添壽)', '복을 더해주고(添福)', '재물을 보태주는(添祿)' 일을 하러 다닌단 말인가?"

"허튼소리 말고 저리 물러가거라!"

삼장 법사가 듣다 못해 저팔계를 호통쳐 물러나게 하더니, 옷매무새를 가다듬고 다가와서 삼성에게 배례를 드렸다. 삼성은 후배 된 몸으로 진원 대선에게 예를 올리고 나서 자리를 잡고 앉았다.

녹성이 대선에게 찾아온 용건을 밝혔다.

"저희가 하도 오랫동안 존안을 뵙지 못하여 송구스럽기 이를 데 없습니다. 이제 손대성이 선산을 어지럽혔다는 말을 듣고 이렇게 찾아와 뵙습니다."

진원 대선이 물었다.

"손행자가 봉래도에 갔던가?"

수성이 대답했다.

"예에, 대선의 단수(丹樹)를 못 쓰게 만들었다면서 저희들이 거처하는 곳으로 찾아와 고쳐놓을 처방을 달라고 하였습니다만, 저희에게 그런 처방이 없다니까 다른 곳으로 찾아 떠나갔습니다. 하온데 성승께서 정해주신 사흘 기한을 어길까 무척 두려워하고 있습니다. 기한을 넘기면 성승께서 '긴고주'를 외우신다고 하셨다지요? 그래서 저희 후배들이 오랜만에 대선 어른을 뵈올 겸해서 기한을 늦추어줍시사 부탁을 드리러 이렇게 찾아온 것입니다."

그 말을 듣자 삼장은 다급하게 연거푸 소리쳤다.

"외우지 않겠습니다! 절대로 외우지 않겠습니다!"

이렇게 얘기를 나누고 있는 마당에 저팔계가 또 뛰어들어오더니 무작정 복성을 붙잡고 먹을 만한 과일을 내놓으라며 소동을 부리기 시작했다. 복성의 소맷자락을 마구 뒤지고 허리춤을 닥치는 대로 쑤셔대면서 쉴 새 없이 옷자락을 들추고 몸수색을 하는 것이다.

삼장이 웃으면서 제자를 꾸짖었다.

"팔계야, 이게 무슨 버르장머리 없는 짓이냐?"

저팔계는 능청스럽게 대꾸했다.

"버르장머리가 없는 게 아닙니다. 이런 것을 가리켜 '뒤져내는 것마다 복이 된다(番番是福)'⁵는 격입니다."

"예끼! 물러가지 못할까!"

스승이 또 한차례 호통을 치니, 저팔계는 문밖으로 쫓겨나가면서도 사나운 눈초리로 복성을 흘겨보았다. 눈동자 하나 움직이지 않는 것으로 보건대 무척이나 미운 모양이었다.

"이 바보 멍텅구리 녀석아! 내가 널 어쨌다고 그렇게 미워서 흘겨

---

5 뒤져내는 것마다……: 원문은 '번번시복(番番是福)'이지만, '차례 번(番)'자와 '뒤집을 번(飜)'자는 동음이어(同音異語)로, 두 가지 쌍관어(雙關語)를 합쳐 '뒤져내는 것마다(飜番)……'의 뜻으로 옮겨 썼다.

보는 거냐?"

"미워하는 게 아니라, 이걸 가리켜 '고개를 돌리면 복이 바라보인다(回頭望福)'는 격일세."

미련퉁이 바보가 문밖으로 나서다 보니, 어린 동자 녀석 한 명이 찻숟갈 네 개를 가지고 방장 안으로 들어가 찻잔과 과일을 마련해 가지고 나온다. 그는 동자에게서 차 도구를 빼앗아 들고 전상으로 달려가더니, 조그만 석경(石磬)을 손에 잡고 마구잡이로 두들겨대기 시작했다.

진원 대선은 이맛살을 찌푸리면서 투덜거렸다.

"저놈의 화상이 갈수록 점잖지 못하게 구는군!"

저팔계도 그 소리를 들었는지 껄껄껄 너털웃음을 터뜨렸다.

"점잖지 못한 게 아니라, 이런 걸 가리켜 '사시장철 만사 대길하고 경사가 난다(四時吉慶)'는 격이오!"

저팔계가 시끄럽게 난장판을 친 얘기는 접어두기로 하고, 이번에는 손행자가 어떻게 되었는지 화두를 돌리기로 하겠다.

한편 상운을 일으켜 타고 봉래도를 떠난 손행자는 단숨에 방장산(方丈山) 선경에 다다랐는데, 이 산 역시 봉래도 못지않게 절경을 이루고 있었다.

> 방장산은 높고 넓어 별유천지(別有天地)요,
> 태원궁(太元宮) 부중에는 신선들이 모인다.
> 자대(紫臺)의 광채가 세 갈래 맑은 길을 비추고,
> 꽃나무 향기는 오색 연기로 떠 있다.
> 금빛 봉황은 반예궐(槃蕊闕)에 절로 모여드는데,
> 옥고(玉膏)를 누가 지초밭(芝田)에 몰아서 뿌렸는가?

벽록색 복숭아와 자줏빛 살구는 이제 새로 익었으니,
또다시 선인(仙人)이 바뀌어 만 년 세월 되도록 길이 믿는다.

손행자는 구름을 멈추고 내려섰으나, 절경을 감상할 마음이 전혀 없었다. 한참 걸어가다 보니, 어디선가 그윽한 향기가 코를 찌르고 검정 두루미의 울음소리가 들려왔다. 뒤미처 맞은편에서 신선 한 분이 나타나는데, 그 모습하며 차림새가 눈길을 확 잡아끌었다.

만 가닥 노을빛이 하늘을 뒤덮고 나타나니,
오색 안개가 끊임없이 나부껴 빛을 일렁거린다.
붉은 볏의 봉황이 꽃송이를 물었으니 그 빛깔 더욱 신선하고,
푸른 난새가 훨훨 날아 춤을 추니 지저귀는 목소리 또한 요염하게 아름답다.
복록은 바다처럼 너르고 수명은 산악과 더불어 길이 누리며,
용모는 어린 동자 같으나 신체는 건장하다.
호리병에는 복지동천 불로단(不老丹)을 감추었고,
허리춤에는 해와 더불어 길이 사는 여일장생전(與日長生篆)을 드리웠다.
인간에게 여러 차례 길조를 내리고,
세상에 여러 번 액운을 없애주었다.
한 무제(漢武帝)가 일찍이 수령(壽齡)을 더할 것을 선포하니,
서왕모의 요지에 반도연이 열릴 때마다 참석했다.
세속의 스님들을 두루 교화하여 속된 인연에서 벗어나게 하고,
대도(大道)를 가리켜 활짝 열었으니 그 밝음이 번갯불과 같다.
일찍이 바다를 건너다니며 천추(千秋)를 빌기도 했고,

언제나 영산에 올라 부처님을 참배했다.
거룩하신 이름은 동화대제군(東華大帝君)[6]이니,
연하(煙霞) 세계 으뜸가는 신선의 권속이시다.

손행자는 그 앞으로 마주 나아가 공손히 절을 드렸다.
"동화대제군께 문안 인사 올립니다."
제군이 황망히 답례를 보내왔다.
"손대성, 미처 영접을 못 나와 실례했소이다. 누추하지만 들어오셔서 차라도 한잔 드시지요."
그리고는 손행자의 손을 끌고 안으로 들어갔다. 그곳은 과연 패궐선궁(貝闕仙宮)이어서, 으리으리한 요지(瑤池)와 경각(瓊閣)들이 아무리 보아도 끝이 없을 만큼 늘어섰다. 주인과 나그네가 자리를 잡고 앉아서 차 대접을 기다리니, 비취 빛깔 병풍 뒤에서 동자 하나가 돌아 나온다.

몸에 걸친 도복에 노을빛 찬란하게 나부끼고,
허리에 동인 실띠는 그 광채 엇갈리며 번쩍인다.
머리에 쓴 윤건(綸巾)에는 북두칠성을 깔았으며,
두 발에는 짚신을 신었으니 선악(仙岳)을 유람한다.

---

[6] 동화대제군: 일명 '동왕공(東王公)'. 서왕모(西王母)와 더불어 음양이기(陰陽二氣)를 다스리고 천지 만물을 빚어내어 기른다는 대신령. 『신이경(神異經)』「동황경(東荒經)」에 보면, 동황산 거대한 석실에 거처하는데, 키가 1장(丈), 사람의 형체에 새의 얼굴을 하고 호랑이 꼬리가 달렸으며, 검정 곰 한 마리를 데리고 다닌다 했다. 속명은 왕현보(王玄甫)란 사람이 천계(天界)의 선천진성(先天眞聖)이 되었다고 하며, 세상 사람들 가운데 도를 닦아 승천한 사람은 반드시 먼저 동화대제군과 서왕모에게 인사를 하지 않으면 안 된다고 한다. 도교에서는 이를 청령시로군(靑靈始老君)이라 하여 '오방오로(五方五老)'의 하나로 인정하고, 갈홍(葛洪)의 『침중서(枕中書)』에는 그를 '부상(扶桑, 동쪽 나라 일본)의 대제(大帝)'로 지목하였다.

원진(元眞)을 단련하고 본각(本殼)에서 벗어났으니,
공행(功行)이 이루어질 때 그 뜻을 마음대로 즐긴다.
정(精), 기(氣), 신(神)의 원류를 깨쳐 알았으니,
주인은 거짓과 잘못 없음을 인정해준다.
속된 명성에서 도망하여 이제 만수무강을 기쁘게 누리니,
삼천 갑자 다하도록 나날이 돌고 돌아도 참견할 이 없다네.
회랑을 감돌아 보각에 오르니,
천상의 반도 복숭아를 세 번이나 따먹었다.
향기로운 구름이 비취색 병풍 뒤로 흘러나오니,
이 어린 동자가 바로 삼천갑자 동방삭(東方朔)[7]이다.

손행자는 동자를 보고 깔깔 웃어가며 호통을 쳤다.

"요 어린 좀도둑놈이 여기 있었구나! 제군이 계신 곳에는 네 녀석이 훔쳐먹을 복숭아가 없을 게다."

동방삭이 먼저 상석에 앉은 스승에게 예를 올린 다음, 손행자를 돌아보고 맞고함을 지른다.

"이 늙은 도둑아! 자넨 여길 뭣 하러 왔나? 우리 사부님에게는 자네가 훔쳐먹을 선단이 없을걸?"

동화대제군이 어린 제자 녀석을 호통쳐 꾸짖는다.

"만천아! 이놈, 함부로 떠들지 말고 냉큼 차를 내오너라!"

---

7 동방삭(기원전 154~93): 서한(西漢) 시대의 문학가. 지금의 산동성(山東省) 혜민현(惠民縣) 출신으로 자는 만천(曼倩). 무제(武帝) 때 태중대부(太中大夫)를 지냈으며 문장에 특출한 재능을 지녀 「답객난(答客難)」이란 시부(詩賦)가 후세에 전해진다. 해학과 익살을 잘 떨고 도술을 부려 그에 관한 전설이 매우 많은데, 서왕모가 가꾸는 반도원(蟠桃園)에 세 차례나 숨어 들어가 복숭아를 훔쳐먹고 신선이 되었다고 하며, 장수를 누려 '삼천갑자 동방삭(三千甲子東方朔)'이란 말이 생겨나기도 했다.

'만천(萬倩)'이란 동방삭의 도명이다. 스승에게 꾸중을 듣고서야 만천은 황급히 안으로 들어가서 차 두 잔을 내왔다. 차를 마신 뒤에 손행자는 방장산을 찾아오게 된 용건을 밝혔다.

"이 손선생이 여길 찾아온 것은 제군께 한 가지 부탁드릴 일이 있어서입니다. 들어주시겠는지요?"

"무슨 일인지 말씀해보시오. 들어봐야 할 수 있는지 없는지 알 게 아니겠소?"

"며칠 전에 당나라 스님을 모시고 서쪽으로 가는 도중, 만수산 오장관을 지나게 되었습니다. 그런데 그 도관의 동자 녀석이 괘씸하게 굴어, 제가 홧김에 인삼과나무를 쓰러뜨렸습니다. 그래서 옥신각신 다툰 끝에 저희 일행은 갈 길이 막혀 떠나지 못하고 당나라 스님도 붙잡혀 빠져나오지 못하고 있는 실정입니다. 무슨 일이 있어도 그 나무를 살려내야 하겠는데, 처방이 없어 일부러 제군이 계신 곳까지 찾아왔으니, 한 가지 처방을 내려주시어 그 나무를 살려내도록 해주신다면 감사하기 이를 데 없겠습니다."

동화대제군은 그 말을 듣고 기가 막혀 고개를 절레절레 내둘렀다.

"허어, 그것참! 이 원숭이 녀석은 앞뒤를 가리지 않고 가는 곳마다 분란을 일으켜놓는군! 오장관의 진원자라면 성호가 '여세동군'으로 지선의 조상이 되는 분이외다. 그대가 어쩌자고 그런 분을 귀찮게 건드려놓았단 말이오? 그분의 인삼과나무는 바로 초환단이오. 그것을 훔쳐먹은 것만으로도 큰 죄가 될 터인데 나무까지 쓰러뜨려놓았다니, 그분이 어찌 가만히 계시겠소?"

"바로 그겁니다. 우리가 도망쳐 나오기가 무섭게 뒤쫓아와서 마치 우리 일행을 무슨 땀 씻는 수건처럼 여기고 번번이 소맷자락 속에 휘몰아 넣곤 했습니다. 사세가 이러니 맞겨루어봤자 어떻게 할 도리가 없기에 그분과 협상을 했습니다. 그분도 나무만 도로 살려놓는다면 우리 일행을 풀어준다고 약속했기 때문에, 제가 그 처방을 얻으려고 이렇게 제군을 찾아와 뵙는 것입니다."

동화대제군이 대답했다.

"내게는 '구전태을환단(九轉太乙還丹)'이 한 알 있는데, 이것으로 인간 세상의 생령들을 치료할 수는 있으되, 그 나무는 고치지 못하오. 그 나무는 토목(土木)의 영(靈)으로서, 하늘과 땅의 자양분을 받아들여 윤택하게 된 것이니, 범속한 세상의 나무라면 혹시 고칠 수 있을지 모르겠으나, 저 만수산은 선천 복지요 오장관은 바로 서우하주의 동천이며, 인삼과나무로 말하자면 천지개벽 이전부터 뿌리를 내린 영근인데, 그것을 어떻게 살려낼 수 있겠소? 그런 처방은 내게 없소, 없단 말이오!"

"처방이 없다니 할 수 없군. 이 손선생은 물러갈밖에."

손행자가 시무룩하니 발길을 돌리자, 동화대제군은 그를 붙잡고 옥액(玉液) 한 잔을 대접하려 했다. 그러나 손행자는 이 호의마저 받아들일 여유가 없었다.

"일이 너무 긴급해서 오래 머뭇거릴 수 없습니다."

이윽고 방장산을 떠난 손행자는 구름을 되돌려 다시 영주(瀛洲) 해도(海島)에 이르렀다. 그곳 역시 봉래도와 방장산에 견줄 만큼 훌륭한 경치가 있었다.

> 아롱다롱 구슬 맺힌 나무숲은 영롱하게 자줏빛 아지랑이를 비추고,
> 영주 궁궐은 제천(諸天)에 닿았다.
> 짙푸른 산 벽록의 빛깔 냇물에 기화요초 아름답게 피고,
> 옥액은 곤오산(錕鋙山)[8]에서 나는 철광석보다 더 굳세다.

다섯 가지 빛깔의 벽계(碧鷄)는 바다에 떠오르는 해를 바라보고 울며,

천년 장수 누리는 붉은 볏의 봉황은 자줏빛 연하(煙霞)를 빨아마신다.

속세 인간은 호리병 속의 경치를 추구하지 말라,

상외(象外)의 봄빛이 억만 년을 변함없으니.

손행자는 영주 해도에 다다르자, 붉은 언덕 구슬 맺힌 나무 그늘 아래 바둑을 두고 있는 신선 몇 분을 발견했다. 그들은 머리와 수염이 하얗게 세었고 동자처럼 발그스레한 얼굴빛에 학의 깃털보다 더 뽀얀 귀밑머리를 늘어뜨리고, 술잔을 기울여가며 이런저런 담소를 나누면서 흥얼흥얼 노랫가락을 읊조리고 있었다.

상서로운 구름빛이 가득 차고, 서기 어린 아지랑이 향기롭게 떠오르는데.

오색찬란한 난봉(鸞鳳)은 동굴 어귀에서 우짖고,

검정 두루미는 산머리에서 춤을 춘다.

짙푸른 연뿌리와 수밀도를 안주 삼으니,

제철 만난 배와 붉은 대추는 수명을 천추 백세 늘려준다.

한결같이 모두가 단조(丹詔)에 들린 바 없고 선부(仙符)에 적(籍)을 올렸으니,

물결 따라 마음대로 소요(逍遙)하고,

한가로이 노닐며 맑고 그윽한 가운데 몸을 맡긴다.

---

8 곤오산: 고대 신화에 질 좋은 철과 구리가 많이 난다는 가상의 산. 제6회 주 **9** '곤오' 참조.

일주천 돌고돌아 육십 갑자가 다하도록 속박하는 이 없으니,
대지 건곤을 자유롭게 돌아다닌다.
과일을 바치는 검정 원숭이 짝지어 따르니 얼마나 귀여우며,
꽃을 머금은 흰 사슴떼 쌍쌍이 앞발 모아 엎드리니 속박당할 것이 무엇이랴.

늙은이들은 불청객이 찾아온 줄도 모른 채 흥겹게 놀고 있었다. 심술궂은 손행자, 일부러 목청을 드높여 흥을 깨뜨린다.
"여어! 나도 한 축 끼여 놀아봅시다. 여러분, 어떻소?"
여러 신선들이 그를 보고 부리나케 달려와 맞아들인다.

인삼과나무 신령한 뿌리가 꺾어지니, 제천대성은 신선 찾아 처방을 구한다.
붉은 노을 보림(寶林)에서 감돌아 일고, 영주의 아홉 원로가 나와 영접하네.

손행자는 아홉 노인들을 알아보고 웃음 섞어 수작을 걸었다.
"노형들, 참으로 한가하시구려!"
아홉 원로들도 맞장구를 쳤다.
"손대성도 당년에 얌전히 굴고 천궁을 뒤엎지만 않았던들, 우리보다 더 한가로운 세월을 보냈을 거요. 지금도 대성은 잘되지 않았소? 소문에 듣자니까, 대성은 귀진(歸眞)하여 서방 세계로 부처님을 뵈러 가신다던데, 어떻게 틈을 내어 이런 곳을 찾아오셨소?"
손행자는 오장관에서 벌어진 일을 낱낱이 얘기해주고 인삼과나무를 살려놓을 처방을 구하러 다니게 된 사연을 다 털어놓았다. 아홉 원로

는 그 말을 듣고 깜짝 놀랐다.

"또 불집을 터뜨렸군, 또 불집을 터뜨렸어! 우리한테는 그런 처방이 없소!"

"처방이 없다니 할 수 없군. 작별 인사나 할밖에."

시무룩하니 발길을 돌리는 손행자를 그들은 붙잡아 신선의 음료 경장(瓊漿)과 푸른 연뿌리를 대접한다. 손행자는 권하는 자리에 앉지도 않고 그대로 선 채 경장 한 잔을 마시고 연뿌리 한 덩어리를 먹은 다음, 총총히 영주를 떠나 동양대해로 달려갔다.

얼마 안 되어서 남해 낙가산이 머지않은 곳에 바라보였다. 구름을 낮추고 보타암에 내려서니, 관세음보살이 자죽림 숲 속에서 제천 대신(諸天大神), 목차 행자(木叉行者), 용녀(龍女)들을 거느리고 설법을 강론하고 있었다.

> 바다 주인의 성벽은 높고 서기가 짙게 드리웠으나,
> 기이한 사적은 더욱 무궁하게 볼 수 있다네.
> 모름지기 천반(千般) 밖에 가려 숨겨 있으니,
> 모든 것이 미세한 일품(一品) 가운데서 나옴을 알리라.
> 사성(四聖)은 때를 주어 정과(正果)를 이루게 하니,
> 육범(六凡)[9]은 설법을 듣고서야 번롱(樊籠, 울타리와 새장)을 벗어난다.
> 아담한 숲에는 참된 맛이 따로 있으니,

---

9 사성·육범: 불교 용어로 부처님의 도를 이룩한 이와 범속한 사람을 십계(十界)로 나누었는데, **사성**(四聖)이란 아미타불·관세음보살·대세지보살·대해중보살을 가리키기도 하고, 성문(聲聞)·연각(緣覺)과 보살·부처를 일컫기도 한다. **육범**(六凡)은 지옥(地獄)·아귀(餓鬼)·축생(畜生)·수라(修羅)·인간(人間)·천상(天上), 이렇게 6도(道)를 가리킨다.

꽃 과일 향기를 풍겨 온갖 나무에 붉게 찼다.

관음보살은 벌써부터 손행자가 오는 줄 알아차리고 즉시 수산 대신(守山大神)에게 명하여 마중을 나가도록 했다. 수산 대신은 숲 밖으로 나오면서 큰 소리로 손행자를 불러세웠다.

"손오공! 어딜 가시오?"

손행자는 고개를 번쩍 들고 냅다 호통을 쳤다.

"이 못된 곰 녀석아! 손오공이 네놈더러 부르라고 붙인 이름인 줄 아느냐? 당초에 내가 네 목숨을 살려주지 않았더라면, 네놈은 벌써 흑풍산에 죽어 널브러진 송장 귀신이 되었을 것이다. 이제 보살님을 따라서 선과를 받고 이 좋은 선산에 살며 언제나 법교를 듣게 되었으니, 이 손선생에게 '어르신'이라고 한마디쯤 불러줘야 할 게 아니냐?"

흑풍산의 검정 곰은 과연 정과를 얻었으며 관음보살이 거처하는 곳에서 보타락가산을 지키는 수산 대신이 되어 있었다. 사실대로 말하자면 그가 이렇게 대신(大神)으로까지 일컬음을 받게 된 것은 역시 손행자의 덕분이 아닐 수 없었다. 그만큼 신세를 졌으니, 수산 대신도 손행자에게 한 수 접어두고 대할밖에 딴 도리가 없는 것이다. 그는 겸연쩍은 웃음을 띠면서 이렇게 말했다.

"손대성, 옛말에도 '군자는 지난날의 잘못을 염두에 두지 않는다(君子不念舊惡)' 하지 않았소? 과거 얘기를 자꾸 끄집어내면 뭘 하겠소? 보살님께서 그대를 영접하라 분부하셨으니 어서 들어가기나 합시다."

손행자는 옷매무새를 단정히 가다듬고 수산 대신과 함께 자죽림 숲 속으로 들어가 관음보살에게 참배했다.

"오공아, 당나라 스님은 어디까지 왔느냐?"

보살이 물었다.

"예, 서우하주 만수산까지 가셨습니다."

손행자의 대답에, 보살은 다시 이렇게 물었다.

"만수산에는 오장관이 있다. 그 도관의 진원 대선 어른을 만나보았느냐?"

"예에……, 바로 그 오장관에서 제가 진원 대선을 알아뵙지 못하고 그만 인삼과나무를 결딴내고 그분의 성미를 건드리고 말았습니다. 그분이 저희 사부님을 붙잡아두시는 바람에 앞으로 더 나아가지 못하고 있습니다."

사연을 알게 된 관음보살은 손행자를 무섭게 꾸짖었다.

"이 고약한 원숭이 녀석! 세상에 무엇이 옳고 그른지도 모른 채 또 천둥벌거숭이처럼 날뛰기만 했구나. 그분의 인삼과나무는 천지개벽 이전부터 뿌리박은 영근이요, 진원자로 말하자면 지선의 조상이라, 나 역시 그분께는 어느 정도 양보를 하고 지내는 터인데, 어쩌자고 네가 그 나무를 망쳐버렸단 말이냐?"

손행자는 흠칫 자라목을 움츠리고 보살 앞에 두 번 세 번 거듭 절을 올렸다.

"사실 저는 몰랐습니다. 그날 진원 대선은 도관에 안 계시고 동자 녀석 둘이서 저희 일행을 기다리고 있었습니다. 그런데 저팔계가 도관에 희귀한 인삼과가 있다는 것을 알고 한 개쯤 맛보고 싶다 하기에, 제가 세 개를 훔쳐다가 형제들끼리 나누어 먹었습니다. 동자 녀석들은 그 사실을 알고 저희들에게 입에 담지 못할 욕설을 마구 퍼붓고 악담을 했습니다. 그래서 저도 화가 난 김에 그놈의 나무를 쓰러뜨려 결딴내고 말았던 것입니다. 진원 대선은 이튿날 돌아와서 곧바로 저희를 뒤쫓았습니다. 그리고 저희를 소맷자락으로 단숨에 휘말아 가지고 돌아가더니, 한 사람씩 동아줄로 결박지어놓고 하루 온종일 채찍질을 하며 고문했습니다. 저희는 그날 밤에 빠져나갔으나, 그분 역시 뒤쫓아와서 앞서처럼 소맷자락으로 휘말아 가지고 돌아갔습니다. 이렇듯 두 번 세 번 탈주를 거듭했으나 도무지 빠져나갈 수가 없기에, 마침내 그 나무를 도로 살려 놓겠다고 약속했던 것입니다. 그리고 해상에서 처방을 구해볼까 싶어 봉래도와 방장산, 영주 삼도를 두루 헤매고 다녔으나, 여러 신선들 역시 모두 그런 재주가 없다고 하기에, 어쩔 수 없이 보살님을 찾아뵈올 생각을 하고 이렇듯 보살님께 찾아와서 여쭙는 것입니다. 제자가 이렇게 엎드려 빌겠으니, 부디 자비를 베푸시어 그 나무를 살려낼 처방 한 가지만 내려주십시오. 그래야만 당나라 스님을 구해 가지고 하루 속히 서천으로 떠날 수 있겠습니다."

"왜 진작 나를 보러 오지 않고, 섬에 가서 찾아다녔느냐?"

손행자는 그 말을 듣고 귀가 솔깃해졌다.

'옳거니! 됐구나, 됐어……! 보살님에게 처방이 있구나……!'

속으로는 춤이라도 덩실덩실 출 것처럼 기뻐하면서도, 그는 점잖게 한 걸음 앞으로 더 나서더니 간곡하고도 애절한 목소리로 부탁했다.

"보살님, 부디 저희 소원을 들어주십시오!"

관음보살이 대답한다.

"내 이 정병 밑바닥에 '감로수(甘露水)'[10]가 고여 있다. 이 샘물은

---

10 감로수: 불교 용어로 amṛta의 뜻풀이. 하늘의 신들이 즐겨 마시는 음료. 이것을 마시면 늙지 않고 죽지도 않는다고 한다. 베다에서는 소마 soma주(酒)를 뜻하는데, 그 맛이 꿀처럼 달다고 해서 '감로(甘露)'라는 이름을 붙였다. 불교에서는 "불사(不死)를 얻고 빛이 되며 신(神)이 된다"고 하여, 고뇌를 멀리하고 목숨이 길어지며 죽은 이를 환생시키는 도리천(忉利天)의 영약(靈藥)으로 간주하였다. 중국 상해 사회과학원의 리우껑따(劉耿大) 교수는 『서유기의 미스터리 탐색(西遊記迷境探幽)』에서, 감로수의 근원을 중국 신화에 나오는 기사회생의 신비한 효능을 지닌 불사약·불사초의 변종으로 인식하고, 관음보살이 인삼과나무를 살려낼 때 읊은 주문 역시 원시 사회 무속인들이 행하는 주술 의식(呪術儀式)으로 인식하여, 신의(神醫) 곧 무의(巫醫)의 형태를 이어받았다고 주장하였다.

그 어떤 신령한 나무뿌리나 묘목이 죽었더라도 살려낼 수 있다."

손행자는 미심쩍어 다시 여쭈었다.

"살려내신 경험이 있으십니까?"

"경험이야 있지!"

"언제 해보셨습니까?"

"언젠가 태상노군이 나하고 내기를 해서 이겼는데, 그분이 내 버드나무 가지를 뽑아다가 구전환단(九轉還丹)을 굽는 팔괘로에 집어넣고 새까맣게 태워버렸다. 그리고 그것을 내게 돌려주기에, 나는 새까맣게 타버린 그 버들가지를 정병에 꽂아두었다. 그리고 하루 낮과 밤을 지냈더니 푸른 가지와 초록빛 잎사귀가 다시 돋아나오고, 옛날과 똑같이 되살아났다."

그 말씀에 손행자는 기뻐 어쩔 줄을 모르고 싱글벙글 웃음이 떠나지 않았다.

"조화로다, 정말 조화로구나! 불에 타버린 것을 살려낼 수 있다니, 쓰러뜨린 나무쯤이야 어려울 게 어디 있겠습니까?"

관음보살은 그 말을 못 들은 척하고 제자들에게 분부를 내렸다.

"숲속을 잘 지키고 있거라. 내가 다녀올 터이니……"

분부를 마친 보살은 손바닥에 정병을 떠받쳐 들고 자죽림을 나섰다. 앞에는 흰 앵무새가 재잘대면서 길을 인도하고, 제천대성 손오공은 그 뒤를 따랐다.

관세음보살이 거동하는 모습을 증명하는 이런 시구가 있다.

> 옥호(玉毫)와 금신상(金身像)은 세상에서 논하기 어려우니,
> 이이가 바로 자비로움으로 고난을 구해주는 존자라네.
> 과거에는 영겁을 두고 청정무구불(淸淨無垢佛)을 만났고,

지금에는 득도하여 유위신(有爲身)을 이루었다.
몇 번이나 욕망의 바다에 태어나 맑은 물결 가라앉혔으며,
한 조각 마음밭(心田)에 점진(點塵)을 끊는다.
감로수는 오래 두고 참된 묘법을 거친 것이니,
반드시 보수(寶樹)를 살려내어 길이 살게 하리라.

한편 오장관에서는 진원 대선이 세 노인 별과 더불어 청담(淸談)을 나누고 있었는데, 갑자기 손행자가 구름을 낮추고 땅 위에 내려서서 큰 소리로 외쳐 알렸다.

"보살님이 오십니다! 어서 빨리 영접하시오!"

세 노인 별과 진원자, 그리고 삼장 일행은 보살이 왕림하였다는 말에 당황하여 일제히 보전(寶殿) 바깥으로 뛰어나와 맞아들였다.

관세음보살은 상운을 멈추고 우선 진원자와 인사를 나눈 다음, 그동안에 격조했던 얘기를 주고받았다. 그리고 나서야 세 노인 별과 인사를 나누었다. 인사치레가 끝나자, 주객은 자리를 잡고 앉았다. 손행자는 당나라 스님과 저팔계, 사화상을 이끌고 관음보살 앞에 나아가 조배를 올렸다. 오장관에 거처하는 여러 제자들도 모두 나와서 관음보살을 참배했다.

손행자가 진원 대선을 돌아보며 당부했다.

"대선 어른, 지체하지 마시고 향안을 차려 내오십쇼. 그리고 보살님께서 그 인삼과인지 뭔지 하는 나무를 고쳐주시도록 청하십시오."

진원 대선은 허리 굽혀 관음보살에게 정중히 사의를 표했다.

"불초한 자들이 저지른 일에 보살님까지 수고스럽게 강림하시게 했으니, 이 노릇을 어찌하면 좋을는지 모르겠습니다."

관음보살이 대답한다.

"당나라 스님은 바로 나의 제자요. 손오공이 선생의 보배 나무를 건드려놓았다니, 제가 배상하는 것은 당연한 일이지요."

세 노인 별이 곁에서 재촉을 한다.

"그렇다 하오면 더 말씀하실 것 없이 보살님을 모시고 동산으로 가봅시다."

진원 대선은 제자들에게 명하여 향안을 차려 내오게 하고 후원을 깨끗이 청소하게 한 다음, 보살을 모시고 앞장서서 들어갔다. 그 뒤에는 세 노인 별이 따르고, 삼장 일행과 오장관의 여러 산선들 역시 그 뒤에 줄줄이 따라붙었다. 과수원에 들어서고 보니, 인삼과나무는 처참하게 땅에 쓰러져 흙바닥이 파헤쳐지고 뿌리가 드러났으며, 잎사귀는 다 떨어지고 가장귀가 시들어 있었다.

관음보살이 손행자를 앞으로 불러냈다.

"오공아, 손바닥을 내밀어라!"

손행자가 왼 손바닥을 내놓았다. 보살은 버드나무 가지로 정병 속의 감로수를 찍어내더니 그 손바닥에 기사회생을 상징하는 부적 한줄기를 그리더니, 그것을 나무뿌리 밑에 집어넣고 물이 나올 때까지 잘 지켜보라고 하였다. 손행자는 관음보살이 시키는 대로 주먹을 불끈 쥐어 통째로 드러난 뿌리 밑에 집어넣고 이리저리 더듬었다. 그랬더니 눈 깜짝할 사이에 뿌리 밑에서 맑은 물이 솟구쳐 나오는 것이 아닌가!

관음보살은 이렇게 말했다.

"이 물은 오행의 그릇에 닿으면 안 된다. 반드시 옥으로 만든 표주박으로 떠내 가지고 나무줄기를 일으켜 세운 다음, 그 위에서부터 아래로 흘려 내려야만 뿌리와 껍질이 합쳐져서 가지가 자라고 싹이 터서 떡잎이 돋아나게 될 것이며, 푸른 가장귀가 싱싱하게 뻗어나면 과일도 열리게 될 것이다."

그 말을 듣자 손행자는 다급하게 오장관 도사들을 재촉했다.

"이것 보게, 풋내기 도사들! 냉큼 옥으로 만든 표주박을 가져오지 못하겠나?"

그랬더니 이번에는 진원자가 난처한 기색으로 대꾸했다.

"빈도가 거처하는 이곳이 워낙 궁벽한 산중이라, 옥으로 만든 표주박은 없고 그저 옥 찻잔이나 술잔 같은 것이 있을 뿐인데, 그것으로도 쓰실 수 있겠는지요?"

관음보살은 고개를 끄덕였다.

"옥으로 깎아 만든 용기라면 저 샘물을 떠낼 수 있을 테니, 어디 있는 대로 가져와보시지요."

진원 대선은 그 즉시 어린 동자들에게 명령을 내려, 오장관에 간직해두었던 옥 찻잔 2, 30개와 술잔 4, 50개를 모조리 꺼내다가 나무뿌리 밑의 맑은 샘물을 떠내 담게 했다. 그동안 손행자와 저팔계, 사화상은 나무 그루터기를 맞붙잡고 반듯이 일으켜 세워놓은 다음, 흙더미를 그러모아 뿌리 위에 두툼하게 다져놓았다. 그리고 옥그릇에 담긴 샘물을 한 잔 또 한 잔씩 관음보살에게 올렸다. 관음보살은 그 샘물을 버드나무 가지로 찍어서 인삼과나무에 골고루 뿌려가며 입으로 불경과 주문을 섞어 외웠다.

얼마 안 되어 떠낸 샘물을 다 뿌리고 났더니, 인삼과나무는 과연 전날과 다름없이 푸른 가지와 잎사귀가 무성해지고 가지에 열매가 주렁주렁 매달렸는데, 놀랍게도 그 숫자가 스물세 개나 되었다.

그것을 보고 누구보다 놀란 것은 청풍 명월 두 동자였다.

"이크! 이게 웬일이냐? 며칠 전 열매가 없어졌을 때는 아무리 세고 또 세어봐도 스물두 개밖에 없었는데, 이제 되살아 나온 과일이 어떻게 한 개가 더 늘어난 거야?"

손행자는 시침을 뚝 떼고 동자 녀석들을 점잖게 타일렀다.

"속담에 뭐라고 했더냐? '세월이 오래가야 사람의 마음을 알 수 있다(日久見人心)'[11]고 했다. 그날 이 손선생은 고작 세 개만 훔쳤을 뿐이고 나머지 한 개는 땅바닥에 떨어지기 무섭게 사라졌다. 토지신이 하는 말이, '그 보배는 토(土)를 만나면 흙 속으로 잦아든다'고 했는데, 저팔계란 녀석이 날더러 염치없이 그것을 혼자 슬쩍 빼돌렸다고 떠드는 바람에 헛소문이 나가지고 내가 그 누명을 흠뻑 뒤집어쓰지 않았더냐? 그게 지금에 와서야 제대로 밝혀진 것이다. 이제 알겠느냐?"

관음보살이 한마디를 덧붙였다.

"내가 방금 오행의 그릇을 쓰지 않은 까닭도 이 과일이 오행과 상극이라는 것을 알았기 때문이다."

목숨처럼 아끼던 나무가 싱싱하게 되살아나자, 진원 대선은 기뻐 어쩔 바를 몰랐다. 그는 즉석에서 제자들에게 명령을 내렸다.

"얘들아! 냉큼 황금 방망이를 가져다가 인삼과 열 개를 따오너라."

그는 관음보살과 삼성을 인도하여 보전으로 돌아갔다. 아끼고 아끼는 과일을 열 개씩이나 따게 한 것은 물론 관음보살의 노고에 사의를 표하자는 뜻도 있었지만, 이것을 계기로 뜻깊은 '인삼과 연회'를 베풀어 자랑하고 싶은 생각도 없지 않아 있었던 것이다.

이윽고 젊은 산선들이 식탁과 의자를 정돈하고 붉은 쟁반을 가지런히 깔아놓았다. 연회 석상에서 관음보살은 정면의 윗자리에 올라앉고,

---

11 세월이 오래가야 사람의 마음을 알 수 있다: 이 속담은 『원곡선(元曲選)』 가운데 무명씨의 작품 「쟁보은(爭報恩)」 첫번째 마당에, "가는 길이 멀어야 말의 힘을 알 수 있고, 세월이 오래 흘러야만 사람의 마음속을 들여다볼 수 있다(路遙知馬力, 日久見人心)"라고 한 데서 인용한 것이고, 이와 비슷한 용어로 『삼국지(三國志)』 「위서(魏書)」 조식(曹植)의 교지(矯志)에도, "길이 멀어야 준마의 힘을 알고, 세상에 거짓됨이 많아야 어진 선비를 알아본다(道遠知驥, 世僞知賢)"라는 숙어가 있다.

그 왼편 자리에는 세 분의 노인 별이, 오른편 좌석에는 당나라 스님이 앉았으며, 주인 되는 진원자는 앞자리에 앉아 손님 접대를 맡았다. 여러 사람들은 인삼과를 한 개씩 들었다.

> 만수산 깊은 산중 해묵은 복지 동천에,
> 인삼과 한 번 익으려면 9천 년이 걸린다네.
> 신령한 뿌리가 드러나고 가장귀는 찢겼으나,
> 감로수 자양분이 열매와 잎사귀를 온전히 되살렸구나.
> 세 원로가 기쁘게 상봉하니 모두가 옛 친구요,
> 네 승려는 요행으로 전세의 연분과 만났다네.
> 이로부터 함께 모여 인삼과를 맛보았으니,
> 다 같이 불로장생 누리는 신선들이 되었구나!

잔치 자리에서 관음보살과 세 노인 별은 인삼과를 한 개씩 들었다. 삼장 법사 역시 그 열매가 선가의 보배임을 비로소 알고 거리낌없이 한 개를 먹었다. 손오공을 비롯한 세 사람에게도 한 개씩 돌아갔다. 진원자도 손님을 접대하는 뜻에서 한 개를 먹었고, 나머지 한 개는 오장관의 여러 산선들이 나누어 맛보았다.

'인삼과 연회'가 끝나자, 손행자는 보타암으로 돌아가는 관음보살에게 깊이 사례하고, 다시 세 노인 별을 배웅하여 봉래도로 돌려보냈다.

진원 대선은 따로 소채 안주와 술을 마련해놓고 약속한 대로 손행자와 의형제를 맺었다. 이야말로 싸움 끝에 정이 든다는 격이라, 만약 두 사람 간에 옥신각신 다툼이 없었더라면 피차 알아보지도 못했을 것을, 이제 와서 도가와 불문의 두 집안이 하나로 합쳐진 셈이었다. 생각지도 않았던 경사를 만난 삼장 법사와 제자 네 사람은 기쁨을 이기지 못하고 밤늦도록 즐기다가 비로소 잠자리에 들었다.

이리하여 삼장 법사는 인연이 있어 초환단을 먹고 장수를 누리게 되었으나, 그 대신 요괴 마귀의 재난도 여러 차례 받지 않을 수 없게 되었던 것이다.

과연 날이 밝은 다음날에 삼장 법사 일행은 어떻게 작별할 것인지, 다음 회에서 풀어보기로 하자.

제27회 시마(屍魔)는 당나라 삼장을 세 차례나 농락하고, 성승은 미후왕의 처사를 미워하여 쫓아내다

이튿날 스승과 제자 일행은 날이 밝자마자 행장을 수습하고 길 떠날 채비를 서둘렀다. 그러나 손행자와 의형제를 맺고 나서 의기가 투합한 진원 대선은 삼장 일행을 그대로 떠나보내려 들지 않고 대엿새나 붙잡아둔 채 연일 극진히 대접하였다.

삼장 법사는 초환단을 먹고 난 뒤부터 정말로 탈태환골하여 정신력이 상쾌해지고 신체도 건장해졌다. 그는 경을 가지러 가야겠다는 마음이 더욱 간절해져서 오장관의 주인이 붙잡는 대로 마냥 주저앉아 있으려 하지 않았다. 손님이 기어코 떠나겠다는데야 어쩌겠는가, 진원 대선도 그들을 떠나보내지 않을 도리가 없었다.

대선과 작별하고 길에 오른 삼장 일행이 서쪽으로 얼마 가지 않아서였다. 눈앞에 높은 산이 하나 나타났다. 삼장은 그 산세를 보고 저도 모르게 겁이 나서 제자들을 불렀다.

"애들아, 저 앞에 있는 산이 무척 험준해서 말이 잘 올라가지 못할 듯싶구나. 모두들 자세히 좀 살펴보거라."

손행자가 대수롭지 않게 말했다.

"사부님, 안심하십쇼. 저희들이 잘 알아서 모시겠습니다."

용감한 행자는 말머리 앞에 나서서 철봉을 비스듬히 둘러메고 산길을 헤쳐가며 높은 언덕까지 올라갔다.

산등성이에 올라서서 바라보는 광경은 끝이 없었다.

산봉우리에 바위 더미 겹겹으로 쌓이고,
깊은 골짜기에 냇물 굽이쳐 감돌아 흐른다.
호랑이와 이리가 떼를 지어 달아나고,
고라니 사슴은 무리를 짓고 돌아다닌다.
무수한 노루와 멧돼지는 무더기로 숲속을 파헤치고 들어가며,
산에는 온통 여우와 토끼 떼가 이리 몰리고 저리 몰려다닌다.
천 길이나 되는 이무기, 만 길이나 되는 구렁이가 똬리 틀어 도사리니,
거대한 이무기는 수심 어린 안개를 뿜어내고,
굵다란 구렁이는 기괴한 바람결을 토해낸다.
길 곁에는 온통 가시덤불 깔려 있고,
영마루에는 소나무와 녹나무 자태가 수려하다.
눈길 가는 곳마다 다북쑥에 겨우살이 담쟁이덩굴이요,
향기로운 방초는 하늘과 맞닿았다.
산 그림자는 북명 창해(北溟滄海)에 떨어지고,
구름이 열리는 곳에 북두칠성 자루가 남녘으로 뻗어 있다.
만년을 두고 찾아도 산의 정기 감추어져 노쇠하니,
웅장하게 늘어선 일천 봉우리가 햇빛 아래 차디차다.

험악한 산세, 사나운 맹수떼를 바라보고 있으려니, 삼장은 마상에서 놀랍고 두려워 겁을 집어먹었다. 그러나 용감한 손대성이 철봉을 춤추듯이 휘둘러가며 냅다 호통을 지르니, 이무기와 구렁이와 이리 떼는 놀라서 갈팡질팡 숨어버리고, 호랑이와 표범들도 꼬리를 도사리고 도망쳐 사라졌다.

산중에 들어선 일행이 가파른 등성이를 타고 올라섰을 때였다. 삼장은 맏제자를 불렀다.

"오공아, 나는 오늘 하루 진종일 배가 고팠다. 어디 가서 동냥이나 좀 해오려무나."

스승이 시장하다는 말에, 손행자는 쑥스러운 웃음을 띠었다.

"원, 사부님도 딱하십니다. 이렇게 깊은 산중에 동냥을 해오라니요? 길 앞에 마을이 있는 것도 아니요 길 뒤에 음식점이 있는 것도 아닌데, 설령 돈이 있다 한들 살 곳이 없는 마당에 어딜 가서 동냥을 해오란 말씀입니까?"

제자가 눈앞에서 생글생글 웃는 꼬락서니를 보고 있으려니, 삼장은 얄미운 생각이 들고 마음까지 언짢아, 저도 모르게 투덜투덜 불평이 나왔다.

"이 못된 원숭이 녀석, 네가 양계산에서 여래님께 붙잡혀 돌궤짝에 갇혀 있던 때를 생각해봐라! 주둥이는 나불나불 잘도 지껄여댔지만 발가락 하나 꼼짝달싹 못 하고 있는 것을, 내 덕분에 목숨을 건지고 마정수계(摩頂受戒)하여 내 문하 제자로 들어오게 되지 않았더냐? 그런 네놈이 왜 모든 일에 힘쓰려 들지 않고, 늘 게으른 생각을 품고 꾀만 부리려는 게냐?"

"꾀만 부리다뇨? 제가 언제 게으른 생각을 품었습니까? 저도 딴에는 애써서 하느라고 하고 있습니다."

손행자는 스승의 말이 억울해서 반박을 했으나, 삼장은 그마저 무시해버렸다.

"애써서 하는 짓이라면, 왜 나한테 동냥해다 먹도록 해주지 않는 거냐? 배가 고파서 어디 길을 갈 수 있어야 말이지. 게다가 이 산을 보거라. 이렇게 험악하고 거친 산중에 무덥기도 하고 역한 습기마저 꽉 들어찼으니, 이래 가지고야 어떻게 서천 뇌음사까지 갈 수 있겠느냐?"

"사부님, 제 탓만 하지 마시고 제발 그 잔소리도 그만두십쇼. 사부님 성격이 워낙 깔끔하신데다 급하다는 것도 잘 알고 있습니다. 제가 조금이라도 어물어물하면, 당장 그놈의 '긴고주'를 외우시겠죠? 자, 말에서 내리십쇼! 여기 편히 앉아 계시면, 제가 어딜 가서든지 인가를 찾아서 동냥해올 테니까, 잠시만 기다리고 계십쇼!"

말을 마친 손행자, 그 즉시 몸을 날려 구름 위로 뛰어올랐다. 그리고 이마에 손을 얹고 두 눈을 딱 부릅뜬 채 사면팔방을 휘둘러보았으나, 안타깝게도 서쪽 길은 쓸쓸하기 짝이 없는 적막강산이라, 마을은커녕 인가도 찾아볼 길 없고 눈에 뜨이는 것이라곤 울창한 나무숲뿐, 사람이 살고 있는 굴뚝 연기조차 보이지 않았다.

한참 동안 두리번거리다 보니, 남쪽 정면으로 한군데 높은 산이 자리잡았는데, 그 산이 양지쪽으로 향한 곳에 새빨간 것들이 점점이 바라보였다.

손행자는 구름을 멈추고 내려서서 삼장에게 말했다.

"사부님, 먹을 것이 생겼습니다."

삼장은 그게 무엇이냐고 물었다.

"이 근처에는 동냥할 인가나 마을이 없습니다. 저 남쪽 산에 새빨간 것이 점점이 바라보이는데, 아마도 잘 익은 소귀나무 열매 아니면 복숭아 같습니다. 제가 냉큼 가서 몇 개 따다 드릴 테니 그걸로 요기나 하시지요."

그 말을 듣고 삼장은 비로소 얼굴에 웃음기가 감돌기 시작했다.

"출가인의 신분으로 복숭아를 먹을 수 있다니, 그야말로 상팔자로구나."

손행자는 즉시 동냥할 때 쓰던 바리때를 꺼내들고 상광을 일으켜 올라탔다. 근두운은 '쉬익!' 하는 소리와 함께 차가운 기운을 이끌면서 눈 깜짝할 사이에 번개 벼락 치듯 날아가더니, 단숨에 남쪽 산등성이까지 들이닥쳤다. 그리고 탐스럽게 익은 야생 복숭아를 주섬주섬 따기 시작한 것은 말할 나위도 없다.

속담에, '산이 높으면 필경 괴물이 도사려 있고, 영마루가 험준하면 반드시 요정이 살고 있다'고 했듯이, 과연 이 산 위에는 요괴 한 마리가 도사려 있었다. 손대성이 야생 복숭아를 따다 스승에게 드릴 요량으로 기세등등하게 남쪽을 치달았을 때, 그만 그 소리가 요괴를 놀라 깨우고 말았다. 요괴는 구름 끝에 음풍을 딛고 서서 삼장 일행이 땅바닥에 앉아 있는 것을 발견하고 기쁨을 이기지 못했다.

"이게 웬 떡이냐? 몇 해 전에 집사람들의 얘기가 동녘 땅에서 오는 당나라 화상이 '대승' 불경을 가지러 간다던데, 그는 본디 금선자의 화신으로 십세 수행을 쌓은 몸이라, 누구든지 그 고기를 한 덩어리만 먹으면 불로장생할 수 있다고 했다.[1] 그런데 그 복덩어리가 오늘 나한테 통째로 굴러들었구나!"

요괴는 성급하게 삼장 앞으로 덮쳐 들려다가 그 좌우에 두 명의 대장이 호위하고 있는 것을 보더니, 섣불리 건드려볼 엄두를 내지 못하고 도로 움츠러들고 말았다. '두 명의 대장'이란 누구를 두고 하는 말이었을까? 저팔계와 사화상이 바로 그들이다. 저팔계나 사화상은 비록 별 재간은 지니고 있지 못하다 하더라도, 저팔계는 어엿한 천봉원수 출신

---

[1] 그 고기…… 불로장생할 수 있다: 이 책의 청대(清代) 판본 『서유증도서(西遊證道書)』를 주해한 황주성(黃周星)은 "당나라 스님이 불로장생하게 된 까닭은 초환단을 먹었을 때부터이며, 이후 서방 세계로 가는 길에 요사스런 마귀들이 당나라 스님을 잡아먹으려 노리기 시작한 것도 역시 이때부터였다. 이야말로 '도(道)가 1척 높아지면, 마(魔)는 10척이나 더 높아진다'는 격이 아닌가!" 하고 탄식을 금치 못하였다.

이요, 사화상은 옥황상제 어전에서 주렴을 걷어올리던 측근 장수 권렴대장이시다. 그들이 지금 하계에 떨어져 귀양살이를 하는 몸이기는 해도 천궁에서 뽐내고 있던 위풍과 기상만큼은 아직껏 스러지지 않았으니, 요괴 따위가 함부로 삼장을 건드리게 내버려둘 턱이 없는 것이다.

요괴는 혼잣말로 중얼거렸다.

"그렇다면 어디 보자! 내 이것들을 좀 홀려봐야겠다. 그래서 네놈들이 어떻게 나올 것인지 두고 보자꾸나."

요괴는 일단 음풍을 거두고 산골짜기 깊숙한 곳에서 몸뚱이를 한 번 꿈틀하더니, 어느새 달덩어리 같은 모습에 꽃과 같이 아리따운 화용월태(花容月態)의 미녀로 변신했다. 말로써는 이루 다 형언하기 어려운 청순한 미목, 박속처럼 새하얀 이빨, 앵두같이 붉은 입술에, 왼손에는 푸른 빛깔의 사기 단지 한 개를 들고, 오른손에는 초록빛 도자기 병을 한 개 떠받든 채, 서쪽 길에서 동쪽을 바라고 당나라 스님이 앉아 있는 곳을 향해 곧바로 다가왔다.

      성승은 산등성이 바위 아래 말 다리를 쉬고 앉았는데,
      홀연듯 치마 저고리 차림에 비녀를 단정하게 꽂은 절세미녀가 아장아장 다가온다.
      비취색 소맷자락 하느작하느작 나부껴 옥같이 고운 손가락을 그 속에 감추고, 상군(湘裙) 치맛자락 비스듬히 이끌려 금빛 연꽃 두 발을 살그머니 드러낸다.
      분 바른 얼굴에 땀이 흐르니 이슬 머금은 꽃과 같고,
      티끌이 눈썹을 스치니 버들가지 안개를 띤 듯하다.
      눈을 뜨고 어디로 가는지 자세히 바라보니,
      어느덧 미녀는 눈앞으로 다가왔네.

삼장이 그것을 바라보다가 얼른 두 제자를 불렀다.

"팔계야, 사화상아! 저걸 좀 보려무나. 오공은 여기가 인적 하나 없는 무인 광야라던데, 저기서 웬 사람이 오고 있지 않느냐?"

저팔계가 먼저 나섰다.

"사부님은 사화상하고 여기 앉아 기다리십쇼. 이 저팔계가 가서 알아보고 오겠습니다."

이 미련한 놈은 쇠스랑을 내려놓고 옷매무새를 단정하게 가다듬더니, 기우뚱기우뚱 거드름을 부려가며 점잖은 척 곧바로 마중을 나갔다. 멀리서는 어렴풋하게 잘 보이지 않던 모습이 가까워질수록 절세미녀의 모습이 똑똑히 보이는데, 그야말로 경국지색이 따로 없을 만큼 눈부시게 아름답다.

> 얼음 같은 살결에 옥골(玉骨)을 감추고,
> 슬쩍 여민 옷깃 사이로 토실토실한 젖가슴을 드러낸다.
> 버들 잎새 눈썹에는 검푸른 빛깔이 짙게 드리우고,
> 살구씨 같은 눈망울엔 은빛 별이 반짝인다.
> 보름달 같은 얼굴 모습에 자태는 새초롬하고,
> 타고난 천성이 맑고도 깨끗하다.
> 몸매는 버드나무 가지 사이에 숨은 제비를 닮았고,
> 음성은 숲속에서 지저귀는 꾀꼬리 소리가 따로 없다.
> 절반쯤 벌어진 해당화가 새벽녘 햇빛에 휘감긴 듯하고,
> 방긋 피어난 작약꽃이 춘정을 희롱하는 듯하다.

저팔계란 놈은 아리땁게 생긴 여자의 모습을 보자, 벌써부터 엉큼

한 욕심이 꿈틀거려 견딜 수가 없는지, 입에서 나오는 대로 함부로 지껄여가며 수작을 걸었다.

"여보살님, 어디로 가시는 길인가요? 그 손에 든 것은 또 무엇입니까?"

미련퉁이 녀석은 그것이 분명 요괴인데도 알아보지 못한다. 저팔계의 물음에 요괴가 선뜻 대답했다.

"장로님, 말씀드릴까요? 이 푸른 사기 단지에는 맛좋은 쌀밥이 들어 있고, 비취색 병에는 볶음국수가 들어 있답니다. 소첩이 여기까지 나온 것은 다름이 아니오라, 평생 소원을 이루어볼까 하여 지나가는 스님께 보시해드리고 싶어서였습니다."

그 말을 듣자 저팔계는 어찌나 기뻤는지 황급히 돌아서더니, 마치 지랄병 걸린 멧돼지처럼 겅중겅중 뛰어서 삼장에게 달려갔다.

"사부님! '착한 사람에게는 하늘의 보답이 있다'더니, 과연 그 말이 맞아떨어졌습니다. 사부님께서 시장하시다니까 형님이 동냥을 나가기는 했지만, 그놈의 원숭이 녀석은 어딜 가서 복숭아나 따먹고 제멋대로 놀고 있는지 알 게 뭡니까? 소귀나무 열매나 복숭아는 많이 먹으면 속이 쓰리고 설사를 하게 마련이지요. 저것 좀 보십쇼! 스님에게 보시를 하러 오는 사람이 있지 않습니까?"

삼장은 제자의 덜렁대는 말투가 미덥지 않아 칭찬 대신 꾸지람을 안겼다.

"이 바보 미련퉁이 녀석아! 터무니없는 소리 삭삭 지껄여라. 우리가 여기까지 오는 도중에 좋은 사람을 하나도 만나본 적이 없었는데, 동냥해줄 사람이 어디 온단 말이냐?"

"사부님, 바로 저기 오지 않습니까?"

저팔계가 손가락질하는 쪽을 물끄러미 바라보던 삼장 법사, 용수철

퉁기듯이 벌떡 뛰어 일어나더니 앞가슴에 두 손 모아 합장하고 공손히 인사를 건넸다.

"여보살님, 댁은 어디십니까? 그리고 뉘 댁 부인이신지요? 무슨 소원이 있으시기에 이런 데까지 나오셔서 동냥을 주십니까?"

분명 요괴인데도 삼장 법사 역시 범태 육안이라 그것을 알아보지 못한다.

상대방이 내력을 물어오자, 요괴는 사람의 애간장을 녹일 듯이 아양을 떨어가며 거짓말을 꾸며 대답했다.

"스님, 이 산은 구렁이와 이무기, 사나운 들짐승조차 무서워 도망친다는 백호령(白虎嶺)이랍니다. 여기서 곧장 서쪽으로 내려가면 저희 집이 나오는데, 양친께서는 집에서 경을 읽고 계시고 착한 일이라면 만사 제쳐놓고 베풀어주신답니다. 그래서 멀리 오시는 스님이나 가까운데 사시는 스님이나 가리지 않고 널리 보시를 해오셨지요. 양친께서는 달리 부족한 것은 없어도 아들이 없는 게 한이 되어, 신령님께 빌고 빌어서 소첩을 낳으셨습니다. 그리고 사윗감을 골라 시집보낼 생각을 하셨으나, 늘그막에 의지할 곳이 없으실까 걱정되어 데릴사위를 하나 맞아들여 사시는 날까지 봉양을 받고 지낸답니다."

삼장은 그 말을 듣고 점잖게 타일렀다.

"여보살님, 그 말씀 잘못하셨습니다. 성현의 글에도, '어버이가 살아 계신 동안에는 멀리 나가지 말 것이며, 외출할 때는 반드시 가는 곳을 알려야 한다(父母在, 不遠遊, 遊必有方)'[2] 하지 않았습니까? 부모님이 댁에 살아 계시고 또 데릴사위까지 맞아들이셨다니 말인데…… 무슨 소원이 있으면 의당 남편 되시는 분이 나서야 하는 게 옳지 않습니까?

---

[2] 어버이가 살아 계신 동안……: 이 말은 『논어(論語)』 「이인편(里仁篇)」에서 따온 것이다.

그런데 연약한 여인의 몸으로 이 험한 산길을 나다니시다니, 그것도 몸종이나 머슴 같은 사람 하나 따르지 않고 홀몸으로 돌아다닐 수 있습니까. 이런 짓은 부도(婦道)를 지키는 도리가 아닙니다."

그러자 여자는 생글생글 웃어가며 애교 섞인 말씨로 변명했다.

"스님, 제 남편은 지금 저 북쪽 산골짜기에서 일꾼 몇 사람을 데리고 밭을 갈고 있답니다. 이것은 소첩이 지은 점심밥인데, 그 일꾼들을 먹이러 가지고 가는 길이랍니다. 일 년 열두 달 가야 심부름꾼 하나 없고, 부모님은 연로하셔서 제가 손수 갖다 주는 길밖에 없지요. 그래서 이렇게 가는 도중에 우연히 세 분 스님을 만난 게 아닙니까. 보아하니 먼 데서 오신 것 같은데, 부모님이 남한테 좋은 일을 곧잘 베푸시던 일이 생각나 이 점심밥을 스님들께 드려야겠다고 마음먹은 겁니다. 변변치 못한 음식이오나 꺼려하지 않으신다면 제 성의를 받아주세요."

그러나 삼장은 선뜻 내키지 않아 사양했다.

"좋은 일이오! 참 좋은 일이오! 성의는 고마우나 내 제자가 과일을 따러 갔으니 곧 돌아올 거요. 남의 한 끼니 점심을 내가 먹어서야 되겠소이까? 나는 먹지 않을 테니 일꾼들에게 가져가서 먹이도록 하시지요. 또 만약 내가 승려 된 몸으로 부인의 음식을 먹었다는 것을 남편이 알면, 부인을 꾸짖고 욕하지 않겠소? 그렇게 되면 소승들도 죄를 짓는 일이 되지 않겠소이까?"

여자는 삼장이 좀처럼 밥을 먹으려 들지 않는 기색을 보이자, 또다시 만면에 봄바람 같은 미소를 띠며 애교가 뚝뚝 듣는 목소리로 유혹을 했다.

"스님, 저희 부모님이 스님들에게 동냥을 잘 주시는 것은 대단치 않은 일이랍니다. 제 남편은 더욱 마음씨 착한 사람이어서 평생을 두고 마을에 다리를 고쳐놓기도 하고 길을 닦아 넓혀왔을 뿐 아니라, 동네 노인들을 알뜰히 모시고 가난한 사람을 불쌍히 여겨 돌봐준답니다. 제가 오늘 이 점심밥을 스님들께 올렸다는 말을 남편이 들으면, 우리 부부의 정리는 전보다 더욱 두터워질 거예요."

그래도 삼장은 점심 그릇을 받으려 하지 않았다. 곁에서 지켜보고 있던 저팔계는 안타깝다 못해 화가 치밀어 주둥이를 댓 발이나 빼어 물고 투덜투덜 스승을 원망했다.

"이런 젠장! 이 세상천지에 중도 많지만 우리 이 늙다리 화상처럼 깐깐한 사람은 두 번 다시 없을 거야. 코앞에 진상하는 밥도 안 자시겠다니, 어쩌자는 말인가? 다 된 밥을 사이좋게 셋이서 나눠 먹을 생각은 않고, 그저 저 원숭이 녀석이 돌아올 때까지 기다려서 꼭 네 몫으로 나누어야만 자실 작정인가……?"

저팔계는 더 이상 참을 수가 없어 다짜고짜 밥그릇을 끌어다가 주둥이를 처박으려 했다.

한편 남쪽 산마루에서, 손행자는 야생 복숭아 몇 개를 따다 바리때에 담아 가지고 곤두박질 한번에 근두운을 일으켜 타고 일행들이 기다리는 곳으로 부지런히 돌아오고 있었다. 삽시간에 돌아온 그는 화안금정의 불덩어리 같은 눈으로 스승 곁에 낯선 여인이 한 사람 서서 수작을 걸고 있는 것을 발견했다. 그는 그 여자가 요괴라는 것을 한눈에 알아보고, 바리때를 내려놓기 무섭게 철봉을 높이 쳐들어 불문곡직하고 요괴의 정수리를 내리쳤다. 깜짝 놀란 스승이 황급히 손을 들어 붙잡고 호통을 쳤다.

"오공아! 너 지금 무엇 하는 짓이냐! 돌아오자마자 사람을 때려눕히려 들다니, 이게 누굴 어떻게 보고 하는 짓이냐?"

손행자는 팔뚝을 잡힌 채 차분히 대꾸했다.

"사부님 앞에 서 있는 이 계집을 착한 사람이라고 생각하지 마십쇼. 이것은 사람이 아니라 요괴입니다. 요괴가 사부님을 속이려고 나타난 것입니다."

그래도 삼장은 알아듣지 못하고 맏제자를 꾸짖었다.

"이 못된 원숭이 놈아! 그전에는 제법 사람을 알아보는 안목이 있더니, 오늘은 어째서 이렇게 눈이 멀어 함부로 날뛰는 거냐? 이분 여보살은 착한 마음씨를 지니고 점심밥을 우리한테 주시겠다는데, 네가 어째서 이분더러 요괴라고 지목하는 거냐?"

손행자는 어이가 없어 나오느니 웃음밖에 없다.

"사부님, 사부님이 무얼 아신다고 그러십니까? 이 손선생은 화과산 수렴동에서 요마(妖魔) 노릇을 하면서, 사람의 고기가 먹고 싶을 때마다 곧잘 이런 수법을 썼습니다. 무엇으로 변하느냐? 탐욕스러운 녀석 앞에서는 금은보화로 둔갑하기도 하고, 오갈 데 없는 사람 앞에서는 집으로 변하기도 하고, 그게 아니면 술 취한 주정뱅이라든가 어여쁜 계집으로 변신해서 유혹도 해보았습니다. 그래서 그 바보 멍텅구리 같은 녀석이 내게 홀딱 반하면 곧바로 동굴 안에 끌어들여, 제 마음 내키는 대로 가마솥에 푹 쪄서 먹기도 하고 삶아 먹기도 했습니다. 고기를 다 먹지 못하고 남으면 햇볕에 말려 육포를 만들어 가지고 한여름 장마철에 끼니거리로 저장해두기도 했습니다. 사부님, 제가 만약 한 걸음이라도 늦게 왔더라면, 사부님은 꼼짝없이 저 요괴의 독수(毒手)에 걸려 돌아가셨을 겁니다!"

그러나 삼장은 고집불통, 그런 소리가 어디 귓전에나 들어오랴. 손행자의 말은 귓등으로도 안 듣고 막무가내로 억지 떼를 썼다.

"쓸데없는 소리 마라! 이 부인은 착한 사람이다!"

마침내 손행자는 부아가 치밀어 마음에도 없는 소리를 쏘아붙였다.

"사부님, 이제 알았습니다! 사부님이 무슨 생각에서 그런 말씀을 하시는지 저는 압니다. 저 계집의 용모를 보시고 범심(凡心)이 동한 게 분명합니다. 만약 그런 뜻이 정말 있으시다면, 좋습니다! 제가 팔계를 시켜 나무 몇 그루를 베어오게 하고, 사화상더러 풀을 좀 마련해놓으라 하고, 제가 목수 노릇을 해서 여기다가 움막이라도 한 채 지어드리지요. 그래서 사부님은 저 계집과 동방 화촉을 밝혀 일을 치르시고, 우리 모두 뿔뿔이 흩어지면 그만 아닙니까? 고생고생 해가며 어려운 길을 걸어서 경을 가지러 갈 필요도 없고 말입니다."

삼장은 천성이 워낙 순진하고 착한 사람이라, 이렇듯 가시 돋친 말을 감당할 재간이 없다. 그는 부끄러움을 이기지 못하고 대머리에서 귓불까지 벌겋게 물들고 말았다.

스승이 수치심에 못 이겨 홍당무가 된 채 아무 대꾸도 않자, 손행자는 또다시 성미가 불끈 치밀어 도무지 참을 수가 없었다. 그는 대뜸 철봉을 들어 요괴의 면상을 후려갈겼다. 그러나 요괴도 어지간히 눈치 빠른 터라 정신을 바짝 차리고 있다가, 철봉이 날아드는 순간 '해시법(解屍法)'을 써서 땅바닥에 가짜 시체를 한 구 남겨둔 채 자신은 한 걸음 앞서 보기 좋게 뺑소니를 쳐버렸다.

손행자가 느닷없이 철봉을 휘두르자, 삼장은 그만 기절초풍하도록 놀라 와들와들 떨면서 큰 소리로 말은 못 하고 입속으로만 투덜거렸다.

"이놈의 원숭이 녀석, 정말 무례하기 짝이 없구나! 아무리 타이르고 달래도 듣지 않고, 까닭 없이 귀한 인명을 마구 살상하다니……!"

"사부님! 저를 탓하지 마시고, 그 단지 속에 뭐가 들어 있는지 와서 좀 보십쇼."

손행자가 푸른 사기 단지를 손가락질해 가리켰다. 사화상이 아무 말 없이 스승을 부축해 그 앞으로 모시고 갔다. 가까이 가서 들여다보았더니, 웬걸! '맛좋은 쌀밥'이란 당치도 않은 헛소리요, 단지 안에는 큼지막한 구더기만 꼬리를 길게 끌면서 꾸물꾸물 기어다니고, 비취색 병 속에서도 '볶음국수'는커녕 청개구리와 징그러운 옴두꺼비 몇 마리가 팔짝팔짝 튀어나오더니, 사면팔방으로 정신없이 뛰어다니면서 땅바닥을 온통 난장판으로 만드는 것이 아닌가!

그제야 삼장은 어느 정도 손행자의 말을 믿게 되었으나, 문제는 저 팔계 녀석이었다. 아리따운 절세미녀에 맛있는 음식까지 한꺼번에 놓쳐 버린 그는 뱉이 틀어질 대로 뒤틀려 도무지 견딜 수가 없었다. 그는 손행자의 처사가 원망스럽기 짝이 없었으나, 그렇다고 성깔 못된 사형에게 함부로 대들 처지도 못 되는 터라, 귀가 여리고 순진한 스승을 살살 꾀어 충동질하기 시작했다.

"사부님, 방금 보고도 모르십니까? 이 여자는 이곳 농사꾼 아낙이란 말입니다! 밭에 나가 일하는 남편에게 점심을 주러 가는 길에 우리 일행과 우연히 마주쳤습니다. 이런 여자를 어떻게 요괴라고 단정할 수 있단 말입니까? 형님의 몽둥이는 워낙 거칠고 무거워서 슬쩍 건드리기만 해도 사람을 때려죽이는 물건입니다. 형님은 돌아오자마자 이 아낙네가 누구인지도 모르고 한번 건드려본다는 것이 그만 생각지도 않게 살인을 저지르고 말았습니다. 사람을 죽여놓고 보니, 사부님께서 '긴고주'인가 뭔가 주문을 외우실까 두려운 나머지, 일부러 '장안법(障眼法)'을 써서 저 여자와 밥그릇을 이따위로 둔갑시켜놓은 겁니다. 형님은 어떻게 해서든 사부님의 눈을 가려 그 주문을 외우시지 못하게 하려는 수작이지요!"

삼장은 그 마지막 말 한마디에 머리가 어떻게 돌았는지, 바보 같은 녀석의 충동질에 꼼짝없이 넘어가고 말았다. 그는 당장 손가락으로 인(印)을 맺고 중얼중얼 '긴고주'를 외우기 시작했다.

손행자가 새된 목소리로 비명을 질러댔다.

"아이구, 내 머리야! 아파 죽겠다! 아파 죽겠어! 외우지 마십쇼! 외우지 말아요! 할 말이 있거든 말씀으로 하시면 될 게 아닙니까!"

"할 말이 뭐 있겠느냐? 출가인은 언제나 주변머리가 있어야 하지만, 한시 한때라도 착한 마음을 저버려서는 안 된다. '빗자루로 마당을 쓸 때는 개미의 목숨을 다칠까 두려워해야 하고, 등잔불에 부나비가 뛰어들어 타죽지나 않을까 걱정스러워 갓을 씌워놓는 것(掃地恐傷螞蟻命, 哀惜飛蛾紗罩燈)'이 출가인의 마음가짐인데, 너는 어째서 가는 곳마다 나쁜 짓을 저지른단 말이냐? 죄 없는 사람을 때려죽여놓고 경을 가지러 간다 한들 그게 무슨 소용이 있겠느냐? 너는 돌아가거라!"

"사부님, 절더러 어디로 돌아가란 말씀이십니까?"

손행자가 깜짝 놀라 묻자, 삼장은 딱 부러지게 말을 끊었다.

"너 같은 제자는 필요 없다."

"제가 필요 없으시다면, 사부님은 서천 땅에 가지 못하실 겁니다."

"내 운명은 하늘에 달려 있다. 어떤 요괴가 나타나서 나를 삶아 먹든지 쪄 먹든지, 그야 할 수 없는 노릇이지! 나는 아무렇지도 않다. 그래, 네가 내 앞에 가로막힌 난관을 사사건건 다 물리치고 내 목숨을 구해줄 수 있단 말이냐? 내가 죽을 운명에 부닥치면, 그 어느 누구도 어쩌지 못할 것이다. 그러니 어서 돌아가거라!"

"사부님이 정녕 돌아가라고 하시면 돌아가겠습니다만, 사부님의 은혜를 다 갚지 못하고 어떻게 떠날 수가 있습니까?"

"내가 너한테 무슨 은혜를 베풀었단 말이냐?"

쌀쌀맞게 되묻는 스승의 말에, 손행자는 그 자리에 털썩 무릎 꿇고 엎드려 이마를 조아렸다.

"이 손가 놈이 천궁에서 대소동을 벌이고 죽을죄를 범한 끝에, 우리 부처님께 붙잡혀 양계산에 억눌려 있었습니다. 천만다행히도 관세음보살께서 제게 수계(受戒)를 베풀어주시고, 사부님은 제 육신을 고난에서 벗어나게 해주셨습니다. 이제 만약 제가 사부님과 더불어 서천 땅에 가지 않는다면, 저는 '은혜를 알고도 보답하지 않으면 군자가 아니요, 만고천추에 욕된 이름을 남긴다(知恩不報非君子, 萬古千秋作罵名)'는 성현의 말씀 그대로, 사람 노릇도 못 하고 영영 더러운 이름을 남기게 될 것입니다."

삼장은 타고난 성품이 인자하고 동정심이 많은 성승이다. 그는 손행자가 이렇듯 애걸복걸 비는 것을 보자 당장에 마음이 흔들려 생각을 바꾸고 말았다.

"그렇게까지 말하니, 이번만큼은 용서해주마. 딱 한 번뿐이다. 두 번 다시 못된 짓을 하면 안 된다. 만약 앞으로도 여전히 못된 짓을 저지를 때에는, 내가 '긴고주'를 한 스무 차례 외울 것이니 그리 알거라!"

"스무 번이 아니라 서른 번도 좋습니다! 사부님 마음대로 외우십쇼. 저도 사람을 때려죽이지 않으면 그만이니까요."

일이 가까스로 수습되자, 그는 삼장을 말안장에 모셔 올리고 따온 복숭아를 바쳤다. 그러자 삼장은 마상에서 복숭아 몇 개를 들어 시장기를 때웠다.

한편, 겨우 목숨을 건져 허공으로 달아난 요괴는 구름 끄트머리에 걸터앉은 채 쌔근쌔근 가쁜 숨을 몰아쉬고 있었다. 저 무시무시한 철봉을 한 대 얻어맞는 순간 원신으로 빠져나와 죽지 않은 것은 다행이었으나, 손행자의 훼방 때문에 다 된 일을 망친 것이 분하기도 하려니와 목숨까지 날려보낼 뻔했던 것이 약이 올라 이를 갈고 있는 것이다. 요괴는 손행자가 뼈에 사무치도록 미웠다.

"내 몇 해 전부터 그놈의 수단을 소문으로만 들었더니, 오늘에야 그 말이 과연 허투루 전해진 것이 아님을 알겠구나. 당나라 화상이 끝까지 나를 알아보지 못하고 있었으니, 만약 밥을 받아먹으려고 머리 수그리고 냄새만 한번 맡았더라면 영락없이 낚아채어 내 것을 만들 수 있었는데, 참으로 아까운 노릇 아닌가……? 뜻밖에도 막판에 그놈이 나타나서 몽둥이질을 하는 바람에 내 꼼수가 들통났을 뿐 아니라, 하마터면 그놈의 몽둥이에 얻어맞을 뻔했어. 오냐, 좋다! 내가 저놈의 화상을 그냥 놓아보낸다면 여태껏 애쓴 보람 없이 모든 게 물거품으로 돌아갈 터, 이대로 물러가기보다는 다시 한번 내려가서 저놈을 홀려보아야겠다!"

요괴는 음산한 구름장을 산 밑으로 낮추어서 앞산 언덕 비탈 아래 내려서더니, 몸을 한차례 꿈틀 움직여서 늙은 노파로 탈바꿈했다. 나이는 팔순이나 되어 보이고, 손에는 끄트머리가 울퉁불퉁 구부러진 대나무 지팡이를 짚고서, 한 걸음 한 걸음씩 떼어 옮길 때마다 통곡 소리를 내며 비실비실 힘없이 걸어나갔다.

저팔계가 그것을 먼저 알아보고 깜짝 놀라 스승을 외쳐 불렀다.

"사부님! 큰일났습니다! 저 노파가 사람을 찾으러 왔습니다!"

"사람을 찾다니, 누구 말이냐?"

삼장이 뜨악한 기색으로 물었다. 저팔계는 한마디로 딱 끊어 대답했다.

"형님이 때려죽인 것이 분명 저 노파의 따님일 겁니다. 밭에 나간 딸을 찾으러 온 것이 틀림없습니다."

이때서야 손행자가 한마디 쏘아붙였다.

"이 사람아, 못생긴 소리 하지도 말게! 잘 생각해보면 알 게 아닌가? 그 계집은 고작 열여덟 살밖에 안 들어 보였는데, 저 노파는 여든 나이를 넘기지 않았는가? 예순 나이에 잉태해서 자식을 낳는 여자가 어디 있단 말인가? 저 노파는 단연코 가짜가 틀림없네! 기다려보라구, 이 손선생이 한번 가서 보고 올 테니까!"

눈치 빠른 손행자, 어슬렁어슬렁 느긋한 걸음걸이로 가까이 다가가서 노파로 둔갑한 요괴의 신색을 샅샅이 살펴보기 시작했다.

가짜로 변신한 노파 할망구, 양 귀밑머리가 눈 얼음처럼 하얗게 세었다.
길 걷는 품이 뜬구름에 올라탄 듯 비칠거리고,
걸음걸이는 허방을 내딛듯 휘청거린다.
약해빠진 몸뚱이는 대나무처럼 꼬치꼬치 말랐고,
얼굴은 한마디로 시들어버린 배추 잎사귀.
우뚝 솟은 광대뼈는 위로 불거져 나오고, 꾹 다문 입술은 아래로 축 처졌다.
늘그막의 나이는 젊었을 적에 견줄 바 못 되니,
얼굴은 온통 우글쭈글 주물렀다 놓은 연 잎사귀나 다름없다.

눈썰미 좋은 손행자의 화안금정은 그것이 요괴임을 대뜸 알아차리고, 더 따져볼 것도 없이 다짜고짜 철봉을 들어 머리통부터 후려갈겼다. 그러나 요괴 역시 철봉이 번쩍 날아들자, 먼젓번과 똑같이 몸을 오싹 떨치더니 껍질에서 벗어나 원신으로 화하여 빠져나갔다. 길바닥 한곁에는 또다시 맞아죽은 시체 한 구를 남겨놓은 채…….

그 참혹한 광경을 본 삼장 법사는 기절초풍하다시피 놀라 마상에서 굴러 떨어지더니, 길 곁에 털썩 주저앉기가 무섭게 두말 않고 '긴고주'를 연거푸 스무 차례나 되풀이해서 읊어대기 시작했다. 가련하게도 금테두리에 조인 손행자의 머리통은 조롱박의 움푹 들어간 허리 부분처럼 바싹 오그라들어 눈알이 튀어나올 지경에 이르렀다. 도저히 참을 수 없는 고통에 못 이겨, 그는 땅바닥에 데굴데굴 구르면서 애처로운 목소리로 비명을 질러댔다.

"아이고, 사부님······! 사부님, 제발 외우지 마십쇼! 무슨 일이 있으시거든 말씀으로 하시면 되지 않습니까!"

"무슨 할 말이 있단 말이냐? 출가인은 귀로 착한 말을 들어야 지옥에 떨어지지 않는 법이다. 내가 그토록이나 너를 감화시키려고 애를 쓰는데, 너는 어째서 나쁜 짓만 저지르느냐? 아무 까닭도 없이 무고한 사람을 때려죽이고도 모자라 또 한 사람을 연거푸 때려죽이다니, 이러고도 무슨 말을 하자는 거냐?"

"저건 요괴입니다!"

"이 원숭이 놈아, 허튼수작 말아라! 이곳에 무슨 요괴가 그리도 많다는 거냐? 네놈은 애당초 착한 일을 해보겠다는 생각조차 없는 놈이요, 못된 짓만 골라서 하려 드는 나쁜 놈이다. 떠나거라!"

마침내 추방령이 또다시 떨어졌다. 손행자는 억울한 심정을 이기지 못하고 울상이 되었다.

"사부님, 절더러 또 가라고 하시는 겁니까? 가라고 하시면 가겠습니다만, 꼭 한 가지 마음에 걸리는 것이 있습니다."

"너 같은 놈에게 마음에 걸릴 것이 뭐 있단 말이냐?"

이때 저팔계가 한마디 불쑥 끼어들었다.

"사부님! 형님은 사부님과 짐짝을 나누어 갖고 싶다, 그 말입니다. 사부님을 따라서 몇 해 동안 중 노릇을 해왔으니까, 빈손으로 돌아갈 수야 없는 노릇 아닙니까? 그러니 저 보따리 속에 있는 낡아빠진 편삼이나 다 떨어진 모자라도 한 두어 가지 들려서 보내도록 하세요."

이 말을 듣자, 손행자는 화가 머리끝까지 치밀어 그 자리에서 펄펄 뛰었다.

"이 주둥아리 빼죽한 바보 멍텅구리 자식아! 이 손선생이 부처님의 가르침을 받들어 사문에 몸을 던진 이래 남을 시기하는 질투심이나 탐욕심 같은 것은 털끝만큼도 지녀본 적이 없다. 그런 나한테 어째서 짐짝을 나눠주자느니 어쩌느니 하는 소리를 지껄이는 거냐?"

삼장이 그 말끝을 채뜨렸다.

"질투심도 없고 탐욕심도 없다면, 어째서 떠나지 않느냐?"

스승의 매정한 다그침에, 그는 서글픈 생각마저 들었다.

"사부님께 숨기지 않고 솔직히 말씀드리겠습니다. 이 손오공은 오백 년 전 화과산 수렴동에서 영웅 본색을 크게 떨치던 무렵, 일흔두 군데 동굴의 사악한 마왕을 굴복시켜 거두고, 휘하에 사만 칠천 마리나 되는 부하 요괴들을 거느리고 있었습니다. 머리에는 항상 자금관을 쓰고 몸에 걸친 것은 자황포요, 허리에 두른 것은 남전대 허리띠였으며, 두 발에 신은 것은 보운리, 손에 잡은 병기는 여의금고봉으로, 착실히 사람다운 기상을 갖추고 지내왔습니다.

제가 열반의 경지를 좇아 죄를 씻어볼까 하여 삭발하고 정도를 받들어 불문에 들어오면서부터, 저는 사부님을 따라 제자 노릇을 하게 되었고 사부님은 저를 속박하기 위하여 제 머리에 이 금 테두리를 씌워주셨습니다. 만약 제가 이대로 돌아간다면, 고향 사람들을 대할 낯이 없습니다. 사부님께서 기왕에 저를 쓸모없다고 생각하셨다면, '송고주(鬆箍咒)'를 외우셔서 이 금 테두리나 벗겨주십쇼. 그럼 저는 이 테두리를 사부님께 넘겨드릴 테고, 사부님은 이것을 다른 사람에게 씌워주실 수 있지 않겠습니까. 그렇게만 해주신다면, 저는 마음에 하나도 거리낄 것 없이 홀가분하게 떠날 수 있을 것입니다. 여러 해 동안 사부님을 모시고 따라다녔으니, 그만한 호의쯤 베풀어주신다 해도 안 될 일은 없을 듯싶습니다."

그 말에 당나라 스님은 무슨 생각이 들었는지 소스라치게 놀랐다.

"아뿔싸······! 오공아, 내가 그 당시 보살님께 '긴고아주'만을 남몰래 전해 받았을 뿐이지, '송고주'라는 것을 받은 일이 없구나."

"그럼 안 되겠군요. 테두리를 풀어주는 '송고주'가 없으시다니, 아무래도 저를 데리고 가셔야겠습니다."

시침 뚝 떼고 막무가내로 덮어씌우는 손행자, 경우가 이러니 스승도 어쩔 도리가 없다.

"오냐 좋다! 일어나거라. 내 이번에도 또 한번 용서해주마. 두 번 다시는 나쁜 짓을 하지 말아야 한다. 알겠느냐?"

"예에, 예! 다시는 그런 짓을 저지르지 않겠습니다! 절대로 하지 않겠습니다!"

거듭 다짐을 두는 손행자, 스승을 다시 마상에 올려 태우고 산길을 헤치면서 앞으로 힘차게 나아가기 시작한다.

한편 요괴는 이번에도 손행자의 철봉에 맞아죽지 않았다. 또다시 서행길에 오른 삼장 일행의 뒷모습을 지켜보면서, 요괴는 반공중 위에 선 채로 저도 모르게 찬탄해 마지않았다.

"정말 대단한 원숭이 임금이로구나! 과연 기막힌 안목을 지녔어. 내가 그토록 감쪽같이 탈바꿈을 하고 나타났는데도 한눈에 알아보다니······! 그건 그렇다 치고, 저 화상 녀석들이 어지간히 빨리 달아나는구나. 저것들이 이 산을 넘어서 서쪽으로 사십 리 길만 더 가버리고 나면, 거기서부터는 내 통제에 복종하지 않는 지역이 된다. 만약 다른 곳의 요괴 마왕들이 자기네 땅에서 저것들을 낚아채기라도 하는 날이면, 나야말로 남한테 웃음거리가 될 테고, 집안끼리도 창피한 노릇 아닌가? 안 되겠다, 역시 한번 더 내려가서 저것들을 홀려봐야겠다!"

요괴는 또다시 음산한 바람결을 지그시 눌러 산 밑 언덕 아래로 내려가더니, 몸뚱이 한 번 꿈틀하는 사이에 늙수그레한 영감으로 탈바꿈했다.

호호백발은 팽조(彭祖)³를 닮았고,
텁수룩한 수염은 남극수성과 겨룰 만하다.
귓속에서는 옥으로 깎아 만든 경을 치듯 귀울음이 울리고,
두 눈동자에는 금빛 별이 반짝인다.
수중에는 용두괴(龍頭拐) 지팡이를 짚고,
한 몸에는 가벼운 학창의(鶴氅衣)를 걸쳤다.
굵다란 염주 몇 알을 손바닥에 굴리고, 입으로는 나무경(南無經)을 외운다.

당나라 스님은 마상에서 그 모습을 발견하고 속으로 크게 기뻐했다.
"나무아미타불! 서방 세계는 참으로 복된 땅이로구나! 저렇게 늙으신 분이 길도 제대로 걷지 못하면서 그저 죽어라 경만 외우고 있으니 말이다."

---

3 팽조: 중국에서 장수(長壽)의 상징으로 일컫는 인물. 도교에서 신선으로 떠받들며 갈홍(葛洪)의 『신선전(神仙傳)』에 그의 행장이 기록되었다. 오제(五帝) 가운데 하나인 전욱(顓頊)의 현손이며 육종씨(六終氏)의 아들로서, 본명은 전견(籛鏗)이었으나 요(堯) 임금 때에 팽성(彭城) 지역을 식읍(食邑)으로 봉해주었기 때문에 성을 팽씨로 고쳤으며, 호흡 토납(吐納)으로 양생(養生)하는 '도인행기술(導引行氣術)'에 정통하고 계지(桂芝)와 운모분(雲母粉), 고라니의 뿔[麋角散]을 주식으로 삼았으며 특히 방중술(房中術)에 장기가 있어 나이 760여 세를 넘기고도 쇠약해지지 않았을 뿐 아니라, 채녀(采女)에게 그 비결을 전수하여 상(商)나라 임금들까지 장수를 누렸다고 한다. 일설에 그가 꿩 고깃국을 끓여 천제(天帝)에게 바쳤더니, 천제가 그 맛을 달게 여겨 팽조에게 영원한 수명을 내려주어 보답했는데, 팽조는 8백 세가 되도록 오래 살았으면서도 수명이 길지 못한 것을 안타까워했다고 한다.

이때 저팔계가 또 불집을 터뜨렸다.

"사부님, 너무 수선스럽게 칭찬하실 것 없습니다. 저 영감은 화근 덩어리니까요."

"화근 덩어리라니, 그게 무슨 말이냐?"

"형님이 저 영감의 딸을 때려죽이고, 또 여편네까지 때려죽이지 않았습니까? 그래서 저 영감은 딸과 여편네를 찾아 나선 겁니다. 만약 저 영감과 맞닥뜨렸다가는 사부님은 목숨값을 치르셔야 하니 꼼짝없이 사형을 당하실 테고, 이 저팔계는 종범이니까 변방으로 귀양 가서 죄수 부대에 편입될 테고, 사화상 역시 국경 지대 역참으로 끌려가 강제 노역에나 종사하게 될 겁니다. 하지만 사형은 다르지요. 형님은 둔주법(遁走法)을 써서 뺑소니치면 그만이니까요. 그러니 결국 우리 세 사람만 붙잡혀서 형님 대신에 살인죄를 몽땅 뒤집어쓰게 되지 않겠습니까."

말도 안 되는 소리에 손행자는 화가 불끈 치밀어 버럭 호통을 쳤다.

"이 미련한 놈아! 그따위 허튼소리를 함부로 지껄여 사부님을 놀라시게 만들 참이냐? 주둥이 닥치고 여기서 기다려! 이 손선생이 어디 한번 가서 보고 올 테니까."

손행자는 철봉을 몸에 감추고 댓바람에 요괴 앞으로 다가섰다.

"여보, 노인장! 한마디 물읍시다. 어딜 가시는 길이오? 무엇 하러 길을 가면서 경을 외우는 거요?"

다짜고짜 묻는 말에, 요괴는 여태까지의 일을 그럴듯하게 엮어서 말만 잘하면 되는 줄 알고 이렇게 대답했다.

"스님, 이 늙은 것은 조상 적부터 이 고장에 살아왔소이다. 평생을 두고 착한 일을 했을 뿐만 아니라 동냥하러 오는 스님을 만나면 보시를 아끼지 않았고, 틈만 나면 불경을 읽고 염불을 했소이다. 팔자가 사나워 아들은 얻지 못하고 딸자식 하나 두어 가까스로 데릴사위를 얻었지요.

그런데 딸년이 오늘 아침에 밭일 나간 사위 녀석한테 점심을 가져다 준다고 나가서는 여태껏 돌아오지 않는구려. 아무래도 호랑이한테 잡아먹힌 게 아닌가 싶어, 마누라가 한발 앞서 찾아 나섰는데 그마저 돌아오지 않으니 어쩌겠소. 아무리 기다려도 행방을 전혀 알 수가 없어 이번에는 이 늙은이가 마음먹고 찾아볼까 해서 이렇게 나온 거요. 그나마 목숨을 잃었다 해도 할 수 없는 노릇이고, 그들의 뼈다귀나 거두어서 선영 아래 고이 묻어주고 싶구려."

요괴가 말은 그럴듯하게 잘도 했지만, 손행자의 수단을 예사롭게 넘겨보았으니 세상 돌아가는 시세를 잘못 알아도 한참 잘못 알았다. 요괴가 늘어놓는 얘기를 참을성 있게 다 들어준 손행자, 끝내 웃음보를 터뜨리고 말았다.

"으하하핫! 내가 누군 줄 알아? 호랑이 낯짝에 분칠하는 녀석의 조상뻘쯤 되는 사람인데, 네까짓 놈이 소매춤에 도깨비 몇 마리 넣어 가지고 날 속이려 들다니, 어림 반푼어치도 없는 수작 마라! 네놈이 요괴라는 것을 내가 벌써 잘 알고 있단 말이다!"

자신의 정체가 들통난 요괴는 깜짝 놀라 입을 꾹 다문 채 아무 말도 못 했다.

손행자는 철봉을 꺼내들면서 속으로 생각했다.

'자아, 이걸 어떻게 한다? 때려죽이지 않으면 자꾸만 우리 일행을 홀려서 못 살게 굴 테고, 때려죽였다가는 사부님이 저 무시무시한 긴고주를 외우실 테고…….'

이리저리 머리를 굴리던 끝에 또 생각이 바뀌었다.

'만약 이놈을 때려죽이지 않는다면 우리가 한눈파는 사이 사부님을 냉큼 채뜨려갈 게 아닌가? 그렇게 되면 또다시 사부님을 구하느라 온갖 재주를 다 부리고 애를 써야 할 게다. 오냐, 좋다! 아무래도 저놈을 때려죽여야겠다. 단매에 쳐죽이면 사부님이 주문을 외우시겠지. 그러나 속담에, '호랑이가 제아무리 사납고 지독해도 제 새끼는 잡아먹지 않는다' 했으니, 내가 알랑알랑 듣기 좋은 말로 그럴듯하게 구슬리면 사부님도 용서해주실 게다.'

마음을 정한 손행자는 그 즉시 '옴(唵)'자 주어를 외워 이 구역의 토지신과 산신령을 불러냈다.

"잘 들어라. 이 요괴는 벌써 세 차례나 우리 사부님을 농락했다. 내가 이제 이놈을 때려죽일 것이니, 너희들은 반공중 위에서 지켜보고 있다가 증인이 되어야 한다. 절대로 뺑소니를 치게 해서는 안 된다! 알아듣겠느냐?"

"예에!"

하기는 어느 분의 영이라고 따르지 않을쏘냐? 한마디로 명령을 받든 두 신령은 구름 위에 올라탄 채 사세 돌아가는 것을 지켜보기 시작했다. 준비가 끝나자, 손대성은 철봉을 번쩍 들어 요사스런 마귀를 단매에 때려눕혔다. 그제야 요괴의 몸에서 번쩍거리던 영광(靈光)이 끊어져 산산이 흩어지고 말았다.

마상에서 그 광경을 바라보고 있던 당나라 스님, 또 한번 기겁을 해가지고 전전긍긍, 딱 벌어진 입을 다물지도 못한 채 말을 못 한다. 곁에서는 저팔계란 놈이 실실 웃어가며 스승의 비위를 긁어대고…….

"저런! 우리 손행자가 또 지랄병이 도지셨군! 반나절 오는 길에 벌써 세 사람씩이나 때려죽였으니 말씀이야."

당나라 스님이 주문을 외우려고 입술을 달싹거리려는데, 손행자는 이거 큰일났다 싶어 부리나케 말머리 앞으로 달려오면서 버럭 고함을 질렀다.

"잠깐만! 외우지 마십쇼! 사부님, 외우지 마세요! 주문일랑 나중에 외우시고, 먼저 이놈의 꼬락서니부터 보십쇼!"

삼장은 저도 모르게 늙은이가 서 있던 쪽으로 눈길을 돌리다가 깜짝 놀라 자빠지고 말았다. 거기에는 죽은 사람의 해골이 한 무더기로 쌓여 있었던 것이다.

"오공아, 이 사람은 방금 죽었는데, 어째서 다 삭아버린 해골 더미가 된 거냐?"

한숨 돌린 손행자가 차근차근 해명을 했다.

"이것은 죽은 사람의 시체가 영기를 얻어서 요사스런 괴물이 된 강시(僵屍)입니다. 이 강시 요괴는 산악 지대를 제 소굴로 삼고 신통력을 부려 지나가는 행인을 홀려서 못 살게 굴다가, 방금 제가 때려죽여 결국 본상을 드러낸 것입니다. 자, 보십쇼! 등줄기뼈에 이렇게 글씨가 한 줄 새겨져 있지 않습니까?"

삼장이 다가가서 굽어보았더니, 과연 척추뼈에 '백골부인(白骨夫人)'이란 넉 자가 씌어 있다. 그는 맏제자의 말을 겨우 믿었다. 하지만 그 곁에서 저팔계가 여전히 주둥아리를 놀려 손행자를 모함했다.

"사부님, 이 원숭이의 손매가 얼마나 맵고 철봉이 사나운 흉기인지 모르십니까. 멀쩡한 사람을 때려죽여놓고 사부님이 '긴고주'를 외우실까 두려운 나머지, 일부러 이런 모양으로 바꿔치기해서 사부님의 눈을 가렸다니까요!"

당나라 스님은 과연 귀가 여려도 한참 여린 사람이다. 바보 멍텅구리의 심술맞은 소리를 곧이곧대로 믿어버린 그는 손행자가 변명할 틈도 주지 않고 그 자리에서 또다시 중얼중얼 '긴고주'를 외우기 시작했다.

"외우지 마십쇼! 아이고, 나 죽겠다! 할 말이 있으면 빨리 하시고 그놈의 긴고주는 외우지 마세요!"

맏제자가 고통을 참지 못하고 길바닥에 나뒹굴면서 애걸복걸 비는

데도, 당나라 스님은 매몰차게 꾸짖기만 했다.

"이 원숭이 놈아, 그래도 무슨 할 말이 또 있다는 거냐! 부처님의 말씀에 '출가인으로서 착한 일을 하면 마치 봄 동산의 풀잎처럼 자라는 것이 보이지는 않아도 나날이 커가듯 성취하는 바가 있고, 악한 일을 저지르면 마치 칼날을 가는 숫돌처럼 닳는 것은 보이지 않으나 날로 숫돌 바닥이 얇아지듯 심성이 이지러진다(出家人行善, 如春園之草, 不見其長, 日有所增, 行惡之人, 如磨刀之石, 不見其損, 日有所虧)'라고 하였다. 네가 이런 황량한 벌판에서 연거푸 세 사람을 때려죽였어도 잡아갈 사람이 없고 원수 맺을 일도 없기에망정이지, 만약 성내 장터 한가운데 사람들이 많이 모이는 길거리에서 네가 앞뒤를 가리지 않고 그놈의 흉악한 초상집 지팡 막대를 휘둘러 마구잡이로 사람을 때려죽였더라면 어찌 되었겠느냐? 보나마나 큰 재앙을 일으킨 네놈이 혼자 붙잡혀 죽는 거야 당연하다만, 애꿎은 나는 어떻게 그 죄에서 빠져나갈 수 있었겠느냐? 꼴도 보기 싫다. 내 곁에서 당장 떠나거라!"

결국 세번째 축출령이 떨어졌다. 그러나 손행자는 물에 빠진 사람 지푸라기 붙잡는다는 격으로 끝까지 변명을 했다.

"사부님! 저를 나무라시는 것은 잘못입니다. 저놈은 틀림없이 요괴입니다. 사부님을 해치려 들었기 때문에 저도 때려죽이지 않을 수 없었던 것입니다. 사부님을 대신해서 해악을 제거해드렸는데, 그것을 알아주지 않으시고 오히려 저 미련퉁이 녀석의 중상모략하는 말만 믿으시고 번번이 저를 내쫓으시다니, 정말 너무 억울합니다! 하오나 옛말에, '잘못하는 일에도 세 번을 넘지 못한다(事不過三)' 했으니, 제가 이러고도 사부님 곁을 떠나지 않는다면, 정말 수치와 모욕이 무엇인지 모르는 너절한 놈이 될 겁니다. 좋습니다, 제가 떠나죠! 떠나겠습니다……! 가기는 가겠으나, 사부님 곁에 사람이 없는 것이 걱정스러울 뿐입니다."

그 말을 듣자, 당나라 스님은 버럭 성을 냈다.

"이놈의 원숭이 녀석, 갈수록 오만방자하구나! 자, 보아라! 네놈만 사람이고 저 오능과 오정은 사람이 아니란 말이냐?"

꾸지람을 듣고 보니, 그들 역시 사람은 사람이다. 하지만 손행자는 안타깝기 짝이 없고 참담한 심정뿐, 더 이상 뭐라고 대꾸할 의욕이 나지 않았다.

"슬픕니다, 사부님. 사부님께서 장안 도성을 떠나신 이래, 유백흠이 사부님을 인도하여 양계산까지 모셔다 드렸고, 사부님은 거기서 저를 구출해주셨기에, 저 역시 사부님의 문하에 들어가 스승으로 섬겨왔습니다. 그뒤로부터 저는 요괴 마귀의 동굴 속을 뚫고 들어가거나 깊은 숲 속에 뛰어들어 요사스런 괴물과 못된 마귀를 잡아 없앴을 뿐 아니라, 저팔계를 굴복시켜 거두어들이고 사화상을 얻을 때까지 이루 말할 수 없이 애를 쓰며 천신만고 온갖 고초를 다 겪어왔습니다. 그런데 이제 와서 사부님은 엉뚱하게도 흐리멍덩한 바보 녀석만 편애하시고 절더러 떠나라 하시니, 이야말로 '하늘에 나는 새를 다 잡으면 좋은 활을 감춰버리고, 교활한 토끼가 죽으면 달리던 사냥개를 삶아 먹는다(飛鳥盡良弓藏, 狡兎死走狗烹)' [4]는 격이 아니고 무엇입니까. 아아, 그만두죠! 그만두

---

[4] 하늘에 나는 새를 다 잡으면…… 사냥개를 삶아 먹는다: 이 격언은 『사기(史記)』 「월왕구천세가(越王勾踐世家)」에서 인용한 것으로, 그 사연은 대략 이러하다. 기원전 478년, 월왕 구천은 와신상담(臥薪嘗膽)하던 숙적 오(吳)나라를 멸망시키고 개선하였는데, 이 전쟁을 승리로 이끄는 데 결정적인 역할을 한 모사(謀士) 범려(范蠡)는 구천의 도량이 적어 인재를 용납하지 못한다는 사실을 깨닫고 스스로 은퇴하면서 동료인 대부(大夫) 문종(文種)에게 이런 서찰을 보냈다. "하늘에 나는 새가 다 없어지면 아무리 좋은 활도 곳간에 감춰버리게 마련이요, 교활한 토끼가 죽으면 주인에게 충성을 다 바치며 뛰던 사냥개는 삶아 먹히는 법이다(飛鳥盡良弓藏, 狡兎死走狗烹). 월왕 구천은 목이 길고 입은 새의 부리처럼 생긴 상(相)이라, 그와 더불어 환란을 같이할 수 있을지언정, 즐거움은 함께 누릴 수 없을 것이다. 사세가 이러한데, 그대는 어찌하여 그 곁을 떠나지 아니하는가?"

겠어요! 여하튼 걱정스러운 것은 이 빌어먹을 놈의 '긴고주' 금 테두리 뿐이로군요……."

체념 섞인 푸념에 서글픔이 가득 서렸다. 그 말을 듣고 당나라 스님은 다짐을 두었다.

"두 번 다시 외우지 않으마!"

그러나 손행자는 절레절레 도리질을 해 보인다.

"꼭 그렇다고 단정하지는 못하실 겁니다. 만약 앞으로 가는 도중에 악독한 마귀와 맞닥뜨려 고난을 당하게 되셨을 때 빠져나오지 못하시고, 팔계와 사화상이 사부님을 구해드리지 못한다면, 그때는 저를 생각하시고 그 주문을 외우고 싶은 충동을 억제하지 못하실 겁니다. 그렇게 되면 십만 리 머나먼 길에 떨어져 있어도, 제 머리통은 아파서 견딜 수 없게 될 겁니다. 그럼 또다시 사부님께 달려와서 뵈어야 할 터인데, 기왕 그럴 바에는 차라리 지금 저를 떠나보낼 생각을 하지 않으시는 게 나을 것입니다."

당나라 스님은 맏제자의 말을 들을수록 점점 더 노여움이 치밀었다. 듣다 못한 그는 마상에서 굴러 떨어지듯 내려서더니, 사화상더러 보따리를 풀고 붓과 종이와 먹을 꺼내게 한 다음, 냇가에서 물을 떠다가 바윗돌에 먹을 갈아놓고 붓을 휘둘러 폄서(貶書) 한 장을 썼다. 폄서란 제자를 문하에서 내쫓겠다는 파문장(破門狀)이다. 그는 그것을 손행자에게 던져주면서 이렇게 소리쳤다.

"이 원숭이 놈아! 내가 이것으로 증거를 삼겠다! 두 번 다시 네놈을 내 제자로 인정하지 않을 것이요, 만약 내 입으로 네놈을 다시 불러들여 만나본다면, 내가 그 자리에 죽어서 아비지옥에 떨어질 것이다!"

손행자는 황망히 폄서를 받아들고 이렇게 말했다.

"사부님, 그런 독한 맹세는 하지 마십쇼. 이 손오공이 가면 그만 아닙니까."

그는 종잇장을 접어 소매춤에 넣으면서, 부드러운 목소리로 당나라 스님께 말했다.

"사부님, 저도 한동안 사부님을 모시고 따라다녔습니다. 또 관음보살님께 가르침도 많이 받았고요…… 그러나 이제 끝을 보지 못하고 이렇듯 중도에서 발길을 돌리니, 공과를 이루지 못하게 되었습니다. 사부님 이리 앉으셔서 제 큰절을 받으십쇼. 그래야만 저도 홀가분한 마음으로 떠날 수 있을 것 같습니다."

"나는 착한 중이다. 너같이 못된 놈의 절은 받지 않을 테다!"

당나라 스님은 등을 돌리고 외면한 채 거들떠보지도 않았다. 스승은 본 척도 않았으나, 손대성에게는 큰절을 올릴 수 있는 '신외신(身外身)'이란 절묘한 술법이 있다. 그는 뒤통수에서 솜털 세 가닥을 뽑아내더니 한 모금 선기를 확 뿜으면서 나지막하게 호통을 쳤다.

"변해라!"

그 말이 떨어지기 무섭게 터럭은 세 사람의 손행자로 변하더니 본신(本身)과 함께 넷이서 전후 좌우 사방으로 당나라 스님을 에워싸고 엎드려 큰절을 올렸다. 삼장 법사는 이리 돌아앉아도 손행자, 저리 돌아앉아도 손행자라, 꼼짝없이 큰절을 받고 말았다.

벌떡 일어선 손대성은 몸을 부르르 떨어 솜털 세 가닥을 거두어들인 다음, 사화상을 돌아보고 이렇게 당부했다.

"여보게 아우, 자네는 좋은 사람이니까 내 말을 들으리라 믿네. 이제부터 길 가는 도중에 저팔계의 터무니없는 말을 조심해서 막도록 하게. 터무니없는 얘기도 그렇지만, 요리조리 핑계를 대고 꾸며대는 감언이설에 넘어가지 않도록 각별히 조심해야 하네. 만약 요괴가 나타나서 사부님을 잡아먹으려 하거든, 이 손선생이 저분의 수제자라고 말해주게. 이 서방 세계의 요괴 마귀들은 오래전부터 내 수단이 어떤 것인지 소문으로 전해 듣고 있기 때문에, 섣불리 사부님을 다치지 못할 걸세."

당나라 스님이 한마디 쏘아붙인다.

"나도 좋은 중이다! 너 같은 놈의 이름 석 자는 입에 올리지도 않을 테니까, 어서 내 눈앞에서 썩 꺼지기나 해라!"

손행자는 스승이 막무가내로 마음을 돌리려 하지 않는 것을 보자, 더 이상 어쩔 수 없이 발길을 돌려 그 자리를 떠났다.

> 눈물을 머금고 큰절 올려 스승께 작별을 고하더니,
> 비통한 마음으로 사화상에게 부탁의 말을 남긴다.
> 비탈진 언덕 앞 풀숲에 머리 한 번 비벼대고,
> 두 다리는 얽히고설킨 등나무 덩굴 위로 훌쩍 뛰어 공중제비를 돈다.
> 순식간에 하늘과 땅이 수레바퀴처럼 빙그르르 돌아가니,
> 한 찰나에 으뜸가는 재주로 산 넘고 바다 건너 사라진다네.
> 눈 깜짝할 사이에 그림자조차 보이지 않고,
> 삽시간에 옛길 더듬어 질풍같이 돌아간다.

치밀어 오르는 분노를 억누른 채 스승과 작별한 후, 손행자는 근두운을 일으켜 타고 화과산 수렴동으로 돌아갔다. 외톨박이 홀몸이 되고 보니 그 참담하고도 처량한 심사는 뭐라 이루 형언할 길이 없었다. 쓸쓸한 마음으로 하염없이 길 재촉을 하다 보니, 사납게 물결치는 소리가 귓전을 두드린다. 손대성이 중천에 구름길을 멈추고 내려다보니, 동양대해에 거센 조수가 밀려드는 소리였다. 물결치는 소리를 듣고 있노라니, 또다시 당나라 스님 생각에 두 줄기 눈물이 뺨을 타고 그칠 줄 모르고

흘러내린다. 갈 길을 멈추고 한참 동안 우두커니 서 있던 제천대성 손오공은 마음을 굳게 다져먹고 또다시 고향으로 가는 길을 서둘러 떠났다.

이제부터 과연 만제자를 쫓아보낸 삼장 일행에게 무슨 파란곡절이 어떻게 벌어질 것인지, 다음 회에서 풀어보기로 하자.

제28회 화과산의 요괴들이 다시 모여 세력을 규합하고, 삼장 일행은 흑송림(黑松林)에서 마귀와 부닥치다

제천대성 손오공은 당나라 스님에게 쫓겨난 신세였으나, 여전히 스승을 그리워하는 심사를 버리지 못한 채 끊임없이 탄식해 마지않았다. 동양대해가 멀리 바라보이자, 그는 또 깊은 감회에 못 이겨 한숨을 내리쉬며 혼잣말로 중얼거렸다.

"아아, 내가 이 바닷길을 건너지 않은 지 벌써 오백 년 세월이 흘렀구나……!"

무심한 바다 물결은 그 심사를 알아주지 않고 제멋대로 출렁거릴 따름이다.

연파(煙波)는 호호탕탕, 거대한 물결은 유유히 일렁거린다.
호호탕탕 거세게 솟구치는 연파는 천하(天河)와 맞닿고,
유유히 일렁거리는 거대한 물결은 지맥(地脈)으로 통한다.
밀물이 몰려들 때는 흉흉하게 용솟음치고, 몰려든 물결은 굽이치며 감돈다.
흉흉하게 몰려오는 밀물이 춘삼월 뇌성벽력 때리듯 사납고,
굽이치며 감도는 밀물이 한여름철 구하(九夏)[1]에 광풍 몰아치

---

[1] 구하: 음력 4, 5, 6월 석 달 90일 동안을 말한다. 『소학 감주(小學紺珠)』에 보면, 여름철을 왕하(王夏) · 사하(肆夏) · 소하(昭夏) · 납하(納夏) · 장하(章夏) · 제하(齊夏) · 족하(族夏) · 개하(祴夏) · 오하(鷔夏)의 아홉 단계로 나눈 데서 연유한다.

듯 거세다.

    용을 타고 늙도록 복을 누렸으니,
    오락가락하는 길이 반드시 눈살 찌푸리게 만들고,
    학을 탄 신선님네 동자 녀석은 걱정 근심을 거듭하며 세월 보낸다.
    가까운 바다 기슭에 어촌 하나 없고, 물가에는 고기잡이배조차 드물다.
    물결은 천년을 두고 눈보라 휘말아 올리고,
    바람은 오뉴월에도 가을철을 끌어온다.
    들짐승이 제 마음대로 출몰하고,
    흰 모래밭에 갈매기떼 제멋대로 오르락내리락 부침(浮沈)을 거듭한다.
    눈앞에 낚시질하는 사람도 없고, 귓결에 들리는 것은 갈매기 우짖는 소리뿐.
    바다 속에 물고기 즐겁게 헤엄쳐 노닐고,
    하늘가에는 기러기떼 수심에 잠겨 날아가네.

    손행자는 몸을 솟구쳐 단숨에 동양대해를 건너뛰어 화과산에 다다랐다.
    구름을 낮추고 부릅뜬 눈으로 둘러보니, 그 무성하던 화과산의 꽃나무는 다 어디로 갔는지 눈을 씻고 찾아봐도 없다. 자욱하게 드리우던 아지랑이 노을도 모조리 끊겼으며 산봉우리 바위 더미도 무너져 내렸을 뿐 아니라, 나무숲은 말끔히 불에 타서 말라죽고 시들어버린 지 오래다.
    동천복지 화과산이 어째서 이렇듯 참담한 몰골이 되었을까? 그것은 5백 년 전에 제천대성 손오공이 천궁을 뒤엎고 일대 소동을 벌인 끝에 붙잡혀서 상계로 끌려 올라간 뒤, 현성 이랑진군이 매산 6형제들을 거느리고 제천대성의 소굴인 화과산에 불을 질러 모조리 태워버렸기 때문이다.

　이 처참한 광경을 바라보고 있으려니, 제천대성 손오공의 마음은 더욱 찢어질 듯이 아프고 참담하기 이를 데 없었다.

　한마디로 표현하자면 패산퇴경(敗山頹景), 이 퇴락한 산 경치를 고풍(古風)으로 읊은 시가 한 편 있다.

　　고향 산천 돌이켜 생각만 해도 두 줄기 눈물이 흐르더니,
　　이제 돌아와 처참한 광경 마주 대하니 더욱 가슴 아프고 비감하여라.
　　옛날 있던 때는 산이 무너져 돌무더기가 될 리 없다 여겼더니,
　　오늘에 와서야 땅도 허물어져 구렁텅이가 됨을 알았다.
　　원망스럽다 이랑진군, 나를 멸망시키고,
　　괘씸하다 소성(小聖)이란 놈, 이다지도 나를 업신여기다니 그 분노 진정코 참을 길 없구나.
　　남의 선조 무덤을 파헤치는 흉악한 짓을 저질렀으며,
　　거침없이 네 조상의 무덤을 파괴했구나.
　　하늘에 온통 감돌던 안개 노을 모두 스러지고,
　　온 땅에 깔렸던 풍운도 모조리 흩어졌다.
　　동녘 영마루에 으르렁대던 얼룩무늬 호랑이의 포효성 들리지 않고,
　　서산에 놀던 흰 원숭이떼 울음소리 어디 가서 들으랴?
　　북녘 골짜기의 여우 토끼 종적 없이 사라지고,
　　남녘 계곡의 노루 멧돼지 그림자도 남아 있지 않는구나.

청석은 불에 타서 천 덩어리 흙더미가 되어버리고,
푸른 모래밭은 한 무더기 진흙 더미로 변했다.
동굴 밖 키 큰 소나무 모조리 쓰러졌고,
언덕 앞 늘푸른 잣나무도 듬성듬성 남았을 뿐.
참죽나무, 삼나무, 느티나무, 전나무, 밤나무, 박달나무는 불에 타서 숯이 되고, 복숭아, 살구, 오얏, 매실, 배, 대추 나무는 어디로 사라졌는가.
산뽕나무〔柘〕, 뽕나무〔桑〕 깡그리 없어졌으니 무엇으로 누에를 칠 것이며,
버드나무 대나무 드물어졌으니 산새들도 깃들이기 어렵다.
산마루 등성이에 기암괴석은 한 줌 티끌이 되어버리고,
말라붙은 골짜기 샘물은 바닥을 드러내어 잡초만 무성하다.
절벽 아래 땅바닥은 시커멓게 그을려 지초 난초〔芝蘭〕 자라지 못하고,
길가의 진흙은 시뻘겋게 굳어져 등나무 담쟁이덩굴만이 어지럽게 얽혀 있다.
지난날에 우짖던 날짐승들은 어디로 날아가버렸는고?
표범과 구렁이는 기울어 퇴락한 거처를 싫어하고,
두루미와 뱀들은 허물어지고 황폐한 곳을 피해 사느니.
생각하면 이는 과거에 못되게 행패를 부린 탓으로,
눈앞에 이 고난을 받게 되었으리라.

제천대성 손오공이 가슴을 찢어내는 듯한 슬픔에 잠겨 있을 때였다. 녹음방초 우거진 언덕 앞 가시덤불이 뒤덮인 후미진 골짜기에서 들짐승의 기척이 들리더니, 작은 원숭이 일고여덟 마리가 팔딱팔딱 뛰어

나와 그 앞으로 몰려왔다. 그리고는 손오공을 에워싸고 머리를 조아려가며 큰 소리로 외쳤다.

"대성 나으리! 오늘에야 돌아오셨습니까?"

미후왕이 되묻는다.

"너희들은 어째서 한 놈도 뛰어다니며 놀지 않고 하나같이 종적을 감추었느냐? 내가 도착한 지 꽤나 오래되었는데도 너희들의 그림자조차 찾아볼 수 없으니, 이게 어찌 된 노릇이냐?"

원숭이들은 그 말을 듣고 저마다 눈물을 뚝뚝 흘리면서 이렇게 대답했다.

"대성님께서 천상으로 붙잡혀가신 뒤에, 저희들은 사냥꾼들이 못살게 구는 바람에 도무지 편히 살아갈 수 없게 되었습니다. 사냥꾼들은 무시무시한 활과 쇠뇌에다 사나운 사냥개와 매까지 풀어놓고 거기에 또 그물이며 창과 갈고리 같은 것들을 지니고 다니며 저희들을 마구 잡아죽이니 그걸 무슨 수로 배겨내겠습니까. 저희들은 목숨이 아까워 동굴 바깥으로 머리 한번 내밀지 못하고, 뿔뿔이 흩어져서 수렴동 깊숙이 들어가 숨거나 아예 소굴에서 멀리 떨어진 곳으로 피해 달아나고 말았습니다. 배가 고프면 산등성이 밑에서 풀을 뜯어먹고 목이 마르면 냇가에 내려가 맑은 샘물을 마시는 게 고작이었습니다. 그러다가 이제 방금 대성 어르신의 음성을 알아듣고 이렇게 나와서 영접하오니, 부디 옛날처럼 대성님을 받들면서 편안히 살게 해주십시오!"

사연을 듣고 보니, 제천대성은 더욱 처참한 생각뿐이다.

"너희들, 이 산에 아직 얼마나 남았느냐?"

"대성님께서 떠나신 후, 이 화과산은 이랑보살님이 불을 놓아 절반 남짓을 태워버렸습니다. 저희들은 우물 속에 들어가 쭈그려 앉거나, 철판교 다리 밑 아니면 깊은 계곡 아래 들어박혀 가까스로 불길을 피해 살아났습니다. 불길이 다 꺼지고 연기가 스러지자 그제야 비로소 나와보았습니다만, 먹고 살 만한 꽃나무 과일이 다 없어져 도무지 살아갈 길이 막막했습니다. 저희들 가운데 나머지 절반은 온갖 고생을 해가며 근근이 이 산중에 숨어 살고 있었는데, 요즈음 이 년 사이에 또다시 사냥꾼들이 떼거리로 들이닥쳐 그중 절반을 빼앗기고 말았습니다."

"그놈들이 너희를 잡아다가 무엇에 쓰더냐?"

원숭이들은 그 물음에 울음을 터뜨리며 하소연했다.

"그놈의 사냥꾼들이야말로 정말 몹쓸 놈들입니다! 그놈들은 우리를 활로 쏘거나 창으로 찔러 잡기도 하고 독약을 먹이기도 하고 때려죽이기도 했습니다. 이렇게 해서 잡아다가 껍질을 벗기고 뼈를 발라낸 다음, 간장을 쳐서 삶기도 하고 초를 쳐서 찌고, 기름과 소금을 뿌려 지지고 볶아서 끼니거리로 먹는 겁니다. 어쩌다 그물에 걸리거나 산 채로 붙잡히면 끌어다가 뜀뛰기와 재주넘기 따위를 가르쳐서 공중제비를 돌리기도 하고 잠자리처럼 공중에서 솟구쳐 오르게 하기도 하고, 큰길 거리 장터에 끌고 나가서 장구 치고 북 치면서 온갖 재주를 부리게 하는 등, 못 하는 짓이 없습니다."

동족이 그런 수모를 당하고 있다는 말을 들으니, 제천대성 손오공은 분노가 치밀어 도저히 참을 수가 없다.

"수렴동 안에는 누가 일을 맡아보고 있느냐?"

원숭이들이 대답한다.

"마원수와 유원수 두 분과 분장군(奔將軍), 파장군(巴將軍)² 두 분,

---

2 분장군 · 파장군: 제3회 본문에는 "팔뚝 긴 통비원후 두 마리에게는 붕장군(崩將軍), 파장군(芭將軍)의 직함을 내렸다……"고 하였는데, 여기서는 분장군(奔將軍), 파장군(巴將軍)이라 표기되었다. 저자의 착오가 아닌가 싶으나, 별 뜻이 없겠기에 그대로 쓴다.

이렇게 네 분이 아직도 살아서 일을 맡아보고 계십니다."

"들어가서 그들에게 알려라. 내가 돌아왔다고 말이다."

새끼 요괴들이 동굴 문 안으로 뛰어들어가 큰 소리로 알렸다.

"대성 어르신께서 집에 돌아오셨습니다!"

보고를 받자, 늙은 원숭이 마원수 유원수, 분장군 파장군이 부리나케 달려나와 이마를 조아려 인사하더니 그를 맞아 수렴동 안으로 모셔 들였다. 제천대성이 한복판 의자에 자리잡고 앉으니, 여러 부하 원숭이들은 그 앞에 길게 늘어서서 배례를 올리고 이렇게 아뢰었다.

"대성 어르신, 요즈음 떠도는 소문을 듣자오니 대성님께서는 목숨을 보전하시고 당나라 스님을 보호하여 서천 땅으로 경을 가지러 가신다 하던데, 어찌하여 서방 세계로 가지 않으시고 고향으로 돌아오셨습니까?"

그 물음에 제천대성은 한숨을 푸욱 내쉬었다.

"얘들아, 너희들은 모른다. 그 당나라 삼장은 누가 어질고 누가 어리석은지 분간할 줄 모르는 사람이다. 내가 그 화상을 위해 얼마나 애를 많이 썼는지 아느냐? 서천으로 가는 도중에 괴물과 요마를 붙잡고 평생토록 배운 재간을 다 부려서 몇 차례나 요정을 때려죽였는지 모를 판인데, 그 화상은 날더러 흉악하게 살생을 저지른다고 꾸짖으면서 나를 제자로 인정하지 않고 쫓아내기까지 했다. 자, 보아라! 이렇게 폄서마저 써주면서, 앞으로는 나를 영영 써주지 않겠다고 했단 말이다."

부하 원숭이들은 손뼉까지 쳐가며 좋아라고 웃었다.

"잘되셨습니다! 잘됐어요! 대성님이 무슨 중 노릇을 하시겠다고 그러십니까. 고향에 돌아오셔서 저희들을 데리고 몇 해 동안 즐겁게 노시는 게 훨씬 낫습죠!"

그리고는 저들끼리 왁자지껄 떠들기 시작했다.

"자, 어서 야자술을 만들러 가자! 우리 대성 어르신을 대접해드려야지!"

제천대성은 그들을 만류했다.

"술을 마시는 건 급하지 않다. 그 사냥꾼 녀석들이 언제쯤 우리 산에 쳐들어오는지 그것부터 알고 싶다."

마원수, 유원수가 번갈아 대답했다.

"대성님, 어느 때라고 꼭 짚어 말할 것도 없습니다. 날이면 날마다 우리 산에 쳐들어와서 분탕질을 치곤 하니까요."

"그렇다면 오늘은 어째서 오지 않는 거냐?"

"좀 기다려보십쇼. 아마도 곧 들이닥칠 겁니다."

두 원수의 대답에, 제천대성은 즉시 분부를 내렸다.

"얘들아, 모두 나가서 저 산에 불타버린 바윗돌을 이리 옮겨다가 쌓아놓아라. 이삼십 개씩 한 무더기로 쌓거나 오륙십 개씩 한 무더기로 쌓아놓아도 좋다. 어찌 되었든 내가 쓸 데가 있으니, 한곳에 여러 무더기를 쌓아놓기만 하면 된다."

부하 원숭이들은 신바람이 나서 벌떼같이 몰려나가더니, 눈에 뜨이는 대로 바윗돌을 떠메다가 여기저기 무더기로 쌓기 시작했다. 그것을 본 제천대성이 또 명령을 내렸다.

"얘들아, 모두 동굴 안에 들어와 숨어 있거라. 이 손선생이 술법을 쓸 것이다."

제천대성은 산꼭대기로 올라가 아래쪽을 굽어보았다. 과연 남쪽쯤 되는 곳에서 둥둥둥둥 북 치는 소리에, 왈그랑 달그랑 징을 울리는 소리가 요란하게 들려오면서, 1천여 명이나 되는 인마가 모습을 드러내더니, 매와 사냥개를 거느린 채 창칼을 번뜩이며 화과산을 바라고 호호탕탕, 무시무시한 기세로 쳐들어오기 시작했다.

원숭이 임금은 들끓어 오르는 분노를 꾹 참고 좀더 가까이 올 때까지 지켜보고만 있었다. 살기등등한 모습, 사납고도 흉악스러운 태세, 하나같이 굵직굵직한 장정들로 한눈에 보아도 제법 힘깨나 쓸 줄 아는 사냥꾼들이 분명했다.

여우 가죽으로 어깻죽지를 덮었는가 하면,
허리와 앞가슴에는 비단 전포(戰袍)를 둘렀다.
살통에는 낭아전(狼牙箭)을 가득 꽂았으며,
허리뼈 밑에는 보조궁(寶雕弓)을 둘러메었다.
사람은 산중에서 먹이감 뒤져대는 호랑이〔搜山虎〕처럼 설쳐대고,
말은 골짜기 냇물 뛰어넘는 도간룡(跳澗龍)처럼 펄펄 난다.
사람들은 떼를 지어 사냥개를 이끌고,
어깨머리에 걸친 나무틀에는 매가 가득 앉아 있다.
싸리나무 광주리에는 화포(火炮)를 담아 떠메고,
해동청 보라매를 단단히 붙잡고 있다.
끈끈이 칠한 대나무 장대가 1백 수십 담(擔)³이나 되고,
토끼 잡는 작살이 1천 자루나 준비됐다.
쇠머리 귀신이 그물처럼 깔려 앞길을 가로막고,
염라대왕이 벼릿줄을 잡아당기는 듯한데,
일제히 고함치면서 마구잡이로 달려드는 기세,
온 하늘의 별들이 흩뿌려지는 듯하구나.

제천대성은 낯선 인간들이 자신의 소굴인 화과산에 쫙 깔려서 쳐들

---

3 담: 고대 도량형의 무게 단위로, 1백 근(斤)을 1담(擔), 곧 '한 짐'이라 하였다.

어오는 것을 보자, 참고참았던 분노가 한꺼번에 터져나왔다. 그는 입속으로 중얼중얼 주문을 외우면서 숨 한 모금을 크게 들이켜 손지(巽地, 동남쪽) 방향으로 있는 힘껏 '푸웃!' 하고 내뿜었다. 다음 순간, 일진광풍이 휘몰아치기 시작하는데, 그 사나운 기세야말로 사람이 인간 세상에 태어나서 일찍이 본 적도 들은 적도 없는, 무시무시하기 짝이 없는 것이었다.

    흙먼지를 뽀얗게 말아올리고 땅을 파헤치며,
    나무를 송두리째 쓰러뜨리고 숲속을 온통 휩쓸어버린다.
    바다 물결이 기세 사납게 산악을 덮치고,
    소용돌이치는 파도가 만 겹으로 밀려든다.
    하늘과 땅이 어지러워 텅텅 비었고, 해와 달은 빛을 잃고 침침하게 어둡다.
    한바탕 미친 돌개바람이 소나무를 뒤흔드니 호랑이가 으르렁대듯 진동하고,
    홀연 대나무 숲 속으로 뚫고 들어가니 용틀임하는 소리가 요란하다.
    만 군데 구멍이 한꺼번에 노하여 호통을 치니 하늘이 숨을 죽이고,
    흩날리는 흙먼지 모래 속에 바윗돌이 굴러 닥치는 대로 사람을 죽이고 다친다.

제천대성이 이렇듯 거센 돌개바람을 일으키니, 무더기로 쌓아놓았던 바윗돌이 바람결을 타고 어지럽게 날아가며 허공에서 뒹굴뒹굴 춤을 추다가 그대로 떨어지면서 사냥꾼 일행을 덮쳐내려 1천 명이나 되는 인

마를 하나도 남겨두지 않고 모조리 죽였다.

바윗돌은 사람의 검정 머리를 후려갈겨 콩가루로 만들고,
바람결에 날려간 모래는 사람과 짐승을 가리지 않고 모조리 휩쓸어 다친다.
백성들은 산중턱에서 우왕좌왕, 관리 어르신도 고개 마루턱에서 갈팡질팡,
흘러나온 핏물은 주사(朱砂)로 물들인 듯 온 땅을 시뻘겋게 적시었다.
사냥길에 따라온 철부지 아이들도 마을에 돌아가기 어려우니,
귀하신 손님들인들 어찌 고향에 돌아갈 수 있으랴?
죽은 사람과 말의 시체가 거센 바람결에 분분히 날다가 산야에 널브러지니,
분 바른 새댁⁴은 그런 줄 모르고 집 안에서 학수고대하는구나.

이런 시가 또 있다.

사람 죽고 말도 죽으니 어이 제 집에 돌아가랴?
들귀신의 외로운 넋이 난마처럼 뒤얽혔다.
가련하다 힘깨나 뽐내던 영웅호걸 백전노장들,
어진 사람 어리석은 사람 가릴 것 없이 모래밭을 피로 물들였

---

4 분 바른 새댁……: 원문에는 '홍낭자(紅娘子)'. 이 참혹한 시구(詩句)에 나오는 '사람의 검정머리〔烏頭〕' '사람과 짐승〔海馬〕' '사람〔人蔘〕' '관리 어르신〔官桂〕' '주사(朱砂)' '따라온 철부지 아이들〔附子〕' '귀하신 손님들〔檳榔〕' '분분히 날다〔輕粉〕'와 함께 '홍낭자' 역시 모두 도교에서 약재로 쓰이는 여러 가지 약 이름을 모아 엮은 것인데, 내용에 너무 억지로 끌어들여 꿰어맞춘 듯하므로 차라리 쉽게 풀어 번역하였다.

구나.

"하하하하! 으하하핫……!"

제천대성은 구름을 낮추고 손뼉을 쳐가며 통쾌하게 웃었다.

"얼씨구나 좋다 좋아! 당나라 화상에게 귀순해서 중 노릇을 한 이래로, 그 화상은 걸핏하면 날더러 '천 날을 두고 착한 일을 해도 그 선행은 오히려 모자라고, 하루라도 악한 일을 저지르면 그 악은 언제나 줄어들지 않고 그대로 남는다(千日行善, 善猶不足, 一日行惡, 惡自有餘)'라고 권유하더니, 과연 그 말대로 되었구나! 내가 그 화상을 따라다니면서 요괴 정령 몇 놈을 때려죽였어도, 날더러 흉악하게 인명을 해쳤다고 꾸중을 들었지만, 오늘 고향에 돌아와서 이렇게 많은 사냥꾼 녀석들을 없애버렸는데도 누구 하나 꾸짖을 사람 없고 이렇게 멀쩡하다니, 이야말로 천지 조화가 아니고 무엇이란 말이냐?"

그리고는 동굴 속에 숨어 있던 부하 원숭이들을 불러냈다.

"애들아, 이리 나오너라!"

원숭이들은 무섭게 휘몰아치던 광풍이 지나가고 제천대성이 부르는 소리를 듣자 일제히 뛰어나왔다.

"너희들, 저 남산 아래로 내려가서 죽어 널브러진 사냥꾼 녀석들의 옷을 벗겨다가 냇물에 핏자국을 깨끗이 빨아 춥지 않게 입도록 해라. 그리고 시체들은 모조리 끌어다가 깊디깊은 연못에 던져넣고, 죽은 말은 끌어다가 껍질을 벗겨서 가죽신을 만들어 신고 그 고기는 소금에 절여서 나중에 천천히 먹도록 하자꾸나. 그놈들이 지니고 있던 활과 화살, 창칼은 너희들한테 줄 테니 무예를 연마하는 데 쓰고, 여러 가지 빛깔의 깃발은 거두어서 내가 쓰기로 하겠다."

"예에!"

부하 원숭이들은 한마디로 응낙하고 신바람 나게 흩어졌다.

손오공은 부하들이 거두어들인 깃발을 풀어서 깨끗이 빨아 가지고 여러 가지 빛깔을 뒤섞어 한 폭의 커다란 깃발로 이어 만든 다음, 그 깃폭에 다음과 같은 글씨를 썼다.

화과산을 거듭 수선하고, 수렴동을 다시 복구하다(重修花果山, 復整水簾洞).

제천대성(齊天大聖)

이윽고 동굴 문 밖에 거대한 깃대가 세워지고, 깃발이 내걸렸다.

제천대성은 날마다 요괴 마귀를 불러들이고 뿔뿔이 흩어졌던 짐승들을 다시 화과산으로 모아들이는 한편, 양식거리를 마련하여 쌓아놓았다. 그는 두 번 다시 '화상'이라든가 '부처님의 제자'라는 말을 입에 올리지 않았다. 그는 인정도 많고 수단도 놀라울 정도로 높은 터라, 폐허가 된 화과산을 그대로 두지 못하고 사해 용왕을 두루 찾아다니며 단비와 신선의 물을 빌려다가 불타버린 산을 말끔히 씻어내고 숯더미가 된 온갖 초목을 다시 푸르게 살려냈으며, 앞산에는 느릅나무, 버드나무를 심고 뒷산에는 소나무, 녹나무를 심었으며, 복숭아, 오얏, 대추, 매실 따위의 온갖 과일나무를 없는 것이 없을 정도로 모두 갖추어 심고, 구속받는 일 하나 없이 자유자재로 즐거운 나날을 보내게 된 것은 더 말할 나위도 없었다.

한편, 당나라 스님은 교활한 저팔계의 터무니없는 말만 믿고 심성 바른 원숭이 손오공을 내쫓은 후, 한갓진 마음으로 안장에 올라 서천으로 길 재촉을 계속했다. 저팔계는 손행자가 하던 대로 앞에서 길을 열어

인도하고, 사화상은 둘째 사형이 짊어졌던 짐짝을 지고 뒤에서 따라갔다. 백호령을 넘어서니 난데없는 삼림 지대가 나타나는데, 어디를 둘러보나 온통 칡덩굴과 등나무 덩굴이 뻗어올라 친친 휘감기고, 늘푸른 잣나무며 소나무 숲이 울창하게 우거져 있었다.

삼장은 제자들을 외쳐 불렀다.

"얘들아, 산길이 너무 험하고 꼬불꼬불하여 지나기가 무척 어렵구나. 게다가 소나무 숲이 빽빽하게 우거지고 수목이 잔뜩 들어찼으니 조심들 해야겠다. 혹시 요사스런 괴물이나 맹수가 나타날지도 모르는 일 아니냐?"

스승이 걱정하는 말을 듣고 미련퉁이 바보 녀석은 이것 보라는 듯 으쓱대며 사화상더러 말을 끌게 하더니, 자신은 쇠스랑을 휘둘러 길을 헤치면서 당나라 스님을 데리고 거침없이 소나무 숲 속으로 들어갔다.

한참을 가다가 삼장은 말고삐를 당기고 멈춰 섰다.

"팔계야, 내가 오늘 하루 종일 굶었더니 배가 몹시 고프구나. 어디 가서 동냥을 얻어다가 먹여주지 않겠느냐?"

저팔계는 자신만만하게 대답했다.

"말에서 내리십쇼, 사부님. 이 저팔계가 가서 찾아볼 테니 여기서 기다리고 계십쇼."

삼장은 그 말대로 말에서 내려섰다. 사화상도 짐짝을 부려놓고 동냥 그릇을 꺼내 저팔계에게 넘겨주었다.

"이걸 가지고 가셔야죠."

"알았네, 내 다녀옴세!"

"어디로 가느냐?"

스승이 묻자, 저팔계는 입에서 나오는 대로 대답했다.

"어디로 가든지 걱정하지 마십쇼. 얼음에 송곳질을 해서 불을 피우는 한이 있더라도 반드시 동냥을 얻어올 테고, 눈덩이를 움켜서 기름을 짜내는 한이 있더라도 기필코 잿밥을 얻어올 테니까요."

큰소리 탕탕 치고 소나무 숲을 벗어난 저팔계, 서쪽으로 10여 리쯤 나가보았으나 인가라곤 한 채도 찾아볼 길 없고, 호랑이와 늑대, 이리 같은 맹수들만 우글거릴 뿐 인적이라곤 눈을 씻고 찾아도 보이지 않는다. 이 미련한 녀석은 걷고 또 걷다가 제풀에 지쳐 혼자서 투덜투덜 불평을 늘어놓기 시작했다.

"이런 젠장! 예전에 손행자가 있었을 때는 늙다리 화상이 먹을 걸 달라고만 하면 당장 얻어다 대령했는데, 이제는 그 고생이 내 차례가 되고 말았구나. 막상 내 손으로 동냥길에 나서고 보니, 그야말로 '집안의 살림살이를 맡아봐야 땔나무값 쌀값 비싼 줄 알게 되고, 자식을 길러봐야 부모님의 은혜를 알아본다(當家才知柴米價, 養子方曉父娘恩)'는 격으로, 정말이지 어디서 동냥을 얻어다가 바쳐야 할지 막막하네그려."

한참을 그렇게 걷자니 눈이 스르르 감기고 졸음이 쏟아진다. 그는 동냥질하려던 생각을 바꾸었다.

"지금 당장 돌아가서 동냥할 데가 없다고 하면, 늙다리 화상은 내가 이토록 머나먼 곳까지 걸어다녔다는 사실을 믿어주지 않고 게으름을 부렸다고 야단이나 치겠지? 안 되겠다, 어디서 시간 좀 죽이고 나서 돌아가야 말하기가 좋겠어…… 에라, 나도 모르겠다! 이 풀밭에서 눈이나 좀 붙이고 가자꾸나!"

미련한 놈은 풀 속에다 머리를 처박고 끄덕끄덕 졸기 시작했는데, 날이면 날마다 고생해가며 터벅터벅 길을 걸어온 처지라, 머리를 처박기 무섭게 코를 드르렁드르렁 골아가며 깊은 잠에 빠져들고 말았다.

저팔계가 여기서 잠들어버린 얘기는 접어두기로 하고, 한편 삼장법사는 이 미련한 녀석이 동냥 얻어오기만을 이제나저제나 하염없이 기다리던 끝에 지칠 대로 지쳐, 나중에는 귀가 벌겋게 달아오르고 눈알이 빠져나올 지경이 되고 말았다. 게다가 어인 까닭인지 모르게 마음이 들뜨고 몸 둘 바를 모른 채 불길한 생각이 자꾸 떠올랐다. 그래서 사화상을 불렀다.

"오능이 동냥하러 나가더니 어째서 돌아오는 게 이리도 늦는지 모르겠다. 혹시 어디로 갔는지 네가 알 수 있겠느냐?"

"사부님, 아직도 모르십니까? 이 서방 세계 사람들은 부처님이 계신 곳에서 그리 멀지 않으니까, 오가는 화상들에게 곧잘 보시를 해줄 겁니다. 팔계 형님도 그런 사람을 만나 아마도 한턱 단단히 얻어먹고 있을 게 틀림없습니다. 그 형님은 워낙 밥통이 크고 먹성이 좋아서 자기 배나 채울 욕심으로 마냥 눌러앉아 있기만 할 뿐이지, 사부님 생각을 할 게 뭡니까. 저 혼자서 배가 터지게 실컷 먹고 나서야 돌아올 생각을 할 겁니다."

삼장이 생각해보니, 과연 그럴듯한 말이다.

"오냐, 네 말이 옳다. 팔계 녀석이 거기서 배부르게 먹고 있다면 그것도 좋겠지만, 우리는 어딜 가서 그 녀석을 만나야 좋을지 모르겠다. 날은 점점 저물어가는데, 여기는 쉴 데가 마땅치 않구나. 어디 쉴 만한 데부터 찾아보는 게 좋을 듯싶다."

"염려 마세요, 사부님. 제가 팔계 형님을 찾아서 데려올 테니까, 여기 좀더 앉아서 기다리고 계십쇼."

"그래, 그러려무나. 동냥이야 얻었든 못 얻었든 간에, 하룻밤 쉬어 갈 잠자리부터 찾아봐야겠다."

사화상은 항요보장을 어깨에 걸쳐메고 소나무 숲을 벗어나 저팔계를 찾으러 나섰다.

제자 둘을 모두 떠나보낸 삼장은 숲속에 홀로 앉아 있으려니 가슴이 답답하고 지루해서 도무지 견딜 수가 없다. 그래서 억지로 정신을 가다듬고 벌떡 일어나 짐보따리는 한군데 모아놓고 말고삐는 나무에 비끄러맨 다음, 쓰고 있던 삿갓을 벗어다가 구환석장 지팡이 끝에 얹어서 꽂아놓더니, 먹물 들인 장삼 자락을 가다듬고 따분한 심사를 풀어볼 겸해서 어슬렁어슬렁 깊은 숲 속을 걷기 시작했다. 소나무 우거진 숲 속에는 온통 들꽃과 잡초만이 피어 있을 뿐, 해 저물 녘 둥지 찾아 돌아가는 새소리조차 들리지 않았다.

그러나 이 소나무 숲은 워낙 수풀이 깊고 으슥한데다 길이 드문 곳이었다. 그는 정신이 어지럽고 산만해져서 하염없이 걷다 보니 그만 길을 잘못 들어서고 말았다. 답답한 심사를 풀어볼 겸해서 무작정 산책을 나오기도 했거니와 저팔계, 사화상이 간 곳을 찾아본다는 것이 엉뚱하게 방향이 달라진 것이다. 그들 두 제자가 간 쪽은 곧장 서쪽으로 향한 길인 데 반해, 삼장이 하염없이 걸어간 곳은 남쪽으로 향한 길이었던 것이다.

송림을 벗어나 고개를 쳐들고 이리저리 둘러보니, 별안간 맞은편에 금빛이 찬란하게 번쩍이고 오색 안개가 무럭무럭 피어오르는 곳이 한군데 있었다. 자세히 살펴보았더니, 그것은 보탑인데, 탑 꼭대기에 해당하는 보개(寶蓋)에서 황금빛이 사면팔방으로 쏟아져 나오고 있었던 것이다. 때마침 서녘으로 뉘엿뉘엿 떨어지는 햇빛이 보개 위의 금빛 광채를 반사하여, 마치 온 하늘과 대지에 천만 가닥의 눈부신 황금빛을 흩뿌리고 있는 것처럼 보였으니, 삼장이 감탄해 마지않는 것도 무리가 아니었다.

"허어! 그것참…… 내 제자들이 어지간히도 연분이 안 닿는구나. 동녘 땅을 떠나올 때부터 내가 다짐하기를, 서천으로 가는 도중에 절간을 만나면 향불을 살라 올리고, 부처님의 금신상을 뵈오면 예불할 것이며, 보탑과 마주치면 깨끗이 소제를 하겠노라고 맹세했는데, 저 금빛 광채가 나는 곳이 바로 황금 보탑이 아닌가? 그런데 제자들이 어째서 이 길로 가지 않고 다른 데로 빠졌는지 모르겠구나. 여하튼 잘되었다. 탑이 있으면 그 아래 사원이 있을 테고 사원에는 스님들이 거처하는 집이 있을 게다. 가만있거라, 짐보따리와 백마는 그대로 두고 가보기로 하자꾸나. 이 산중에 오가는 행인들도 없으니까 짐보따리나 마필은 그냥 내버려두어도 별일은 없겠지. 저 보탑에 마땅한 쉴 자리가 있거든 제자들이 돌아올 때까지 거기서 기다렸다가 함께 가서 하룻밤 묵어가자고 청해봐야겠다."

오호라! 액운이 도사리고 있는 줄 까맣게 모르는 삼장 법사, 한걸음에 보탑 아래까지 달려가서 이리 기웃 저리 기웃 둘러보기 시작했는데, 과연 훌륭한 황금 탑이었다.

바위 절벽은 높이가 십만 척, 거대한 산악은 푸른 하늘에 잇닿았다.
산뿌리는 대지와 두텁게 이어졌고, 산등성이 봉우리는 하늘 높이 치솟았다.
양편에는 잡목이 수천 그루 우거지고,
앞뒤에는 등나무 덩굴이 백여 리나 휘감았다.
들꽃은 풀잎 초리에 그림자 드리운 채 바람결에 나부끼고,
흐르는 시냇물 구름 사이로 달빛 어리니 뿌리가 없다.
쓰러진 나뭇등걸 깊은 계곡 냇물에 가로질러 얹혔고,
시들어버린 등나무 덩굴이 민둥산 봉우리를 휘어감고 뻗었다.
돌다리 난간 밑에 맑은 샘물이 콸콸콸 흐르고,
보탑 얹은 대좌 위에는 뽀얀 칠이 언제나 밝고도 밝다.

멀리서 바라보면 삼도의 천당이요,
가까이서 우러러보면 봉래산의 명승 절경이라네.
향기 짙은 소나무 자줏빛 대나무는 골짜기 냇물을 감돌아 우거지고,
까마귀 까치, 원숭이 떼가 험산준령을 가로질러 돌아다닌다.
동굴 문 밖에는 오락가락 들짐승이 줄지어 다니고,
나무숲 속에는 이따금씩 드나드는 멧새가 떼를 이룬다.
푸릇푸릇 향기로운 풀이 무성하게 웃자라고,
요염한 야생화는 꽃망울을 활짝 터뜨린다.
이곳은 악귀가 사는 지역이 분명한데,
삼장 법사는 운수 불길하여 그런 줄도 모르고 단숨에 들이닥쳤구나.

삼장은 뚜벅뚜벅 큰 걸음걸이로 탑문 아래 다가섰다. 발길을 멈추고 안을 들여다보았더니, 얼룩무늬 대나무 발이 한 폭 걸려 있다. 내친 김에 문턱을 넘어 발을 들추고 안으로 들어선 당나라 스님, 고개를 번쩍 쳐들고 바라보니, 돌침대 위에 요괴 한 마리가 비스듬히 누워서 잠을 자고 있는 것이 아닌가! 그 생김새가 어떤 모습인지 한번 보기로 하자.

검푸른 얼굴에 사냥개 같은 송곳니를 새하얗게 드러내고,
쩍 벌어진 입은 세숫대야만큼이나 크다.
양 볼에 텁수룩한 귀밑터럭은 온통 연지로 물들인 듯 시뻘겋고,
서너 가닥 울뚝불뚝 치솟은 자줏빛 코밑수염,
여지나무 가지에 싹이 움트지 않았나 의심스럽다.
앵무새 주둥이 같은 매부리코 발딱 젖혀졌으며,

새벽별 같은 눈동자가 껌벅거린다.

두 주먹은 스님의 동냥 그릇만큼이나 큼지막하고,

푸르뎅뎅한 두 다리는 절벽 끝에 뿌리를 드러낸 나무 가장귀와 다를 바 없다.

몸에는 옅은 황색 유삼(儒衫) 한 벌 비스듬히 걸쳤으니,

비단으로 짠 스님의 장삼 가사와 견줄 만하다.

잡고 있는 칼 한 자루 서슬 퍼런 광채가 눈부시게 번뜩이고,

베고 있는 돌덩어리는 매끄럽고 반듯해서 티 한 점 없다.

일찍이 졸개 요괴 노릇도 하여 개미 진(蟻陣)을 쳐보기도 했고,

늙은 노괴 되어서 벌집 같은 소굴에 들어앉아 부하들을 호령하기도 했다.

위풍당당한 자태, 늠름하기 비할 데 없는 기세를 보라!

모두들 아우성치며 '어르신'이라고 부른다.

또 일찍이 달빛 아래 세 장정이 항아리 술을 마셔보기도 했고,[5]

양 겨드랑이에서 바람 일으켜가며 찻잔을 기울여보기도 했다.

저 무시무시한 신통력을 보라!

눈 한번 내리깔고 껌벅하는 사이에 시야는 하늘 끝까지 거침없이 편력한다.

황량한 숲 속에는 산새들이 시끄럽게 지저귀고,

우거진 수풀에는 용과 뱀이 깃들여 있다.

신선이 밭 갈아 씨를 뿌리면 백옥(白玉)이 생겨나고,

도사가 엎드려 불을 지피면 단사(丹砂)를 구워낸다.

---

5 달빛 아래 세 장정이 항아리 술을 마시다: 이 대목은 당나라 이백(李白)의 "술잔 들고 밝은 달을 맞이하니, 그림자까지 비쳐 세 사람이 되었구나(擧杯邀明月, 對影成三人)"라는 시구에서 빌려쓴 것이다.

작디작은 동굴 문이 비록 아비지옥에 이르지는 않는다 해도,
저 무서운 요괴 마귀야말로 우두야차(牛頭夜叉) 귀신이라네.

삼장은 이렇듯 끔찍스러운 요괴의 모습을 보자, 혼비백산하도록 놀라 저도 모르게 뒷걸음질을 쳤다. 온몸의 근육이 흐물흐물 녹아내리고 두 다리는 시큰시큰 맥이 풀린 채 부리나케 돌아서서 도망치려 했으나, 이미 때는 늦었다. 이제 막 몸을 돌리는 순간에, 그 요괴는 영성(靈性)이 워낙 강대하고 민감한 터라, 조그만 기척에도 무섭게 반응해서 금정괴안(金睛怪眼)의 무시무시한 두 눈을 번쩍 뜨더니 번개 벼락 때리듯 호통을 쳤다.

"얘들아! 문밖에 어떤 놈이 왔나 내다보아라!"

졸개 요괴 한 마리가 탑문 바깥으로 머리통을 내밀고 이리저리 둘러보았더니, 대머리 까까중 한 사람이 다리야 날 살려라 허겁지겁 달아나고 있다.

"대왕님! 바깥에 웬 화상 하나가 도망치고 있는뎁쇼. 둥글둥글한 대머리에 두 귀가 어깨 위까지 축 늘어졌고, 온 몸뚱이는 투실투실하게 살쪘을 뿐만 아니라 살껍질도 야들야들한 게 아주 먹음직스러운 화상 같습니다."

늙은 요괴가 그 말을 듣고 껄껄대고 웃는다.

"하하하! 이야말로 파리란 놈이 어디 날아갈 데가 없어 잡아먹히려고 뱀 대가리에 내려앉은 격이로구나. 졸개들아! 냉큼 뒤쫓아가 그 화상 녀석을 붙잡아오너라. 상을 두둑이 내릴 터이니 놓치면 안 된다!"

부하 요괴들이 그 말 한마디에 벌집 터뜨린 듯 우르르 몰려나가더니 삼장 법사를 향해 한꺼번에 덮쳐들었다. 그 광경을 보자, 삼장은 다급한 마음으로야 쏜살같이 달아나고 싶었으나, 가슴살이 부들부들 떨리고 두 다리는 시큰시큰 맥이 풀린데다, 산길이 워낙 험하고 숲은 깊고 날은 이미 저물었으니, 무슨 걸음걸이로 달음박질쳐 도망갈 수 있겠는가? 이래서 마침내 그는 속절없이 요괴들의 손아귀에 붙잡혀 떠메어가는 신세가 되고 말았다.

용이 얕은 물에서 놀면 새우에게 희롱을 당하고,
호랑이가 벌판에 내몰리면 동네 강아지에게도 업신여김을 당하는 법.
아무리 호사다마라고 하지만,
어느 누가 서방 세계 갈 때의 당나라 스님과 같으랴?

부하 요괴들이 삼장을 떠메고 동굴 안에 들어가 죽렴 바깥에 털썩 내려놓고 좋아서 시시덕거리며 늙은 요괴에게 보고한다.

"대왕님, 화상을 잡아들였습니다!"

늙은 요괴가 곁눈질로 흘겨보니, 삼장은 머리가 꼿꼿하고 겉모습 당당한 것이 제법 훌륭한 화상이다. 그래서 속으로 이런 생각을 했다.

'이처럼 훌륭한 화상이라면 필시 상국에서 내려온 인물이 분명할 터, 보통으로 다루어서는 안 될 듯싶구나. 내가 위세를 떨쳐 보이지 않으면 이런 비범한 인물이 어찌 호락호락 굴복하겠는가?'

이렇게 생각한 늙은 요괴는 별안간에 붉은 수염을 곤두세우고 선지 피처럼 시뻘건 머리카락을 하늘에 뻗치면서 두 눈알이 튀어나올 정도로 눈을 딱 부릅뜨고 대갈 일성 호통을 쳤다.

"그 화상을 이 안으로 끌고 들어오너라!"

이야말로 호가호위(狐假虎威), 여우가 호랑이의 위세를 빌려 거드름을 부린다는 격이라, 부하 요괴들 역시 왁살스런 손길로 삼장의 등을 떠밀어 죽렴 안으로 들여보냈다. 삼장은 어쩔 수 없이 두 손 맞잡아 늙은 요괴에게 읍례를 했다. 속담에 '처마 끝이 낮으니 머리를 숙일 수밖에 없다'는 말은 이런 경우를 두고 하는 것이리라.

늙은 요괴가 물었다.

"너는 어디 사는 화상이냐? 어디서 와서 어디로 가는 길이냐? 빨리 대답하지 못할까!"

삼장은 다 기어들어가는 목소리로 대답했다.

"저는 본디 당나라 조정에서 파견되어온 승려로서, 천자 폐하의 칙명을 받들고 서방 세계로 경을 얻으러 가는 길입니다. 도중에 대왕님의 관할 지역을 지나치다가 보탑을 발견하였기에 거룩하신 부처님께 예불을 드린다는 것이 그만 지엄하신 대왕님을 놀라게 해드리고 말았으니, 부디 너그러이 용서해주시기 바랍니다. 그렇게만 해주신다면 이제 서방 세계로 가서 경을 얻어 가지고 동녘 땅에 돌아가서라도 영원히 대왕님의 높으신 이름을 잊지 않겠사옵니다."

그 말을 듣자 늙은 요괴는 한바탕 껄껄대고 웃으며 이렇게 말했다.

"내가 네놈을 상국에서 온 인물이라 여겼더니, 과연 틀린 말이 아니었구나! 하하하! 내가 네놈을 잡아먹으려고 벼렸는데 때마침 잘 걸려들었다! 잘 걸려들었어! 까딱했으면 그냥 놓쳐버릴 뻔하지 않았나? 내 아가리에 들어갈 놈이 제 발로 걸어서 들어왔으니 놓아보낼 턱이 있겠나! 아무렴, 네놈이 도망치려 해도 도망칠 데가 없을 것이다!"

그리고는 부하 요괴들에게 호통을 쳤다.

"얘들아! 이 화상을 끌어내다가 단단히 묶어라!"

졸개 요괴들이 우르르 달려들어 굵다란 밧줄로 삼장을 친친 동여매더니, 정혼장(定魂樁)이란 말뚝에 끌어다가 단단히 묶어놓았다.

늙은 요괴가 칼자루를 움켜쥐고 다가와서 또 묻는다.

"이 중 녀석아, 네 일행이 모두 몇 놈이냐? 너 혼자 몸으로는 서천 땅에 가지 못할 테니까 반드시 따라붙는 일행이 있을 게 아니냐?"

삼장은 요괴의 손아귀에 들린 서슬 퍼런 칼날을 보자, 겁에 질린 나머지 곧이곧대로 불고 말았다.

"대왕님, 소승에게는 제자가 두 사람 있습니다. 하나는 저팔계라 하옵고 다른 하나는 사화상이라 하옵는데, 지금 모두들 소나무 숲 바깥으로 동냥을 하러 나갔습니다. 그리고 또 짐보따리와 백마 한 필이 있는데, 지금 소나무 숲 속에 놓아두었습니다."

"이것 봐라? 잘되었구나, 잘되었어! 제자가 두 놈에 너까지 합치면 셋이요, 게다가 말을 보태면 넷이 되는구나! 오냐, 내가 푸짐하게 한턱 잘 먹게 되었다!"

졸개 요괴들이 불쑥 끼어들었다.

"대왕님, 저희들이 나가서 그놈들을 잡아올까요?"

그러나 늙은 요괴는 고개를 절레절레 내두른다.

"나갈 것 없다. 앞문이나 단단히 걸어 닫아두어라. 그 두 놈이 동냥해서 제 스승을 먹이려고 나간 모양이다만, 돌아와서는 반드시 스승을 찾으러 나설 것이다. 찾다찾다 못 찾으면 우리집 문전으로 찾아올 게 아니냐? 속담에도, '팔려고 들고 온 물건일수록 헐값에 사들인다'고 했으니 말이다. 느긋하게 기다렸다가 놈들을 한꺼번에 잡도록 하자꾸나."

부하 요괴들은 그 말대로 앞문을 단단히 걸어 닫고 동굴 안에서 삼장의 제자들이 제 발로 걸어올 때까지 느긋이 기다렸다.

삼장이 봉변을 당한 얘기는 이쯤에서 접어두기로 하자.

한편 저팔계를 찾아 숲에서 나간 사화상은 곧바로 서쪽을 향해 10여 리쯤 나가보았으나 사람 사는 마을이라고는 도무지 보이지 않았다. 그는 생각다 못해 높은 언덕에 올라서서 주변을 살펴보기 시작했다. 그런데 이때 수풀 속에서 중얼중얼 사람의 말소리가 들려왔다. 급히 항요보장을 꼬나들고 우거진 수풀을 헤쳐가며 기척이 나는 곳으로 들어가보니, 그것은 한심하게도 바보 미련퉁이 저팔계가 잠꼬대를 하는 소리였다. 사화상은 밉살스러운 나머지 저팔계의 귀를 잡아 비틀어댔다.

"이런 바보 멍텅구리! 사부님이 형님더러 동냥을 해오라고 시켰지, 이런 데서 팔자 늘어지게 낮잠이나 자라고 했소?"

미련퉁이 저팔계는 그제야 어리둥절해서 눈을 뜨고 일어났다.

"아니, 여보게! 지금 몇 시나 됐나?"

"잔소리 말고 빨리 일어나기나 하시오! 사부님이 동냥을 얻어오든 못 얻어오든 간에 형님하고 날더러 어디 가서 오늘 하룻밤 묵어갈 데를 찾아보라고 하십디다."

사화상이 성화같이 재촉을 해대니, 이 미련한 녀석은 아직도 잠이 덜 깼는지 흐리멍덩한 기색으로 하품을 늘어지게 하고 나서, 비로소 쇠스랑 자루를 허리춤에 꾹 찔러넣고 텅 빈 동냥 그릇을 찾아든 다음, 건들건들 사화상의 뒤를 따라 소나무 숲으로 돌아왔다.

숲속에 돌아와보니, 스승이 보이지 않았다. 사화상은 저팔계를 원망했다.

"이게 모두 바보 멍텅구리 형님 탓이오! 동냥을 하러 나가서 낮잠이나 퍼자고 있었으니, 사부님도 형님을 찾아 나섰다가 필경 요괴한테 잡혀간 모양이오!"

아우한테 핀잔을 듣자, 저팔계는 실없이 웃으면서 대꾸를 했다.

"여보게, 쓸데없는 소리 하지도 말게. 숲속이 이렇게 조용하고 깨끗한데 요괴 따위가 어디 있단 말인가? 그 노친네가 혼자 앉아 있기 따분하니까 어디 바람이라도 쐬러 나가신 모양일세. 자아, 그러지 말고 우리 찾으러 가보세!"

두 형제는 말고삐를 끌고 짐보따리를 둘러멘 다음, 스승이 놓고 간 삿갓하며 구환석장을 거두어 가지고 소나무 숲을 벗어나 스승을 찾으러 나섰다.

이번에는 삼장이 죽을 운수가 아니었는지, 그들이 방향을 잡은 길이 공교롭게도 남쪽이었다. 두 사람은 한참 동안 헤매고 다녔으나 스승의 그림자는 좀처럼 보이지 않았다. 이러구러 헤매던 끝에, 그들은 마침내 정남쪽 방향에서 금빛이 번쩍거리는 것을 발견할 수 있었다.

저팔계는 정신이 번쩍 드는지 사화상을 돌아보고 의기양양하게 말했다.

"여보게 어떤가! 복 많은 사람에게는 복덩어리가 넝쿨째 굴러들어오는 법이야. 저길 보라고. 저 번쩍거리는 게 뭐 같나? 사원이 있는 보탑 아닌가? 사부님은 보나마나 저 사원으로 가셨을 걸세. 사원에 가셨으니 그곳 화상들이 어떻게 손님을 대접하겠나? 한 상 푸짐하게 차려내다 그분을 대접하고 있는 게 분명하네. 우리도 여기서 머뭇거릴 게 아니라 냉큼 가서 실컷 얻어먹기나 하세!"

그러나 사화상은 저팔계보다 경계심이 많은 편이다.

"잠깐만! 형님, 길한지 흉한지 딱히 알 수 없으니 우리 가서 살펴보고 들어갑시다."

두 사람은 의기양양하게 문 앞에 다가섰다.

"이런! 문이 닫혀 있잖아?"

머리를 들고 문 위를 올려다보니, 하얀 백옥을 깎아 만든 석판 한 장이 가로 걸려 있는데, 석판에는 큼지막한 글씨로 여섯 자가 아로새겨져 있다.

완자산 파월동(碗子山 波月洞)

사화상은 편액을 보고 딱 부러지게 말했다.

"형님, 여기는 절간 같은 게 아니라 요괴가 살고 있는 동굴이오. 사부님이 여기 계신다 한들 무슨 수로 찾아뵙겠소?"

저팔계가 큰소리를 땅땅 친다.

"여보게 아우, 겁낼 것 없네. 자네는 말고삐를 묶어놓고 여기서 짐보따리나 지키고 있게. 내가 좀 물어볼 테니."

이 미련한 놈은 쇠스랑을 높이 쳐들고 문 앞으로 바싹 다가서더니, 냅다 고함부터 질렀다.

"문 열어라! 문 열어!"

동굴 안에서 문을 지키고 있던 부하 요괴 하나가 문짝을 열고 내다보더니, 두 사람의 생김새를 보기 무섭게 돌아서서 안으로 뛰어들어가 급보를 알렸다.

"대왕님! 물건들이 왔습니다!"

"물건들이라니, 누가 왔단 말이냐?"

"동굴 문 밖에 주둥이가 기다랗고 귀가 커다란 화상 한 녀석과 거무튀튀하게 생겨먹은 화상 한 놈이 찾아와서 문을 열라며 악을 쓰고 있습니다."

그 말에 늙은 요괴는 옳다구나 됐다 싶어 입이 딱 벌어졌다.

"저팔계란 놈하고 사화상이 제 스승을 찾아왔구나……! 그놈들도 여길 찾을 수 있었단 말이지! 어떻게 해서 우리 동굴을 곧바로 찾아냈을까? 좌우지간에 그놈들의 상판이 험상궂게 생겨먹었다니 섣불리 보아서는 안 되겠군. 얘들아, 갑옷을 꺼내오너라!"

부하 요괴들이 갑옷 투구를 떠메다가 바치니, 늙은 요괴는 즉시 무장을 단단히 갖추고 칼자루를 움켜쥔 채 성큼성큼 문밖으로 나섰다.

문 앞에서 기다리며 서성거리고 있던 저팔계와 사화상은 동굴 안에서 나타나는 늙은 요괴의 생김새를 보자 그 즉시 긴장했다.

푸르뎅뎅한 낯짝, 시뻘건 수염에 붉은 머리털을 바람결에 나부끼고,
황금 갑옷 투구가 번쩍번쩍 광채를 낸다.
아랫배와 허리통에는 무명조개 껍데기 박은 허리띠를 질끈 동였으며,
앞가슴 겨드랑이를 보호하는 갑옷에 보운조(步雲絛) 실띠를 늘어뜨렸다.
산 앞에 한가로이 서 있으니 거센 바람이 비명을 지르며 불고,
바다 밖을 거닐면 성난 파도가 흉흉하게 날뛴다.
검푸른 힘줄이 불끈 돋아나온 손아귀에는,
목숨 빼앗고 혼백마저 뒤쫓는 추혼취명도(追魂取命刀) 한 자루 단단히 움켰다.
이 괴물의 이름과 성은 무엇이냐, 명성을 드날리는 황포 노괴(黃袍老怪)라네.

황포 노괴는 문밖으로 나서기가 무섭게 다짜고짜 호통쳐 물었다.
"네놈들은 어디서 굴러먹던 화상들이기에 내 집 문턱에서 야료를 부리느냐?"
저팔계가 질세라 대뜸 맞고함을 질렀다.
"이런! 요 아들 녀석이 제 아비도 몰라보다니? 나는 대 당나라 황제 폐하의 칙명을 받들고 서천으로 가시는 분이요, 우리 사부님은 당나라 천자의 아우 되시는 삼장 법사 어른이시다! 만약 그분이 네 집에 계

시거든 냉큼 곱게 내보내드려라. 공연히 내 쇠스랑이 후려 찍고 쳐들어가기 전에……."

황포 노괴는 그 말을 듣고 껄껄껄 비웃었다.

"있기는 있지! 당나라 화상이 내 집에 있다마다! 나도 그 화상을 소홀히 대접하지 못하고, 사람 고기를 넣어 빚은 만두를 대접해드리고 있던 참이다. 어디 너희들도 들어와서 한두 개쯤 맛보겠느냐?"

미련한 저팔계는 그것이 정말인 줄 알고 당장 뛰어서 들어가려 했다. 이때 사화상이 재빨리 그를 붙잡고 말렸다.

"잠깐! 속지 마시오, 형님! 언제부터 형님이 사람 고기를 다시 먹게 되었소?"

미련퉁이 저팔계도 그제야 깨닫고 쇠스랑을 번쩍 들어 황포 노괴의 면상을 내리찍었다. 괴물은 한곁으로 슬쩍 피하더니 강철로 벼린 칼을 휘둘러 잽싸게 가로막았다. 이윽고 저팔계와 황포 노괴 둘은 저마다 신통력을 드러내가며 구름을 일으켜 타고 허공으로 뛰어올라 결사적으로 맞붙기 시작했다. 사화상 역시 짐보따리와 백마를 한쪽 곁으로 멀찌감치 밀어놓고 항요보장을 높이 치켜들더니 저팔계를 도와 무서운 기세로 공격해 들어갔다.

이리하여 왁살스러운 화상 두 사람과 못된 요괴는 구름 속을 휘저어가며 치열한 결투를 전개했다.

항요보장이 들이치면 추혼취명도 칼날이 받아넘기고,
이빨 아홉 달린 쇠스랑이 내리찍으면 강철 벼린 칼등이 가로막는다.
마귀의 장수 하나가 위세를 떨치면,
두 사람의 신승이 조화를 드러낸다.

이빨 아홉 달린 쇠스랑은 참으로 영웅호걸의 병기요,
요마를 항복시키는 보장(寶杖)은 진실로 사나운 힘을 남김없이 뽐낸다.
그러나 둘이서 앞뒤 좌우 가릴 것 없이 한꺼번에 들이쳐도,
황포 노괴는 혼자서 태연자약, 겁내는 기색 하나 없이 척척 맞받는다.
강철 벼린 칼날이 은빛으로 번쩍번쩍,
게다가 신통력도 크고 너르니 좀처럼 상대하기 어렵다.
허공에는 온통 살기만이 가득 찼으니,
안개는 휘말려 자욱하게 퍼지고 구름장은 이리저리 몰려 눈앞을 가로막는데,
산허리 중턱에 암벽이 무너져 내리고 영마루가 쪼개진다.
한쪽은 명성을 아끼니 어찌 싸우지 않을 수 있으며,
다른 한쪽은 스승을 위하니 단연코 두려워할 것이 없다.

그들 셋은 반공중에서 일진일퇴, 치고받으며 벌써 2, 30합을 싸웠으나 좀처럼 승부를 가리지 못했다. 저마다 목숨이 소중하기는 하지만, 그렇다고 해서 뜯어말릴 수도 없는 기막힌 싸움판이었다.

과연 그들이 어떻게 삼장 법사를 구해낼 것인지, 다음 회에서 풀어 보기로 하자.

제29회 강류승은 재난에서 벗어나 보상국으로 달아나고, 저팔계는 사오정을 희생시켜 숲속으로 뺑소니치다

이런 시가 있다.

> 망상(妄想)을 억지로 멸하지 않으니,
> 진여(眞如)를 어찌 반드시 희구하랴?
> 본원(本原)의 자성(自性)을 부처님 앞에서 닦으니,
> 미혹과 깨달음에 어찌 앞뒤가 있으랴?
> 깨달으면 찰나에 정(正)을 이룩하고,
> 미혹하면 만 겁을 두고 침륜에 빠져 흐르고 또 흐른다.
> 만약 일념(一念)을 진수(眞修)에 합칠 수 있다면,
> 멸함도 항하사(恒河沙)의 모래알처럼 많은 죄와 허물을 씻어내리라.

저팔계와 사화상은 황포 노괴를 맞아 벌써 30여 합을 싸웠으나 승부가 나지 않았다. 어째서 승부를 낼 수 없었을까? 만약 쌍방의 진짜 실력을 놓고 따진다면, 두말할 나위도 없이 저팔계와 사화상 두 사람이 아니라 똑같은 사람 스무 명을 데려다가 붙여놓아도 황포 노괴 하나를 당해낼 수 없을 것이었다. 그러나 당나라 스님은 목숨을 잃어버릴 운명이 아니었기에, 부처님의 법을 수호하는 신지(神祇)들이 아무도 모르게 삼장을 보호해주고, 또 공중에서는 육정 육갑, 오방 게체, 사치 공조, 그

리고 또 열여덟 분의 호교 가람들이 저팔계와 사화상을 암암리에 도와주고 있었기 때문에, 두 형제는 용케도 패하지 않고 지금까지 버텨낼 수 있었던 것이다.

그들 셋의 싸움판 얘기는 잠시 접어두기로 하고, 한편 삼장 법사는 동굴 안에 묶인 채 구슬프게 울면서 눈물을 줄줄 흘려가며 제자들을 애타게 찾고 있었다.

"오능아……! 너는 어느 마을에서 인심 좋은 친구를 만나 잿밥을 실컷 얻어먹고 있느냐……? 오정아! 너는 또 어디로 그 녀석을 찾아 헤매고 있느냐? 팔계를 만났는지 모르겠구나. 나는 한심하게도 이곳에서 요괴와 부닥쳐 이렇듯이 봉변을 당하고 있으니, 어느 때에야 너희들을 만나보고 이 크나큰 재난에서 벗어나 영산에 오를 수 있게 된단 말이냐……?"

삼장이 이렇듯 푸념을 늘어놓으면서 비탄에 잠겨 있을 때였다. 갑자기 동굴 안쪽에서 부인 한 사람이 걸어나오더니 정혼장 말뚝을 부여잡고 이렇게 물었다.

"스님은 어디서 오신 분입니까? 어쩌다가 붙잡혀서 여기 묶여 계십니까?"

삼장은 그 말을 듣고 눈물이 글썽글썽한 눈으로 그 여자를 홀끗 쳐다보았다. 부인은 나이가 어렴잡아 30세쯤 들어 보였다. 삼장은 경계 어린 눈초리로 쏘아보면서 퉁명스레 대꾸했다.

"여보살님, 물으실 게 뭐 있으시오? 나는 이미 죽기로 운명지어진 몸이라, 내 발로 당신네 집 문턱에 들어서고 말았소. 잡아먹을 테면 잡아먹을 노릇이지, 묻기는 뭘 물으시는 거요?"

그러자 부인은 잘래잘래 도리질을 한다.

"저는 사람을 잡아먹는 요괴가 아닙니다. 내 친정집은 여기서 서쪽으로 삼백여 리 떨어진 곳에 있습니다. 그곳에 성채가 한군데 있는데 보상국(寶象國)이란 나라입니다. 저는 그 나라 임금의 셋째 공주로서 어릴 때 이름을 백화수(百花羞)라고 부른답니다. 십삼 년 전 팔월 보름날 밤에 달 구경을 나왔다가, 우연히 이 요마가 저한테 눈독을 들이고 저를 일진광풍에 휘몰아 이 동굴까지 잡혀오는 신세가 되고 말았습니다. 그래서 요괴와 십삼 년 동안이나 마음에도 없는 부부 노릇을 해오면서 아들딸도 낳고 있습니다만, 이런 형편을 도성에 전할 길도 없고 부모님 생각이 간절해도 만나뵐 수가 없습니다. 한데 스님은 어디서 오셨으며 어쩌다가 요괴한테 붙잡히는 신세가 되셨는지요?"

사연을 듣고 보니, 삼장 법사도 비로소 마음이 누그러졌다.

"소승은 황제 폐하의 칙명을 받들어 서천 땅으로 경을 가지러 가는 사람이외다. 아무것도 모르고 이 근처에서 산책하다가 생각지도 않게 이 요마한테 걸려들고 말았소. 지금 그 요마는 내 제자 둘까지 붙잡아 한꺼번에 찜 쪄 먹겠다면서 바깥으로 뛰쳐나갔소."

백화수 공주는 겸연쩍게 웃으면서 이런 말을 했다.

"스님, 안심하세요. 경을 가지러 가시는 분이라면 제가 구해드리죠. 우리 보상국은 스님이 서방 세계로 가시는 길목에 있답니다. 제가 스님께 편지 한 통을 써드릴 터이니, 그걸 가지고 보상국에 가셔서 친정 부모님을 만나뵙겠다면, 제가 스님을 구해드리도록 하겠습니다."

목숨을 구해주겠다는 말에, 삼장은 물에 빠진 사람 지푸라기라도 잡는다는 격으로 얼른 고개를 끄덕끄덕했다.

"여보살님, 어서 편지를 써주시오! 소승의 목숨만 건져주신다면, 내 기필코 그 편지를 전하는 배달꾼이 되어드리리다!"

공주는 급히 뒤꼍으로 돌아가더니, 부모님께 드릴 편지 한 통을 써가지고 겉봉을 단단히 봉한 다음, 다시 말뚝 앞으로 나와 당나라 스님의 결박을 풀어주고 두 손으로 편지를 공손히 떠받들어 올렸다.

삼장은 결박에서 풀려나와 자유로운 몸이 되자, 그 편지를 받아들고 이렇게 말했다.

"여보살님, 목숨을 구해주신 은혜 고맙기 이를 데 없소. 빈승이 이곳을 빠져나가거든 반드시 그 나라를 찾아가서 국왕께 이 편지를 전하리다. 하지만 하도 오래된 일이라 부모님께서 이런 기막힌 사연을 알아주지 않는다면 어찌하겠소? 그때 가서 소승이 거짓말로 여보살님을 속였다고 탓하지나 마시오."

"그런 염려는 안 하셔도 됩니다. 저희 부왕께선 아들을 두지 못하고 우리 세 자매만 낳으셨습니다. 이 편지를 보시면 반드시 스님을 만나 보려 하실 겁니다."

삼장은 그제야 편지를 소중히 간직하고 백화수 공주에게 사례한 다음, 동굴 바깥으로 나가려고 했다. 이때 공주가 삼장을 덥석 붙잡았다.

"잠깐만……! 앞문으로는 못 나가십니다. 지금 그쪽에는 큰 요괴 작은 요괴들이 문밖에서 깃발 휘두르며 함성 지르고 북 치고 징을 울려, 자기네 대왕이 스님의 제자들을 거꾸러뜨릴 수 있도록 기세를 돋워주고 있답니다. 그러니까 뒷문으로 나가시도록 하세요. 만약 대왕에게 잡히면 문초나 당하시겠지만, 아무것도 모르는 부하 요괴들의 손에 붙잡히셨다가는 불문곡직하고 스님의 목숨부터 해칠 것이 분명하니까요. 제가 앞문 쪽으로 달려가서 대왕에게 말을 잘해놓을 터이니, 만약 대왕이 스님을 놓아줄 뜻이 있으면 스님의 제자들한테도 눈치껏 알려줄 것입니다. 그럼 그분들이 스님을 찾아 함께 달아날 수 있을 겁니다."

"좋소이다, 분부대로 따르리다!"

삼장은 다시 한번 머리 숙여 사례하고 공주와 작별했다. 그리고 뒷문 바깥으로 빠져나가기는 했으나, 혼자서 도망칠 엄두는 못 내고 가시덤불 속에 몸을 숨긴 채, 제자들이 찾아오기만을 기다렸다.

한편 공주는 절묘한 꾀를 하나 생각해내고 부랴부랴 앞문 쪽으로 달려갔다. 문밖에 나서서 크고작은 부하 요괴들을 헤치고 들어보니, 우당탕퉁탕 쨍그랑 쨍쨍! 병기들이 맞부딪는 소리가 요란하게 들리는데, 그것은 저팔계, 사화상이 반공중에서 구름을 타고 황포 노괴와 치고받으며 죽기살기로 싸우는 소리였다.

백화수 공주는 목청을 드높여 고함을 질렀다.

"황포 낭군!"

요괴 마왕은 공주가 부르는 소리를 듣자, 저팔계와 사화상을 떨쳐버리고 구름을 낮춰 내려서더니 칼을 한곁에 놓아두고 공주를 부여안으면서 물었다.

"여보, 무슨 일이오? 내게 할 말이 있소?"

공주는 애교를 떨어가며 이렇게 말했다.

"낭군, 제가 방금 침실 안에서 잠들었다가 꿈을 꿨는데, 꿈속에 금갑신인(金甲神人)이 나타났지 뭐예요."

"금갑신인이 우리집에는 무엇 하러 나타났단 말이오?"

"제가 어려서 궁중에 있을 때 아무도 모르게 신령님께 소원을 빌고 맹세한 것이 하나 있었어요. 만약 저한테 부마(駙馬)가 될 만한 어진 낭군을 점지해주신다면, 명산대찰에 올라가 신령님께 예배하고 스님들에게 재를 올리고 보시(布施)하겠노라고 다짐을 두었죠. 그런데 낭군을 만나 이렇게 마음 편히 살면서 그 맹세를 깜빡 잊고 말았지 뭡니까. 그랬더니 저 금갑신인이 꿈에 나타나서 '소원을 빌 때 맹세한 일을 어떻게 하려느냐?'고 호통을 치는 게 아니겠어요? 깜짝 놀라 깨어보니 남가일몽, 한바탕 꿈이었어요. 그래서 얼른 화장을 하고 낭군을 만나 얘기하러 나오던 도중에 보니, 뜻밖에도 정혼장 말뚝에 낯선 스님 한 분이 묶여 있는 거예요. 여보 낭군, 제가 소원을 빌어 당신처럼 훌륭한 배필을 만났으니 그 맹세도 지켜야 할 게 아닌가요. 제 낯을 보아서라도 그 스님을 용서해주세요. 제가 맹세한 대로 스님들에게 재를 올리고 보시한 셈치고요. 어때요, 제 말을 들어주시겠죠?"

"이런! 당신도 그까짓 일쯤 가지고 공연한 걱정을 다 하는구려. 그게 뭐 대수로운 일이라고. 내가 사람을 잡아먹으려 든다면 어딜 가서 한두 녀석쯤 못 잡아먹겠소? 그 중 녀석이 어디로 가겠다면 놓아주어버리구려."

"그럼 그 스님을 뒷문으로 놓아보내죠."

"거참, 시끄럽게 구는군! 놓아주면 놓아보내는 게지, 앞문 뒷문 따져서 무얼 어떻게 하겠다는 거야?"

짜증스럽게 공주를 동굴 안으로 쫓아보낸 황포 노괴, 강철 칼을 툭 내던지면서 지금까지 어우러져 싸우던 상대방을 고함쳐 불렀다.

"이것 봐, 저팔계! 이리 가까이 오게. 내가 너한테 겁을 집어먹고 싸우지 않는 게 아니라, 내 여편네의 체면을 생각해서 네 스승을 용서해주기로 했다. 냉큼 뒷문 쪽으로 돌아가서 너희 사부를 만나보고 서쪽으로 떠나거라! 만약 앞으로 또다시 내 땅을 침범할 때에는 단연코 용서하지 않을 테니, 그리 알거라!"

한창 싸움판에서 밀려 은근히 쩔쩔매고 있던 저팔계와 사화상은 지옥의 귀문관(鬼門關)에서 풀려나기라도 한 것처럼 부리나케 말과 짐보따리를 챙겨 가지고 쥐구멍을 찾듯 허겁지겁 도망쳐 나왔다. 두 사람은 파월동을 반 바퀴 빙그르르 돌아 동굴 뒷문 밖까지 한걸음에 달려갔다.

"사부님!"

외마디 부르는 소리에, 삼장은 얼른 그 목소리를 알아듣고 가시덤불 속에서 응답했다.

"애들아, 나 여기 있다!"

사화상은 가시덤불을 헤치고 길을 내어 스승을 떠메다가 서둘러 말안장 위에 올려 태웠다. 그들이 얼마나 허둥거렸는지 이런 시가 있다.

무섭고 악독한 청면귀(靑面鬼)와 맞닥뜨렸으나,
천만다행히도 은근히 도와주는 백화수 공주가 있었다.
큰 바다자라가 금갈고리 낚시에서 벗어났으니,
꼬리 치고 머리 흔들며 파도를 쫓아 망망대해로 헤엄쳐 나간다.

저팔계는 앞장서서 길을 인도하고, 사화상은 그 뒤를 따라 소나무 숲을 벗어나 마침내 큰길에 올라섰다. 한숨 돌린 두 제자는 내가 옳으니 네가 그러니 서로 원망하면서 옥신각신 말다툼을 벌이기 시작했다. 삼장은 중간에서 어느 편도 역성들지 못하고 그저 좋은 말로 화해를 붙이느라 한동안 진땀을 빼야 했다.

이렇듯 완자산 파월동 요괴의 소굴을 빠져나온 일행은 밤이 되면 쉬고, 새벽닭이 홰를 치면 하늘을 쳐다보며 한 걸음 두 걸음씩 쉬엄쉬엄 가다가 보니 어느덧 290리 길을 걸었다. 어디쯤 갔을까, 불현듯 고개를 쳐들고 앞을 바라보니 웅장한 성채 하나가 눈앞에 나타났다. 그곳이 바로 백화수 공주가 말해주던 보상국이었다.

구름은 아득하게 떠 있고 길은 아득하게 멀고 또 먼데,
대지는 비록 천리 밖이라 할지라도,
산천 경개와 풍물은 어디나 다름없이 풍요롭고 여유가 있다.
상서로운 아지랑이 노을빛이 자욱하게 덮여 감돌고,

맑은 바람 밝은 달빛은 손짓하며 부른다.

까마득히 높고 또 험준한 먼 산 경치 그림 한 폭 활짝 펼쳐놓은 듯하고,

졸졸졸 잔잔히 흐르는 냇물은 옥구슬 부서져 흩뿌리는 듯하다.

밭 갈 만한 기름진 땅이 동서남북 한없이 펼쳐졌으니,

먹고도 남을 오곡의 새싹이 촘촘하게 돋아나 있다.

고기잡이 낚시꾼의 집 몇 채가 굽이진 물가를 따라 여기저기 들어앉고,

나무꾼의 어깨에는 후추나무 두 단을 한 짐으로 묶어 떠메었다.

성곽은 금성 탕지라 견고하기 이를 데 없고,

집집마다 백성들은 마음 맞아 서로 이끌어주니 한가롭게 노닐 따름이다.

구중궁궐 아홉 겹 고루거각은 신선의 전당이나 다를 바 없고,

만 길 높이 층층 누대는 역전 노장의 개선 탑〔錦標〕처럼 우뚝 섰다.

어디 그뿐이랴, 신령을 모시는 태극전(太極殿)과 화개전(華蓋殿), 향을 사르는 소향전(燒香殿), 하늘의 기상을 헤아리는 관문전(觀文殿)이 있는가 하면,

군신(君臣)이 정사를 베푸는 선정전(宣政殿)과 연영전(延英殿)도 있다.

전각마다 옥폐 금계(玉陛金階) 화려한 계단이 깔리고,

섬돌 아래 좌우에는 문관(文冠) 무변(武弁) 대신들의 반열이 줄줄이 늘어섰다.

대명궁(大明宮)과 소양궁(昭陽宮), 장락궁(長樂宮)에 화청궁(華淸宮), 건장궁(建章宮)과 미앙궁(未央宮), 왕실의 비빈들이 거처하

는 궁궐마다 종과 북과 피리 소리, 한 맺힌 여인들의 안타까운 마음을 풀어주고, 봄날의 울적한 심사를 가라앉힌다.

　　국왕의 꽃동산과 정원[苑囿]은 아무나 함부로 못 들어가는 금지(禁地)라,

　　오솔길 따라 심어진 꽃포기는 골고루 싱싱하고,

　　여리디여린 떨기를 하느작하느작 드러내고 있다.

　　임금님 뱃놀이하는 어구(御溝, 운하)도 있으니,

　　물가 따라 늘어진 수양버들 가지는 바람결에 나부껴 하늘하늘 허리 춤춘다.

　　네거리 길에는 감투 쓰고 옥대 띠어 의용을 화려하게 갖추고,

　　오마(五馬) 수레를 탄 귀족이 있는가 하면,

　　으슥하게 후미진 들판 구석에는 활시위 잡고 화살 메겨 안개구름 헤쳐가며 쌍독수리 꿰뚫는 사냥꾼도 있다.

　　화류 기녀 간드러진 웃음소리에, 관현악기 자지러지는 음률 가락이 높은 누각에서 울려나오고,

　　산들산들 부는 봄바람 무르익은 춘색이 낙양교(洛陽橋) 다리 난간에 못지않다.

　　경을 가지러 가는 삼장 법사 고국 쪽으로 머리를 돌이켜보니, 애간장이 찢어지는 듯 그립고,

　　스승 따르는 제자들 작은 역관 찾아 어깨 짐을 내려놓고 잠깐 쉬자니, 꿈속의 혼령이 스러지는 듯하구나.

　보상국 도성 안의 경관은 아무리 보고 또 보아도 끝이 없었다. 스승과 제자 세 사람은 짐보따리와 마필을 수습한 다음, 역관에 자리잡고 편안히 쉬었다.

당나라 스님은 대궐 조문(朝門) 밖에 이르러 수문장 격인 각문대사(閣門大使)에게 찾아온 용건을 밝혔다.

"당나라 조정의 승려가 보상국 국왕께 알현하고 통관 문첩에 확인을 받으러 왔으니, 부디 상주하여주시기를 바라오."

그러자 문하성(門下省)에서 국왕께 일을 직접 아뢰는 내시 황문 주사관(黃門奏事官)이 부랴부랴 백옥 계단 아래 나아가 국왕께 아뢰었다.

"폐하! 당나라 조정에서 파견되어온 고승 한 사람이 폐하를 알현하옵고 통관 문첩에 확인을 받아가겠다 하나이다."

국왕은 그 말을 듣자, 오래전부터 당나라가 대국임을 알고 있었을 뿐 아니라 또 찾아온 승려가 조정에서 파견되어온 지위 높은 승려라는 말에 크게 기뻐하면서 그 즉시 윤허를 내렸다.

"들라 해라!"

삼장은 황금 계단 앞에 이르자 춤을 추며 만세를 세 번 부르는 무도산호례(舞蹈山呼禮)를 올렸다. 좌우 양편으로 나뉘어 그 광경을 지켜보던 문무백관들은 너나 할 것 없이 찬탄을 아끼지 않았다.

"과연 상국의 인물이로다! 이다지 예악을 깍듯이 차리고 위엄과 의표가 훌륭하다니……!"

국왕이 물었다.

"장로, 그대는 무슨 일로 우리나라에 오셨소?"

삼장은 공손히 아뢰었다.

"소승은 당나라 조정에서 파견되어온 부처님의 제자이오며, 천자 폐하의 칙명을 받들고 서방 세계로 경을 가지러 가는 도중이온즉, 본래 소지하고 온 통관 문첩이 있삽기에 국왕 폐하의 나라에 이르러 확인을 받는 것이 합당할까 하여 이렇듯 갑작스레 알현하옵고 용안을 놀라시게 하였나이다."

"당나라 천자의 문첩을 소지하였다니, 이리 꺼내서 보여주도록 하오."

삼장은 통관 문첩을 꺼내 두 손으로 떠받들고 앞으로 나아가 어안(御案)에 조심스럽게 펼쳐놓았다.

통관 문첩의 내용은 다음과 같았다.

남섬부주 대당국, 하늘을 받들고 크나큰 운을 이어받은 당나라 천자는 이 문첩을 내려 시행하노라.

지극히 생각하건대, 짐은 보잘것없는 덕(涼德)으로써 대업의 터전을 계승하여 신(神)을 섬기고 백성을 다스림에 있어 아침저녁으로 깊은 곳에 임하듯, 얕은 데를 디뎌나가듯 항상 조심스러운 마음을 잊지 않았노라.

전자에 늙은 경하 용왕의 목숨을 구하는 데 실수함이 있어, 황천후토(皇天后土)에게 견책을 받아, 짐의 삼혼칠백(三魂七魄)이 갑작스레 음사(陰司)에 이르러 무상지객(無常之客)이 되었도다.

그러나 이승에서의 수명이 아직 다하지 않았으므로 명부(冥府)의 군주가 돌려보내신 덕택으로 회생하였으니, 이에 느낀 바 있어 널리 좋은 법회를 베풀고 망자들의 원통한 넋을 천도하는 도량을 세웠도다.

이에 세상 인간을 모든 고난에서 구해주시는 관세음보살의 금신이 나타나 짐에게 이르시기를, '서방 세계 부처님이 계시는 곳에 대승경(大乘經)이 있으니, 그 경전으로 원통한 망자의 넋을 천도하고 외로운 혼령을 초탈시킬 수 있다'고 가르쳐주셨기에, 짐은 특별히 현장 법사를 파견하여 천산만수 머나먼 길을 두루 거치고 서방 세계로 가서 경게(經偈)를 힘써 얻도록 하노라.

만약 현장 법사가 서방 세계 제국(諸國)에 당도하거든 부디 좋은 인연을 멸하지 말고 문첩을 대조하고 통과시켜주기를 바라노라. 모름지기 이 통관 문첩이 이르는 곳의 군주에게 당부하노라.

대당국 정관(貞觀) 13년 가을 황도 길일에, 어전 문첩(御前文牒).

국왕은 당나라 황제의 보인(寶印) 아홉 개가 찍힌 통관 문첩을 다 보고 나서 본국의 옥새를 찍고 친필로 서명한 다음, 그것을 삼장에게 건네주었다.

삼장은 사례하며 문첩을 거두어 넣고 다시 아뢰었다.

"소승이 폐하를 알현한 것은 첫째로 통관 문첩을 바꾸기 위한 뜻도 있사오나, 또 한 가지는 국왕 폐하께 따로 한 통의 서찰을 올리기 위해서였습니다."

국왕은 무슨 희소식인가 싶어 반색을 하면서 물었다.

"서찰이라니, 무슨 서찰이란 말씀이오?"

"국왕 폐하의 셋째 공주마마께서 완자산 파월동의 황포 요괴에게 납치되어 계신 것을 소승이 우연히 만나뵈었는바, 공주님이 폐하께 부치는 서찰을 전해달라 부탁하셨기에 가져왔나이다."

그 말을 듣자, 국왕은 당장 두 눈 가득 눈물이 글썽글썽 고이더니, 이내 주르르 떨어뜨리기 시작했다.

"십삼 년 전, 공주가 실종된 이후부터 문무 양반의 백관들 중에 얼마나 많은 사람이 파직을 당했는지 모르고, 대궐 안팎의 지위가 높고 낮은 궁녀들과 태감(太監, 내시)들 중에도 얼마나 많은 사람이 맞아죽었는지 모를 지경이오. 신하들이 아뢰는 말을 들으니 황궁 바깥으로 나가서 길을 잃었으면 찾아낼 길이 없다 하기에, 온 도성 안의 백성들이 사는 민가를 벌써 몇 차례나 샅샅이 수색하고 밤낮없이 길거리마다 검문을 해보았어도 행방을 알 수 없었는데, 요사스런 괴물에게 납치당해 끌려갔을 줄이야 어찌 알았으랴! 오늘 그대의 입을 통해 갑작스레 그 말을 듣고 나니, 가슴 아픈 마음에 눈물을 금할 길이 없구려!"

삼장은 소매춤에 간직했던 편지를 꺼내 국왕에게 올렸다. 편지를 받아든 국왕은 겉봉에 쓰인 '평안(平安)'이란 두 글자를 보자마자 손이 부들부들 떨려 도저히 뜯을 수가 없었다. 그래서 한림원(翰林院) 대학사(大學士)를 불러들여 금란전 위에 올라 그 편지를 대신 읽게 하라는 명령을 내렸다. 국왕의 분부가 떨어지기 무섭게 대학사 한 명이 부리나케 달려오더니 전상에 올라 편지를 받아들었다. 정전(正殿) 앞에는 문무백관들이, 정전 뒤에서는 황후 비빈들과 궁녀들이 일제히 귀를 기울인 채, 공주가 보냈다는 편지 내용이 과연 어떤 것인지 숨을 죽이고 기다렸다.

이윽고 대학사가 겉봉을 뜯어내고 알맹이를 꺼내더니, 낭랑한 목소리로 읽어내리기 시작했다.

　　불효녀 백화수는 대덕 부왕 만세(大德父王萬歲) 용봉전(龍鳳殿) 앞에,
　　아울러 삼궁 모후 소양궁(昭陽宮)과 그 아래로 조정의 현경(賢卿) 여러분께 거듭 머리 조아리며 이 글월을 올리나이다.
　　불초 소녀는 다행히 곤전(坤殿)에서 귀한 몸으로 태어나 온갖 지극한 사랑을 내려주심에 이루 형언할 길 없이 감사하오나, 힘을 다하여 용안을 편하게 해드리지 못하였사옵고 마음을 다하여 효도를 받들어 올리지 못하였나이다.
　　생각하옵건대, 십삼 년 전 팔월 십오일 중추절 좋은 날 밤 좋은 때에, 부왕의 은혜로우신 분부를 받들어 여러 궁궐에 잔치를 베풀

고 달 구경을 하며, 맑은 하늘 우러러 성대한 연회를 함께 즐기었나이다. 저희가 한창 즐겁게 놀던 중, 난데없이 향기로운 바람이 한바탕 불어닥치더니 금빛 눈동자에 쪽빛 얼굴, 푸른 머리털을 가진 마왕이 번뜩 나타나 소녀를 낚아채더니 상광을 일으켜 타고서 날아갔사옵니다. 그 마왕은 곧바로 어느 인적 없는 야산 중턱까지 소녀를 데리고 갔사옵는데, 그곳은 동서남북 방향조차 분간하기 어려웠습니다.

소녀는 그 요사스런 마왕에게 강제로 굴복당하여 아내가 되었사오며 항거할 길도 없이 십삼 년 동안 마왕과 같이 살아왔습니다. 그동안에 자식을 둘이나 낳았사온데, 모두가 요마의 씨를 받은 것이온즉, 이야말로 인륜을 깨뜨리고 풍습과 교화를 망친 처사가 아닐 수 없사오며 차마 글월로써 이 욕됨을 전해 올린다는 것이 부당한 줄 아오나, 이 여식이 죽어서 세상을 떠난 뒤에 모든 사실이 분명히 밝혀지지 않을까 염려되어 이렇듯 아뢰는 것입니다.

소녀가 한을 품고 부모님을 그리워하며 나날을 보내던 중, 뜻하지 않게 당나라 성승이 또한 요마에게 붙잡혀 들어왔기에, 소녀는 눈물로써 이 편지를 쓰고 대담하게 성승을 탈출시키면서 이 편지를 부왕께 전해줄 것을 부탁하여 촌심(寸心)이나마 표하옵니다.

엎드려 바라옵건대, 부왕께서는 이 불행한 여식을 긍휼히 여기사 하루 속히 훌륭하고 능력 있는 장군을 이 완자산 파월동에 파견하시어 요망한 황포 노괴를 잡아 없애고 소녀를 구출하여 고국으로 돌아갈 수 있게 해주시기를 마음속 깊이 바라고 또 바라옵니다. 총총하여 공경하는 소녀의 심정을 다 갖추지 못한 채 난필(亂筆)을 올리나이다.

불효녀 백화수, 거듭 돈수하옵고 이만 아뢰나이다.

대학사가 편지를 다 읽고 나니, 국왕은 목을 놓아 대성통곡하고 삼궁의 비빈들도 눈물을 뿌리며, 문무백관들 역시 앞뒤 좌우에 서서 가슴 아픈 마음에 슬퍼하지 않는 이가 없었다.

국왕은 한참 동안 울더니, 좌우 양편에 늘어선 문무백관들을 둘러보고 이렇게 물었다.

"어느 누가 토벌군 장병들을 이끌고 출동하여 요사스런 마왕을 잡아죽이고, 우리 백화수 공주를 구출하여 올 수 있겠는가?"

그러나 문무 반열에서 선뜻 응답하고 나서는 신하가 없다. 두 번 세 번 거듭해서 물어도, 하나같이 나무토막을 깎아 세워놓은 무장들이요 진흙으로 빚어 만든 문관들뿐이다. 국왕은 무기력한 신하들의 반응에 짜증이 나다 못해 눈물을 흘리기 시작했다. 신하들은 송구스러운 마음에 모두들 무릎 꿇고 엎드렸다.

"폐하, 너무 심려치 마소서! 공주께서 실종되신 지 십삼 년, 그동안에 소식이 전혀 없었다가 우연히 당나라 성승편에 서신을 부쳐왔다 하오나, 아직은 그 진위 여부를 확실히 알 수 없나이다. 더구나 소신들은 평범한 군사 병력을 지니고 있을 뿐이옵고, 병법서와 무예 도략을 익혔다고는 하오나, 그 모두가 인간을 상대로 전쟁터에서 진을 치고 영채를 세워 국가를 보위하고 외부로부터 침범당하는 우환을 없게 하는 데 쓰일 따름이옵니다. 그러나 공주를 납치해간 저 황포 노괴처럼 모든 요괴 마귀들은 안개구름을 타고 공중으로 날아다니는 신통력을 지니고 있는 즉, 소신들의 평범한 능력으로 어떻게 그런 자를 상대하여 싸워 이기고 공주님을 구해낼 수 있사오리까?

신들이 생각하옵건대, 동녘 땅에서 경을 가지러 서천으로 가시는 이분으로 말씀드리자면 상국의 성승이옵니다. 성승은 '도가 높아 용호를 굴복시키고, 덕망이 무거워 귀신조차 감복시킨다' 하였으니, 반드시 요괴를 항복시킬 수 있는 술법을 지니고 계실 것입니다. 또한 자고로 '시비거리를 들고 와서 따지는 사람 또한 시비가 있는 자'라고 했사오니, 이 장로에게 청하셔서 요사스러운 괴물을 항복시키고 공주님을 구출하도록 하심이 만전지책인 줄 아나이다."

국왕이 그 말을 듣더니 다급하게 머리를 돌리며 삼장 법사 쪽을 바라보았다.

"장로, 그대에게 만약 요괴를 잡을 만한 수단이 있거든, 부디 법력을 베풀어서 저 요마를 잡아 없애고 내 여식을 구해주시오. 그렇게만 해주신다면, 굳이 서방 세계로 가서 부처님께 참배할 것 없이 머리를 길게 기르고 짐과 더불어 의형제를 맺고 용상에 함께 올라앉아 부귀영화를 같이 누려보는 것이 어떻겠소?"

삼장은 당황하여 급히 아뢰었다.

"소승은 염불이라면 다소나마 외울 줄 아옵니다만, 사실 요마를 항복시킬 줄은 모르나이다."

"그대가 요괴 마귀를 굴복시킬 줄 모른다면, 어떻게 저 머나먼 서천 땅까지 가서 부처님을 뵐 수 있단 말이오?"

국왕이 힐문하니, 삼장 법사도 더는 숨기지 못하고 두 제자 얘기를 끄집어내지 않을 수 없었다.

"폐하! 아뢰옵기 황송하오나, 실상대로 말씀드려서 소승 혼자 몸이었다면 여기까지 오기가 거의 불가능했을 것이옵니다. 소승에게는 유능한 제자 두 사람이 있어서, 험준한 산에 부닥치면 길을 뚫고 깊은 강물을 만나면 다리를 놓아 건너가게 해주면서, 소승을 여기까지 보호하여 왔나이다."

국왕이 이상하게 여기고 다시 묻는다.

"참말 사리에 어긋나는 스님이로군! 제자가 둘씩이나 있다면서 왜 함께 입궐하여 짐을 만나지 않으셨소? 궁중에서 비록 마음에 드는 상을 내릴 수야 없다 하더라도 분수에 맞게 음식 한 끼니쯤은 대접해드릴 수 있지 않겠소?"

"소승의 제자들은 생김새가 고약하고 추접스러운지라, 감히 궁중에 들어와 용체(龍體)를 놀라게 해드릴까 두려웠나이다."

그 말을 듣고 국왕은 껄껄 웃었다.

"이 스님의 말투가 끝까지 이상하군 그래! 아무려면 짐이 그까짓 생김새를 보고 두려워할 겁쟁이로 아셨소?"

"아뢰옵기 황공하오나, 소승의 수제자는 성이 저가요, 법명은 오능, 별호를 팔계라 하옵는데, 타고난 모습이 기다란 주둥이에 날카로운 송곳니를 지녔삽고, 억센 갈기터럭에 부채만큼이나 커다란 귀를 달고 있사오며, 체구가 거칠고 우람하여 길을 걸을 때마다 바람을 일으킬 정도로 사납습니다. 둘째 제자는 성이 사가요 법명은 오정인데 여느 때는 사화상이라 부르옵니다. 이 사람 역시 키가 일 장 이 척에 팔뚝의 굵기만도 세 뼘이 되옵고 얼굴빛은 검푸른데다, 입은 선지피를 담아놓은 세숫대야만큼이나 크고 시뻘겋습니다. 게다가 눈빛이 불덩어리처럼 이글거리고 번갯불같이 번쩍일 뿐 아니라, 이빨은 날카로운 못을 거꾸로 가지런히 박아놓은 것처럼 예리합니다. 제자들이란 게 모두 이 모양이니, 감히 궁궐에 함부로 데리고 들어오지 못하였던 것입니다."

"기왕에 그런 말을 꺼낸 바에야, 과인이 두려워할 게 어디 있겠소? 즉시 불러들이도록 하리다."

이렇게 말한 국왕은 시종관에게 금패를 내려 급히 역관으로 가서 삼장의 두 제자를 모셔오게 했다.

미련퉁이 저팔계는 국왕이 자기네를 부른다는 말을 듣자 사화상을 보고 이렇게 말했다.

"여보게, 이래도 사부님더러 그 편지를 전하지 말라고 하겠나? 이게 바로 그 편지를 내보인 덕분일세. 사부님이 편지를 내보이니까, 국왕도 배달꾼을 소홀히 대접할 수 없어 잔치 한 상 푸짐하게 차려서 내온 게 틀림없네. 하지만 사부님은 워낙 먹성이 작지 않나? 그래서 우리 생각을 하고 자네와 내 이름을 들먹이신 걸세. 그렇지 않고서야 국왕이 어떻게 우리를 알고 금패 사자를 보냈겠나? 자아, 우리도 얼른 가서 한 끼니 배가 터지게 얻어먹세! 그래야만 내일 아침에 든든히 떠날 수 있지 않겠나?"

사화상도 그럴 듯싶어 수긍했다.

"형님 생각이 뭔지 알겠소. 아무튼 가보기로 합시다!"

이리하여 두 사람은 말과 짐보따리를 역승에게 맡겨놓고 병기만을 휴대한 채 시종관을 따라 대궐로 들어갔다. 이윽고 백옥 계단 앞에 나아간 그들은 좌우 양편으로 갈라서서 국왕에게 허리 굽혀 읍례만 넙죽 올리더니 꼼짝도 않고 꼿꼿하게 서 있었다.

문무백관들은 이들의 추악하고도 사나운 생김새를 보고 너나 할 것 없이 두려운 마음에 겁을 집어먹고 몸이 떨렸으나, 한편으로는 두 사람의 무례한 태도를 몹시 못마땅하게 여겼다.

"이 화상들 봤나! 생김새만 추악한 게 아니라, 태도마저 아주 못돼 먹었는걸. 우리 임금 앞에서 무릎 꿇고 엎드려 큰절을 올리지는 않고 허리 한번 굽실해 보이고 뻣뻣하게 서 있다니, 이렇게 무례한 놈들이 어디 또 있단 말인가!"

신하들끼리 쑥덕거리는 소리를 귀가 큰 저팔계가 듣고 넉살 좋게 받아넘긴다.

"여보쇼! 그렇게들 쑤군댈 것 없소! 우리는 태어날 때부터 이렇게 생겨먹었으니까. 얼른 보면 생김새가 꼴사납기는 하지만, 두고두고 보면 제법 쓸모가 많다는 것을 알게 될 거요."

국왕 역시 그 추악한 모습을 보고 깜짝 놀란 마당에 미련퉁이 저팔계가 주책없이 떠드는 목소리까지 들으니, 더욱 가슴이 떨리고 두 다리에 맥이 풀려서 가만히 앉아 있지 못하고 용상 아래로 굴러 떨어지고 말았다. 다행히도 측근에 모시고 있던 신하가 재빨리 부축해 다시 앉혔으니 망정이지, 하마터면 신하들 보는 앞에서 체통 없이 망신을 당할 뻔한 것이다. 그 모습을 본 당나라 스님은 당황한 나머지 어전에 무릎 꿇고 엎드려 절구 찧듯 쉴 새 없이 이마를 조아려 사죄했다.

"죽을죄를 지었나이다, 폐하! 소승의 죄는 만번 죽어도 마땅하옵니다! 제자 녀석들이 추악하게 생겨 혹시라도 폐하의 용체를 상하게 할까 두려워 감히 알현시키지 못한다고 아뢰었더니, 과연 폐하께 놀라움을 끼쳐드렸나이다!"

국왕은 전전긍긍, 여전히 부들부들 떨리는 걸음걸이로 다가와서 그를 부축해 일으켰다.

"장로, 그대가 먼저 얘기해주었으니 망정이지, 얘기를 듣지 않고 저 사람들을 불쑥 만났더라면, 짐은 벌써 까무러쳐 죽었을 거요."

한참 만에야 겨우 정신을 차린 국왕이 두 사람을 향해 물었다.

"저장로, 사장로. 두 분 중에 어느 분이 요괴를 항복시키는 재주가 더 많소?"

미련퉁이 저팔계는 영문도 모른 채 넙죽 대답했다.

"이 저팔계요! 요괴나 마귀 따위는 내가 곧잘 잡소."

"어떻게 잡는단 말인고?"

"나로 말하자면 하늘의 천봉원수를 지낸 몸이오. 옥황상제의 법을 어긴 죄 탓으로 인간 세상에 떨어져 요 모양 요 꼴이 되었으나, 지금은 다행히도 올바른 길에 들어서서 중 노릇을 하고 있는 거요. 동녘 땅에서 여기까지 오는 길에 누구보다 요괴를 많이 항복시킨 것도 바로 이 저팔계였단 말이오."

부끄러운 줄도 모르고 낯짝 두껍게 큰소리를 탕탕 치는 저팔계. 그러나 국왕은 미심쩍어 다시 묻는다.

"하늘의 장수가 하계에 내려오셨다면, 필경 변화 술법도 잘 쓰시겠소그려?"

"천만의 말씀을! 그저 몇 가지 변화 술법을 쓸 줄 알 뿐이오."

"그렇다면 짐이 보는 앞에서 한 가지 변화를 부려 보이겠소?"

"무엇으로 변신할 것인지 말씀만 해주시오. 그럼 그대로 변해 보일 테니까."

"몸을 한번 크게 변해보시오!"

"그쯤이야 누워서 떡 먹기지!"

사실 저팔계도 하늘의 신장 출신이라, 천강수(天罡數) 서른여섯 가지의 변화 술법을 지니고 있었다. 그는 국왕이 보는 앞에서 솜씨를 뽐내 보이려고 중얼중얼 주문을 외우면서 외마디 소리로 호통을 쳤다.

"커져라!"

호통 한마디에 허리를 구부렸다가 번뜩 기지개를 켜는 순간, 저팔계의 몸뚱이는 당장 8, 90척 길이로 늘어났다. 키와 몸뚱이가 얼마나 커졌는지 마치 초상집 출관(出棺)할 때 상여꾼 행렬 앞에 길잡이로 내세운 흉측한 허수아비 개로신(開路神)이 아닌가 싶을 정도였다.

보상국의 임금과 문무백관들은 이 엄청난 변화에 놀라 전전긍긍 몸을 떨며 입이 딱 벌어진 채 두 눈을 멀뚱멀뚱 뜨고 넋 빠지게 바라보고만 있었다. 이때 진전장군(鎭殿將軍)은 그나마 담보가 큰지 반열 앞으로 썩 나서더니 이렇게 소리쳐 물었다.

"저장로님! 그렇게 키가 크게 변신할 수 있다면, 도대체 얼마나 더 커질 수 있습니까?"

미련퉁이 저팔계는 또 미련한 소리를 한다.

"바람 부는 방향에 따라서 다르지! 동풍이면 그저 그렇고, 서풍이면 그런대로 해볼 만한데, 만약 남풍이 불면 하늘 끝까지 뻗쳐서 구멍을 큼지막하게 뚫어놓을 수 있을 거요."

그 허풍에 국왕은 놀라다 못해 얼굴빛이 하얗게 질려서 허겁지겁 만류했다.

"어서 그 신통력을 거두어들이시오! 저장로의 변화 술법이 어떤지 짐이 다 알았으니까……"

저팔계는 몸을 한차례 흔들어 처음과 같이 본상을 드러내더니 시침 뚝 떼고 백옥 계단 앞에 우뚝 섰다.

국왕이 놀란 가슴을 쓸어내리면서 다시 묻는다.

"저장로께서는 이번에 가면 무슨 병기로 그 요괴와 싸울 작정이오?"

그 물음에 저팔계는 허리춤에서 쇠스랑을 선뜻 뽑아 보였다.

"저선생이 쓰는 병기는 이 쇠스랑이오!"

국왕은 그것을 보고 어처구니가 없는지 껄껄대고 웃었다.

"그걸 병기라고 쓰다니 창피스럽지도 않소? 우리 이 궁궐에는 채찍〔鞭〕, 네모진 구리 몽둥이〔鐧〕, 사슬 달린 쇠몽치〔瓜〕, 철퇴(鐵槌), 큰 칼〔刀〕과 장창(長槍), 큰 도끼와 작은 도끼〔斧鉞〕, 장검(長劍)과 단극(短戟), 장모(長矛, 창의 일종), 긴 자루 달린 낫〔鐮〕, 온갖 병기란 병기는 모두 갖추어져 있소. 무엇이든 손에 맞는 것으로 하나 골라서 가져가시구려. 그따위 쇠스랑을 어떻게 병기라고 할 수 있소?"

"폐하께선 모르는 말씀을 하지도 마시오. 이 쇠스랑으로 말하자면 비록 둔탁하고 무겁게 생겨먹기는 해도, 내가 어릴 적부터 몸에 지니고 다니면서 애용하는 병기요. 하늘에서 천하(天河)의 수군 통제부 원수로 있으면서 팔만 명이나 되는 수군 병력을 통솔했을 때, 이 쇠스랑 한 자루만 가지고도 너끈히 해냈단 말이오! 이제 속세에 내려와 우리 사부님을 모시고 서천으로 가는 도중에도 험악한 산에 부닥치면 호랑이 굴을 때려부수고, 강물에 부닥치면 용과 이무기의 소굴을 뒤엎어버린 것이 바로 이 쇠스랑 덕분이었소."

국왕은 그 말을 듣고 무척 기뻐하면서 구궁 비빈들에게 명령을 내렸다.

"짐이 마시는 어주를 한 병 가득 채워 가지고 와서 저팔계 장로에게 올리도록 하라!"

비빈들이 술병을 가져오니, 국왕은 술 한 잔 가득 따라서 저팔계에게 주며 당부했다.

"저 장로, 이 한 잔 술은 그대의 노고를 위로하는 뜻으로 드리는 거요. 아무쪼록 그 요괴를 잡아 없애고 내 여식을 구해 돌아오기만 하시오. 그때에는 짐이 큰 잔치를 베풀어 대접해드리고 천금으로 후히 사례하리다."

미련한 저팔계는 술잔을 받아들고 우락부락 사납게 생겨먹은 인물답지 않게 사뭇 점잔을 빼면서 삼장을 돌아보고 이렇게 여쭈었다.

"사부님, 이 술잔은 의당 사부님께서 드셔야 옳겠으나, 임금이 하사하는 술이라 그 뜻을 어길 수가 없어 이 저팔계가 먼저 마시겠습니다. 이 술을 마시고 기운이 펄펄 나거든 신바람 나게 달려가서 그놈의 요괴를 잡아오겠습니다."

이 미련한 놈은 술 한 잔을 단숨에 마셔 비우더니, 또 한 잔을 따라 스승에게 바쳤다. 그러나 삼장은 손을 내저었다.

"나는 술을 못 마신다. 너희 형제들이나 마시려무나."

사화상이 앞으로 나와서 그 술잔을 대신 받으니, 저팔계는 그 자리에서 구름을 일으켜 타고 곧바로 하늘 높이 올라갔다.

보상국 임금은 그 광경을 보고 깜짝 놀랐다.

"이크! 저장로께선 구름을 탈 줄도 아시는구나!"

미련퉁이가 떠나자, 사화상 역시 술잔을 말끔히 비워버린 다음 스승을 돌아보며 호기 있게 말했다.

"사부님! 저 황포 노괴가 사부님을 잡아 가두었을 때, 저하고 팔계 형님 둘이서 싸웠는데도 실력이 엇비슷해 승부를 내지 못했습니다. 그런데 이제 둘째 형님 혼자 가서는 아마도 이겨내지 못할까 걱정스럽습니다."

삼장은 그럴 듯싶어 고개를 끄덕였다.

"옳은 말이다. 제자야, 네가 뒤쫓아가서 좀 도와주려무나."

사화상도 스승의 말에 따라 그 즉시 구름을 일으켜 타고 저팔계의 뒤를 쫓아서 횡하니 날아갔다.

보상국 임금은 삼장 법사까지 날아갈까 보아 겁을 집어먹고 다급하게 소맷자락을 부여잡았다.

"삼장 스님! 스님은 구름을 타고 날아가지 말고, 짐과 함께 여기 앉아서 기다립시다."

당나라 스님은 씁쓰레하니 웃으면서 이렇게 아뢰었다.

"가련하게도 소승은 구름을 타고 날아가기는커녕 여기서 반 걸음도 떼어놓지 못하옵니다."

이리하여 두 사람이 전상에 마주 앉아서 한담을 나누며 기다린 것은 더 말할 나위도 없다.

한편 사화상은 저팔계의 뒤를 따라잡아 버럭 고함쳐 불러세웠다.

"형님, 잠깐만! 내가 왔소!"
"여보게, 자넨 무엇 하러 따라왔나?"
"사부님이 날더러 가서 형님을 좀 도와주라고 하셨소."
"아무렴, 그래야지! 참 잘 왔네. 우리 둘이서 합심 협력해서 그놈의 요괴를 잡아 꿇리세. 우리 두 사람한테는 별로 대단한 일은 아니지만, 이 나라에서 이름 한번 날릴 수 있는 기회가 아니겠나?"

큰소리 탕탕 쳐가며 으쓱대는 미련퉁이 저팔계, 그 꼬락서니야말로 가관이다.

> 뭉게뭉게 피어오르는 상광에 올라 보상국 경계를 벗어나고,
> 무럭무럭 퍼져나가는 서기 속에 도성을 떠나왔다.
> 국왕의 뜻을 받들어 완자산 파월동에 당도하니,
> 두 형제 한마음으로 힘을 합쳐 요괴를 잡으러 가는구나.

얼마 안 있어 두 형제는 기세등등하게 파월동 어귀에 들이닥치더니 구름을 낮추고 지상에 내려섰다. 저팔계는 다짜고짜 쇠스랑을 번쩍 쳐들어 동굴 문짝을 겨냥하고 있는 힘껏 내리찍었다.

"콰다당!"

무거운 돌문짝에는 열 되들이 됫박만큼씩이나 하는 커다란 구멍이 뻥뻥 뚫렸다. 그 통에 깜짝 놀란 문지기 요괴가 문을 열고 내다보았더니, 앞서 쳐들어왔던 저팔계와 사화상이 아닌가! 졸개 요괴는 허둥지둥 안으로 뛰어들어가서 황포 노괴에게 급보를 알렸다.

"대왕님, 큰일났습니다! 저 주둥이 삐죽하고 귀가 커다란 화상과 낯짝 시퍼렇게 생긴 화상이 또 나타나 우리 대문짝을 때려부쉈습니다."

황포 요괴는 깜짝 놀랐다.

"이런! 저팔계란 놈하고 사화상이 또 온 모양이로구나. 내가 제 사부를 용서하고 놓아주었는데 무엇 하러 또 찾아와서 문짝을 때려부쉈단 말이냐?"

"혹시 무엇인가 물건을 잃어버리고 가서, 그걸 다시 찾으러 온 게 아닐까요?"

졸개 요괴가 조심스럽게 의견을 낸다.

"당치도 않은 소리 작작 해라! 물건을 잃어버렸다고 해서 남의 집 대문짝을 때려부수는 놈이 어디 있단 말이냐? 아무래도 무슨 곡절이 있는 게 틀림없어!"

황포 노괴는 호통을 쳐서 꾸짖더니, 부랴부랴 갑옷 투구를 꺼내다가 무장을 단단히 갖춘 다음, 강철 칼을 움켜쥐고 동굴 바깥으로 뛰쳐나갔다.

"이 못된 중놈들아! 네놈의 사부를 용서해주었으면 곱게 떠날 것이지, 무얼 찾아 먹겠다고 또 나타나서 우리 대문짝을 때려부수는 거냐?"

저팔계가 냉큼 그 말을 받았다.

"이 고약한 놈! 무슨 좋은 일을 했다고 주둥아리를 놀리는 거야?"

"뭐라고? 좋은 일이라니, 내가 뭘 어쨌다는 거냐?"

"네놈은 보상국의 셋째 공주님을 꾀어다가 동굴 안에 가둬놓고 강제로 여편네를 삼지 않았더냐? 십삼 년 동안이나 데리고 살았으면 이제 돌려보내야 마땅하지, 평생 늙어 죽도록 끼고 살 작정이냐? 나는 보상국 임금의 부탁을 받고 네놈을 잡으러 왔으니, 이 저팔계가 손을 쓰기 전에 네놈의 손으로 자신을 꽁꽁 묶고 공주님을 돌려보내라!"

이 말을 듣자 황포 노괴는 노발대발, 번개 벼락 치듯 달려들더니 강철 같은 이빨을 '뿌드득!' 소리가 나도록 갈아붙이면서 고리눈을 딱 부릅뜨고 살기등등하게 칼을 높이 쳐들어 저팔계의 정수리를 겨냥하고 냅다 내리찍었다. 저팔계도 만만하게 당할 리가 없을 터, 불길처럼 들이닥치는 강철 칼날을 옆으로 슬쩍 비켜 피한 다음, 쇠스랑으로 황포 노괴의 면상을 후려 찍으면서 반격해나갔다. 사화상 역시 항요보장을 높이 쳐들고 정면으로 돌진하면서 저팔계와 보조를 맞추어 협공해나갔다. 완자산 중턱에서 벌어진 이 싸움은 전보다 더 치열하면서, 어느 쪽이든 생사 결판을 내야만 끝날 것처럼 살기 차게 전개되고 있었다.

  말 한마디 잘못하면 남의 약을 올리게 마련이요,
  독한 마음을 품어 감정을 건드리면 노기가 치미는 법.
  이편의 마왕은 강철 대도를 휘둘러 상대방의 머리통을 두 조각 내려 하고,
  저편의 저팔계는 이빨 아홉 달린 쇠스랑을 겨누어 면상을 찍어 들어간다.
  사오정이 항요보장을 휘둘러 치니,
  마왕은 신병이기로 척척 잘도 막아낸다.
  한편은 용맹무쌍한 요괴 마왕이요,
  또 한편은 두 사람의 신승이라, 일진일퇴 치고받고 여유가 만만하다.
  이편에서 꾸짖기를, "네놈은 꼼수로 나라의 법규를 어겼으니 만번 죽어 마땅한 놈이다!" 하면,
  저편은 "네까짓 놈이 무슨 상관이기에, 쓸데없이 남의 일에 끼어들어 따따부따 불평을 늘어놓는 거냐?"고 응수한다.
  이편에서 또 "네놈은 공주님을 꾀어다가 강제로 장가를 들었으니 나라의 체통에 먹칠을 한 유괴범이다!"라고 꾸짖으면,
  저편은 또 "네놈은 자기 일도 아닌데, 공연히 끼어드는 싸움꾼

이다!"라고 맞받아 친다.

이래저래 따져보면 편지 한 통 전해준 탓으로,

화상이나 요괴 마왕이나 쌍방의 심기가 모두 편치 못하게 되었다.

그들이 완자산 중턱 비탈진 언덕 앞에서 8, 9합이나 싸우는 동안 저팔계는 기력이 점점 떨어지면서 쇠스랑조차 제대로 들고 서 있지 못할 지경에 이르고 말았다. 동료가 이 지경이 되니, 사화상 역시 몰리기 시작했다. 이들이 어째서 요괴 하나를 놓고 이렇듯 당해내지 못하게 되었을까? 이유는 간단하다. 앞서 첫 싸움이 벌어졌을 때는 호법 제신들이 동굴 속에 갇혀 있는 당나라 스님을 보호하느라고 암암리에 저팔계와 사화상을 도와준 덕분에 그나마 무승부를 이루었으나, 지금은 삼장 법사가 보상국 대궐 안에 있는 까닭으로 여러 신령들도 그리로 옮겨갔기 때문에 두 사람의 능력만으로는 한 명의 적을 이겨내기 어렵게 되었던 것이다.

미련퉁이 저팔계는 제 힘으로 황포 노괴를 감당할 수 없게 되자, 엉큼하게도 제 한 몸만 빠져나가기로 작심하고, 사화상에게 당치도 않은 핑계를 댔다.

"여보게 아우! 잠깐 이 앞으로 나와서 저놈과 싸워주게. 나는 뒤를 좀 보고 올 테니까, 그동안 막아주기만 하면 되네!"

그는 사화상이 미처 돌아볼 겨를도 주지 않고 싸움터에서 빠져나오기 무섭게 그대로 뺑소니를 치더니, 가시덤불이 우거진 숲 속으로 뚫고 들어가 머리통을 처박고 말았다. 날카로운 가시밭에 맑은 대쑥, 칡덩굴이 빽빽하게 들어찬 풀덤불 속으로 무작정 헤치고 들어가다 보니, 머리통이 찢어지고 이마에 생채기가 나는가 하면, 주둥이와 얼굴이 터져서 피가 철철 흐르는데도 아랑곳하지 않고 정신없이 쑤시고 들어가서는 두 번 다시 나올 엄두를 내지 못한 채, 그저 귓전으로 우당탕퉁탕 싸우는 소리를 듣고만 있는 것이다.

저팔계란 놈이 달아난 기미를 눈치챈 황포 노괴, 이번에는 혼자 동떨어진 사화상 한 명에게 공격을 집중하기 시작했다. 둘이서 힘을 합쳐 싸워도 이기지 못할 판국에 혈혈단신으로 무시무시한 마왕을 상대하자니, 제가 무슨 수로 배겨내랴. 사화상은 '앗!' 소리 한번 제대로 지르지 못한 채 황포 노괴의 손에 사로잡혀 꼼짝없이 동굴 안으로 끌려들어가는 몸이 되고 말았다. 부하 요괴들은 신바람이 나서 굵다란 밧줄로 사화상의 양팔 두 다리를 마치 돼지 잡아 엮듯이 한 묶음으로 단단히 결박지었다.

과연 사화상의 목숨이 어떻게 될 것인지, 다음 회에서 풀어보기로 하자.

제30회 사악한 마도는 정법을 침범하고, 심성을 지닌 백마는 원숭이 임금을 그리워하다

황포 노괴는 사화상을 단단히 결박짓기는 했으나 죽이지도 않고 매질하지도 않았으며 욕설 한마디 퍼붓지도 않은 채, 그저 한구석에 처박아두었다. 그는 칼을 내려놓으면서 속으로 이런 생각을 했다.

'당나라 화상은 상국의 인물이라 반드시 예의가 무엇인지 알고 있을 것이다. 내가 제 목숨을 살려주었으니, 설마 제자 녀석들더러 나를 잡아 없애라는 얘기를 하지는 않았을 게 아닌가? 그렇다! 이건 분명히 내 마누라가 무슨 편지인가를 써서 자기 고국으로 보냈기 때문에 이런 난장판이 터졌을 것이다. 어디 들어가서 물어보기로 하자꾸나!'

백화수 공주에게 부쩍 의심이 들자, 요괴의 흉악한 본성이 치밀어 오르더니 공주를 죽여버릴 생각마저 들면서, 황포 노괴는 살기등등하게 동굴 안채로 달려갔다.

공주는 이런 줄도 모른 채 얼굴에 화장을 하고 몸단장을 마친 다음 조용히 앞채로 걸어나오다가 도중에 황포 노괴와 맞닥뜨렸다. 그런데 가만 보아하니, 노괴는 무엇 때문에 성이 났는지 두 눈썹을 곤두세우고 어금니를 '뿌드득뿌드득!' 갈아붙이면서 씨근벌떡 다가오고 있는 것이 아닌가! 그래서 공주는 마음에도 없는 억지웃음을 지어가며 요괴를 맞아들였다.

"여보세요, 황포 낭군! 무슨 일로 이다지 화가 나셨어요?"

황포 노괴는 '쳇!' 하고 혀를 차고 나서는 대뜸 욕설부터 퍼붓기 시작했다.

"이 개만도 못 한 더러운 년아! 네년은 인류란 것이 뭔지도 모르는 계집이야! 내가 당초에 너를 이곳으로 데려왔을 때에는 일언반구도 그런 말이 없더니, 이제 와서 무슨 소리를 지껄일 게냐? 네년이 입고 있는 비단옷하며 몸에 걸친 금은보화 노리개하며 부족한 것 하나 없이 내가 모조리 마련해주었을 뿐 아니라, 일 년 열두 달 넉넉한 생활을 해왔고 나날이 정도 깊이 들었는데, 어째서 네년은 부모 생각만 하고 부부지간의 정리를 생각하는 마음이 손톱만큼도 없단 말이냐!"

공주는 이 말을 듣고 깜짝 놀라 그 자리에 꿇어앉았다.

"여보세요, 낭군! 절더러 헤어지자니, 어째서 갑자기 그런 섭섭한 말씀을 하시는 거예요?"

"내가 헤어지자는 게 아니라, 네년이 나하고 헤어지려는 게 아니고 뭐냔 말이다! 내가 그 대머리 중놈을 잡아먹으려고 했을 때, 네년은 어째서 나한테 말 한마디도 하지 않고 그놈을 놓아주었느냐? 이제 알고 봤더니, 네년은 나 몰래 편지를 써가지고 그 중놈을 시켜서 고국에 전하게 했지? 그렇지 않고서야 어떻게 그놈의 제자 두 녀석이 다시 우리집에 쳐들어와서 네년을 내놓으라고 야단법석을 떨었겠느냐? 이게 다 네년이 꾸며낸 수작이 아니고 뭐란 말이냐?"

"그건 오해예요. 저를 잘못 알고 꾸짖는 거예요! 제가 언제 무슨 편지를 써서 보냈단 말이에요?"

"요런 앙큼한 것! 시침을 떼지 마라. 너하고 지금 대면시킬 놈을 여기 붙잡아놓았다. 이래도 증거가 없다고 뻗댈 참이냐?"

"그게 누구죠?"

"당나라 땡추중의 둘째 제자 사화상이란 놈이다!"

사람은 누구나 죽느냐 사느냐 막다른 고비에 몰리게 되면 그렇게 호락호락 죽으려 하지 않는 법이다. 백화수 공주도 어떻게 해서든 빠져나갈 구멍을 찾느라고 끝까지 잡아떼었다.

"여보세요! 낭군, 그렇게 화만 내지 마시고, 저와 같이 가서 한마디만 물어봅시다. 만약 편지를 써서 보낸 일이 있었다면 저를 때려죽인다 해도 기꺼운 마음으로 죽음을 받겠어요. 하지만, 나중에 가서 그런 일이 없다고 밝혀졌을 때에는 어떻게 하시겠어요? 그래도 저를 억울하게 죽이실 작정인가요?"

요괴는 이 말을 다 듣지도 않고 다짜고짜 키〔箕〕만큼씩이나 커다랗고 시퍼런 손아귀로 금지옥엽 같은 공주의 머리 태래를 움켜잡더니 사화상이 있는 곳으로 질질 끌고 가서 땅바닥에 메다꽂았다. 그리고는 강철 칼을 쥐고 사화상을 무섭게 노려보면서 호통쳐 물었다.

"사화상! 바른대로 말해라! 너희 두 놈이 함부로 우리집에 쳐들어온 것은 이 계집이 편지를 써서 고국으로 보냈기 때문이지? 그래서 임금이 너희들을 보내 날 잡아 없애라고 시킨 게 아니냐?"

사화상은 한쪽 구석에 묶인 채로 쓰러져 있다가, 황포 노괴란 놈이 흉악하게 날뛰면서 공주를 땅바닥에 쓰러뜨리고 칼을 들어 죽이려는 것을 보자, 속으로 곰곰이 생각했다.

'공주는 분명히 편지를 보냈다. 그렇지만 이 여인은 우리 사부님을 구출해주었으니 그 은혜는 바다만큼이나 깊고 크다. 이제 내가 사실대로 말한다면 이 요괴는 공주를 죽일 것이 틀림없다. 그렇게 되면 내가 은혜를 원수로 갚는 격이 아니고 뭐란 말이냐? 생각하면 이 사오정이 스승님을 모시고 여기까지 따라오는 동안 손톱만한 공로도 세우지 못했고 신세에 보답해드리지도 못했다. 오늘 이렇게 요괴란 놈의 손에 붙잡혀 묶인 몸이 된 바에야 목숨을 던져서라도 스승님의 은혜에 보답해드리기로 하자꾸나!'

생각이 예에 미치자, 사화상은 버럭 호통을 질렀다.

"이 못된 요괴 놈아! 무례한 짓을 저지르지 말아라. 공주가 무슨 편지를 보냈다고 그따위 억울한 소리를 하면서 죽이려고까지 하느냐? 우리가 네놈을 찾아와서 공주를 내놓으라고 한 것은 그럴 만한 까닭이 있어서였다. 우리 사부님은 여기 갇혀 있는 동안 공주의 얼굴 모습이나 행동거지를 눈여겨보았기 때문에 기억을 하고 계셨다. 그러다가 보상국에 이르러 통관 문첩에 국왕의 확인을 받게 되었을 때에, 국왕이 공주의 초상화를 꺼내 보여주면서 이러쿵저러쿵 여러 가지로 묻더구나. 보상국까지 오는 도중에 이런 여자를 본 적이 없느냐고 물었단 말이다. 그래서 우리 사부님은 공주의 모습을 또렷이 기억하고 계셨기 때문에 보고 들은 대로 이야기를 꺼내셨던 것이다. 국왕은 우리 일행이 자기 따님을 안다는 말을 듣고 무척 기뻐하면서 우리 두 사람에게 술을 먹여주고 좋은 말로 구슬렸다. 우리더러 이곳에 다시 와서 네놈을 잡아 없애고 공주를 구출해서 대궐로 돌아오게 해달라고 말이다. 이것이 사실인데 무슨 놈의 편지 따위를 보냈다고 날뛰는 거냐? 죽이려거든 이 사오정을 죽이고, 죄 없는 사람을 억울하게 해쳐서 하늘의 도리에 어긋나는 짓을 저지르지 말아라!"

황포 노괴는 사화상이 너무나도 꿋꿋하게 대답하는 것을 보자, 자기가 오해한 것으로 알고 마침내 칼을 내던졌다. 그리고는 두 손으로 공주를 조심스럽게 안아 일으켰다.

"여보 공주! 내가 거친 성미에 한때 잘못 생각하고 공연히 시끄럽게 굴어 미안하오. 너무 언짢게 생각하지 말구려."

황포 노괴는 겸연쩍은 웃음을 지어가며 공주의 머리카락을 쓰다듬어주기도 하고 흐트러진 노리개를 똑바로 고쳐주기도 하면서 부드러운 목소리로 공주의 마음을 달랬다. 사과를 마친 요괴는 공주를 구슬려서 안으로 데려가더니 윗자리에 앉혀놓고 큰절까지 올렸다.

공주는 본시 연약한 여자의 마음이라, 사나운 요괴가 깍듯이 대해주는 것을 보자 마음이 풀려서 이렇게 말했다.

"여보, 당신이 정말 부부간의 정분을 생각하신다면, 저 사화상의 결박을 좀 늦추어주지 않으시겠어요?"

황포 노괴는 이 말을 듣더니 당장 부하 요괴들에게 명령을 내려 사화상의 결박을 풀어주고 한구석에 가두어놓게 하였다. 사화상은 팔다리를 한 덩어리로 묶었던 밧줄이 풀리자, 곧바로 일어나 서성거리면서 속으로 이런 생각을 했다.

"옛사람이 말하기를 '남을 위해주는 것은 곧 자신을 위하는 것이 된다(與人方便, 自己方便)' 하더니, 과연 그 말이 맞는구나. 만약 내가 그 여자를 감싸주지 않았더라면, 그 여자 역시 나를 이렇게 풀어주라고 하지 않았을 게 아닌가?"

한편에서, 늙은 요괴는 또 술자리를 마련해놓고 공주의 놀란 마음을 가라앉혀주었다. 술에 절반쯤 거나하게 취했을 때, 늙은 요괴는 갑자기 무슨 생각이 났는지 안으로 들어가서 말끔한 옷 한 벌로 갈아입더니 보도(寶刀)를 한 자루 꺼내다가 허리에 차고 다시 나와서 공주를 쓰다듬어가며 부드럽게 말했다.

"여보, 당신은 집에서 술이나 마시고 두 어린아이들을 돌보고 있구려. 그리고 이번에는 절대로 사화상을 놓아주지 마시오. 당나라 화상이 보상국에 있는 틈을 타서 나도 빨리 건너가 어른께 인사라도 드리고 돌아오리다."

"어른이라니, 누구한테 인사를 드린다는 거예요?"

"당신 부왕말고 누구겠소? 나는 그분의 부마 되는 사람이요, 그분은 내 장인이신데, 어찌 찾아뵙고 인사를 하지 않는단 말이오?"

그 말을 듣고 공주는 깜짝 놀라 말렸다.

"안 돼요! 당신이 가시면 안 됩니다."

"어째서 가면 안 된다는 거요?"

늙은 요괴가 사뭇 언짢은 기색으로 묻자, 공주는 부드러운 말씨로 이렇게 대답했다.

"제 아버님은 남정 북벌 전쟁터에서 싸워 이겨 나라를 세우신 분이 아니라, 조상님들이 대대로 전해 내린 사직을 이어받으신 분이에요. 그렇기 때문에 어려서부터 태자의 나이로 등극해서 도성 밖으로는 한 걸음도 멀리 나가보신 적이 없을 뿐 아니라, 당신처럼 무섭게 생긴 분을 만나본 적도 없으세요. 만약 당신이 그 얼굴 생김새대로 누추한 모습을 가지고 그분을 만나보신다면, 아마도 제 아버님은 까무러쳐서 돌아가실 겁니다. 그러니까 차라리 가서 만나보지 않으시는 게 좋겠다는 말입니다."

"얘기가 정 그렇다니, 나도 준수한 모습으로 그럴듯하게 탈바꿈해서 찾아가면 되겠군."

"어디 한번 변신해 가지고 저한테 보여주세요."

놀랍게도 황포 노괴는 즉석에서 몸을 뒤틀더니 눈 깜짝할 사이에 아주 잘생긴 귀공자로 둔갑하는 것이 아닌가!

생김새는 의젓하고 점잖으며, 체구는 우람하고 훤칠하다.

말씨에도 양반 티가 풀풀 나고, 몸놀림도 의젓한 이팔청춘 미소년이다.

재주는 조자건(曹子建)[1] 같아서 시를 곧잘 짓고,

---

1 조자건: 삼국 시대 위(魏)나라 시인(192~232). 이름은 식(植), 자가 자건(子建)이다. 지금의 안휘성(安徽省) 박현(亳縣) 출신, 조조(曹操)의 셋째 아들이며 진왕(陳王)

용모는 반안(潘安)²을 닮아 여인들이 과일을 던지고도 남겠다.

머리에는 작미관(鵲尾冠)을 썼으니 먹구름이 얽히고 서렸으며,

몸에는 옥색 비단 주름진 옷을 걸쳤으니 헐렁한 소맷자락 바람결에 나부낀다.

두 발에는 꽃무늬 검정 신발을 신었으며,

허리에는 난대(鸞帶)를 둘러 번쩍번쩍 빛난다.

탐스러운 자태가 실로 기남아요,

준수하고 미끈한 몸매는 깊은 골짜기에 우뚝 솟은 봉우리처럼 헌걸찬 준걸 영웅이다.

순식간에 미남자로 바뀐 요괴를 보고, 공주 역시 무척 기뻐했다.

늙은 요괴는 흡족한 미소를 띠면서 공주에게 물었다.

"어떻소, 이만하면 되겠소?"

"참말 그럴듯하게 둔갑하셨군요! 당신이 그 풍채로 대궐에 들어가신다면, 부왕께서는 인척을 무시하시기는커녕 문무백관들을 시켜 당신

에 봉해졌다. 재능과 학식이 풍부하여 조조에게 총애를 받아 한때는 태자(太子)로 세우려 하였으나, 형인 조비(曹丕)와 조예(曹叡)가 잇따라 황제가 되면서 시기를 받아 몇 차례나 죽임을 당할 뻔했다. 오언절구(五言絶句)에 능하여 일곱 걸음 걷는 동안에 "콩을 삶는데 콩깍지를 태우니, 콩깍지는 솥 밑바닥에서 불타고, 콩은 솥 안에서 우는구나. 본시 한 뿌리에서 난 것인데, 어찌하여 이렇듯 서로 급히 들볶는고!"라는 유명한 「칠보시(七步詩)」를 지어 형제끼리 골육상잔(骨肉相殘)을 저지르는 아픔을 노래한 끝에, 자신을 죽이려는 위문제(魏文帝) 조비를 감동시키고 살아났다는 고사가 생겼으며, 유작으로 『조자건집(曹子建集)』이 있다.

2 반안: 진(晉)나라 때 재사. 이름은 악(岳), 자가 안인(安人)이다. 어려서부터 신동으로 유명하여 시부(詩賦)를 잘 지었으며, 한때 그의 재능을 시기한 세상 사람들의 눈을 피하여 10년 동안 은거하기도 하였다. 용모가 뛰어나게 아름다워, 중국 역사상 미남의 상징으로 손꼽히는 인물로, 그가 탄궁(彈弓)을 차고 낙양성(洛陽城) 길거리에 나설 때마다 그 모습에 반한 부녀자들이 저마다 과일을 던져주어 수레에 가득 싣고 돌아왔다는 고사가 있다.

을 붙잡아 앉혀놓고 술대접을 하실 거예요. 만약 술이 얼큰하게 취하시거든 아무쪼록 부디 조심하셔서 당신의 본모습을 드러내지 않도록 하세요. 마각이 드러나 소문이라도 퍼지는 날에는 큰일나지 않겠어요?"

"분부하지 않아도 내가 알아서 처신할 테니 염려하지 말구려."

늙은 요괴는 그 길로 구름을 일으켜 타고 삽시간에 보상국까지 날아갔다. 구름을 낮추고 대궐 문 밖에 내려선 그는 각문대사를 만나 이렇게 말했다.

"셋째 부마가 특별히 와서 국왕 폐하를 알현하고자 하니, 수고스럽지만 전상에 아뢰도록 연락해주시오."

전갈을 받은 황문 주사관이 부리나케 백옥 계단 앞으로 달려가서 국왕에게 아뢴다.

"폐하께 아뢰오! 셋째 부마가 폐하를 알현하고자 지금 궁궐 문 밖에 대령해 있나이다."

때마침 국왕은 삼장 법사와 더불어 한담을 나누고 있다가, 난데없이 셋째 부마란 자가 찾아왔다는 소리를 듣고 깜짝 놀라 문무백관들에게 물었다.

"그것참 별 이상한 소리를 다 듣는군! 짐에게는 부마가 둘뿐인데, 어디서 또 셋째 부마가 나타났다는 거요? 이게 도대체 무슨 영문인지 모르겠소."

여러 신하들이 아뢰었다.

"셋째 부마라면 분명 그 요괴가 찾아온 것이 틀림없사옵니다."

"들어오라고 윤허를 내려야 할까?"

이때 삼장은 속으로 은근히 놀라면서 이렇게 아뢰었다.

"폐하, 상대는 요괴입니다! 요괴란 모두가 영특한 재간을 지니고 있으며, 과거와 미래를 꿰뚫어 알뿐더러 안개구름을 탈 줄도 압니다. 불러들이든 불러들이지 않든 간에 그자는 어떻게 해서든 대궐 안으로 들어오고야 말 것이오니, 그럴 바에는 차라리 윤허를 내려 들라 하시고, 쓸데없는 문제를 일으키지 않는 것이 더 나을까 하나이다."

국왕은 삼장의 말을 받아들이고 그 즉시 요괴를 불러들이라는 윤허를 내렸다.

이윽고 미끈하게 잘생긴 선비로 탈바꿈한 황포 노괴가 황금 계단 앞에 당도했다. 그는 다른 사람들처럼 너울너울 춤추며 만세 삼창의 예를 올리고 국왕 앞에 무릎 꿇어 공손히 이마를 조아렸다. 문무백관들은 '셋째 부마'의 생김새가 준수할 뿐만 아니라 임금 앞에 깍듯이 예절 차리는 것을 보고, 설마 이것이 요괴인가 싶어 의문을 품기에 이르렀다. 하기야 그들은 모두 범태 육안을 지닌 사람이라, 요망한 괴물을 보고도 훌륭한 사람으로 여길 수밖에 없었고, 국왕 역시 헌걸차게 생긴 '셋째 부마'의 생김새를 보자, 천하를 다스릴 만한 대들보라고 생각할 수밖에 없었던 것이다.

"부마, 그대는 어디에 살며, 성씨는 어찌 되는고? 언제 우리 공주와 짝을 맺었기에 십삼 년이 지난 오늘에야 근친(覲親)을 오게 되었는고?"

황포 노괴가 머리를 조아리면서 능청스럽게 대답한다.

"주군 전하, 소신은 도성 동쪽의 완자산 파월동이란 곳에 거처하고 있나이다."

"그 산은 여기서 얼마나 먼고?"

"그리 멀지 않사옵니다. 겨우 삼백 리밖에 있나이다."

"삼백 리 길을 우리 공주가 어떻게 걸어가서 그대의 배필이 되었단 말인가?"

국왕의 힐문이 날카로워지자, 요괴는 거짓말을 그럴듯하게 꾸며서 대답했다.

"주군께 아뢰오. 소신은 어려서부터 활쏘기, 말타기를 몹시 즐겨 사냥을 생업으로 삼아왔나이다. 십삼 년 전 소신이 가동 수십 명을 거느리고 사냥을 나갔는데, 매를 날려보내고 사냥개를 풀어서 한창 들짐승을 몰이하던 차에, 갑자기 얼룩무늬 사나운 호랑이 한 마리가 웬 여자를 등에 업고 산비탈 아래로 달아나는 것을 발견했나이다. 소신은 화살 한 대로 맹호를 쏘아 거꾸러뜨린 뒤에 그 여자를 저희 마을로 떠메다가 더운물을 끼얹어 깨어나게 했습니다. 그렇게 해서 다 죽어가던 목숨을 살려놓고 어디 사는 누구냐고 물었습니다만, 그 여자는 여염집 규수라고 대답할 뿐 '공주'라는 말은 입 밖에도 내지 않았습니다. 만약 그녀가 폐하의 금지옥엽이신 셋째 공주라고 신분을 밝혔던들, 소신이 어찌 양심을 속이고 함부로 그녀를 배필로 맞아들였겠사옵니까? 그런 사실을 진작 알았더라면 당장에 그녀를 궁궐로 데려와 만세 폐하께 돌려드리고 그 보상으로 크건 작건 벼슬을 얻어 일신의 영예로 삼았을 것이옵니다. 당시 그녀는 민가의 여자라고만 대답하였기에 소신도 그런 줄로 알고 건강을 되찾을 때까지 저희 거처에 머무르게 했사옵고, 그러는 동안에 차츰 서로 마음이 통하고 정이 들어 마침내 부부의 인연을 맺었사오며, 그리하여 오늘날까지 여러 해를 함께 살아왔던 것이옵니다. 혼인하던 당시, 소신은 잡아온 호랑이를 죽여서 일가친척들을 모셔다가 잔치를 벌이려 했으나, 공주마마께서 죽이지 말라고 간청했습니다. 죽이지 말라고 한 까닭으로 공주님은 이런 시를 읊었습니다.

하늘과 땅에 의탁하여 부부가 되었으니,
중매꾼도 없고 증인도 없는 혼인을 맺었노라.
전세에는 월하노인(月下老人)이 붉은 실로 두 발목 묶어 인연을 맺었다 하나,

오늘날에 우리는 호랑이가 중매쟁이 노릇을 하여주었다네.

소신도 이 말을 그럴듯하게 여기고, 마침내 그 호랑이를 놓아주어 산으로 돌려보냈사옵니다. 호랑이는 화살에 맞은 상처를 안고 꼬리를 말아 감은 채 네 발굽을 모아 도망쳐 사라졌습니다……."

여기까지 말한 요괴는 군신들의 눈치를 볼 겸해서 잠시 뜸을 들이더니 거짓말을 계속 늘어놓았다.

"목숨을 건져 산으로 도망친 호랑이는 그후 몇 해 동안 도를 닦아 정령이 되더니, 사람만 보면 신통력을 부려 홀리고 목숨을 해치기 시작했습니다. 소신은 여러 해 전부터 동녘 땅에서 서천으로 경을 가지러 가는 화상이 몇 사람 있다는 소문을 들어 알고 있었습니다만, 그들 역시 모조리 그 호랑이한테 잡아먹혔다고 하옵니다. 그 얘기가 사실이라면 당나라 화상은 멀쩡한 몸으로 지금 여기에 와 있을 턱이 없사옵니다. 소신이 생각하옵건대, 그 호랑이는 당나라 화상을 잡아먹고 그 보따리에서 통관 문첩을 빼앗은 다음, 자신이 경을 가지러 가는 당나라 화상으로 변신하여 지금 이 자리에 찾아들어 국왕 폐하와 여러 대신들을 속이고 있는 게 틀림없나이다."

여기서 황포 노괴는 손가락으로 삼장 법사를 가리키면서 큰 소리로 외쳤다.

"주군! 저기 저 수놓은 비단 방석에 앉아 있는 것이, 경을 가지러 가는 진짜 화상이 아니라, 바로 십삼 년 전에 공주님을 업어 가지고 달

---

3 월하노인의 붉은 실: 『전등신화(剪燈新話)』 「추향정기(秋香亭記)」에, 월하노인(月下老人)은 중매쟁이의 상징으로, 남녀간에 인연을 맺어주는 붉은 실[赤繩]을 가지고 있는데, 이 실로 부부가 될 두 사람의 발을 묶어주면 제아무리 원수의 집안이나 멀리 떨어져 사는 남녀 사이라 하더라도 반드시 부부의 인연을 맺게 된다고 하였다.

아났던 맹호입니다!"

귀가 여린 국왕은 본래 범태 육안을 지닌 사람이라, 상대가 요괴인 줄 알아보지 못하고 이 터무니없는 거짓말을 곧이곧대로 믿어버리고 말았다.

"오오, 내 현명한 부마여! 그대는 이 화상이 공주를 업어간 호랑이라는 것을 어떻게 알아보았는고?"

"주군! 소신은 이 세상에 태어난 이래 산중에서 호랑이만 잡으며 살아온 몸이오이다. 먹는 것도 호랑이 고기요, 입는 것도 호랑이 가죽이며, 날이면 날마다 사나운 호랑이와 더불어 기거를 같이하고 살아왔는데, 어찌 호랑이를 알아보지 못하겠나이까?"

"그대의 말이 정녕 그렇다면 저 화상의 본색을 드러내어 짐에게 보여주지 않겠는가?"

국왕이 요청하자, 황포 노괴는 자신 있게 대답했다.

"맑은 물을 반잔만 주신다면, 소신이 저놈의 본래 모습을 나타내게 하오리다!"

그 말을 듣고 국왕은 당장 시종관을 시켜 깨끗한 물을 가져오게 하여 요괴 '부마'에게 주었다. 물잔을 받아든 황포 노괴는 벌떡 일어나 앞으로 걸어나가더니, '흑안정신법(黑眼定身法)'이란 술법을 부려 중얼중얼 주문을 외운 다음, 물을 입에 머금고 당나라 스님에게 확 뿜어 보내면서 호통을 쳤다.

"변해라!"

외마디 소리가 떨어지는 순간, 삼장 법사의 진신(眞身)은 궁전 안에 따로 있으면서 또 하나의 몸이 진짜 얼룩덜룩한 맹호로 변하여 방석 위에 앉아 있는 것이 아닌가! 국왕을 비롯하여 여러 신하들은 하나같이 육안(肉眼)으로 바라보자니 영락없는 호랑이의 모습뿐이라, 요괴의 말을 믿지 않을 수 없었다.

이마에는 허연 반점, 둥글둥글한 머리통,
얼룩무늬 가죽으로 싸인 몸뚱이에 두 눈알은 번갯불처럼 번쩍인다.
네 발굽을 꼿꼿이 세우고 우뚝 일어서니,
스무 개의 발톱이 쇠갈고리처럼 구부러져 날카롭기 짝이 없다.
톱날 같은 이빨이 입 안에 가득 가지런히 늘어서고,
뾰족하게 솟구친 두 귀가 눈썹에 닿았다.
앙칼지고 사나운 모습은 큰 고양이를 닮았으며,
맹렬하고 거센 자태는 황소를 능가한다.
빳빳한 수염은 은빛 철사를 박아놓은 듯하고,
가시 돋친 혓바닥이 움직일 때마다 고약한 냄새를 뿜어낸다.
과연 얼룩덜룩 무늬 덮인 사나운 호랑이,
몸통을 돌릴 때마다 위엄 서린 바람이 한바탕 또 한바탕 보전을 휩쓴다.

국왕은 눈앞의 호랑이를 보는 순간 혼비백산해서 나자빠지고, 여러 문무백관들도 너나 할 것 없이 모조리 기절초풍하도록 놀라 이리 피하고 저리 달아나고 비명을 지르면서 뿔뿔이 흩어져, 임금이 계신 엄숙한 정전은 삽시간에 난장판이 되고 말았다. 이런 아수라장 가운데서도 담보가 제법 큰 무관 몇몇이 장군과 교위들을 이끌고 한꺼번에 들이닥치더니 제각기 무기를 휘둘러 마구잡이로 호랑이를 찌르고 베고, 정신없이 몰아쳤다. 하지만 이런 난리탕 속에서도 당나라 스님은 죽을 운명이 아니었으니 망정이지, 그렇지 않았더라면 삼장 법사 한 사람이 아니라 스무 명이 있더라도 그 무차별 공격 앞에 산산조각이 나서 꼼짝없이 고기 떡 신세가 되고 말았을 것이다. 그런데 천만다행히도 이때에 육정 육갑, 오방 게체, 일치 공조, 호교 가람 등 여러 신령들이 아무도 모르게 공중에서 보우해준 덕택으로, 그 숱한 사람들이 아무리 찌르고 베고 후려쳤어도 그 호랑이는 상처 한군데 나지 않고 끄떡없이 살아 있었던 것이다.

여러 신하들은 날이 어두워질 때까지 아우성치고 야단법석을 한 끝에야 간신히 호랑이를 사로잡을 수 있었다. 그들은 호랑이를 쇠사슬로 단단히 묶어 철창을 둘러친 우릿간에 가두었다. 그리고 우릿간은 궁궐한 귀퉁이 으슥한 구석에 옮겨다 놓았다.

한바탕 소동이 끝나자, 국왕은 광록시에 명령을 내려 잔치를 크게 베풀게 하고 하마터면 호랑이에게 해를 입을 뻔하던 것을 셋째 부마 덕분으로 목숨을 건지게 된 은혜에 고마움을 표시했다.

그날 밤, 중신들이 모두 흩어져 돌아간 뒤, 황포 노괴는 여전히 궁궐에 남아서 잔칫상을 은안전(恩安殿)으로 옮겨다 놓고 여기에 궁녀 열여덟 명을 가려 뽑아 풍악을 울리고 춤을 추게 하면서 혼자 술을 마시며 즐기기 시작했다. 요괴는 상석을 차지하고 앉았고, 그 좌우 양편에는 꽃처럼 아름답고 애교가 철철 넘치는 미녀들이 둘러앉아 연신 술잔을 권하면서 아양을 떨었다.

어느덧 밤도 이슥하게 깊어 이경(二更, 21시~23시)에 접어들 무렵, 술을 실컷 마시고 취기가 왈칵 치밀어 오른 황포 노괴는 그만 이때까지 참고 참아왔던 요괴의 야성이 폭발하기에 이르렀다.

"우하하핫……! 으하하하……!"

벌떡 뛰어 일어선 요괴의 입에서 대들보가 흔들리도록 우렁찬 웃음소리가 터져나오더니, 저도 모르는 사이에 요괴의 본색을 드러내고 말

앉다. 흉악한 본성을 억누르지 못하고 발작을 일으킨 그는 키보다 더 큰 손아귀로 때마침 비파를 타고 있던 궁녀 한 사람을 덥석 움켜잡아 가지고 한입에 머리통을 우지직 물어뜯었다. 사람의 머리통을 산 채로 씹어 먹는 그 끔찍스런 광경에, 나머지 열일곱 명의 궁녀들은 혼비백산하도록 놀라 자빠져서 새된 비명을 질러가며 이리 뒹굴고 저리 나가떨어지고 난리법석을 치던 끝에, 두 다리야 날 살려라 하고 요괴의 손을 피해 달아나느라 일대 소동이 벌어졌다.

    풍악을 울리며 노래하던 궁녀들은 두려움에 떨고,
    너울너울 춤추던 채녀들은 이리 놀라 자빠지고 저리 놀라 고꾸라졌다.
    궁아(宮娥)들이 공포에 질려 떨고 있으니, 줄기차게 내리는 밤비가 부용화 꽃송이를 후려 때리는 듯,
    채녀(彩女)들이 놀라 고꾸라지고 자빠지니, 갈피를 못 잡는 봄바람결에 작약꽃 휘날려 어지러이 춤추는 듯하다.
    비파를 깨뜨려 부숴가며 한 목숨 돌보고, 거문고 짓밟아 망쳐놓으며 살기 위해 달아난다.
    문밖에 달려나오니 동서남북 방향을 무슨 수로 분간하랴?
    악귀의 손아귀에서 빠져나오기만 한다면 동서남북 어디라도 상관없다.
    고꾸라져 옥같이 고운 얼굴 깨어지고, 부딪쳐서 아리따운 용모가 상처투성이.
    제각기 한 목숨 살려 도망치기 바쁘고, 남은 한세상 잃지 않으려고 필사적으로 달아난다.

궁녀들은 은안전 바깥으로 빠져나오기는 했으나, 감히 큰 소리로 떠들지는 못했다. 밤도 깊은데 임금님께서 놀라 깰까 보아 겁이 났던 것이다. 그들이 모두 나지막한 담장이나 처마 끝에 몸을 숨긴 채, 밤새도록 전전긍긍 떨며 지샌 것은 더 말하지 않기로 한다.

한편 황포 노괴는 여전히 상석을 차지하고 앉아서 자음자작(自飮自酌), 술 한 잔 따라 마시고는 시체를 끌어당겨 피가 줄줄 흐르는 아가리로 한 입 두 입 뜯어 먹고 있었다. 전각 안에서 이렇듯 끔찍스런 일이 벌어지고 있는데도, 바깥에서는 사람들이 엉뚱한 소문을 퍼뜨리고 다니느라 정신없었다.

"당나라 화상은 사람이 아니라, 호랑이의 요정이란다!"

소문이 퍼져나가니 도성 안은 온통 야단법석, 가마솥에 물 끓듯이 술렁대기 시작했다. 이 소문은 마침내 삼장 일행이 짐을 맡겨둔 금정 역관(金亭驛館)에까지 퍼져나갔다. 이 무렵 역관에는 아무도 없이, 백마 혼자 마구간에서 한가로이 풀을 뜯어 먹고 있었다.

앞서 말한 것처럼, 백마는 본디 서해용왕의 아들로서 일찍이 하늘의 법을 어긴 죗값을 받아 뿔을 썰리고 비늘을 뜯긴 채 백마로 변신하여, 당나라 스님을 태우고 서방 세계로 경을 가지러 가는 길이었다. 이 젊은 용왕은 느닷없이 역관 바깥에서 '당나라 화상이 호랑이의 요정'이라고 떠드는 소리를 듣고 깜짝 놀라면서 속으로 이런 생각을 했다.

'우리 사부님은 멀쩡한 인간이 분명한데, 어떻게 요정이란 말인가? 아마도 그놈의 늙은 요괴가 그분을 호랑이로 탈바꿈시켜서 해치려 드는 것이 틀림없다. 그렇다면 이 노릇을 어쩌면 좋을까? 큰사형은 쫓겨가신 지 오래고, 저팔계와 사화상은 한번 떠나 소식이 전혀 없으니, 장차 이 일을 어떻게 해야 좋단 말이냐?'

백마는 이경이 지나도록 밤늦게까지 기다렸으나 저팔계와 사화상이 끝내 돌아오지 않는 것을 보고 벌떡 일어서면서 결단을 내렸다.

'오냐, 좋다! 내가 당나라 스님을 구해내지 않는다면, 내 공과(功果)도 모두 끝장나고 말리라! 만사가 물거품으로 돌아가기 전에 그분을 구해드려야겠다!'

그는 더 이상 참지 못하고 고삐를 이빨로 물어 끊고 굴레를 느슨하게 풀어 벗긴 다음, 등에 짊어진 안장마저 흔들어 땅바닥에 떨어뜨렸다. 그리고 황급히 몸을 솟구쳐 조화(造化)의 힘으로 예전과 똑같은 용이 되더니, 먹구름을 일으켜 타고 까마득히 높은 상공으로 곧장 올라가 아래 세상을 자세히 살펴보기 시작했다.

이를 증명하는 시가 다음과 같이 있다.

> 삼장은 서방 세계로 나아가 석가세존을 뵈려 하나,
> 하필이면 도중에 심술 사나운 요괴가 길을 가로막는다.
> 오늘 밤에 호랑이로 화하여 재난에서 벗어나기 어려우니,
> 백마가 고삐를 늘어뜨려 주인을 구하는구나.

젊은 용왕은 반공중에서 은안전 내부를 굽어보았다. 궁전에는 등촉(燈燭)이 휘황찬란하게 밝혀 있었다. 그것은 '만당홍(滿堂紅)'[4]이라고 불리는 엄청나게 큰 촛대 여덟 개에 밀랍으로 빚어 만든 굵다란 초를 한 자루씩 꽂아 사면팔방 구석에 세워놓았기 때문이었다. 자세히 들여다보니, 낯익은 황포 노괴가 윗자리에 홀로 버텨 앉아서 제멋대로 술을 따라 마시며 사람의 고기를 뜯어 먹고 있었다. 젊은 용왕은 기가 막혀 웃음이

---

[4] 만당홍: 붉은 칠을 입힌 철제 대형 촛대걸이로, 중국 사람들의 잔치나 큰 행사에 쓰인다.

절로 나왔다.

"저런 천하에 못된 놈 봤나! 터무니없는 소문을 퍼뜨려놓더니만 이제는 아예 본색을 드러내고 흉악한 짓을 저지르고 있구나. 하지만 사람 잡아먹는 솜씨 하나는 제법 늘었어! 그런데 사부님 계신 곳이 어딘지는 모르고 이따위 고약한 요괴란 놈과 만났으니 어떻게 한다? 가만있거라, 내가 이놈을 어디 한번 농락해봐야겠다. 이놈을 내 손으로 잡아 없애놓고 나서, 사부님을 구해드려도 늦지 않을 게다."

용감한 젊은 용왕, 지상으로 내려서자마자 몸을 한 번 꿈틀하더니 눈 깜짝할 사이에 한 사람의 궁녀로 변신했다. 생김새와 댓거리가 얼마나 아름다운지, 몸매는 가볍고 날씬할 뿐만 아니라 보기만 해도 애교가 뚝뚝 떨어지는 귀여운 궁녀의 모습이었다. 감쪽같이 탈바꿈한 젊은 용왕은 부리나케 발걸음을 옮겨 전각 안으로 들어가더니 간드러진 목소리로 요괴에게 문안 인사를 올렸다.

"부마 나으리, 소녀의 목숨만은 해치지 말아주세요. 제가 대신 술 한잔 따라 올릴게요."

황포 노괴는 요것 봐라 싶어 물끄러미 바라보더니 마침내 술병을 내밀었다.

"어디 한잔 따라보려무나."

젊은 용왕이 술병을 받아들고 잔에 채우기 시작했는데, 어찌 된 노릇인지 술은 한 잔을 가득 채우고도 계속 치솟아 오르더니 나중에는 술잔 높이보다 네댓 푼이나 더 올라갔는데도 쏟아지지 않았다. 그것은 물이 쏟아지지 못하게 만드는 '핍수법(逼水法)'을 쓴 것으로, 바다를 헤치고 살아가는 용이라면 얼마든지 해낼 수 있는 술법이었다. 그러나 요괴는 이런 술법을 본 적이 없는 터라 그저 신기하게만 여기고 즐거워했다.

"이런! 네게 이런 재주가 다 있었구나?"

"이것보다 더 높이 따를 수도 있답니다."

"그럼 어디 더 높이 따라봐라."

젊은 용왕은 술병을 들고 그저 한없이 따르기 시작했다. 술잔 언저리를 넘어선 술 줄기는 분수와도 같이 자꾸만 치솟아 오르더니 마침내는 높이 13층짜리 보탑처럼 까마득하게 솟구쳐 끝이 뾰족하고 밑이 둥글둥글해졌는데 한 방울도 쏟아지거나 허물어지지 않았다. 요괴는 주둥이를 내밀어 한입에 쭈욱 빨아 마셨다. 그리고는 또 사람의 고기를 찢어서 입에 넣고 우적우적 씹어 먹었다.

"노래를 부를 줄 아느냐?"

"예, 조금은 배워서 압니다."

젊은 용왕은 이렇게 대답하고 나서 목청을 가다듬더니 장단 가락에 맞추어 민요 한 곡을 불렀다.

"춤도 출 줄 아느냐?"

요괴가 또 물었다.

젊은 용왕은 이렇게 대답했다.

"약간 배워서 출 줄 압니다만, 맨손으로 추면 별로 재미가 없겠는데요."

그 말을 듣고 황포 노괴는 옷자락을 들추고 허리에 차고 있던 보검을 풀어 칼을 선뜻 뽑아내더니 말없이 젊은 용왕에게 건네주었다. 칼을 받아든 젊은 용왕은 조심스럽게 술자리 앞으로 다가서서 위아래로 서너 번, 좌우 양편으로 대여섯 번 칼춤을 추어 보이는데, 그것은 '화도법(花刀法)'이란 검무로서, 칼부림이 얼마나 빠르게 돌아가는지 황포 노괴는 쳐다보고만 있어도 두 눈이 어찔어찔 현기증을 일으킬 정도로 어지러웠다.

이렇게 해서 요괴의 정신을 뽑아놓는 데 성공한 젊은 용왕, 그제야 비로소 화초(花招)를 버리고 실초(實招)로 돌아가 요괴의 머리통을 겨냥하여 있는 힘껏 내리찍었다.

"앗……!"

깜짝 놀란 황포 노괴, 취중에도 눈치가 여간 빠르지 않은 터라 재빨리 몸을 옆으로 뽑아 칼날을 피하더니 손발을 미처 쓸 새도 없이 엉겁결에 촛대 한 자루를 선뜻 집어들고 칼날의 공격을 철꺼덕 막아냈다. '만당홍'이란 그 촛대는 불에 달군 쇳덩어리를 통째로 두드려 만든 것이라 자루까지 합쳐서 무게가 8, 90근이나 나가는 무거운 것이었다.

이윽고 둘은 은안전을 빠져나와 허공으로 솟구쳐 올라갔다. 젊은 용왕은 본상을 드러내어 구름을 타고 중천에서 황포 노괴를 상대로 결사적인 싸움을 벌이기 시작했다. 캄캄한 어둠 속, 텅 빈 상공에서 벌어진 이 한판의 싸움은 피차 상대방을 거꾸러뜨려야 끝장내겠다는 각오로 치열하게 전개되었다.

저편은 완자산 깊은 산중에서 태어나 자란 괴물이요,
이편은 서양대해에서 벌받아 하계에 내려온 진룡(眞龍)이다.
한쪽이 호광(毫光)을 발하니 백색 번갯불을 뿜어내는 듯하고,
또 한쪽이 예기(銳氣)를 발하니 붉은 구름을 터뜨리는 듯하다.
한편은 마치 백상아(白象牙) 지닌 늙은 코끼리가 인간 세상을 치닫는 것 같고,
또 한편은 황금 발톱 지닌 살쾡이가 하계로 내려오는 듯하다.
하나는 하늘을 떠받든 경천주(擎天柱) 옥기둥이요,
다른 하나는 바다를 가로지르는 황금 대들보 가해금량(架海金梁)이다.
은빛 용이 너울너울 춤추어 날면,

누른빛 마귀의 뒤챈 몸뚱이가 날렵하게 솟구쳐 오른다.

전후 좌우 돌아가며 들이치는 칼부림에 털끝만큼도 소홀함이 없으며,

일진일퇴 휘둘러 막고 반격하는 '만당홍' 촛대 역시 숨 돌릴 새가 없다.

그들 둘이서 구름 끝을 밟고 선 채 8, 9합을 엎치락뒤치락 싸우고 났을 때, 젊은 용왕은 팔뚝과 근육이 시큰시큰 저려오면서 차츰 밀리기 시작했다. 그와는 반대로 황포 노괴는 몸통이 우람하고 뚝심도 어지간히 세기 때문에, 도무지 당해낼 수가 없었다. 젊은 용왕은 건곤일척, 마지막 수단을 쓰기로 작정하고 요괴의 정면으로 칼날을 냅다 던져 날렸다. 하지만 그 칼의 임자는 황포 노괴, 자신의 애용 병기가 날아들자 요괴는 한 손으로 거뜬히 칼자루를 낚아채는 한편, 들고 있던 육중한 촛대를 젊은 용왕에게 집어던지면서 무서운 기세로 덤벼들었다.

"아앗……!"

촛대는 어김없이 젊은 용왕의 넓적다리에 명중했다. 상처를 입은 젊은 용왕은 하는 수 없이 황급히 구름을 낮추어 지상으로 곤두박질쳐 내렸다. 천만다행히도 추락 지점 근처에는 궁성을 감돌아 흐르는 어수하(御水河)가 있었기 때문에, 그는 강물 속으로 몸을 날려 가까스로 한 목숨 건져 달아날 수 있었다. 그 뒤를 쫓아온 황포 노괴는 아무리 주변을 살펴보아도 적수가 보이지 않으므로, 보도를 잡은 채 '만당홍' 촛대마저 찾아들고 은안전으로 돌아가 여전히 술타령을 벌인 것은 말할 나위도 없다.

한편, 젊은 용왕은 강물 밑바닥에 잠긴 채 엎드려 있다가 반나절이

지나서야 아무런 기척도 들리지 않는 것을 보고, 비로소 어금니를 악물고 넓적다리의 아픔을 참아가며 물 밖으로 뛰어오르더니, 먹구름을 일으켜 타고 역관으로 돌아와 먼젓번처럼 백마로 변하여 마구간에 죽치고 앉아 있었다. 가련하게도 온 몸뚱이는 흠뻑 젖어 물에 빠진 생쥐 꼬락서니가 되고, 넓적다리에는 시퍼렇게 멍든 상처 자국이 나 있으니, 그야말로 참담한 신세가 아닐 수 없었다.

> 심성을 지닌 백마와 원숭이는 뿔뿔이 흩어지고,
> 저팔계와 사화상도 흩어진 채 풀이 죽을 대로 죽었다.
> 황파(黃婆)⁵는 손상을 입고 말끔히 흐트러졌으니,
> 희미하게 가라앉은 도의(道義)를 어찌 일으켜 세울 수 있으랴?

삼장 법사가 재난에 봉착하고 젊은 용왕이 싸움에서 패한 얘기는 잠시 덮어두기로 하자.

한편, 사화상을 따돌려놓고 도망쳤던 저팔계는 가시덤불 숲 속에 머리통을 처박은 채 주둥이로 흙더미를 파헤쳐놓고 한참 늘어지게 잤다. 한번 잠에 곯아떨어지니 그날 해가 서산에 떨어지고 한밤중이 되어서야 겨우 깨어나게 되었다. 가까스로 눈을 뜨기는 했으나 어디가 어딘지 도대체 알 수가 없다. 뻑뻑해진 눈을 비비고 정신을 차려 귀를 기울여보았더니, 웬걸! 심심산골 깊은 산중에는 동네 개 짖는 소리도 없고 허허벌판 너르디너른 광야에는 새벽 닭 홰치는 울음소리도 들리지 않는

---

5 황파: 도교 내단을 암시하는 은어. 의지(意志)란 뜻. 내단 수련에서 정(精)·기(氣)·신(神)의 삼보(三寶)를 의지로 조화 있게 안배하여 음양이 교감하고 수화(水火)가 서로 도움을 주는데, 이 의지가 매개(媒介) 역할을 하기 때문에 황파(黃婆)라고 일컫는 것이다.

다. 하늘에 북두칠성 돌아앉은 자리를 우러러보니, 때는 바야흐로 삼경 자정을 넘어서고 있다. 그는 혼자서 곰곰이 생각해보았다.

"자아, 이제는 어떻게 한다? 사화상을 구해주어야겠는데, 이거야말로 '실 한 가닥으로는 노끈을 삼을 수 없고, 손바닥 하나로는 소리를 내지 못한다(單絲不線, 孤掌難鳴)' 했으니, 내 한 몸뚱이 가지고 무슨 재주로 그 녀석을 구해낸단 말이냐? 에라, 나도 모르겠다! 그만두자, 그만둬! 일단 성내로 돌아가서 사부님을 만나뵙고 이러쿵저러쿵 형편을 말씀드린 다음, 국왕더러 용감한 군사들을 가려 뽑아달라고 해서 내일 아침 일찍 이리로 쳐들어와 요괴를 거꾸러뜨리고 사화상을 구해내기로 하자꾸나!"

이 미련한 녀석은 급히 구름을 일으켜 타고 도성 안으로 돌아왔다. 그가 역관에 도착했을 때는 길거리에 인적이 끊겨 조용하고 하늘에는 밝은 달만 덩그러니 떠 있는 시각이었다. 저팔계가 양편 복도를 다 뒤졌으나 스승 모습은 어디에도 보이지 않았다. 마구간으로 달려가보니, 백마 혼자서 엎드려 있는데 온 몸뚱이가 흠씬 젖고 허벅지에는 대접만큼이나 커다란 멍 자국이 시퍼렇게 들어 있었다. 저팔계는 깜짝 놀라 혼잣말로 중얼거렸다.

"이건 또 웬일이야? 이래저래 재수 옴 붙기는 마찬가지일세그려! 이 빌어먹을 짐승은 걷지도 않았는데 웬 땀을 그렇게 흘렸으며, 넓적다리에는 또 왜 시퍼렇게 멍이 들었는지 모르겠네. 아마도 어떤 고약한 놈이 사부님을 납치해가면서 이놈의 짐승까지 두들겨 팬 모양이로군."

백마는 저팔계가 돌아온 것을 알아보고 사람의 말로 냅다 고함을 질렀다.

"둘째 사형!"

혼자서 투덜대던 저팔계는 난데없이 사람의 목소리가 들리자, 기절초풍을 하도록 놀란 나머지 그 자리에 엉덩방아를 찧고 말았다. 그러고도 겁을 집어먹고 엉금엉금 기어 일어나더니 뒷걸음질로 슬금슬금 뺑소니를 치려 했으나, 이번에는 백마가 목을 쑥 내밀어 가지고 저팔계의 검정 옷자락을 한입에 덥석 물고 늘어졌다.

"형님, 어딜 가시려고? 날 무서워할 것 없소."

저팔계는 와들와들 떨면서 고개를 돌려 백마를 쳐다보았다.

"여보게, 자네 언제부터 사람의 말을 할 줄 알게 되었나? 자네까지 말하는 걸 보니, 오늘 아무래도 불상사가 크게 일어난 모양일세."

젊은 용왕이 퉁명스레 묻는다.

"사부님께서 봉변당하고 계시다는 것을 알고나 있는 거요?"

"난 모르는데?"

"사형은 모른다고만 하면 다 되는 줄 아시오? 둘째 사형과 막내 사화상이 국왕 앞에서 재주를 뽐내고 요괴를 붙잡아 없앤다고 큰소리 탕탕 쳤다는 걸 내가 모를 줄 알고? 그래서 공을 세워 상을 톡톡히 타내보자는 수작이 아니면 뭐였소? 그런데 요괴란 놈이 워낙 신통력이 대단한 녀석이라 두 형님들도 힘에 부쳐서 당해내지 못했던 게 아니오?"

"그야 그럴 수도 있는 거지, 뭐……."

저팔계는 우물쭈물 딴청을 부렸으나, 그 다음에 백마가 하는 말을 듣고 속으로 찔끔 놀라지 않을 수 없었다.

"그런데 들려오는 소문이 여간 놀라운 게 아니었소. 그놈의 요괴가 무슨 생각으로 그랬는지 모르겠으나, 아주 허여멀겋게 잘생긴 선비로 변신해 가지고 궁중에 들어가서 국왕을 만나보고, 자신이 셋째 부마라면서 문안 인사를 드린 것까지는 좋았는데, 우리 사부님을 사나운 얼룩 호랑이로 둔갑시켜서 국왕과 뭇 신하들 앞에 내세웠지 뭐요. 그러니 사람들은 사부님을 진짜 호랑이로 알고 붙잡아서 철창을 둘러친 우릿간에 가두어버리고 말았소. 나는 그 소문을 전해 듣고 마치 가슴을 칼로 도려내는 것만 같았소. 둘째 사형과 셋째 사형은 벌써 이틀 동안이나 여기 안 계셨으니, 어디 가서 죽었는지 살았는지 알 길이 없고 해서, 할 수 없이 용으로 변신해 가지고 사부님을 구하러 궁중에 들어갔었소. 그러나 아무리 살펴보아도 사부님의 종적을 찾아내지 못했소. 그래서 은안전 바깥에 다다르고 보니, 그놈의 황포 노괴가 술을 마시면서 사람의 고기를 뜯어 먹고 있지 않겠소. 나는 다시 궁녀의 모습으로 탈바꿈을 해가지고 그놈의 요괴를 속이고 술을 따라주고 노래를 부르면서 그놈을 잡아 없앨 기회를 엿보았소. 그러다가 요괴란 놈이 춤을 추라고 하기에, 맨손으로는 재미없다고 했더니 차고 있던 칼을 풀어줍디다. 나는 마음 독하게 다져먹고 그 칼로 요괴를 내리쳤으나, 그놈 역시 대단한 요괴라 번개같이 몸을 피하더니 두 손으로 촛대를 잡고 내 칼부림을 척척 가로막는 게 아니겠소. 한참을 싸우다가 힘에 부치기에 칼을 내던졌더니, 그놈은 칼자루를 냉큼 받아들고 그 대신에 촛대를 나한테 집어던졌소. 그 바람에 나는 넓적다리에 상처를 입은 채 어수하 강물 속으로 뛰어들어 간신히 목숨을 건지고 도망치게 되었던 거요. 형님도 보시구려. 이 넓적다리 상처가 바로 그놈의 촛대에 얻어맞은 자국이란 말이오!"

"정말 그런 일이 있었는가?"

저팔계가 미심쩍은 듯이 반문했다.

"딴소리 마시오! 내가 무엇 때문에 사형을 속이겠소?"

젊은 용왕이 버럭 호통을 질렀다.

"알겠네, 알았어! 하면 이 일을 어떻게 해야 좋단 말인가? 어떻게 하지……? 여보게! 자네, 몸을 좀 추스를 수 있겠나?"

"움직일 수 있다면 어떻게 하잔 말이오?"

퉁명스레 쏘아붙이는 소리를 들으면서도, 저팔계의 생각은 딴 데로 향해 있다.

"몸을 움직일 수 있거든, 자네는 서양대해 바닷물 속으로 돌아가게. 나는 이 짐보따리나 짊어지고 고로장으로 돌아가겠네. 거기 가서 옛날처럼 사위 노릇이나 해야지!"

그 말을 듣자 젊은 용왕은 미련퉁이 녀석의 직철 자락을 덥석 물어뜯은 채 죽어라 하고 놓아주지 않았다. 그리고는 눈물을 뚝뚝 흘리면서 이렇게 말하는 것이었다.

"둘째 사형! 제발 부탁이니 맥 빠지게 헤어지자는 소리 그만 좀 하시오."

"맥 빠지는 소리라니, 그럼 날더러 어떻게 하란 말인가? 사화상은 요괴한테 사로잡혀서 동굴 속에 갇혀 있고, 나 혼자서는 그놈을 당해낼 재주가 없고…… 형편이 이런 마당에 삼십육계 줄행랑이나 치는 게 옳지, 뭘 또 기다리자는 말인가?"

그 말을 듣고 젊은 용왕은 한참 동안이나 생각에 잠겨 있다가 또 눈물을 뚝뚝 흘리면서 이렇게 말했다.

"사형, 우리 흩어지자는 얘기는 그만둡시다. 형님이 꼭 사부님을 구해낼 생각이 있거든 한 사람을 모셔오도록 하세요."

"한 사람이라니, 날더러 누굴 모셔오라는 거야?"

저팔계가 어리둥절해서 묻자, 젊은 용왕은 차분히 이렇게 대답했다.

"지금 이 길로 구름을 타고 화과산으로 날아가서 대사형 손행자를 모셔오세요. 큰형님은 그래도 요괴를 항복시킬 만한 대법력이 있으니까, 그동안의 경위야 옳든 그르든 간에 사부님을 구해드리고, 또 곁들여서 둘째 형님과 나하고 그 요괴한테 쫓겨서 달아난 앙갚음도 해줄 게 아닙니까?"

"여보게, 그건 곤란한데……! 다른 사람을 모셔오라고 하면 어떻겠나. 그 원숭이는 나하고 마음이 좀 맞지 않는 데가 있어서 힘들겠어. 지난번에 자네도 보지 않았나. 백호령에서 그 빌어먹을 년의 백골부인을 때려죽였을 때 말일세. 그 원숭이는 내가 사부님을 은근슬쩍 충동질해서 '긴고주'를 외우게 했다고 얼마나 나를 원망했는지 자네도 잘 알지 않나? 사실 나는 장난삼아서 그래봤을 뿐인데, 그 늙다리 화상이 정말 '긴고주'를 외우고 그 친구를 당장 쫓아낼 줄이야 누가 꿈에나 생각했느냔 말일세. 그놈의 원숭이가 지금 나를 얼마나 미워하고 있을지 모르는데, 날더러 어슬렁어슬렁 찾아가라고? 천만의 말씀을! 그 원숭이는 절대로 오지 않을 걸세. 더구나 피차간에 말이 수틀리면 그 빌어먹을 놈의 생사람 잡는 몽둥이로 두들겨 팰 텐데, 그걸 내가 무슨 재주로 막아낸단 말인가? 그 초상집 지팡 막대 같은 철봉이 얼마나 무겁고 사나운지 아는가? 한두 번 휘두르기만 해도 내 알량한 이 목숨은 그 자리에서 끝장나고 말 걸세. 그런데 날더러 그 원숭이 녀석을 만나러 가라니? 에이, 말도 안 되는 소리 작작 하게!"

젊은 용왕이 차근차근 저팔계를 타이른다.

"대사형은 결코 형님을 때리지 않을 테니 걱정 마세요. 워낙 인자하고 의리 있는 원숭이 임금이 아닙니까. 지금에라도 가서 그 형님을 만나보거든 사부님이 봉변을 당하고 계시다는 말씀만큼은 절대로 하지 말고, 그저 '사부님께서 형님을 무척 그리워하고 계시다'고만 하세요. 그렇게 살짝 속여서 이리로 데려오시기만 하고 대사형도 이런 사정을 알게 되면, 둘째 형님에 대한 노여움을 잊고 황포 노괴와 목숨 걸고 싸울 것이 아닙니까. 그렇게 되면 대사형은 단연코 그 요괴를 때려잡을 테고, 요괴만 처치하면 사부님은 저절로 구해낼 수 있을 것 아닙니까?"

백마의 간곡한 부탁에, 저팔계도 어쩔 도리가 없는지 고개를 주억거렸다.

"알았네! 알아들었으니까, 그쯤 해두게! 자네가 그토록 애를 썼는데, 내가 안 간다면 날더러 사부님을 위해서 조금도 힘쓰지 않는 나쁜 녀석이라고 하겠지. 좋네, 가보기는 하겠지만 과연 손행자가 따라나서려고 할지 모르겠네. 그 친구가 온다면야 나도 같이 오겠지만, 오지 않겠다면 자네도 날 기다리지는 말게. 나 역시 그 길로 훌쩍 떠나버리고 말 테니까."

"그런 소리 말고 가보기나 해요. 어서 떠나라니까! 큰형님은 꼭 오실 거요."

미련한 저팔계는 주섬주섬 쇠스랑을 간직한 다음, 직철 자락을 단정하게 가다듬고 나서 허공으로 훌쩍 뛰어오르더니 구름을 일으켜 타고 동쪽으로 날아갔다.

이번에도 당나라 스님은 역시 살아날 운명을 타고났는지, 이 미련퉁이 저팔계는 때맞춰 순풍을 만나 커다란 두 귀를 곤두세워 마치 돛단배처럼 바람을 가득 안고 순식간에 동양대해를 건널 수 있었다. 구름을 낮추고 내려서니, 어느덧 동녘 하늘에는 아침해가 덩그러니 솟아올랐다. 그는 곧바로 화과산에 들어가 길을 찾기 시작했다.

한참 길을 찾아 헤매고 있는데, 어디선가 왁자지껄 사람의 말소리가 들려왔다. 자세히 살펴보았더니 다른 사람이 아니라 바로 손행자가 산중 깊은 골짜기에서 요괴들을 모아놓고 바위 더미 위에 올라앉았는데, 그 앞에는 1천2백여 마리나 되는 원숭이들이 패거리를 짓고 늘어서서 시끄럽게 함성을 지르고 있었다.

"제천대성 나으리 만세! 만세!"

저팔계는 그 광경을 보고 혼잣말로 중얼거렸다.

"이것 참말 팔자가 늘어졌군 그래! 저러고 보니 집으로만 돌아올 생각뿐이지, 어디 중 노릇을 하고 싶을 리가 있나? 애당초 이렇게 좋은 소굴도 있고 이것저것 재산도 엄청나게 많은데다 부하 원숭이들이 떠받들어주고 있으니, 이게 얼마나 상팔자야? 이 저팔계에게도 이만한 터전이 있다면 중 노릇이고 뭐고 다 때려치워버렸을 거다…… 하지만 이왕 여기까지 왔으니 어쩐다? 어떻게 해서든 꼭 한 번 만나보기는 해야겠는데, 무슨 수로 만날꼬……?"

미련퉁이 저팔계 녀석은 앞서 저지른 일이 있는 터라 손행자에게 은근히 겁을 집어먹고 있었다. 그래서 떳떳하게 찾아가 만나볼 엄두는 내지 못하고 수풀이 무성하게 자란 낭떠러지 변두리를 한 바퀴 빙 돌아서 허리를 잔뜩 낮추고 살금살금 다가서더니 1천 2, 3백 마리나 되는 원숭이떼 틈을 비집고 들어간 다음, 그 패거리에 끼여서 원숭이들이 하는 대로 똑같이 꾸벅꾸벅 이마를 조아려 절하기 시작했다.

그러나 어찌 알았으랴! 제천대성 손오공은 워낙 높은 바위에 올라앉아 있기도 하려니와 눈썰미 역시 날카롭기 짝이 없는 터라, 단번에 저팔계를 알아보고 있었다.

"저 패거리에 끼여서 절을 하는 놈이 누구냐? 아무리 보아도 낯선 놈인데 어디서 굴러들어왔는지 모르겠다. 애들아, 저놈을 당장 잡아들여라!"

말끝이 미처 다 떨어지기도 전에, 부하 원숭이들이 벌떼처럼 와르르 달려들더니 저팔계를 붙잡아 땅바닥에 넘어뜨리고 질질 끌어다가 손대성 앞에 꿇어앉혔다.

"넌 어디서 온 놈이냐?"

손행자가 호통쳐 묻자, 저팔계는 머리통을 숙인 채로 대답했다.

"황공하나이다. 저는 다른 데서 온 낯선 놈이 아니라, 대왕님께서 잘 보시면 아실 만한 사람입니다."

"이 제천대성 손오공의 부하 원숭이들은 모두 생김새가 똑같다. 그런데 네놈은 주둥아리하고 상판이 전혀 다를 뿐 아니라 꼬락서니도 추접스레 생겨먹은 것이 분명 딴 고장에서 굴러먹다 온 요마가 틀림없다. 기왕에 딴 데서 굴러들어와 내 휘하에 투신하겠다면 우선 네놈의 신분 내력을 낱낱이 적은 문서를 제출하고 이름을 밝혀야 할 게 아니냐? 그래야만 나도 네놈을 받아들이고 패거리에 배속시켜 점호를 취할 수 있을 것이다. 내가 머물러 있으라고 하지도 않았는데, 네놈이 감히 우리 패거리에 끼어서 함부로 절을 하다니!"

저팔계는 머리를 수그린 채 주둥이만 비죽 내밀고 투덜거렸다.

"허허, 이것 참말 기가 막히는군! 내 주둥아리하고 상판은 따져서 뭘 하겠다는 거요? 나하고 형님 아우 노릇을 한 지 벌써 몇 해가 지났는데, 모른 척하고 딴 데서 굴러들어온 낯선 놈이라니, 그걸 말씀이라고 하시오?"

손행자가 빙그레하니 웃는다.

"그럼 어디 얼굴을 들어봐."

미련퉁이 저팔계는 주둥이를 위로 쑥 뽑아 올리면서 발악을 했다.

"자아, 보시구려! 나를 알아보지는 못해도 이 주둥아리는 알아보실 거요!"

손행자는 참고 참았던 웃음보가 한꺼번에 터져나왔다.

"우하하하! 저팔계였구나!"

그 한마디를 듣자, 저팔계는 땅바닥을 박차고 벌떡 일어나면서 소리쳤다.

"맞았소, 맞았어! 내가 저팔계요!"

대꾸를 하면서도 속으로 궁리를 해본다.

'나를 알아보았으니, 얘기도 쉽게 풀리겠군……'

손행자가 묻는다.

"자네, 당나라 스님을 따라 경을 가지러 가지는 않고 여기는 무엇 하러 왔나? 혹시 자네도 나처럼 사부님의 성미를 건드려서 파문당하고 쫓겨나온 것은 아닌가? 폄서(貶書)를 받았거든 어디 좀 보여주게."

"내가 사부님의 성미를 건드렸다고? 그런 일은 없소, 없어! 폄서 같은 것도 받지 않았고, 쫓겨나지도 않았단 말이오!"

"파문을 당하지도 않았고 쫓겨나지도 않았다면, 자네가 무엇 때문에 날 찾아왔는가?"

"사부님이 형님을 무척 그리워하고 계십디다. 그래서 날더러 형님을 다시 모셔오라고 보내셨소."

그 말에 손행자는 코웃음을 쳤다.

"흐흥, 가당치도 않은 소리! 그분은 날 도로 오라고 자넬 보내실 분도 아니고, 그리워하실 분도 아닐세. 그분이 어떻게 했는지 자네도 보아서 알 것 아닌가? 나를 두 번 다시 보지 않겠노라고 하늘에 대고 맹세했을 뿐만 아니라 당신 손으로 직접 폄서까지 써주었는데, 그런 분이 어떻게 날 그리워하겠으며 또 날더러 다시 돌아오라고 자네를 이 먼 곳까지 보낼 턱이 있겠나? 나 역시 그런 분에게는 단연코 돌아가지 않으려네!"

저팔계는 이것 큰일났구나 싶어 그 자리에서 거짓말을 꾸며내 가지고 설득하느라 진땀을 뽑았다.

"정말이라니까, 형님! 정말로 사부님이 그리워하고 계신단 말이오!"

"그걸 어떻게 아나?"

"사부님이 말을 타고 가시는 도중에 느닷없이 '제자야!' 하고 부르시기에, 나야 언제 그런 말을 들어본 적이 있었소? 그래서 못 들은 척하고 말았지 뭐요. 사화상 역시 귀머거리인 척하고 넘겨버리고 말았고…… 그랬더니 사부님은 형님을 생각하고 혼자서 하시는 말씀이, '네 녀석들은 다 소용이 없구나. 오공은 그래도 똑똑하고 영리한 사람이라 무슨 일이든 척척 해내고, 내가 한번 부르면 언제나 말끝이 떨어지기 무섭게 응답할 뿐만 아니라, 한 가지를 물으면 열 가지를 대답하는 제자였다' 이러는 것이었소. 그래서 이렇게 형님을 그리워하시며 날더러 가서 모셔오라는 거요. 형님, 제발 부탁이니 나하고 한번 가봅시다. 사부님이 그토록 안타깝게 그리워하고 계시는 것도 그렇지만, 이 저팔계가 여기까지 그 머나먼 길을 허위단심 찾아왔는데, 그 정성을 생각해서라도 헛걸음은 시키지 말아야 할 게 아니오?"

손행자는 그 말을 듣더니 바위 더미 위에서 훌쩍 뛰어내렸다. 그리고는 저팔계의 손목을 부여잡고 이렇게 말하였다.

"여보게 아우! 먼 길 오느라 고생 많았네. 그러니 나하고 같이 놀러 가보세."

"형님, 여기까지 오는 길이 하도 멀어서 시간이 너무 오래 지났소. 사부님은 지금 눈이 빠지게 기다리고 계실 텐데, 내가 이런 마당에 놀러 다니게 됐소? 나는 못 가겠소."

"모처럼 여기까지 왔는데, 내가 사는 이 화과산 경치 좀 구경한다고 해서 안 될 것은 없지 않은가?"

미련퉁이 저팔계는 속이 타도록 다급했으나 그렇다고 딱 부러지게 거절하기도 어려워, 하는 수 없이 손행자의 뒤를 따라나섰다.

두 사람은 사이좋게 손을 맞잡고 나란히 화과산 정상을 향해 오르기 시작했다. 그들 뒤에는 부하 원숭이들과 요괴들이 줄줄이 따라붙었다. 이윽고 화과산에서 가장 높은 봉우리에 올라서서 바라보니, 과연 절경(絶景)이란 말이 부끄럽지 않을 만큼 기막히게 아름다운 산이었다. 제천대성이 돌아온 이후, 그 며칠 동안에 불타버린 흔적을 말끔히 씻어내고 옛날과 다름없이, 아니 그보다 더 한층 새로운 모습으로 가꾸어져 면모를 일신했던 것이다.

　　해맑고 짙푸르기는 비취 옥을 깎아 세운 듯하고,
　　높기가 하늘의 구름장을 꿰뚫는 듯하다.
　　굽이굽이 감돌아 나가는 곳마다 호랑이 웅크려 앉은 흔적하며 용이 도사린 자취 보이고,
　　사면팔방에는 원숭이떼 울부짖는 소리에 두루미의 울음소리 메아리친다.
　　아침나절에는 뭉게구름이 산머리를 덮어버리고,
　　날 저물 녘이면 나무숲 사이에 걸린 해를 본다.
　　흐르는 시냇물이 졸졸졸 패옥끼리 부딪는 소리를 내고,
　　산골짝 샘물은 방울방울 솟아나 요금(瑤琴) 타는 소리를 낸다.
　　앞산에 낭떠러지와 봉우리 있어 깎아지른 절벽 이루고,
　　뒷산에는 꽃나무 있어 무르녹은 향기 뿜고 화사한 자태를 자랑한다.
　　위로는 옥녀의 머리 감는 세숫대야와 맞닿았고,
　　아래로는 천하(天河)의 갈라진 물줄기와 연이었다.
　　건곤의 빼어난 결합은 봉래산에 견줄 만하고,
　　청탁(淸濁, 하늘과 땅)이 참된 동천복지(洞天福地)⁶를 길러냈다.
　　단청(丹靑)의 절묘한 필치로도 춘하추동 사계절을 그려내기 어

---

6 동천복지: 도교에서 신선들이 거처한다는 명산이나 경치가 뛰어난 곳으로, 당나라 때의 도사 사마승정(司馬承禎)이 편집한 『천지궁부도(天地宮府圖)』와 두광정(杜光庭)의 『동천복지 악독명산기(洞天福地岳瀆名山記)』에 보면, 열 군데의 대동천〔十大洞天〕, 서른여섯 군데의 소동천〔三十六小洞天〕, 일흔두 군데의 복지〔七十二福地〕가 있어서 진선(眞仙)들이 살고 있다고 한다.

럽고,

　　신선의 천기(天機)로도 묘사하지 못하겠다.
　　바윗돌은 하나같이 영롱한 기암괴석이요,
　　오색영롱한 배합이 고갯마루 봉우리를 감싸고 돈다.
　　해 그림자에 천 가닥 자줏빛 색정이 분탕질치고,
　　서기는 만 갈래 붉은 노을 뒤흔든다.
　　동천복지는 인간 세상에 있으니, 화과산에는 온통 짙푸른 나무
와 꽃이 새롭다.

저팔계는 아무리 보고 또 보아도 싫증이 나지 않아, 가슴 뿌듯한 기쁨을 맛보았다.
　"형님, 참말 훌륭한 산이오! 과연 천하에 으뜸가는 명승 절경이오!"
　"여보게 아우! 어떤가, 제법 살 만한 곳이지?"
　손행자의 말에 저팔계는 웃음으로 응답했다.
　"원, 형님도! 제법 살 만한 곳이라니, 무슨 말씀을 그렇게 하시오? 형님이 차지한 이 화과산은 한마디로 말해서 동천복지의 고장인데, 살 만하다, 살 만하지 못하다는 게 어디 말이나 되는 소리요?"
　두 사람은 한참 동안이나 정상에서 시시덕거리다가 산 밑으로 내려오기 시작했다. 하산길 도중에는 부하 원숭이 몇 마리가 먹음직스러운 자줏빛 포도 송이하며 향기가 짙게 풍기는 배와 대추, 누렇게 무르익은 비파(枇杷) 열매와 시뻘건 소귀나무 딸기〔楊梅〕를 두 손 가득 떠받들고 꿇어앉아 있었다.
　"대성 나으리, 아침진지 드십시오!"
　그것을 보고 손행자는 껄껄대며 웃었다.
　"이것들 봐라, 내 저팔계 아우님은 먹성이 워낙 커서 그런 과일 몇

움큼 가지고는 한 끼니 양도 차지 않을 거야…… 여보게, 그래도 이 아이들 정성을 생각해서 적다고 웃지는 말고 우선 입가심이나 해두게나."

저팔계도 덩달아 웃음을 터뜨리면서 능청스레 맞장구를 쳤다.

"내 먹성이 크기는 하오만, 그때그때 형편 따라 먹는 게 아니겠소. 이리 주시오, 이리 줘요! 나도 어디 몇 개 맛이나 봅시다."

둘이 앉아서 과일을 먹고 있노라니, 해가 점점 높아졌다. 미련퉁이 저팔계는 시간이 지체되어 삼장 법사를 구해내지 못할까 두려운 나머지, 연신 손행자를 재촉하기 시작했다.

"형님, 우리 어서 떠납시다. 사부님이 나하고 형님을 목이 빠지게 기다리고 계실 거요. 제발 부탁이니 한시 바삐 떠나도록 합시다."

그러나 손행자는 딴청을 부린다.

"여보게 아우, 자네 수렴동에는 못 들어가봤지? 우리 거기 들어가서 구경이나 하세."

"형님의 뜻은 고마우나, 사부님이 오래 기다리고 계시니 어쩌겠소. 난 들어가지 않겠소."

"정 그렇다면 나도 더 이상 붙잡지는 않겠네. 우리 이쯤에서 작별하세."

매정하게 딱 끊는 말투를 듣고 저팔계는 어리둥절해서 되물었다.

"형님은 안 가실 거요?"

"내가 가기는 어딜 가나? 나야 하늘과 땅의 간섭도 받지 않고 구속받는 것도 없는 이 화과산 수렴동에서 내 마음껏 자유를 누리면서 살고 있는 몸인데, 이 좋은 세상을 마다하고 또 거길 가서 그 지겨운 중 노릇을 하란 말인가? 난 가지 않을 테니 자네 혼자 가보게. 하지만 당나라 스님에게 내 말 한마디만 꼭 전해주게. 일단 나를 쫓아낸 바에야 두 번 다시 내 생각은 하지 말라고! 알아듣겠나?"

미련퉁이 저팔계는 맥이 탁 풀렸다. 그렇다고 억지로 떼를 써서 끌어갈 처지도 아니었다. 까딱 잘못 건드렸다가는, 발끈하는 원숭이의 성깔에 철봉을 뽑아들고 한두 대쯤 후려 때리기라도 하는 날이면, 목숨이 열 개 붙어 있어도 남아나지 않을 테니까. 그는 할 수 없이 손행자의 말대로 작별을 고했다.

"알겠소, 알았으니까…… 그럼 잘 계시오, 형님. 이 저팔계는 떠나가리다."

떨어지지 않는 발길을 되돌려 길 찾아 나서는 저팔계, 발걸음이 무겁다 못해 천근만근이지만 재주가 그것뿐이니 어쩌겠는가.

저팔계가 떠나는 뒷모습을 끝까지 지켜보던 손행자, 그 모습이 시야에서 사라지자 그 즉시 동작이 날쌘 부하 원숭이 두 마리를 불러들이더니, 저팔계의 뒤를 살금살금 따라가서 도중에 무슨 말을 하는지 엿듣고 오라고 떠나보냈다.

아니나 다를까, 이 미련한 저팔계 녀석은 산 밑으로 내려가서 3, 4리 길도 채 못 갔을 때부터 고개를 돌리고 손행자가 있는 쪽을 향해 삿대질까지 해가며 투덜투덜 욕설을 퍼붓기 시작했다.

"이런 빌어먹을 놈의 원숭이 녀석! 중 노릇은 하기 싫고 요괴 노릇은 해야겠다 그 말이지? 저런 놈을 데리러 온 내가 바보 천치 아닌가! 남의 호의도 무시해버리고 같이 가지 않겠다니, 좋다, 이 원숭이 놈아! 안 가겠다면 그만둬라, 그만둬!"

한번 시작된 욕설은 몇 걸음도 못 가서 또 쏟아내고, 이러기를 수십 차례나 거듭했다.

살금살금 뒤를 밟아 쫓아가던 부하 원숭이 두 마리가 그 소리를 낱낱이 엿듣고 부리나케 달려와서 아뢰었다.

"대성 나으리! 그놈의 저팔계가 정말 괘씸한 녀석입니다. 길을 가면서도 자꾸만 대성님께 욕설을 퍼붓고 있으니 말입니다."

손행자는 불끈 성이 나서 외마디 호통을 쳤다.

"그놈을 잡아오너라!"

명령 떨어지기가 무섭게 부하 원숭이들이 화과산 들판에 쫙 깔리더니 쏜살같이 뒤쫓아가서 저팔계란 놈을 쓰러뜨려놓는데 어떤 녀석은 뒷덜미 갈기터럭을 움켜잡는가 하면, 또 어떤 녀석은 귀를 잡아당기고, 어떤 녀석은 꼬리를 잡아끈다, 털을 쥐어뜯는다 해가며 손행자가 있는 곳까지 끌고 돌아왔다.

과연 저팔계가 손행자에게 무슨 곤욕을 치르고, 철봉 한 대에 맞아 죽을 것인지 아니면 목숨을 부지할 것인지, 다음 회에서 풀어보기로 하자.

■ 서유기─총 목차

제1권 제1회~제10회

옮긴이 머리말

제1회 신령한 돌 뿌리를 잉태하니 수렴동 근원이 드러나고, 돌 원숭이는 심령을 닦아 큰 도를 깨치다 · 31

제2회 스승의 참된 묘리를 철저히 깨치고 근본에 돌아가, 마도(魔道)를 끊고 마침내 원신(元神)을 이룩하다 · 63

제3회 사해 바다 용왕들과 산천이 두 손 모아 굴복하고, 저승의 생사부에서 원숭이 족속의 이름을 모조리 지우다 · 94

제4회 필마온의 벼슬이 어찌 그 욕심에 흡족하랴, 이름은 제천대성에 올랐어도 마음은 편치 못하다 · 125

제5회 제천대성이 반도대회를 어지럽히고 금단을 훔쳐 먹으니, 제신(諸神)들이 천궁을 뒤엎어놓은 요괴를 사로잡다 · 155

제6회 반도연에 오신 관음보살 난장판이 벌어진 연유를 묻고, 소성(小聖) 이랑진군, 위세 떨쳐 손대성을 굴복시키다 · 185

제7회 제천대성은 팔패로 속에서 도망쳐 나오고, 여래는 오행산 밑에 심원(心猿)을 가두다 · 215

제8회 부처님은 경전을 지어 극락 세계에 전하고, 관음보살 법지를 받들어 장안성 가는 길에 오르다 · 243

제9회 진광예(陳光蕊)는 부임 도중에 횡액을 당하고, 그 아들 강류승(江流僧)은 아비의 원수를 갚고 근본을 되찾다 · 276

제10회 어리석은 경하 용왕 치졸한 계략으로 천조(天曹)를 어기고, 승상 위징은 서찰을 보내어 저승의 관리에게 청탁을 하다 · 308

제2권 제11회~제20회

제11회 저승 세계를 두루 유람하던 태종의 혼백이 돌아오고, 염라대왕에게 호박을 바치러 죽어간 유전(劉全)은 새로운 배필을 얻다 · 17

제12회 태종이 정성으로 수륙대회 베풀어 불도를 선양하니, 관세음보살이 현성(顯聖)하여 금선 장로를 깨우치다 · 53

제13회 호랑이 굴에 빠진 삼장 법사, 태백금성이 액운을 풀어주고, 쌍차령에서 유백흠이 삼장 법사 가는 길을 만류하다 · 98

제14회 심성을 가라앉힌 원숭이 정도(正道)에 귀의하니, 마음을 가리던 육적(六賊)도 흔적 없이 스러지다 · 127

제15회 신령들은 사반산에서 남모르게 삼장을 호호하고, 응수간의 용마는 소원 이뤄 재갈을 물리다 · 164

제16회 관음선원의 승려들 보배를 탐내어 음모를 꾸미고, 흑풍산의 요괴가 그 틈에 금란가사를 도둑질하다 · 196

제17회 손행자는 흑풍산에서 일대 소동을 일으키고, 관음보살은 흑곰의 요괴 굴복시켜 거두다 · 231

제18회 당나라 스님은 관음선원의 재난에서 벗어나고, 손대성은 고로장(高老莊)에서 요마를 없애러 나서다 · 270

제19회 운잔동에서 오공은 팔계를 굴복시켜 받아들이고, 삼장 법사는 부도산에서 『심경(心經)』을 받다 · 295

제20회 황풍령(黃風嶺)에서 당나라 스님은 재난에 봉착하고, 저팔계는 산허리에서 사형과 첫 공로를 앞다투다 · 327

제3권 제21회~제30회

제21회 호법 가람은 술법으로 집 지어 손대성을 묶게 하고, 수미산의 영길보살(靈吉菩薩)은 황풍괴를 제압하다 · 17

제22회 저팔계는 유사하(流沙河)에서 일대 격전을 벌이고, 목차 행자는 법지를 받들어 사오정을 거두어들이다 · 47

제23회 삼장은 부귀영화, 여색의 시련에 본분을 잊지 않고, 네 분의 성신(聖神)은 일행의 선심(禪心)을 시험해보다 · 77

제24회 만수산의 진원 대선은 옛 친구 삼장을 머물게 하고, 손행자는 오장관에서 인삼과(人蔘果)를 훔쳐먹다 · 111

제25회 진원 대선은 경을 가지러 가는 스님을 뒤쫓아 잡고, 손행자는 오장관을 뒤엎어 난장판으로 만들다 · 142

제26회 손오공은 인삼과 처방을 구하러 삼도(三島)를 헤매고, 관세음보살은 감로(甘露)의 샘물로 나무를 살려내다 · 175

제27회 시마(屍魔)는 당나라 삼장을 세 차례나 농락하고, 성승(聖僧)은 미후왕의 처사를 미워하여 쫓아내다 · 207

제28회 화과산의 요괴들이 다시 모여 세력을 규합하고, 삼장 일행은 흑송림(黑松林)에서 마귀와 부닥치다 · 239

제29회 강류승은 재난에서 벗어나 보상국으로 달아나고, 저팔계는 사오정을 희생시켜 숲속으로 뺑소니치다 · 269

제30회 사악한 마도(魔道)는 정법(正法)을 침범하고, 심성을 지닌 백마는 원숭이 임금을 그리워하다 · 297

제4권 제31회~제40회

제31회 저팔계는 의리를 내세워 미후왕을 격분시키고, 손행자는 지혜로서 요괴의 항복을 받아내다 · 17

제32회 평정산에서 일치 공조(日値功曹)는 소식을 전해주고, 미련한 저팔계는 연화동(蓮花洞)에서 봉변을 당하다 · 56

제33회 외도(外道)는 진성(眞性)을 미혹하고, 원신(元神)은 본심(本心)을 도와주다 · 92

제34회 마왕은 교묘한 계략으로 원숭이 임금을 곤경에 빠뜨리고, 제천대성은 사기 쳐서 상대편의 보배를 가로채 달아나다 · 128

제35회 외도(外道)는 위세 부려 올바른 심성을 업신여기고, 심원(心猿)은 보배 얻어 사악한 마귀를 굴복시키다 · 162

제36회 영악한 원숭이는 고집스런 승려들을 굴복시키고, 좌도 방문을 깨뜨려 견성명월(見性明月)에 잠기다 · 193

제37회 임금은 귀신이 되어 한밤중에 당 삼장을 만나뵙고, 손오공은 입제화로 변신하여 젊은 태자를 유인하다 · 226

제38회 젊은 태자는 모친에게 물어 정(正)과 사(邪)를 알아내고, 두 제자는
우물 용왕을 만나보고 진위(眞僞)를 가려내다 · 263

제39회 천상에서 한 알의 단사(丹砂)를 얻어 내려오고, 죽은 지 3년 만에
임금은 이승에 다시 살아나다 · 296

제40회 어린것에게 농락당하여 선심(禪心)이 흐트러지니, 세 형제는 각오
를 새롭게 다지고 분발 노력하다 · 331

제5권 제41회~제50회

제41회 손행자는 삼매진화(三昧眞火)에 참패를 당하고, 저팔계는 구원을
청하려다 마왕에게 사로잡히다 · 17

제42회 제천대성은 정성을 다하여 남해 관음을 찾아뵙고, 관세음보살은 자
비를 베풀어 홍해아를 잡아 묶다 · 52

제43회 흑수하(黑水河)의 요얼(妖孼)이 당나라 스님을 잡아가고, 서해 용
왕의 마앙 태자는 타룡(鼉龍)을 사로잡아 돌아가다 · 88

제44회 삼장 일행이 강제 노역을 하는 승려들과 마주치고, 심성 바른 손행
자, 요망한 도사의 정체를 간파하다 · 124

제45회 손대성은 삼청관 도사들에게 이름을 남겨두고, 원숭이 임금은 차지
국 왕 앞에서 법력을 과시하다 · 159

제46회 외도(外道)가 강한 술법으로 농간 부려 정법(正法)을 업신여기니,
심원(心猿)은 성스러운 법력으로 사악한 도사들을 파멸시키다 · 193

제47회 성승(聖僧)의 밤길이 통천하(通天河) 강물에 가로막히고, 손행자
와 저팔계는 자비심을 베풀어 동남동녀를 구하다 · 229

제48회 마귀가 찬 바람으로 농간 부리니 폭설이 나부끼는데, 스님은 서방
부처 뵈올 마음에 층층 얼음길 내딛다 · 263

제49회 삼장 법사 재난을 만나 통천하 수택(水宅)에 잠기고, 구고구난(救
苦救難) 관음보살 어람(魚籃)을 드러내다 · 296

제50회 성정(性情)이 흐트러짐은 탐욕(貪慾)에서 비롯되며, 심신(心神)이
동요를 일으키니 마두(魔頭)와 만나다 · 331

제6권 제51회~제60회

제51회 심원(心猿)이 온갖 계책을 다 썼으나 모두가 헛수고요, 수공(水攻) 화공(火攻)으로도 마귀를 제압하지 못하다 · 17

제52회 손오공은 금두동에 들어가 한바탕 뒤집어엎고, 석가여래는 마왕의 주인을 넌지시 일러주다 · 52

제53회 삼장은 자모하(子母河) 강물을 잘못 마셔 잉태하고, 사화상은 낙태천의 샘물 떠다가 태기(胎氣)를 풀다 · 85

제54회 서쪽으로 들어선 삼장 법사는 여인국에 봉착하고, 심원(心猿)은 계략을 세워 여난(女難)에서 벗어나다 · 121

제55회 색마는 음탕한 수단으로 당나라 삼장 법사를 농락하고, 삼장은 성정(性情)을 지켜 원양(元陽)을 깨뜨리지 않다 · 153

제56회 손행자는 미쳐 날뛰어 산적떼를 때려죽이고, 삼장 법사는 미혹에 빠져 심원(心猿)을 추방하다 · 188

제57회 진짜 손행자는 낙가산의 관음보살에게 하소연하고, 가짜 원숭이 임금은 수렴동에서 또 가짜를 찍어내다 · 223

제58회 마음이 둘로 갈리니 건곤(乾坤)을 크게 어지럽히고, 한 몸으로는 참된 적멸(寂滅)을 수행하기 어렵다 · 252

제59회 당나라 삼장은 화염산(火燄山)에 이르러 길이 막히고, 손행자는 속임수를 써서 파초선을 처음 빼앗다 · 282

제60회 우마왕(牛魔王)은 싸우다 말고 잔치판에 달려가고, 손행자는 두번째로 사기 쳐서 파초선을 손에 넣다 · 316

제7권 제61회~제70회

제61회 저팔계가 힘을 도와 우마왕을 패배시키고, 손행자는 세번째로 파초선을 손에 넣다 · 17

제62회 육신의 때를 벗기고 마음 씻어 보탑을 깨끗이 쓸어내고, 요마를 결박지어 주인에게 돌리니 이것이 수신(修身)이다 · 54

제63회 손행자와 저팔계가 두 괴물을 앞세워 용궁을 뒤엎으니, 이랑현성 일행이 도와 요괴들을 없애고 보배를 되찾다 · 85

제64회 형극령(荊棘嶺) 8백 리 길에 저오능이 애를 쓰고, 목선암(木仙庵)에서 삼장 법사는 시(詩)를 논하다 · 118

제65회 사악한 요마는 가짜 소뇌음사(小雷音寺)를 세워놓고, 스승과 제자 네 사람은 모두 큰 횡액(橫厄)에 걸려들다 · 157

제66회 제신(諸神)들은 잇따라 독수(毒手)에 떨어지고, 미륵보살(彌勒菩薩)은 요마(妖魔)를 결박하다 · 191

제67회 타라장(駝羅莊)을 구원하니 선성(禪性)이 평온해지고, 더러운 장애물에서 벗어나니 도심(道心)이 맑아지다 · 224

제68회 당나라 스님은 주자국(朱紫國)에서 전생(前生)을 논하고, 손행자는 삼절굉(三折肱)의 진맥 수법으로 의술을 베풀다 · 257

제69회 심보 고약한 원숭이는 한밤중에 약을 몰래 만들고, 국왕은 연회석상에서 사악한 요마 얘기를 털어놓다 · 290

제70회 요마의 보배는 연기, 모래, 불을 뿜어내고, 손오공은 계략을 써서 자금령(紫金鈴)을 훔쳐내다 · 323

제8권 제71회~제80회

제71회 손행자는 거짓 이름으로 늑대 괴물을 굴복시키고, 관세음보살이 현성하여 마왕을 제압하다 · 17

제72회 반사동(盤絲洞) 일곱 요정이 근본을 미혹시키니, 탁구천(濯垢泉) 샘터에서 저팔계가 체통을 잃다 · 55

제73회 원한에 사무친 요괴들은 극독으로 해를 끼치고, 손행자는 요행으로 마귀의 금빛 광채를 깨뜨리다 · 93

제74회 태백장경(太白長庚)은 마귀 두목의 사나움을 귀띔해주고, 손행자는 변화술법을 베풀어 사타동(獅駝洞)에 잠입하다 · 132

제75회 심원(心猿)은 음양 이기병(陰陽二氣瓶)에 구멍을 뚫고, 마왕은 뉘우쳐서 대도(大道)의 진(眞)으로 돌아가다 · 167

제76회 손행자는 뱃속에서 늙은 마귀의 심성을 돌이켜놓고, 저팔계와 더불어 요괴를 항복시켜 정체를 드러내게 하다 · 206

제77회 마귀 떼는 삼장 일행의 본성(本性)을 업신여기고, 손행자는 홀몸으로 석가여래의 진신(眞身)을 뵙다 · 243

제78회 손행자는 비구국 아이들을 불쌍히 여겨 신령을 보내주고, 삼장은 금란전에서 요마를 알아보고 함께 도덕을 따지다 · 281

제79회 청화동(淸華洞)을 찾아서 요괴를 잡으려다 남극수성(南極壽星)을 만나고, 조정에 들어가 군주를 올바로 각성시키고 어린것들의 목숨을 살려내다 · 314

제80회 아리따운 색녀는 원양(元陽)을 기르고자 배필을 구하려 하고, 손행자는 스승을 보호하려 사악한 요물의 정체를 간파하다 · 345

제9권 제81회~제90회

제81회 진해 선림사에서 손행자는 요괴의 정체를 알아보고, 세 형제는 흑송림(黑松林)에서 스승을 찾아 헤매다 · 17

제82회 아리따운 요녀는 삼장에게서 양기를 얻으려 하고, 당나라 스님의 원신(元神)은 끝내 도(道)를 지키다 · 55

제83회 손행자는 여괴(女怪)의 근본 내력을 알아내고, 아리따운 색녀(姹女)는 드디어 본성으로 돌아가다 · 92

제84회 가지(伽持)는 멸하기 어려우니 큰 깨우침을 원만히 이루고, 삭발당한 멸법국왕, 승려의 몸이 되어 본연으로 돌아가다 · 126

제85회 앙큼한 손행자는 저팔계를 시샘하여 골탕먹이고, 마왕은 계략 써서 당나라 스님을 손아귀에 넣다 · 159

제86회 저팔계는 위력으로 도와 괴물을 굴복시키고, 제천대성은 법력을 베풀어 요괴를 섬멸하다 · 194

제87회 하늘을 모독한 죄로 봉선군(鳳仙郡)에 가뭄이 들고, 손대성은 착한 행실 권유하여 단비를 내리게 하다 · 230

제88회 선승(禪僧)은 옥화현(玉華縣)에 이르러 법회를 베풀고, 손행자와 저팔계, 사화상은 첫 문하 제자를 받아들이다 · 261

제89회 황사(黃獅) 요괴는 훔쳐 온 병기 놓고 축하연을 베풀고, 손행자와 저팔계, 사화상은 계략으로 표두산을 뒤엎다 · 292

제90회 스승은 죽절산의 사자 소굴로, 사자 요괴들은 옥화성으로 각각 붙잡혀 가고, 도(道)를 훔치려다 선(禪)에 얽매인 구령원성은 끝내 주인에게 굴복하다 · 319

제10권 제91회~제100회

제91회 금평부(金平府)에서 정월 대보름 연등 행사를 구경하고, 당나라 스님은 현영동(玄英洞)에서 신분을 털어놓다 · 17

제92회 세 형제 스님이 청룡산에서 한바탕 크게 싸우고, 네 별자리는 코뿔소 요괴들을 포위하여 사로잡다 · 48

제93회 급고원(給孤園) 옛터에서 인과(因果)를 담론하고, 천축국 임금을 뵙는 자리에서 배필감을 만나다 · 79

제94회 네 스님은 어화원(御花園)에서 잔치를 즐기는데, 한 마리 요괴는 헛된 정욕을 품고 홀로 기뻐하다 · 108

제95회 거짓 몸으로 참된 형체와 합치려다 옥토끼는 사로잡히고, 진음(眞陰)은 바른길로 돌아가 영원(靈元)과 다시 만나다 · 139

제96회 구원외(寇員外)는 고승을 받아들여 환대하나, 당나라 스님은 부귀영화를 탐내지 아니하다 · 169

제97회 손행자는 은혜 갚으려 악독한 도적들과 마주치고, 신령으로 꿈에 나타나 저승의 원혼을 구원해주다 · 197

제98회 속된 심성이 길들여지니 비로소 껍질에서 벗어나고, 공을 이루고 수행을 채우니 진여(眞如)를 뵙게 되다 · 235

제99회 구구(九九)의 수효를 다 채우니 마겁(魔劫)이 멸하고, 삼삼(三三)의 수행을 마치니 도는 근본으로 돌아가다 · 269

제100회 삼장 법사는 곧바로 동녘 땅에 돌아오고, 다섯 성자는 마침내 진여(眞如)를 이루다 · 294

작품 해설 · 329

부록 · 483

■ 기획의 말

'대산세계문학총서'를 펴내며

　근대 문학 100년을 넘어 새로운 세기가 펼쳐지고 있지만, 이 땅의 '세계 문학'은 아직 너무도 초라하다. 몇몇 의미있었던 시도에도 불구하고, 전체적으로는 나태하고 편협한 지적 풍토와 빈곤한 번역 소개 여건 및 출판 역량으로 인해, 늘 읽어온 '간판' 작품들이 쓸데없이 중간되거나 천박한 '상업주의적' 작품들만이 신간되는 등, 세계 문학의 수용이 답보 상태에 머물러 있었음을 부인하기 힘들다. 분명한 자각과 사명감이 절실한 단계에 이른 것이다.
　세계 문학의 수용 문제는, 그 올바른 이해와 향유 없이, 다시 말해 세계 문학과의 참다운 교류 없이 한국 문학의 세계 시민화가 불가능하다는 의미에서, 보다 근본적으로, 우리의 문화적 시야 및 터전의 확대와 그 질적 성숙에 관련되어 있다. 요컨대 이것은, 후미에 갇힌 우리의 좁은 인식론적 전망의 틀을 깨고 세계 전체를 통찰하는 눈으로 진정한 '문화적 이종 교배'의 토양을 가꾸는 작업이며, 그럼으로써 인간 그 자체를 더 깊게 탐색하기 위해 '미로의 실타래'를 풀며 존재의 심연으로 침잠하는 작업이라 할 수 있다.
　우리의 현실을 둘러볼 때, 그 실천을 위한 인문학적 토대는 어느 정도 갖추어진 듯이 보인다. 다양한 언어권의 다양한 영역에서 문학 전공자들이 고루 등장하여 굳은 전통이나 헛된 유행에 기대지 않고 나름의 가치있는 작가와 작품을 파고들고 있으며, 독자들 또한 진부한 도식을 벗어나 풍요로운 문학적 체험을 원하고 있다. 새롭게 변화한 한국어의 질감 속에서 그 체험이 이루어지기를 바라는 요청 역시 크다. 그러므로 필요한 것은 어쩌면 물적 토대뿐일지도 모른다는 판단이 우리를 안타깝게 해왔다.

이러한 시점에서, 대산문화재단의 과감한 지원 사업과 문학과지성사의 신뢰성 높은 출판을 통해 그 현실화의 첫발을 내딛게 된 것은 우리 문화계의 큰 즐거움이 아닐 수 없다. 오늘의 문학적 지성에 주어진 이 과제가 충실한 결실을 맺을 수 있도록, 우리는 모든 성실을 기울일 것이다.

'대산세계문학총서' 기획위원회